예술을 읽는 새로운 눈

남전화발

예술을 읽는 새로운 눈

남전화발

운수평 지음
김순섭 옮김

學古房

서문

청나라 초기, 예술의 황금기를 이끌었던 운수평(惲壽平, 1632~
1690)은 시詩, 서書, 화畵의 삼절三絶로 일컬어지는 불세출의 예술가
였다. 본명은 운격惲格, 자字는 수평壽平이었으나 후에 정숙正叔으로
고쳤으며, 남전南田, 운계외사雲溪外史 등 다양한 호를 사용하였다.
강소 무진(현재의 장쑤성 창저우시 무진구) 출신인 그는, 시문에 능
했던 부친 운일초惲日初의 영향 아래 예술적 감수성을 일찍이 꽃피웠
다.

15세에 명나라 부흥 운동에 참여했던 그는 전쟁의 참혹한 현실 속
에서 형을 잃고, 부친이 출가하는 아픔을 겪었다. 포로 생활 끝에 기
적적으로 부친과 재회한 후 고향으로 돌아온 운수평은 과거에 연연
하지 않고 시, 서, 화와 고전 연구에 몰두하며 예술혼을 불태웠다.
그의 시는 맑고 유려하며 세속을 초월한 품격으로 비릉육일毗陵六逸
의 으뜸으로 칭송받았다.

청초 육가六家의 한 사람으로 손꼽히는 운수평은 전통 산수화와
화조화 기법을 계승하면서도 독창적인 화풍을 개척하여 상주常州화
파를 창시하였다. 특히 몰골법沒骨法을 활용한 화조화는 섬세하면서
도 생동감 넘치는 필치로 꽃과 새의 자연미를 탁월하게 표현해냈다.
그의 산수화 또한 자연의 정취를 고스란히 담아내어 감상자에게 깊
은 감흥을 불러일으켰다.

운수평의 예술 세계는 단순히 그림에 그치지 않았다. 그는 화폭

앞에서 끊임없이 사유하며, 시문으로도 자신의 사상과 감정을 표현했다. 서예에서도 탁월한 경지를 이룩했는데, 진晉나라 서법을 계승하여 왕헌지王獻之를 체體로 삼고, 저수량褚遂良(596~658)을 표면으로, 황정견黃庭堅(1045~1105)을 골격으로 삼아 자신만의 독창적인 서체인 '운체惲體'를 완성하였다.

운수평의 예술적 성취는 후대에도 큰 영향을 미쳤다. 진조영秦祖永은 『화학심인畵學心印』에서 운수평을 "고금에 비할 데 없는 경지"라 극찬했으며, 방훈方薰은 『산정거론화山靜居論畵』에서 "강남과 강북에서 남전을 배우지 않는 집이 없다"고 말해 그의 위상을 강조했다. 장경張庚은 『국조징화록國朝徵畵錄』에서 그를 상주화파의 창시자로 기록했고, 임백년任伯年, 오창석吳昌碩, 유해속劉海粟 등 근현대의 거장들 역시 그의 작품에서 영감을 얻으며 예술적 발전을 이루었다.

오늘날 운수평의 예술 세계를 엿볼 수 있는 『남전화발南田畵跋』은 여러 판본으로 전해진다. 그중에서도 『구향관집甌香館集』의 통용본은 강희 56년(1717년)에 간행된 『남전시초南田詩鈔』를 증집하여 만든 별하재총서본을 기반으로 한다. 서영인출판사西泠印出版社에서 출판한 『중국고대서화가시문총서中國古代書畵家詩文集叢書』의 『구향관집』은 강희 56년본을 보완하여 「고금체시古今體詩」 10권, 「화발畵跋」 2권, 「보유補遺」, 「잡저雜著」, 「집평集評」, 「부록附錄」으로 재편집한 것이다.

특히 제11권과 제12권에 수록된 「화발」은 운수평의 예술적 감수성과 사유의 깊이를 엿볼 수 있는 중요한 자료이다. 그의 글은 짧지만 함축적인 언어로 그림에 대한 감상, 화가에 대한 평가, 그리고 예술과 삶에 대한 통찰을 담고 있다. 이는 시대를 초월하여 오늘날에도 여전히 귀중한 가치를 지닌다.

본 연구는 국내에서 아직 충분히 조명되지 못한 「화발」 2권을 심층적으로 분석하여 운수평의 미학 이론을 체계적으로 정립하고, 그의 예술 세계를 총체적으로 이해하는 데 기여하고자 한다. 나아가 운수평의 작품 연구를 통해 전통 예술의 가치를 재발견하고, 새로운 창작의 영감을 얻을 수 있기를 기대한다. 향후 『구향관집』 중 「보유」, 「잡저」, 「집평」, 「부록」 편을 번역하여 관련 그림 도판과 시문을 함께 소개함으로써 운수평의 예술 세계를 더욱 풍부하게 조명할 계획이다.

이제, 운수평의 예술 세계로 함께 발걸음을 내디뎌 보자. 그의 섬세한 필치와 깊이 있는 사유가 깃든 『남전화발』을 통해 새로운 감동과 깨달음을 얻을 수 있을 것이다. 그의 작품에 담긴 고요한 아름다움과 철학적 사유는 오늘을 살아가는 우리에게도 여전히 소중한 메시지를 전해준다.

2024년 11월
자운거子雲居에서 김순섭

목차

상권 上卷

[1]

春夜與虞山¹⁾好友石谷²⁾書齋斟茗³⁾快談, 戲拈⁴⁾柯九思⁵⁾
樹石.⁶⁾ 石谷補竹坡, 共爲笑樂. 時丙申⁷⁾浴佛⁸⁾前二日記.⁹⁾

봄밤 우산에 사는 좋은 친구인 석곡(왕휘: 1632~1717)과 서재에 앉아
차를 마시며 즐겁게 대화를 나누다가 가구사柯九思1290~1343의 화법
으로 나무와 돌을 그렸다. 석곡이 대나무와 언덕을 보충하여 그림이
완성되자 우리는 함께 웃으며 즐겼다. 병신년1656년 석가탄신일 이틀
전에 있었던 일을 기록한다.

 임모의 보충설명

가구사의 법으로 그렸다는 것은 동양화에서 전통적으로 임모와 관
계가 있다. 청대의 방훈은 "옛 화가들은 저마다 그림 기법에서 독특하
고 뛰어난 경지가 있어 직접 눈으로 그림을 감상해야만 느낄 수 있지,
말로 설명하기는 어렵다. 남제南齊 시대의 화가 사혁謝赫은 육법六法

---

1) 창수시[常熟市] 약자 : 虞(우) 사가병 경구 입구 행정 단위 현급시 청사 소재지
2) 왕석곡은 왕휘(王翬)이다. 인물전 참조.
3) 뜻을 나타내는 초두머리(艸(=艹) 풀, 풀의 싹)부(部)와 음(音)을 나타내는 名(명)
   이 합(合)하여 「차나무의 싹」을 나타냄.
4) 희염(戲拈): 가벼운 마음으로 붓을 들다.
5) 가구사는 원나라 문인 화가이다. 인물전 참조.
6) 수석(樹石) : 나무와 돌
7) 병신(丙申)은 순치(順治) 13년(1656년), 이때 운수평이 24세였다.
8) 욕불(浴佛)은 음력 4월 8일 부처님의 탄생일을 기념하여 향료가 섞인 물로 부처
   의 상을 씻는 의식을 말하며, 이 날을 "욕불절(浴佛節)"이라고 부른다. 욕불절
   전 이틀, 즉 4월 6일을 말한다.
9) 왕휘와 남전이 함께 그린 〈방가구사수석도(仿柯九思樹石圖), 63×39cm〉는 상해
   박물관에 소장 되어 있다.

이라는 개념을 처음으로 제시했다. 육법은 그림의 가장 중요한 원칙들을 포괄적으로 의미한다. 그림에 대해 제대로 논하려면 먼저 육법을 이해하고, 이를 바탕으로 논해야 한다."라고 말하였다. (方薰, 『山靜居畫論』: 畫法, 古人各有所得之妙, 目擊而道存者, 非可以言傳也. 謝赫始有六法之名, 六法乃畫之大凡耳. 故談畫者, 必自六法論.)

사혁이 말한 육법은 기운생동氣韻生動, 골법용필骨法用筆, 응물상형應物象形, 수류부채隨類賦彩, 경영위치經營位置, 전이모사轉移模寫이다.
　이 중 전이모사는 육법 중 여섯 번째 제시된 것이다. 즉 전이는 바로 **모사이다(六, 傳移, 模寫是也).** 전이모사 내용은 다음과 같다.

　원래의 회화 작품을 다른 종이나 비단에 옮기는 것은 마찬가지로 새로운 그림이 된다. 전이할 때는 먼저 새 비단(또는 종이)를 원래의 그림 위에 씌우고 윤곽을 비추어 본 다음 들어 올리고 원래 그림을 따라 색을 칠한다. 복제라고는 하지만 일정한 회화의 기초가 필요하다. 그러므로 "전이"를 또 "모사", 모방하여 그린다고 한다. 고개지는 "모사요법模寫要法"를 전문적으로 모사 방법을 이야기했다. 우수한 작품을 모사할 때, 동시에 원작자의 그림 그리는 방법도 학습한다.

　그러므로 임모 혹은 방작(모방)은 오래전부터 그림에서 중요한 요소로 자리 잡았다. 특히 원나라와 청나라 시대에 임모, 혹은 방작이 유행하였는데, 이 시기 몽골과 여진에게 나라를 잃은 문인 사대부들이 전통을 중시하고 사승師承 관계를 중요하게 여긴 것에서 그 원인을 찾을 수 있다.

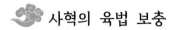 **사혁의 육법 보충**

첫째, 기운 생동이다(一, 氣韻, 生動是也).

기운: 중국 회화 예술에서 요구하는 최고 원칙이며 "육법"의 정수이기도 하다. 기와 운은 본래 현학 기풍 아래에서 나온 인륜 감식의 명사이다. 당시 '기氣'로 한 사람을 평가했다. 대부분 한 사람이 힘 있고 강건한 골격을 기본 구조로 형성한 맑고 굳센 훌륭한 형체를 지닌 것 및 이러한 형체와 상응하는 정신, 성격, 정조가 드러난 것을 형용했다. '운韻'으로 한 사람을 평가한 본래 의미는 사람의 신체 상태(용모 포함)에서 드러난 일종의 정신 상태, 풍채와 의의를 가리키는 것이었고, 이러한 정신 상태, 풍채와 의의가 다른 사람에게 모종의 정조미를 느끼게 하는 것을 가리켰다. 일반적으로 "기"는 "운"을 현현할 수 있어야 하고, "운"은 일정한 "기"를 기초로 해야 한다. 양자는 나름의 치중하는 곳이 있지만, 절대적으로 분리할 수는 없다. 그러므로 가장 완전한 견해는 "기운"을 하나의 단어로 보는 것이 정확하다. "기운"이라는 단어는 이후 점차 변화해서 화면의 필묵 효과를 포함하게 되었다. 다만 사혁의 시대에 "기운"의 본래 의미는 그림 속 인물의 정신, 용모가 매우 생동하고 사람에게 전하는 데 항상 사용되었다. 진나라 고개지가 그림을 논할 때도 여전히 골법을 중시했다. 관상가가 말하는 "골법"은 형상의 구조를 가리킬 뿐 아니라, "골법"에서 사람의 신분을 볼 수 있으므로 실제로는 "정신"을 가리키기도 한다. 그러므로 고개지가 말한 "골"과 "골법"은 사실 사혁이 말한 "기운"의 "기"와 같은 것이다.

둘째, 골법은 용필이다(二, 骨法, 用筆是也).

한나라 때 "골법"은 관상가가 사람의 골상을 관찰하고 사람의 존귀하고 귀천을 정하는 데 항상 사용되었다. 그러므로 한나라 사람은 특별히 골법을 중시했다. 진나라 고개지가 그림을 논할 때도 여전히 골법을 중시했다. 관상가가 말하는 "골법"은 형상의 구조를 가리킬 뿐 아니라, "골법"에서 사람의 신분을 볼 수 있으므로 실제로는 "정신"을 가리키기도 한다. 그러므로 고개지가 말한 "골"과 "골법"은 사실 사혁이 말한 "기운"의 "기"와 같은 것이다.

셋째, "응물" 즉 화면 위에 그려진 "형"은 실제 대상과 상응해야 한다(三, 應物, 象形是也一).

종병은 "사물의 형태로 화면 위의 형태를 그린다"(실제 산수의 형체로 화면 위의 산수의 형체를 그린다)라는 것이다. "응물"은 구체적인 사물에 표현된다. 사혁 자신의 "응물" 해석은 "상형"이다. 화면 위의 물상은 실제 물상과 상응해야, 즉 상형해야 한다. 회화는 조형 예술이고, 형상이 없을 수 없다. 그리고 "기운", "골법"은 모두 "응물"에 의지해야 성립할 수 있다. 그러므로 "응물"이 세 번째로 놓였다.

넷째, 색을 따라 종류에 맞게 본떠서 그 실정을 두루 얻었다(隨類, 賦彩是也).

한나라 왕연수의 「노영광전부」에 인용 즉 화면 위의 색이 물상을 따라 유사한 효과에 이르러야 한다는 뜻이다. 隨類는 "隨色象類"의 줄임말이다. 사혁 자신의 간단명료한 해석은 "賦彩是也"이다.

다섯째, 경영 위치이다(五, 經營, 位置是也).

—송나라 판본은 이 구절을 "五, 經營, 置位是也."라고 했다. 뜻이 더 낫

다. 경영: 규획, 창시, 창업의 뜻 포함.『시·소아·북산』: "군대가 바야흐로 굳세니, 사방을 경영하네." 여기에서는 구도를 가리킨다. 물상이 화면 위에 처할 위치를 계획하는 것이다. 장언원의『역대명화기·논화육법』: "경영위치는 그림의 전체 요지이다." 고개지는 "형세를 배치하는 것"이라고 했다. 그러므로 구도는 위치를 계획하는 것이지만, 임의대로 해서는 안 되고 "잘 헤아려 다스려야 한다."

여섯째, 전이는 바로 모사이다(六, 傳移, 模寫是也).

[2]
畫有用苔10)者, 有無苔者. 苔爲草痕石迹, 或亦非石非草. 卻似有此一片, 便應有此一點. 譬之人有眼, 通體皆靈. 究竟通體皆靈, 不獨在眼, 然而離眼不可也.

그림에는 태점을 쓴 것이 있고 태점을 쓰지 않은 것이 있다. 태점은 풀의 흔적이나 돌의 자취를 만들어내지만, 때로는 풀이나 돌의 구체적인 형상이 없더라도, 이러한 풍경이 있다면 마땅히 태점이 있어야 하는 것처럼 느껴진다. 비유하자면 사람이 눈을 가지게 되면 온몸에 영기靈氣가 생기는 것과 같다. 어쨌든 온몸에 있는 생기가 눈에만 달린 것은 아니지만, 눈을 떠나서는 이를 수가 없다.

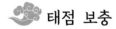 태점 보충

　태점은 정리가 미흡한 어수선한 화면이나, 간결하게 정리하고 특

---

10) 태점은 위의 보충 내용 참조.

정 사물을 돋보이게 하는 작용을 한다. 『개자원화전芥子園畵傳』「논설색각법論說色各法」에서 "무릇 태점은 산이나 바위의 준법이 산만하게 그려져 짜임새가 없을 때 그 약점을 은폐하기 위해 쓰는데 ……그러므로 태점은 채색 따위 여러 과정이 다 이루어진 다음에 찍어야 한다."라는 기록이 있다.

[3]

文徵仲11)述古云 : "看吳仲圭12)畵, 當于密處求疏 ; 看倪雲林13)畵, 當于疏處求密." 家香山翁14)每愛此語, 嘗謂 "此古人眼光15)鑠破四天下處."余則更進而反之曰 : "須疏處用疏, 密處加密. 合兩公神趣而參取之, 則兩公參用合一之玄微16)也.

문징중(동기창, 1470~1559)은 옛사람들에 대해 이렇게 말했다. "원나라의 화가 오진吳鎭(1280~1354)의 그림을 감상할 때는 면밀함에서 여백을 보아야 하고 예찬倪瓚(1301~1374)의 그림을 감상할 때는 간결한 붓질에서 내재적 운치를 보아야 한다." 우리 집안 큰아버지 향산옹은 이 말을 매우 좋아하며 자주 인용하셨다. 예전에 말씀하시길 이것은 그의 깨달음의 빛으로 세상을 밝혀 그의 영향력이 미쳤다. 나는 더 나아가 반대로 말한다. 여백이 많은 곳에서는 여백을 살리고, 촘촘한 곳에서는 그 밀도를 더욱 강조해서 오진과 예찬 두 화가의 신묘한 뜻을

---

11) 문징명이다. 인물전 참조.
12) 원나라 화가 오진이다. 인물전 참조.
13) 예운림은 예찬이다. 인물전 참조.
14) 남전의 백부이며 남전에게 그림을 가리켰다.
15) 안광(眼光): 눈빛.
16) 현미(玄微): 그 모습은 심오하고 미묘한 상태를 나타낸다.

결합하여 서로 밝혀야 두 사람에 심오한 경지를 이해할 수 있다.

[4]

莫作迂癡[17] 筆法. 會壽道人[18] 紛亂無法, 法亦無失. 癡翁
迂老盡此豪端[19], 正索解人[20]不得。

예찬迂과 황공망癡의 필법을 그대로 모방하지 말아야 한다. 나 수도인
壽道人(남전)이 그린 그림은 분란하고 법도가 없는 것 같지만, 법도를
잃지 않았다. 황공망과 예찬 두 노인의 필법은 모두 붓끝에 있으니
이러한 이치를 제대로 이해하는 사람은 찾을 수 없다.

[5]

先塗抹[21]後數幅, 次乃作此. 小變黃一峯[22]法, 神氣迥殊,
亦昔人噉蔗[23]之意也.

먼저 마음대로 칠하여 여러 폭을 만들어내야 이것에 이른다. 황일봉(황

---

17) 우(迂)와 치(癡)는 예찬과 황공망을 가르킴
18) 수도인(壽道人): 남전 자신을 가리킴. 현재 상하이 박물관에 소장되어 있는 운수
   평의 〈강산도(江山圖)〉 중 작품에서 "칠석 후 4일, 도자 초당에서 그림을 그리고,
   수도인의 기록을 남기다"라고 쓰여 있다.
19) 호단(豪端): 붓의 뾰족한 끝, 붓끝
20) 해인(解人): 지혜롭고 사리에 통달하며, 이치를 깨달은 사람을 말한다.
21) 도말(塗抹):1. 칠하다. 바르다. 2. (덧)칠해서 지우다. 3.(분 따위를) 마구 바르다
22) 황공망이다. 인물전 참조.
23) 담자(噉蔗)「세설신어·배조(世說新語·排調)」: 고장감은 사탕수수를 먹을 때
   끝부분부터 먼저 먹었다. 어떤 사람이 그 이유를 물었더니 그는 점점 더 맛있는
   부분에 이르기 때문이라고 답했다. 처음 사탕수수를 먹을 때는 아무 맛이 없지만
   씹을수록 달콤한 맛이 나는 것처럼, 예술도 무미한 아름다움에서 더 아름다운
   경지로 나아간다는 의미를 내포하고 있다(顧長康啖甘蔗, 先食尾.。人問所以,
   雲漸至佳境).

공망, 원나라의 유명한 화가)의 필법을 조금 변화시키자, 신운 기질이 크게 달라졌으니 이는 마치 옛사람들이 사탕수수를 먹는 의미와 같다.

[6]
董玄宰[24]〈夜山圖〉, 如此着墨, 破深曲處. 玩之如積, 欲令 雲氣生動也.

동현재(동기창, 1555~1636)의 〈야산도夜山圖〉는 이처럼 먹색을 입혀 깊고 어두운 곳을 깨우쳐 준다. 겹겹이 쌓인 먹색을 감상해 보면 산속 의 운무가 생동하는 듯하다.

[7]
小景八幀, 東園遊戲翰素時所得. 半出率爾, 直寫懷間新 思, 不全學古法. 廷愛留置案上, 時一展對, 惑與南陽宗少 文[25]風流不遠也.

〈소경팔정산수(그린 여덟 폭의 작은 산수화)〉는 내가 동원에 노닐면서 한가로울 때 그린 것인데 대부분 솔직함을 드러내고 마음속의 새로운 생각을 바로 표현한 것이지 결코 옛사람의 법을 모방한 것이 아니다. 정애 선생은 (이 화첩) 책상 위에 두고 펼쳐보며 진나라 남양의 종소문 (종병, 375~443)의 (우아하고 고상한) 풍류와 가깝다고 생각했다.

[8]
雲林樹法, 分明如指上螺[26], 四面俱有苔法皴法, 多于人

---

24) 동기창이다. 인물전 참조.
25) 종병이다. 인물전 참조.
26) 상라(上螺): 손가락 끝 또는 발가락 끝의 지문을 의미한다.

所不見處着意.

운림(예찬)이 나무를 그리는 법은 분명하니, 마치 손가락 지문처럼 사방이 다 있다. 그의 이끼를 그리는 법(태점법)과 산 바위의 질감을 표현하는 준법은 사람들이 보지 못한 곳에 주로 마음을 썼다.

[9]

今人用心, 在有筆墨處. 古人用心, 在無筆墨處. 倘能于筆墨不到處, 觀古人用心, 庶幾擬議神明, 進乎技矣.

오늘날 사람들의 애씀은 주로 먹과 붓을 사용한 곳에 있고 옛사람들의 애씀은 먹과 붓이 없는 곳에 있었다. 만약 먹과 붓이 닿지 않은 곳에서 옛사람의 애씀을 볼 수 있다면, 거의 신명을 헤아려 기법이 더 진보할 것이다.

[10]

春山如笑, 夏山如怒, 秋山如妝, 冬山如睡. 四山之意[27], 山不能言, 人能言之. 秋令人悲, 又能令人思. 寫秋者必得可悲可思之意, 而後能爲之. 不然, 不若聽寒蟬與蟋蟀鳴也.

봄 산은 마치 웃는 듯하고, 여름 산은 마치 화난 듯하며, 가을 산은 마치 화장한 듯하고, 겨울 산은 마치 잠자는 듯하다. 산은 말할 수 없지만, 사람은 그 아름다움을 말로 표현할 수 있다. 가을은 사람을 슬프게

---

27) 곽희의 「산수훈」에도 이와 비슷한 내용이 있다. 실제 산수의 이내는 사계절이 다른데, 봄 산은 우아하고 맑고 아름다워서 미소 짓는 듯하고, 여름 산은 짙게 푸르러서 방울져 떨어지는 듯하며, 가을 산은 밝고 깨끗하여 단장한 듯하고, 겨울 산은 어두침침하고 쓸쓸하여 잠든 듯하다. 郭熙, 『林泉高致』, 「山水訓」: "四時不同, 春山澹冶而如笑, 夏山蒼翠而如滴, 秋山明淨而如粧, 冬山慘淡而如睡."

하고 사색에 잠기게 한다. 가을 풍경을 그리려면, 반드시 슬픔과 사색의 뜻을 깨달아야 잘 그릴 수 있다. 그렇지 않다면, 쓰르라미와 귀뚜라미의 울음소리를 듣는 것 같지 않을 것이다.

[11]

右小景七幀, 爲東園娛閑遊戱之作. 惑規模28)古制, 亦間出新意. 不循畦經, 無煩繪采.29) 欲墨章水暈, 日備五色30), 非得象外之賞者, 未足與觀此畵也.

〈우소경칠정右小景七幀〉은 내가 동원(동쪽 정원)에서 한가롭게 유희하면서 그린 것이다. 일부는 옛사람들의 그림을 모방하여 그린 것이고 또 다른 부분은 나 자신의 새로운 생각으로 그린 것이다. 기존의 길을 따르지 않으면서 화면을 복잡하게 하지도 않았다. 먹색과 물의 번짐으로 다양한 색을 분명히 드러내고자 했다. 형상 넘어 표상을 감상하는 자가 아니면 이 그림을 충분히 함께 볼 수 없다.

[12]

三日不搦管31), 則鄙吝複萌, 正庾開府32)"所謂昏昏索索時"矣.

삼일 동안 붓을 잡지 않으면 정신이 다시 속되고 천박함이 다시 싹트

---

28) 규모(規模): 모방하거나 법칙을 따르는 것을 의미한다.

29) 회채(繪采): 그리다. 묘사하다.

30) 오색(五色): 여러 가지 색을 여러 가지 색깔을 통칭한다.

31) 낙관(搦管): 즉, 붓을 들고 글씨를 쓰다.

32) 유개부(庾開府): 남북조 시대의 문학가 유신(庾信: 513-581)을 가리키며, 그가 개부의 지위에 있었기 때문에 이러한 칭호를 사용하였다. 이는 남북조 시대의 3사(三司)와 동등한 직위를 의미한다. 인물전 참조.

니. 이는 바로 (남북조 시대의 문학가) 유신庾信(513~581)이 말한바
"마음이 편치 않고, 진실한 기운이 사라져서, 멍하게 속된 생각만 있게
되는 때"이다.

[13]

逸品, 其意難言之矣. 殆如盧敖33)之遊太淸, 列子34)之禦
冷風也. 其景則三閭大夫35)之江潭也. 其筆墨, 如子龍36)
之梨花槍, 公孫大娘37)之劍器. 人見其梨花, 龍翔, 而不見
其人與槍劍也.

일품의 의미는 말하기 어려우니, 마치 로오가 태청에서 노닐고, 열자가
차가운 바람을 모는 것과 같다. 그 풍경은 삼려대부(굴원)가 추방된
후 강과 연못을 거니는 것과 같으며, 그 필묵은 조자룡의 이화창을
쓰고 공손대낭의 검기 춤을 추는 것 같아서 사람들은 칼과 검의 빛과

---

33) 『회남자(淮南子)』에서 그가 북해를 돌아다니며 태양을 지나 현관에 들어가, 홍
   곡산에 이르는 일을 기록했다. 로오(BC 275-195)의 자는 옹조이고, 그는 범양(현
   재 하북성 정흥 현, 고성진)에 거주하였다. 그는 진나라의 박사였으며, 연나라에
   서 활동한 연금술사였다. 한때 그는 진시황을 위해 고대 불멸의 비결과 높은
   맹세, 진기한 버섯 불멸의 약을 구하였다. 진시황은 그에게 관대하게 보상하여
   그를 박사로 임명하였다. 나중에 진시황이 완고하게 조언을 거부한 뒤 길을 잃은
   것을 보고, 그는 은거하여 구산(지금의 주성시에서 남동쪽으로 13km)에 거주하
   였다. 진시황은 분노하여 그를 수색하도록 명령했으나 찾지 못해 포기하였다.
34) 중국 전국시대 도가(道家)의 사상가로서, 전설의 인물이다. 이름은 어구(禦寇).
   BC 400년경 정(鄭)나라에 살았다고 전하나 『사기(史記)』에는 그 전기가 보이지
   않고 『장자(莊子)』 「소요유편(逍遙遊篇)」에 "열자는 바람을 타고 하늘을 날았
   다."고 한 것으로 미루어 보아 '장자'가 허구로 가정한 인물로 추정된다.
35) 굴원을 가리킨다. 인물전 참조.
36) 조자룡이다. 인물전 참조.
37) 장언원(張彦遠)의 『역대명화기(歷代名畫記)』에서는 공손대낭(公孫大娘)이 무
   기 춤을 잘 춘다고 기록되어 있다. 공손대낭, 인물전 참조.

그림자만 볼 수 있을 뿐 그 사람과 칼과 검은 보지 못한다.

🌀 일품 보충

　일품은 당대 이후 중국회화를 품평하는 하나의 품격을 말한다. 이 일품은 일필휘지一筆揮之로 표현되는 중국회화 양식의 이해와 회화 비평 체계를 살펴보는 데 중요한 관건이 된다. 일품은 송대에 황휴복의 『익주명화록益州名畫綠』에서 '일격逸格'과 같으며 최고 품격을 가리킨다. 그러나 사실 황휴복의 일격은 당대 장언원張彥遠(815~875)이 『역대명화기歷代名畫記』에서 제시한 '자연自然'의 의미와 실질적으로 같다. 황휴복이 제시한 일격은 다음과 같다. "그림의 일격은 이루기가 가장 어렵다. 법도에 얽매이는 것을 졸렬한 것으로 여기고, 채색을 정밀하게 궁구하는 것을 천시한다. 필의 쓰임은 간단하나 형상은 갖추게 되고 저절로 그러함을 얻는다. 이와 같은 경지는 모방할 수 없는 것으로, 일반적인 생각의 범위를 벗어나 있기에 이를 일러 일격逸格이라고 한다."라고 하였는데 여기서 보면 채색을 천시 여기고 법도에 얽매이는 것을 졸렬하게 여기며 모방할 수 없는 점에서 문인 개인의 개성적인 미적 경지와 이전 시대를 뛰어넘는 새로운 창의적 발상과 새로운 필법이 전제되는 것이다. 그 필법은 간결함이 특징이지만 초보적인 간략한 필법이 아니라 농후함을 초월한 필법이어야 한다. 즉 '신神'의 경지를 지나 '일逸'의 경지로 나아가야 한다. 동기창이 "신의 공력에 도달하고 나서 다시 나아가 일이 되어야만 곧 천박한 무리에게 도용되지 않게 된다."라고 하였듯이, 일의 예술품은 문文과 서書가 결합한 것으로 문인 사대부들의 그림이면서 신품을 능가한 최고 작품을 말한 것이다.

[14]

畵以簡貴爲尙. 簡之入微, 則洗盡塵滓, 獨存孤迥, 煙鬟翠
黛, 斂容38)而退矣.

그림에서는 간결함을 귀하게 여기고, 이를 최상의 덕목으로 삼는다.
간결함이 미세해지면 세속의 티끌을 깨끗이 다 씻어내어 유독 높고
깊음이 있게 된다. 예쁘게 쪽 찐 머리와 단정한 모습으로 엄숙한 태도
로 물러난다.

[15]

高逸一種, 不必以筆墨繁簡論. 如于越之六千君子, 田橫39)
之五百人, 東漢之顧廚 俊及40), 豈厭其多? 如披裘公人不
知其姓名, 夷叔41)獨行西山, 維摩詰42)臥毗邪, 惟設一榻,
豈厭其少? 雙鳧乘43)雁之集海濱, 不可以筆墨繁簡論也. 然
其命意, 大諦44)如應曜45)隱淮上, 與四皓46)同征而不出; 摯

---

38) 염용(斂容): 단정하고 엄숙한 자세를 가리키며, 장중하고 진지한 표정을 나타낸
   다.
39) 전횡이다. 인물전 참조.
40) 고(顧), 부(部), 준(俊), 급(及)은 동한 시대 사대부들이 서로 추천을 표방하는
   것으로, 팔고는 덕행으로 남을 인도하는 자, 팔부는 재물로 사람을 구제하는
   자, 팔준은 사람 중의 영웅, 팔급은 사람을 인도하여 그를 따르게 하는 자를
   의미한다.
41) 백이 숙제를 가르킨다. 인물전 참조.
42) 유마힐은 대승 불교의 경전인 유마경(維摩經)의 주인공이고 보살이다.
43) 승(乘): 고대 4필의 말이 끄는 정차를 세는 단위
44) 대체(大諦): 대략, 대체로의 뜻이다.
45) 응요는 서한 왕조 출신이다.
46) 상산(商山)의 네 명의 노인들이라는 뜻으로, 산 속에 은거하는 덕망 있는 사람을
   가리키는 말이다. 『사기(史記)』의 「유후세가(留侯世家)」에 나오는 중국 진(秦)

峻在汧山, 司馬遷以書招之不從 ; 魏邵入牛牢, 立志不與
光武[47]交. 正所謂沒踪迹處潜身, 于此想其高逸, 庶幾得之.

고일은 반드시 필묵의 번잡함과 간결함으로 논할 수 없다. 월나라의
육천 군자와 전횡의 오백 부하, 동한의 팔고, 팔부, 팔준, 팔급과 같은
군자들이 그 수가 많음을 싫어하겠는가? 사람들이 이름을 알지 못했던
피구공, 홀로 수양산에 간 백이와 숙제, 비사성에 누워도 오직 침상
하나뿐이었던 유마힐이 어찌 그 수가 적음을 싫어했겠는가? 오리 한
쌍과 기러기 한 승이 물가에 모여 있는 것은(작품에서 표현된 요소들
이 많다고 해서 그 가치가 더해지는 것이 아니며, 요소들이 적다고
해서 그 가치를 잃는 것도 아니다.) 번잡함과 간결함으로 논할 수 없다.
그러나 그 깊은 뜻은, 응요가 회양산에 은거하고 상산사호가 함께 징집
되었으나 나아가지 않았다. 치준이 견산에 없자 사마천이 편지로 불렀
으나 따르지 않았다. 위군 사람 우뢰는 광무제 유수와 친하지 않겠다는
뜻을 세워 이른바 종적이 없어지고 여기에 몸을 숨겼다. 고일의 경지를
생각하면 거의 깨닫게 된다.

[16]
宋法刻畫, 而元變化. 然變化本由于刻畫, 妙在相参而無
碍. 習之者視爲歧而二之, 此世人迷境. 如程、李[48]用兵,

나라 말기 네 명의 신망 받은 연로한 박사들이다. 동원공(東園公), 기리계(綺裏
季), 하황공(夏黃公), 녹리선생(甪裏先生)을 가리킨다. 이들은 진한(秦漢) 교체
기에 섬서성(陝西省) 상산(商山)에 은거하였는데, 네 사람 모두 수염과 눈썹이
희어서 상산사호라고 불리었다. 진나라의 학정을 피해 은둔하고 있던 그들은
한(漢) 고조 유방(劉邦)이 불러도 오지 않았다.

47) 유수(劉秀)는 자는 문숙(文叔)이고, 남양채양(南陽蔡陽: 지금의 후베이성 자오
양시 남서쪽) 출신이며, 한 고조 유방의 아홉 번째 손자이다. 고대 중국의 군사
전략가이자 정치가이다.

寬嚴異路. 然李將軍何難于刁斗[49]), 程不識不妨于野戰. 顧
神明變化何如耳.

송나라 화법은 세부 묘사를 중시했고, 원나라 화법은 필법의 변화를
강조했지만, 그 변화는 세부 묘사에 기초하고 있다. 오묘함은 변화와
세부 묘사가 조화를 이루어 방해받지 않는 데 있다. 이 두 가지 방법을
익히는 사람들은 차이가 크다고 생각해 그 차이를 구별하려 한다. 그러
나 이는 세상 사람들이 잘못 이해한 것이다. 마치 한나라 때 정불식程
不识과 이광이 군대를 다루는 방식처럼 비록 엄격함과 가벼움의 차이
가 있긴 하지만 이광 장군은 결코 간단한 군법으로 어려움을 겪지 않았
으며 장불식 또한 야전에서 어려움을 당하지 않았다. (화가는 앞서 언
급된 두 가지 방법을 함께 사용하여) 만물의 변화와 발전 과정을 주의
깊게 관찰해야 한다.

[17]
"方圓畫, 不俱成; 左右視, 不並見." 此『論衡』[50])之說。獨
山水不然. 畫方不可離圓, 視左不可離右, 此造化之妙. 文
人筆端, 不妨左無不宜, 右無不有.

"네모와 원은 동시에 그릴 수 없고, 눈은 동시에 왼쪽과 오른쪽을 볼
수 없다."라는 말은 『논형論衡』에서 제시된 견해이다. 그러나 산수화에

---

48) 정(程)과 이(李)는 각각 장락위위(長樂衛尉)인 정불식(程不識)과 미앙위위(未
央衛尉)인 이광(李廣)을 가리킨다. 정불식은 엄격한 군법으로 유명했고, 이광은
군법이 간소함으로 유명했다.
49) 조두(刁斗): 옛날, 야전용 취사 솥, 또는 군법이 엄중한 뜻이 있다.
50) 후한 시대(25~220)의 유물론자 왕충이 지은 책이다. 『논형(論衡)』이란 "곧 형
(衡)을 논한다."는 의미로, 형이란 저울에 달아 공평하게 중량을 재는 것이다.
따라서 『논형』은 허위 지식을 검토하고 비판하여 공정한 진리를 끌어내는 책이
라는 것을 알 수 있다.

24

서는 그렇지 않다. 네모를 그린 그림은 원과 떨어지지 않고 왼쪽을 보는 것은 오른쪽을 보는 것과 떨어지지 않으니, 이것이 바로 자연의 오묘함이다. 문인이 그림을 그릴 때 좌우를 균형 있게 조화시키는 것도 괜찮다.

[18]

『易林』51)云, "幽思約帶." 古詩云 : "衣帶日以緩". 『易林』 云 : "解我胸春." 古詩云 : "憂心如擣."用句用字, 俱相當 而成妙, 用筆變化, 亦宜師之. 不可不思也.

『역림易林』에는 다음과 같이 말했다. "그윽한 생각은 허리끈 띠를 묶어 버린다." 「고시십구수古詩十九首」에서는 "옷의 허리끈이 날로 느슨해 진다. 『역림』에서 "내 마음의 결박을 풀어헤친다."라고 말한 것처럼, 「고시십구수」에서는 "절굿공이를 찧듯이 마음이 근심스럽다."라고 표 현했다. 이처럼 시구의 사용은 적절하고 오묘하다. 필법의 변화도 이러 한 점을 본받아야 하니, 이는 우리가 더 많이 생각해야 할 부분이다.

[19]

筆墨本無情, 不可使運筆墨者無情. 作畫在攝情, 不可使 鑒畫者不生情. 古人論詩曰 : "詩罷有餘地". 謂言簡而意 無窮也, 如上官昭容稱52)詩, "不愁明月盡, 還有夜珠來" 是也. 畫之簡者亦然. 東坡53)云 : "此竹數寸耳, 而有尋丈 之勢."畫之簡者, 不獨有其勢, 而實有其理.

---

51) 『역림(易林)』은 초연수가 지은 저작이다. 인물전 참조.
52) 남조 양나라 심약(沈約)의 시 저술을 가리킨다. 인물전 참조.
53) 당송팔대가의 한 사람인 소순(蘇洵)의 아들인 소식을 가리킨다. 인물전 참조.

붓과 먹은 본래 감정이 없지만, 붓을 사용하는 사람은 감정이 없으면 안 된다. 그림에서 감정 표현은, 그림을 감상하는 사람이 감동하지 않게 해서는 안 된다. 옛날 사람들은 시를 평론하면서, 시가 끝난 후에도 여운이 남아야 한다고 말했다. 말은 간결하더라도 그 뜻은 무한해야 함을 의미한다. 이는 상관 소용이 심약의 시에 대해 "밝은 달빛이 져도 근심이 없으니, 밤의 구슬이 오기 때문."라고 칭찬한 것 같다. 그림의 간결함도 이와 비슷하다. 동파 소식蘇軾(1037~1101)은 "이 대나무는 몇 마디만 그려졌지만, 큰 대나무의 기세를 가지고 있다."라고 말했다. 그림의 간결함은 단지 기세만 들어 있는 것이 아니라, 실제로 이치도 함께 들어있다.

[20]

嘗謂天下爲人, 不可使人疑. 惟畫理當使人疑, 又當使人疑而得之.

나는 이전에 말했다. 사람으로서 다른 사람에게 자신을 의심하게 만들어서는 안 된다. 오직 그림의 이치만이 사람들에게 생각하게 하고 의문을 품게 만들어야 하며, 그리고 의문을 품고 사색한 후에 깨달음을 얻게 해야 한다.

[21]

群必求同, 同群必相叫, 相叫必于荒天古木, 此畫中所謂意也.

무리는 반드시 같은 것을 찾고, 같은 무리는 서로를 부른다. 서로 부른 것이 고목의 쓸쓸함이라면 이것이 바로 그림 속에 담긴 의경이다.

26

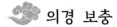 의경 보충

　당나라 때 "의경" 이론이 탄생했다. 무엇이 "의경"인가? 유우석劉禹錫은 다음과 같이 말했다. "(의)경은 상 너머에서 생긴다[境生于象外]." 이것은 "의경" 범주에 대한 가장 간명한 규정으로 볼 수 있다. "(의)경"은 시간, 공간적으로 유한한 "상"에 대한 돌파이다. "경"도 물론 "상"이지만 시간적, 공간적으로 무한을 지향하는 "상"이고, 중국 고대 예술가가 항상 이야기한 "형상 너머의 형상[象外之象]", "경물 너머의 경물 [景外之景]"이기도 하다. "경境"은 "상"과 "상" 너머 허공의 통일이다. 중국 고전 미학에서는 이와 같은 "형상 너머의 형상"의 "경境"이 있어야 우주의 본체와 생명인 "도"["기氣"]를 구체적으로 드러낼 수 있다고 생각했다. 심미 활동(심미 감흥)의 관점에서 볼 때, "의경"은 구체적이고 유한한 물상, 사건을 초월해서 무한한 시간과 공간으로 진입하는 것 즉, "마음은 우주를 망라하고 생각은 아득한 옛날에 이어진다[胸羅宇宙, 思接千古]"라는 것이다. 따라서 전체 인생, 역사, 우주에 대해서 일종의 철학적 체험과 깨달음을 얻는다. 한편으로 유한한 "상"을 초월하고("取之象外", "象外之象"), 다른 한편으로는 "의意"도 구체적인 사물, 경물에 대한 체험으로부터 전체 인생에 대한 체험으로 상승한다. 이와 같은 철학적 인생감, 역사감, 우주감이 "의경"의 내포이다. 葉朗, 「說意境」, 『文藝硏究』, 1998. 참조

[22]
寂莫無可奈何之境, 最宜入想, 亟宜着筆. 所謂天際眞人, 非鹿鹿54)塵埃泥滓中人所可與言也.

적막이라는 어찌할 수 없는 상태가 깊은 생각에 잠기기가 가장 적합하고 또 붓을 잡기가 가장 적합하다. 소위 하늘가의 진인(성인)은 속세에 먼지 티끌 속에 사람과는 비교할 수 없는 존재이다.

적막의 보충

불교에서는 "적寂"을 세상의 번뇌를 없애고 본래의 고요함에 도달하는 상태를 '적정문寂靜門'이라고 부르며, 이는 모든 괴로움의 소멸을 의미한다. 이것이야말로 진정한 고요함의 궁극적 경지이며 또 노자는 "지극한 고요함에 이르면 평온을 지키게 된다."라고 하였고 『장자』에서는 "독獨의 경지에서 천지 정신과 왕래한다[獨與天地精神往來]."라고 하는 것과 적막은 같은 의미로 본다. 朱良志, 『南畫十六觀』, 北京大學 出版社, 2013 책 참조

[23]

十日一水, 五日一石.55) 造化之理, 至靜至深. 即此靜深, 豈潦草56)點墨可竟?

십일에 물 하나, 오일에 돌 하나를 그리니, 만물을 창조하는 자연의 이치는 매우 깊고 고요하다. 이렇게 깊고 고요한 이치를 어찌 거칠게

---

54) 록록(鹿鹿): 록은 수레바퀴가 굴러가는 소리를 의미하며, 사람을 부지런히 움직이게 하고, 이에 따라 바쁘게 일하는 것을 비유하는 표현이다.

55) "십일일수(十日一水), 오일일석(五日一石)"은 두보(杜甫)의 「희제화산수도가(戲題畵山水图歌)」에 나오는 구절이다. "十日画一水, 五日画一石"은 그림을 그릴 때 신중하고, 절대로 서두르지 않는 자세를 강조한 표현의 뜻이다.

56) 료초(潦草): (글씨가) 조잡하다. 거칠다. 난잡하다. (일을 하는 데) 허술하다. 성실하지 않다.

그린 몇 번의 붓질로 다 표현할 수 있겠는가?

[24]

宋人謂 : "能到古人不用心處." 又曰 : "寫意畫." 兩語最微,
而又最能誤人. 不知如何用心, 方到古人不用心處. 不知
如何用意, 乃爲寫意.

송나라 사람들은 말했다. "옛사람이 마음을 쓰지 않는 경지에 도달할
수 있어야 한다."라는 것과 또한, 사의화寫意畫를 말했다. 이 두 가지
표현은 매우 미묘하지만, 또 사람들을 가장 쉽게 오해하게 만들 수
있다. 마음을 어떻게 쓰는지 모를 때 비로소 옛사람들이 마음을 쓰지
않은 경지에 도달할 수 있으며, 어떻게 의경을 표현하는지 모를 때,
그것이 바로 사의이다.

 사의화寫意畫 **보충**

　사의화는 동양화의 한 종류로, "뜻을 그리는 그림"이라고 할 수 있
다.

　형사形似, 즉 사물의 외형을 정확하게 묘사하는 것보다 대상의 본질
적인 특징과 정신을 표현하는 데 중점을 두며 화가의 주관적인 감정이
나 생각을 자유롭게 표현하여, 붓놀림이나 먹의 농담, 여백의 미 등을
통해 함축적인 의미를 담아낸다. 주로 문인들이 그린 그림으로, 시,
서, 화를 겸비한 문인들의 정신세계와 예술적 감각을 잘 보여준다.
또한 매화, 난초, 국화, 대나무를 소재로 한 그림으로, 군자의 고결한
품성을 상징적으로 표현하기도 하며 산과 물을 소재로 한 그림으로,
즉 산수화에서 자연의 웅장함과 아름다움을 표현하여, 그 속에서 인

생의 진리를 찾고자 한다.

[25]

幽情[57]秀骨, 思[58]在天外, 使人不敢以凡筆相贈. 山林畏佳[59], 大木百圍可圖也. 萬竅怒號, 激謞叱吸[60]叫譹, 突咬[61]調調刁刁[62], 則不可圖也. 于不可圖而圖之, 惟隱几而聞天籟.[63]

고상한 정취와 범상치 않은 기품, 순수하고 고결한 도덕성을 갖추고

---

57) 유정幽情: 고아하고 우아한 감정을 가르킴
58) 사(思): 도덕적으로 완전함을 가리킨다.
59) 산림외가(山林畏佳): 험준한 산과 숲의 경치를 묘사하는 표현
60) 격(激): 물 흐름이 급하게 흐르는 소리를 묘사.
   호(譹): 화살이 발사되는 소리와 비슷한 소리를 묘사.
   질(叱): 꾸짖거나 소리치는 소리를 의미.
   흡(吸): 호흡 소리를 가리킴.
61) 규(叫): 외치는 소리를 가리킴
   방(謗): 비방한 소리를 나타냄.
   요(宎): 바람이 산골짜기에 불어 드는 소리를 묘사.
   교(咬): 애절한 소리를 나타냄.
62) 조조조조(調調刁刁): 풀과 나무 가지가 계속해서 흔들리는 모습을 묘사하는 표현
63) 은궤(隱几): 몸을 기울여 탁상에 기대어 앉은 모습을 의미 『장자』, 「재물론」 편에 나오는데 다음과 같다. "남곽 자기와 제자 안성 자유의 대화편에서 남곽 자기가 탁자에 기대어[隱幾] 앉아 있다. 하늘을 우러르며 한숨을 길게 내쉬는데 멍하니 넋이 나가 마치 자신의 짝을 잃은 듯했다. 제자인 안성 자유가 시중을 들다가 의아해서 물었다. "어째서 그러고 계십니까? 몸은 정말로 말라죽은 나무와 같고, 마음은 정말로 불 꺼진 재와 같습니다. 지금 탁자에 기대어 앉아 계신 모습은 예전에 탁자에 기대어 앉아 계시던 모습과 사뭇 다릅니다." 그러자 남곽 자기가 말했다. "자유야, 참 잘 보았다. 지금 나(吾)는 나(我)를 버렸다." 여기서 다양한 소리에 관해 이야기하는 대목이 나온다.

있어 감히 일반적인 작품으로 (그런 분께) 제가 평범한 작품을 드릴 수가 없습니다. 높고 험준한 산과 백 아름이나 되는 큰 나무는 그릴 수 있다. 그러나 모든 바람구멍에서 나오는 격렬한 소리, 물이 부딪치는 소리, 화살이 날아가는 듯한 소리, 질타하는 소리, 숨을 들이마시는 소리, 외치는 소리, 곡하는 소리, 웃는 소리, 나뭇가지가 흔들리는 소리 등은 그릴 수 없다. 그릴 수 없는 그런 정경을 표현하고자 하여, 다만 책상에 기대어 조용히 하늘의 소리를 들을 뿐이다.

[26]

山從筆轉, 水向墨流. 得其一臠64), 直欲垂涎65)十日.

산의 형상은 붓의 움직임을 따르고, 물은 먹의 흐름을 따르고 고기 한 조각을 얻으면, 10일 동안 음미할 수 있다.

[27]

妙在平淡而奇, 不能過66)也. 妙在淺近而遠, 不能過也; 妙在一水一石而千崖萬壑, 不能過也. 妙在一筆而眾家服習,67) 不能過也.

그림의 묘妙는 평이하고 담백함에 기이한 생각을 잃어서는 안 된다. 묘미는 근경에 있지만 원경을 소홀히 할 수 없다. 묘미가 물과 돌에 있지만 수많은 낭떠러지와 골짜기를 놓치면 안 된다. 묘미가 내 붓에 있지만 수많은 화가에게 배움을 잃어서는 안된다.

---

64) 저민 고기련(臠): 작은 조각으로 자른 고기를 의미하는 표현이다.

65) 수연(垂涎): (먹고 싶어) 침을 흘리다. 또는 음미하다.

66) 과(過): 잃어버리거나 놓친 것을 의미하는 표현이다.

67) 복습(服習): 여기에서는 특정 가문이나 전통에서 자주 사용하는 필법을 의미하며, 원래는 익숙한 습관을 가리킨다.

묘妙의 보충

고대 그리스 철학자는 "미美" 개념을 특별히 중시했다. 플라톤은 "미는 무엇인가"라는 문제를 다룬 전문적인 문장을 썼다. 중국은 달랐다. 중국 고대 철학자는 "미"를 그다지 중시하지는 않았다. 그들은 노자 철학의 영향으로 "묘妙"를 추구했다. 중국의 옛사람들이 시나 회화를 칭찬할 때 "매우 아름답다"라고 한 경우는 거의 없고 대신에 "묘함을 말로 다 표현할 수 없다."라고 했는데, 김성탄金聖嘆이 『수호지水滸志』를 평할 때도 늘 "묘극妙極", "신묘지극神妙之極"이라는 평어를 사용했다. "미"와 "묘"는 무슨 차이가 있는가? "미"의 착안점은 구체적이고 유한한 대상이고, 유한한 대상을 완미하게 형상화하려 했다. 그러나 "묘"의 착안점은 전체 인생이고 전체 조화 자연이다.

[28]

魏雲如鼠, 越雲如龍, 荊雲如犬, 秦雲如美人, 宋雲如車, 魯雲如馬. 畵雲者雖不必似之, 然當師其意.

위나라의 구름은 쥐와 같고, 월나라의 구름은 용과 같으며, 형나라의 구름은 개와 같다. 진나라의 구름은 미인과 같고, 송나라의 구름은 수레와 같으며, 노나라의 구름은 말과 같다. 구름을 그리는 것은 비록 정확한 형태를 따르지 않더라도, 그 외형이 담고 있는 의미를 본받아야 한다.

[29]

作畵須優入68)古人法度中, 縱橫恣肆, 方能脫落時經, 洗

---

68) 우입(優入): 숙련된 기술을 완벽히 익힌 후에도 여전히 더 나아갈 수 있는 여지가

發新趣也.

그림을 그릴 때는 반드시 옛사람의 이치를 잘 알아서 자유롭게 표현할
수 있어야 비로소 시대의 관습에 얽매이지 않고 새로운 예술 창작을
발현할 수 있다

[30]
余嘗有詩題魯得之[69]竹云 : "倪迂畫竹不似竹, 魯生下筆
能破俗." 言畫竹當有逸氣也.

나는 일찍이 노득지의 대나무 그림에 대해 제시한 적이 있는데, "예운
림은 대나무 그림에서 형사를 추구하지 않았고 노 선생은 제시한 그림
이 세속적인 규범을 깨트렸다."라고 말했다. 이는 대나무를 그릴 때
일기逸氣가 담겨야 한다는 것을 의미한다.

 일기逸氣의 보충

　　예찬의 〈위이중화소죽도爲以中畫疏竹圖〉의 제화시題畫詩에서 일기
가 처음 제시되었다.

　　장이중은 언제나 내가 그린 대나무를 좋아하는데 나의 대나무는
오직 흉중 일기를 그린 것일 뿐이다. 어찌 내가 다시 그 닮음과 닮지
않음과 잎의 무성함과 성김, 가지의 기운 것과 곧음을 비교하겠는가?
…… 진실로 보는 사람이 무엇으로 보든 어찌할 도리가 없다. 다만

　　있다는 것을 의미.
69) 명나라 말, 청나라 초기 문인화가 노득지이다. 인물전 참조.

이중이 보고 무엇이라 여길지 알 수 없을 뿐이다.(倪瓚,『淸閟閣全集』
卷九,「跋畫竹」: 以中每愛余畫竹, 余之竹, 聊以寫胸中逸氣耳, 豈復較其似
與非, 葉之繁與疏, 枝之斜與直哉? …… 眞沒奈覽者何! 但不知以中視爲何
物耳.) 그러나 예찬 일기에 대해 다양한 의견이 있다. 대체로 예찬의
일기는 자연의 본성에 따라 그리는 것이기 때문에 형사를 추구하지
않음에 있다. 자세한 논의는 김순섭,「예찬倪瓚의 '일기逸氣' 미학 연
구」, 성균관대학교 철학박사논문, 2019년 참조.

[31]
董宗伯云 : 畫石之法, 曰"瘦, 透, 漏", 看石亦然, 卽以玩石
法畫石, 乃得之.

동종백(동기창, 1555~1636)은 말했다. "바위 그리는 법은 수瘦, 투透,
루漏를 기본 원칙으로 삼아야 한다." 나는 바위를 볼 때도 마찬가지로
여기고. 바위를 체험하고 즐기는 방법으로 바위를 그릴 때, 비로소 그
특징을 정확하게 파악할 수 있었다.

 바위 그리는 법 보충

비瘦: 돌이 가늘고 날렵하며 독특한 형태를 가지므로 선이 또렷하고
돌 자체의 윤곽이 잘 드러나 있어야 한다. 그러나 단순히 가는 것에
그치지 않고, 강한 골격과 의연한 정신을 내포해야 한다.

투透: 돌은 다채로운 색상을 띠고 있으며, 빛을 받으면 그 빛이 돌
안에서 은은하게 퍼지며 단순하면서도 순수한 매력을 발산한다. 그
러므로 돌의 섬세하고 깨끗한 질감 속에서도 강한 기운이 느껴지며,
정교하면서도 절제된 분위기를 내포해야 한다.

루漏: 돌 내부의 구멍이 통과되어 비어 있는 부분이 특징인 돌을 뜻한다. 그래서 돌은 내부에 구멍과 빈 공간이 있어, 독특한 형태와 정교한 구조를 통해 끊임없이 변화하는 듯한 느낌을 주며, 활발한 생동감과 움직임을 연상하도록 하여 돌은 형태의 빈틈 속에서 마치 흐르는 듯한 리듬과 유연함을 나타내며, 돌의 각 부분이 자연스럽게 연결된 구조를 통해 원만하고 부드럽게 표현해야 한다.

[32]

筆墨可知也, 天機不可知也. 規矩可得也, 氣韻不可得也. 以可知可得者, 求夫不可知與不可得者, 豈易爲力哉? 昔人去我遠矣, 謀吾可知而得者則已矣.

필묵과 규칙 같은 것은 배워서 익힐 수 있지만, 천기나 기운과 같은 것은 배울 수 없고 얻을 수도 없다. 배워서 익힐 수 있는 기술로 배울 수 없는 것을 추구하는 것은 어찌 쉬운 일이겠는가? 옛사람들은 나와 멀리 떨어져 있지만, 내가 배워서 얻는 것에 노력하면 그만이다.

[33]

李成70), 範華原71)始作寒林, 東坡所謂 "根莖牙角幻化無窮, 未始相襲. 而乃當其處, 合于天造, 宜于人事者"也. 無墨池研臼72)之功, 便欲追踪上古, 其不爲郢匠73)所笑, 而

---

70) 북송 시대 화가 이성이다. 인물전 참조.
71) 범관이다. 인물전 참조.
72) 묵지연구(墨池研臼): 사용하는 벼루를 너무나도 열심히 갈아서 벼루에 움푹 팬 구덩이가 생긴다는 의미로, 매우 노력하고 정성을 다하는 모습을 비유적으로 표현.
73) 영장(郢匠): 기예가 뛰어난 장인을 가리키는 표현으로,『장자(莊子)』「서무귀(徐

貽賤工血指74)之譏者鮮矣.

이성(李成: 919~967)과 범화원范华原(범관)은 한림寒林을 주제로 한 회화창작을 처음 시작하였다. 동파(소식)가 말하길, "뿌리와 줄기, 뾰족한 싹은 변화가 끝이 없으며, 서로 모방하지 않고 각자 그 위치에 적합하고, 자연의 이치에 합하고 인간사에 적합하다."고 하였다. 만약 먹이 쌓여 연못을 이루고 벼루가 닳아 구덩이가 이루는 공부 없이 옛사람의 경지를 추구하려 한다면, 그런 사람은 뛰어난 장인들에게 어리석고 졸렬하다는 비웃음을 피할 수 없을 것이다.

[34]
古人用筆, 極塞實處, 愈見虛靈. 今人布置一角, 已見繁縟75). 虛處實, 則通體皆靈. 愈多而愈不厭玩, 此可想昔人慘淡經營76)之妙.

옛사람은 붓을 사용함은, 붓 사용이 매우 번거롭고 복잡한 곳에서 오히려 기운이 유창하고 영묘함을 더욱 느낄 수 있다. 오늘날 사람의 그림 구도는 한 구성만 보아도 이미 번잡함이 느껴진다. 빈 곳을 잘 처리하면 화면 전체가 유려하고 영묘하게 느껴지며 이는 많아질수록 더욱 거부감이 없다. 이를 잘 음미하면 옛 화가들이 고심하여 구성한 묘미를

無鬼)」에 등장하는 개념이다. 이 표현은 장인 정신을 상징하며, 기술과 예술에 있어 높은 수준의 숙련도와 정교함을 지닌 사람을 비유적으로 나타냄.

74) 혈지(血指): 손가락에서 피가 날 정도로 서툴거나 미숙한 상태를 비유하는 표현. 주로 작업이나 기술에 있어 서투름을 나타내는 비유적 표현으로 자주 사용.

75) 번욕(繁縟): 자질구레하여 번거롭다.

76) 참담경영(慘淡經營): 여기서 화가가 고심하여 장면이나 소재의 위치를 배치하는 것을 의미한다. 이는 회화에서 정교하게 구성된 배치를 통해 작품의 조화를 이루는 과정으로, 고대 회화 이론 중 하나인 사혁(謝赫)의 육법(六法) 중 경영위치(經營位置)를 가리킨다.

짐작할 수 있다.

[35]

川瀨氤氳之氣, 林嵐蒼翠之色, 正須澄懷觀道, 靜以求之. 若徒索于毫末77)間者, 離矣.

산천의 여울엔 물기가 자욱하고, 숲속의 안개는 짙푸른 색을 띠고 있으니. 맑은 마음으로 도道를 바라보며, 고요한 마음으로 이를 깨달아야 한다. 만약 작품 속에만 찾는다면 점점 더 멀어질 것이다.

[36]

凡觀名跡, 先論神氣. 以神氣辨時代, 審源流, 考先匠, 始能畫一而無失矣. 北宋首出, 惟推北苑. 北苑78)嫡派, 獨推

---

77) 호소(毫素): 원래 붓과 글씨나 그림을 그릴 때 사용하는 백견(白絹)을 의미했으며, 나중에는 종이와 붓을 통칭하는 표현으로 확장.

78) 원은 즉 동원(董源)을 가리킨다. 『몽계필담(夢溪筆談)』에서는 이렇게 말하였다. "강남 중주(江南中主) 때 북원사(北苑使) 동원이 있었는데, 그는 그림을 잘 그렸고 특히 가을 안개와 먼 경치를 그리는 데 뛰어났다. 주로 강남의 진산(眞山)을 그렸으며, 기괴하거나 험준한 필법을 사용하지 않았다. 그 후에 건업의 승려 거연(巨然)이 그의 화법을 이어받아 모두 묘리에 이르렀다. 동원과 그의 후계자인 거연의 그림은 멀리서 볼 때 가장 아름답다는 특징이 있다. 가까이서 보면 필치가 매우 간략하고 물체를 거의 닮지 않지만, 멀리서 보면 경치가 뚜렷하게 드러나며, 깊은 감정과 먼 곳에 대한 사색을 불러일으킨다. 예를 들어, 동원의 그림 〈낙조도(落照圖)〉를 가까이서 보면 특별한 점을 찾기 어렵지만, 멀리서 보면 마을과 풍경이 깊고 아름다운 저녁 경치를 완벽하게 담고 있다"(『夢溪筆談』云: "江南中主時有北苑使董元, 善畫, 尤工秋嵐遠景. 多寫江南眞山, 不爲奇峭之筆. 其後建業僧巨然祖述源法, 皆臻妙理. 大體源及巨然畫筆, 皆宜遠觀. 其用筆甚草草, 近視之幾不類物象, 遠觀則景物粲然. 幽情遠思, 如睹異境. 如源畫《落照圖》, 近視無功, 遠觀村落杳然深遠, 悉是晚景. 遠峰之頂宛有反照之色, 此妙處也)

巨然. 北苑骨法, 至巨公而該備, 故董、巨並稱焉. 巨公又小變師法, 行筆取勢, 漸入闊遠, 以闊遠通其沉厚, 故巨公不爲師法所掩, 而定後世之宗. 巨公至今數百年, 遺墨流傳人間者少. 單行尺幅, 价重連城, 何況長卷? 尋常樹石布置, 已不易覯, 何況萬里長江. 則此卷爲巨公生平傑作無疑也. 自汶岷[79)]濫觴, 以至金, 焦[80)]流宗東會, 所謂網絡群流, 呼吸萬里, 非足跡所曆, 目領神會如巨公者, 豈易爲力哉! 宋代擅名江景, 有燕文貴[81)], 江參[82)]然. 燕喜點綴, 失之細碎; 江法雄秀, 失之刻畫. 以視巨公, 燕則格卑, 江爲體弱, 論其神氣, 尚隔一塵. 夫寫江流, 一派水耳, 縱廣盈尺間, 水勢澎湃, 所激蕩者, 宜無余地. 其間爲層峰峰疊嶺, 吞雲靡霧, 涉目多景, 變幻不窮, 斯爲驚絕. 至于城郭樓台, 水村漁舍, 關梁估船, 約略畢具, 猶有有五代名賢之風. 蓋研深于北苑而加密矣. 今世所存北苑橫卷有三, 一爲〈瀟湘圖〉, 一爲〈夏口待渡〉, 一爲〈夏山卷〉, 皆丈餘, 景塞實無

---

79) 문아(汶峨): 아강(峨江)을 가리키는 표현

80) 진강(鎭江): 금산(金山)과 초산(焦山)을 가리키는 표현이다. 이 두 산은 중국 장쑤성 진강시에 위치한 유명한 산으로, 역사적으로도 중요한 장소이다. 금산은 양쯔강에 접해 있는 섬으로, 그 아름다운 풍경과 문화적 중요성으로 오랫동안 많은 사람에게 사랑받아 왔고 교산은 강변에 자리 잡고 있으며, 옛날부터 중요한 불교 유적지이자 명승지로 알려져 있다.

81) 연문귀(燕文貴)는 절강성 오흥 사람으로, 생몰연대는 알려지지 않았다. 인물전 참조.

82) 강삼은 남송시대 사람이며 자는 관도이다. 특히 그의 삶에서 향기로운 차를 좋아했으며 당시 엽몽(葉夢, 1077~1148)과 같은 많은 문인 및 학자들과 밀접한 관련이 있다.

空虛之趣. 若此長絹, 觀其布置, 足稱智過于師, 謂非天下
之奇跡耶. 此卷昔爲衣白鄒先生[83])所藏. 今歸楊氏. 江上禦
史[84]), 王山人石谷輩. 商権時代源流, 因爲辨識考定如此.
偶一披玩, 忽如寄身荒崖邃谷, 寂寞無人之境. 樹色離
披[85]), 澗路盤折, 景不盈尺, 遊目無窮. 自非凝神獨照, 上
接古人, 得筆先之機, 研象外之趣者, 未易臻此.

유명한 작품을 감상할 때는 먼저 작품의 기운에 관심을 가져야 한다.
그 기운을 통해 시대를 분별하고 풍격의 원류를 자세히 살피고 모방한
이전 화가의 필법을 고찰해야 비로소 작품을 완전히 이해하고 빠뜨리지
않게 된다. 북송 시대의 가장 뛰어난 화가를 논하자면 나는 오직 동원을
든다. 동원의 정통 계승자는 거연을 손꼽을 수 있다. 동원의 골법骨法
용필은 거연에 이르러 완전히 갖추어졌다. 그래서 동원과 거연의 함께
거론되는 것이다. 거연은 또한 스승의 법을 약간 변형시켜 용필과 구도
가 넓고 심오한 경지로 들어가게 했다. 넓고 심오한 기운은 중후한
필력과 통한다. 그러므로 거연의 독특한 화풍은 스승의 법에 가려지지
않고, 그가 후대의 종사宗師가 되었다. 거연은 지금으로부터 수백 년
떨어져 있지만 세상에 남아 있는 작품은 매우 드물다. 소폭의 작품
하나만으로도 이미 큰 가치를 지니고 있는데, 긴 두루마리 그림은 말할
것도 없다. 보통의 산수화 한 폭도 보기 어려운데, 하물며 (만리강산)은
어떻겠는가? 이 두루마리 작품은 거연의 생애 걸작임이 틀림없다.
장강이 민강에서 시작해 진강의 금산과 초이산에 이르고 동쪽으로 세

---

83) 의백 추선생(衣白鄒先生): 명대 화가인 추지린(鄒之麟)을 가리키며, 그의 호는
의백(衣白)이다. 인물전 참조.
84) 청대화가 달중광을 가리킴. 인물전 참조.
85) 리피(离披): 나뭇가지가 어수선하게 흩어져 아래로 늘어진 모습을 묘사하는 표
현.

차게 흘러 합류했다. 이른바 수많은 물줄기를 만나 그물을 이루고 들어오고 나가는 땅이 만리를 이르는데 이러한 광대한 경관을 거연이 직접 유람하고 본 것이 아니라면 어찌 쉽게 그려낼 수 있었겠는가?

송나라에서 강의 경치로 이름을 떨친 이로 연문귀와 강삼이 있었지만, 연문귀는 붓을 사용해 섬세하고 빽빽하게 표현하는 것을 즐겼으나 오히려 사소함 때문에 놓치는 경향이 있었다. 강삼은 웅장하고 빼어난 화풍을 자랑했지만, 인위적인 묘사가 너무 많아 놓쳐버렸다. 이 두 사람을 거연과 비교하면, 연문귀는 격식이 낮고, 강삼의 필력은 상대적으로 약한 것으로 볼 수 있다. 작품 전체의 기운을 논하자면 거연과는 상당한 거리가 있다.

큰 강과 같은 물을 그릴 때는 화가가 수척의 종이 위에 물이 세차고 거친 장면을 표현해야 하며, 정성을 다해 남김없이 그려내야 한다. 이 작품의 화면에는 산봉우리가 겹겹이 쌓여 있고, 산의 기운이 자욱하여, 한눈에 많은 경관을 볼 수 있고 변화무쌍하여 경탄을 자아 낸다. 성곽, 누대, 수촌, 어사, 상인의 배, 다리 등 모든 요소가 갖추어져 있어 마치 오대 명사의 풍격을 보는 듯하다. 이는 거연이 동원의 화풍을 깊이 연구하고 더욱 발전시켰기 때문이다.

현세에 남아 있는 동원의 긴 두루마리 그림은 세 점이 있다. 하나는 〈소상도瀟湘图〉, 또 하나는 〈하구대도夏口待渡〉, 그리고 〈하산권夏山卷〉인데, 모두 길이가 10척을 넘는다. 이들 작품은 경물이 밀접하게 배치되어 있어 공간의 여백이 없다.

이 긴 두루마리 그림의 구도를 보면, 그 지혜가 스승을 뛰어넘었다고 할 수 있다. 이것이 바로 천하의 기이한 걸작이 아니라 하겠는가? 이 두루마리 그림은 명대의 화가 추 의백 선생님이 소장하고 있었는데, 지금은 양씨에게 귀속되었다. 강상어사, 왕산인 석곡 등이 이 그림의 시대적 원류를 논의하였고, 그에 따라 나는 이와 같이 고증하게 되었다. 우연히 한 번 감상하면 마치 황폐한 절벽과 깊은 골짜기 적막한 곳에 홀로 있는 것 같다. 나무와 가지는 어지럽게 아래로 늘어져 있고, 산길은 굽이굽이 구불구불하다. 종이 위에 경관은 수척도 안되지만, 감상은 끝이 없다. 만일 화가가 정신을 집중하고 안목을 기르며, 고인의 필법을 깊이 연구하여 붓으로 그리기 전에 영기와 물상 너머의 영취를 얻지 못한다면 이러한 신령스러운 경지에 도달할 수 없을 것이다.

[37]

不落畦徑, 謂之士氣 ; 不入時趨, 謂之逸格. 其創制風流,
昉86)于二米87), 盛于元季, 泛濫明初. 稱其筆墨, 則以逸宕
爲上 ; 咀其風味, 則以幽淡爲工. 雖離方遁圓88), 而極姸
盡態. 故蕩以孤弦89), 和以太羹90), 憩于閶風91)之上, 泳于

---

86) 방(昉): 본래 하늘이 막 밝아오는 순간을 가리키며, 여기서 더 확장된 의미로 무언가가 막 시작되는 시점을 뜻한다.

87) 중국 송나라 때의 문인 화가 미불(米芾)과 미우인(米友仁) 부자를 가리키며, 이들이 미법을 창안하였다고 전해진다. 수묵 산수 화법은 산의 대체적인 형태나 나무의 줄기와 가지를 그릴 때 윤곽을 사용하지 않고, 먹을 번지게 하여 그리며, 거기에 먹의 점을 포개어 표현하는 수법이다. 인물전 참조.

88) 리방둔원(離方遁圓): 규칙이나 법도에 구애받지 않는 상태를 의미하는 표현이다. 이는 일정한 형식이나 틀에 얽매이지 않고 자유롭고 유연한 방식으로 행동하거나 창작하는 상황을 가리킨다. 이 표현은 주로 예술적 자유나 규칙에 얽매이지 않는 창의적인 사고를 나타낼 때 사용된다.

89) 고현(孤弦): 숙성된 명주실로 만든 거문고나 비파의 현을 의미한다. 이 표현은 특히 전통 악기에서 사용하는 고품질의 실로 만든 현을 지칭하며, 이러한 현은 더 풍부하고 깊은 음색을 내는 것으로 알려져 있다. 주현은 종묘제례악이다. 『예기(禮記)』에 "종묘의 제사에서 시가 연주될 때, 그 악기의 현은 붉은색이며, 바닥에 실 구멍이 있어 기를 서로 통하게 한다."라고 기록되어 있다. 주현은 종묘제례악이다.

90) 태갱(太羹): 다섯 가지 맛(오미)을 섞지 않은 고깃국물을 가리킨다. 이는 음식이 매우 순수하고 담백한 상태를 나타내며, 여러 가지 재료나 맛을 섞지 않고 고유의 풍미를 살린 육수를 뜻한다. 『예기』에 "제사를 올리는 태갱에는 조미료를

沆瀁92)之野. 斯可想其神趣也.

세속적인 틀에 얽매이지 않아야 그것을 사기土氣라 하고, 시대의 유행을 따르지 않아야 일격逸格이라 한다. 이러한 독특한 풍격은 이불二米로부터 시작되어 원나라 말기에 번성하였고, 명나라 초기에 더욱 널리 퍼졌다. 일격의 필묵은 자유로움과 고결함을 최상으로 삼았으며, 그 풍미를 음미하면 평담平淡하고 고요한 것을 최고의 기예로 여긴다. 비록 규칙과 법도에 얽매이지 않지만, 물상의 형상과 정신이 남김없이 표현되었다. 나는 상고의 주현과 태갱의 예를 통해 마음을 깨끗이 하고, 신선의 세계에서 쉬며 맑고 넓은 들판에서 한가로이 거닐어야 비로소 일품 그림이 내포하고 있는 그윽한 정신의 경지를 느낄 수 있다.

평담平淡의 보충

평담平淡은 여러 가지 의미를 내포하고 있다.

첫째, 사람의 품성이 두텁고 담박함을 가리킨다.

① 위나라魏 유소劉劭 『인물지人物志·구징九徵』에서 "사람을 관찰하여 그 본질을 살필 때는 반드시 먼저 그 평담함을 살피고 난 후에

섞지 않는다."라고 기록되어 있다.

91) 낭풍(閬風): 산의 이름으로, 전설에 따르면 신선들이 거주하는 장소로 알려져 있다. 이 산은 곤륜산(昆侖山)의 꼭대기에 위치해 있다고 전해진다. 곤륜산은 중국 신화에서 신성한 산으로 여겨지며, 신선들이 사는 이상향으로 묘사되곤 한다.

92) 혈요(沆瀁): 맑고 탁 트인 장소를 의미하는 표현이다. 이는 일반적으로 하늘이 맑고, 넓고, 광활한 느낌을 묘사하는 데 사용된다. 이러한 표현은 특히 자연경관이 깨끗하고 광대한 분위기를 강조할 때 쓰이며, 때로는 외롭고 고요한 분위기도 함께 나타낼 수 있다.

그 총명함을 찾아야 한다(是故觀人察質, 必先察其平淡, 而後求其聰明)."라고 하였다.

② 『진서晉書·치감전郗鑒傳』에서 "언보彦輔는 도량이 넓고 평담하며, 지혜와 식견이 맑고 순수하여, 위태로운 조정에서도 친소 관계에 얽매이지 않았다(彦輔 道韻平淡, 體識沖粹, 處傾危之朝, 不可得而親疏)."라고 하였다.

③ 송나라 왕공王鞏의 『왕씨담록王氏談錄·성귀평담性貴平淡』에서 "사람됨은 평담함을 귀하게 여겨야 하며, 만약 여기에 식견과 재능을 더한다면 이른바 재상의 그릇이라고 할 수 있다(言人性貴平淡, 若加以識器, 即所謂宰輔器也.)"라고 하였다.

④ 명나라 장거정张居正의 『잡저杂著』에서 "사람의 재능과 성품은 평담함을 으뜸으로 한다(故人之才性, 以平淡为上)."라고 하였다.

⑤ 명나라 이동양李東陽의 『서미남궁진적후書米南宮真跡後』에서 "미불米芾은 안진경顏真卿과 유공권柳公權의 글씨가 뽐내고 드러냄이 지나쳐 평담하고 자연스럽게 이루어진 멋이 없다고 평했다(米, 稱顏柳, 挑踢, 用意太過, 無平淡天成之趣)."라고 하였다.

윗글에서 평담平淡을 사람의 성품이 혼탁하지 않고 담백하며 욕심이 없음을 뜻하는 말로 설명하고 있다. 즉, 겉으로 드러나는 화려함이나 기교보다는 내면의 깊이와 진실함을 중시하는 태도를 강조하는 것이다.

둘째, 평범하고 특별할 필요가 없음을 이르는 말이다.

① 당나라 한유韓愈의 『송무본사귀범양送無本師歸範陽』에서 "간사함이 다하고 기이함이 변하여 사라지면 흔히 평범함에 이른다(奸窮怪變得, 往往造平澹)."

② 송나라 문천상文天祥의 『발호금창시권跋胡琴牕詩卷』: "어떤 사람

은 오산吾山을 유람하는 것이 마치 두보少陵(두보 호)의 시를 읽는 것과 같다고 했는데, 평담하고 기이하며 웅장한 것이 모두 갖추어져 있다(或謂遊 吾山 如讀 少陵 詩, 平淡奇崛, 無所不有)."라고 하였다.

윗글에서는 평담平淡을 특별히 뛰어나거나 두드러지지 않고 보통의 상태 를 뜻하는 말로 설명하고 있다. 즉, 기복이나 변화 없이 잔잔하고 평온한 상태 를 나타낸다.

셋째, 시문, 서화의 자연스럽고 꾸밈없는 풍격을 가리킨다.
① 송나라 갈립방葛立方의 『운어양추韻語陽秋』에서 "도잠陶潛과 사조謝朓의 시는 모두 평담하면서도 생각이 담겨 있어, 후대 시인들이 마음을 움켜쥐고 눈을 부릅뜨며 조탁한 것과는 다르다(陶潛、謝朓 詩皆平淡有思致, 非後來詩人怵心劌目珊琢者所爲也)."

이 부분에서는 평담平淡을 시, 글, 그림, 글씨 등에서 인위적인 기교나 꾸밈을 더하지 않고 자연스러운 멋을 살린 것 을 뜻하는 말로 설명하고 있다. 이는 꾸밈없는 순수함과 진솔함 을 추구하는 예술적 태도를 보여준다.

이처럼 평담平淡은 다양한 의미를 가진 단어이며, 문맥에 따라 그 뜻이 조금씩 달라질 수 있다. 하지만 전반적으로 인위적인 것을 배제하고 자연스러움과 진실함을 추구하는 태도를 나타내는 말이라고 할 수 있다.

[38]
作畫須有解衣盤礴93), 旁若無人94)意, 然後化機在手, 元

氣狼藉, 不爲先匠所拘, 而游法度之外矣. 出入風雨, 卷舒
蒼翠, 模崖範壑, 曲折中機, 惟有成風之技95), 乃致冥通之
奇, 可以悅澤96)神風, 陶鑄性器.

그림을 그리고자 하는 사람은 장자가 말한 해의반박解衣盤礴과 방약무
인旁若无人의 경지에 있어야 한다. 그런 후에야 비로소 조화의 틀을

---

93) 옷을 풀어 해치고 그림을 그리는 자유로운 경지이다. 이 말은 『장자(莊子)』 「전
자방(田子方)」 나오는 말이다. 송원공(宋元公)공은 관리를 시켜 방을 붙이고,
사람들을 불러 모았다. 당일이 되자 봇짐에 화구를 든 사람들이 별관에 모여든다.
화공들은 근엄한 원공 앞에서 낯빛을 공손히 하고 예를 갖춘 뒤 저마다 자리에
앉아 명을 대기하면서 벼루에 붓을 다듬고 있었다. 사람들이 몰려들자 별관 안으
로 다 들어오지 못하고 별관 밖의 마당에도 반은 있었다. 원공은 안에서 설명을
끝내고 밖으로 나가 사람들 앞에 섰다. 때마침 늦게 도착한 화공은 지각한 주제
에 느릿느릿하면서 들어와 원공이 가까이에 다가와도 긴장된 기색 없이, 잠깐
자리를 찾아 두리번거리더니 여의치 않자 그냥 나가버렸다. 원공은 한편으로
괘씸하기도 하고 기이하다고 생각하여 사람을 시켜 그를 찾아보라고 시켰다.
사람들이 수소문하여 그의 집을 찾아가서 몰래 그의 방을 들여다보았다. 그는
입고 있던 옷을 벗어 방바닥에 던져놓고 앉아 벌거벗은 채로 그림을 그리고
있었다. 이 사실을 원공에게 알리자 원공은 "그가 바로 진정한 화가로다(宋元君
將畫圖, 衆史皆至, 受揖而立. 舐筆和墨, 在外者半. 有一史後至者, 儃儃然不
趨, 受揖不立, 因之舍. 公使人視之, 則解衣般礴臝. 君曰: "可矣, 是眞畫者也.")
라고 칭찬하였다고 한다.
94) 방약무인(傍若無人)이란 곁에 사람이 없는 것처럼, 주변을 의식하지 않고 제멋
대로 행동하는 것을 뜻한다. 이 표현은 중국의 고전인 『사기(史記)』에서 유래되
었는데, 역사에 따르면 연나라 태자 단과 자객 형가의 이야기에서 비롯되었다.
형가는 친구 고점리와 함께 축이란 악기를 연주하고 술을 마시며 세월을 보냈는
데, 그들이 놀 때는 곁에 누구도 없는 것처럼 행동했다고 한다.
95) 성풍지기(成風之技)는 『장자(莊子)』 「서무귀(徐無鬼)」에 나온 표현이다, 즉 기
예가 매우 뛰어난 상태를 비유하는 말이고 이 표현은 기술이나 예술적 능력이
탁월한 경지에 이른 상태를 나타낸다.
96) 희택(悅澤): 광택이 나고 보기 좋아서 눈에 띄게 아름답고 기분을 좋게 만드는
것을 의미한다.

파악하여 화면을 생동감 넘치게 할 수 있다. 이전 화가들의 기법에 구속되지 않고 규칙과 격식의 틀을 벗어나 자유롭게 그릴 수 있다. 비바람이 몰아치는 날씨의 변화, 짙푸른 소나무의 구불구불 뻗어있는 가지들, 그리고 이어진 산맥의 굴곡진 형태를 묘사할 때, 그 조화로움이 드러나야 한다. 오직 기예가 신기에 가까운 사람만이 이러한 신묘한 경지에 도달할 수 있다. 이렇게 그린 그림은 사람의 눈을 즐겁게 하고, 마음을 편안하게 하여 심성을 배양하게 만든다.

[39]

今人畫雪, 必以墨積其外, 粉刷其內. 惟見縑素間着紛墨耳, 豈複有雪哉?

오늘날 사람들이 눈을 그릴 때, 반드시 먹으로 물상의 외곽을 그리고, 연백분을 물상의 안쪽에 칠한다. 그러나 이렇게 하면 단지 비단 위에 호분과 먹이 뒤섞여 있을 뿐, 그 어디에서도 진정한 눈을 볼 수 없게 된다.

[40]

偶論畫雪, 須得寒凝淩競之意. 長林97)深峭,98)澗道人煙. 攝入渾茫, 遊于沕穆. 其象凜冽, 其光黯慘. 披拂99)層曲, 循境涉趣. 岩氣浮于機席, 勁飆100)發于豪末. 得其神迹, 以

---

97) 장림(長林): 크고 키가 큰 숲을 가리키는 표현.

98) 심초(深峭): 여기서 깊고 가파른 절벽을 가리킨다. 이 표현은 깊숙이 자리 잡은 험준한 절벽이나 암벽을 묘사하며, 일반적으로 자연 속에서 높은 곳에 위치하고 경사가 매우 급한 지형을 의미한다.

99) 피불(披拂): 원래 무언가를 헤치고 지나가는 것을 의미하며, 여기서는 시선이 그 위를 넘어서 바라보는 것을 가리킨다.

100) 경풍(勁飆): 폭풍을 의미하는 표현이다. 이는 강하고 거센 바람을 묘사하는 데

式造化, 斯可喻于雪矣.

눈을 그릴 때는 얼음과 눈이 뭉쳐 한기가 엄습하는 느낌을 잘 표현해야
한다. 키 큰 나무와 숲, 험준한 절벽, 산골짜기의 작은 길, 드문드문
자리한 인가가 모두 넓고 아득한 경치 속에 사로잡히게 하여, 지극히
깊고 그윽한 분위기에 이르게 해야 한다. 화면은 매우 차가운 분위기와
어두운 그림자를 전달해 감상자의 시선이 겹겹이 굴곡을 넘으며 경치
의 변화를 따라가도록 해야 한다. 산 속의 운기가 마치 화면 위로 떠오
르고, 강한 바람이 붓끝에서 나오는 듯한 느낌을 주어야 한다. 이처럼
정신에 가까운 표현을 얻어야 만물을 창조하고 변화시키는 과정을 본
뜰 수 있으며, 비로소 눈을 제대로 그릴 수 있다.

[41]
高簡, 非淺也, 郁密, 非深也。以簡爲淺, 則迂老必見笑于
王蒙 ; 以密爲深, 則仲圭遂闕淸疏一格.

고결하고 간결한 풍격은 결코 기법이 서툴고 보잘것없는 것이 아니며,
용필의 번잡하고 복잡함이 결코 기법이 뛰어나고 심오함을 뜻하지 않
는다. 만일 간결함을 기법이 서툴고 보잘것없다고 여긴다면, 예운림은
왕몽에게 비웃음을 당할 것이다. 만일 번잡함을 기법이 뛰어나고 심오
하다고 여긴다면, 중규(오진)의 맑고 간결한 풍격은 사람들에게 무시
당할 것이다.

[42]
意貴乎遠, 不靜不遠也. 境貴乎深, 不曲不深也. 一勻水亦
有曲處, 一片石亦有深處. 絶俗故遠, 天遊故靜. 古人云 :

___

사용되며, 강(勁)은 강력하고 힘찬 것을, 풍(楓)은 바람을 비유적으로 나타낸다.

"咫尺之內, 便覺萬裏爲遙". 其意安在? 無公[101]天機[102]幽妙, 倘能于所謂靜者深者得意焉, 便足駕黃, 王而上矣.

깊은 생각이 멀리 있음이 중요하니, 고요하지 않으면 심원한 생각이 깨진다. 의경意境은 깊음이 중요하니, 깊은 변화가 없으면 물 한 숟가락에도 깊은 뜻이 있고, 돌 한 조각에도 깊은 곳이 있어야 한다. 세속을 초월해야 심원한 경지에 도달할 수 있으며, 자연과 함께 거닐 때 비로소 고요한 운치에 도달할 수 있다. 옛사람이 말하기를, 지척의 거리에서도 만 리의 기세를 느낄 수 있다고 했다. 그 뜻은 어디에 있는가? 천지의 신비를 터득한 자라면, 내가 말한 바 고요하고 깊은 곳에서 의미를 얻을 수 있으니, 이는 황공망과 왕몽을 능가할 수 있음을 뜻한다.

 ## 소식蘇軾 〈제서림벽題西林壁〉의 시에 관한 보충

"지척 의지내咫尺之內, 편각만리위요便覺萬裏爲遙"의 이 구절은 송나라 때 유명한 문인 소식蘇軾, 1037~1101 시에서 처음 등장했다. 그의 시 〈제서림벽題西林壁〉에 이 구절이 나온다.

제서림벽題西林壁

횡간성령측성봉橫看成嶺側成峰: 멀리서 보면 산맥이 되고 옆에서 보면
봉우리가 되니
원근고저각부동遠近高低各不同: 멀고 가깝고 높고 낮음에 따라 각기
다르구나
불식려산진면목不識廬山眞面目: 여산의 참모습을 알지 못하는 것은

---

101) 무공(無公): 여기서는 외부 스승 없이 스스로 익힌 것을 의미한다.
102) 천기(天機): 하늘이 부여한 영성을 가리킨다.

지연신재차산중只緣身在此山中: 다만 이 몸이 산 속에 있기 때문이네

지척지내咫尺之內, 편각만리위요便覺萬裏爲遙: 지척 안에서도 만리 밖처럼 아득하게 느껴지니 소식은 이 시에서 **관점의 중요**을 이야기하고 있다. 여산廬山의 진짜 모습을 알 수 없는 것은 산 속에 갇혀 있기 때문에 전체적인 모습을 볼 수 없다. 마찬가지로 우리 삶에서도 자신의 입장에 갇혀 있으면 사물을 객관적으로 보기 어렵다는 것을 의미한다. 그러므로 "咫尺之內, 便覺萬裏爲遙"는 바로 이러한 점을 강조하는 구절로, 가까이 있는 것도 때로는 멀리 있는 것처럼 느껴질 수 있다는 것을 의미한다.

[43]
作畫至于無筆墨痕者, 化矣. 而觀者往往勿能知也. 王嬙, 麗姬103), 人所美也. 魚見之深入, 鳥見之高飛, 糜鹿見之決驟, 又孰知天下之正色哉!

그림을 그릴 때, 필묵의 흔적이 전혀 남지 않는 경지에 이르렀다면, 이는 참으로 뛰어난 경지에 도달한 것이다. 그러나 종종 감상자는 이러한 경지를 알아채지 못한다. 모희와 서시는 세상 사람들이 가장 아름답다고 여기는 인물이었다. 그러나 물고기는 그녀를 보면 물속 깊이 숨

---

103) 모장(毛嬙): 모희(毛嬉)를 가리키며 전해지기를 춘추시대의 월나라 미녀로 알려져 있다. 그녀는 그 시대의 뛰어난 미모로 전해지며, 역사적 기록에서는 비교적 희귀하게 등장하는 인물이다. 여희(麗姬)는 바로 서시(西施)를 가리키며, 이는 『장자(莊子)』「제물론(齊物論)」에서 나오는 표현이다. 서시는 월나라의 유명한 미인으로, 춘추시대 오나라를 멸망시키는 데 중요한 역할을 한 인물로 잘 알려져 있다. 그녀의 아름다움은 중국 역사에서 중요한 전설로 남아 있으며, 사대 미인 중 한 명으로 손꼽힌다.

고, 새는 그녀를 보면 높이 날아가며, 사슴은 그녀를 보면 빠르게 도망간다. 과연 누가 진정한 아름다움을 아는가?

[44]

語云: "射較一鏃, 奕角一着". 勝人處正不在多.

맹자에 이르기를 "활쏘기는 한 발의 화살로 겨루고, 바둑은 한 수로써 승부를 겨루니." (활쏘기와 바둑은 종종 한 번의 묘기로 승리를 얻는다) 남에게 이기는 것은 절대 많은 것에 있지 않다.

사교일촉射較一鏃, 혁각일착奕角一着에 관한 보충

"사교일촉射較一鏃, 혁각일착奕角一着"은 중국 고전 『맹자孟子』「공손추 하公孫丑 下」에서 나온 글인데 내용은 다음과 같다.

"활쏘는 사람은 자신을 바르게 한 후에 활을 쏜다. 활을 쏘았는데 맞히지 못하면, 자신보다 잘 쏘는 사람을 원망하지 않고, 도리어 자신에게서 그 원인을 찾을 뿐이다. 활쏘기는 한 발의 화살로 겨루고, 바둑은 한 수로써 승부를 겨루니, 그러면 승패를 알 수 있다(射者正己而後發, 發而不中, 不怨勝己者, 反求諸己而已矣. 射較一鏃, 奕角一着, 則勝負可知也)."라고 하였는데 이것은 즉, 활쏘기나 바둑과 같이 객관적인 기준으로 승패를 가릴 수 있는 경기에서는 자신의 부족함을 솔직하게 인정하고, 그 원인을 자신에게서 찾아야 한다는 가르침을 담고 있다.

[45]

昔人云: 牡丹須着以翠樓金屋, 玉砌雕廊, 白鼻[104]猧兒[105],

紫絲步障106), 丹青團扇, 紺綠107)鼎彝. 詞客書素練而飛觴,
美人拭紅綃而度曲, 不然, 措大108)之窮賞耳. 余謂不然. 西
子未入吳, 夜來109)不進魏, 邢夫人衣故衣, 飛燕近射鳥者,
當不以窮約減其豐姿. 粗服亂頭, 愈見妍雅. 羅紈不禦, 何
傷國色. 若必踏蓮華, 營金屋, 刻玉人, 此綺艷之余波, 淫
靡之積習, 非所擬議于藐姑之仙子, 宋玉之東家也.

옛사람이 다음과 같이 말하였다. 모란은 반드시 으리으리한 누각, 옥돌

---

104) 백비(白鼻): 백비과(白鼻騧)에서 유래된 약칭으로, 황마(黃马)인 즉 황색 말,
누런 말이며, 이는 흰 코와 검은 주둥이를 가진 황색 말 을 가리킨다. 춘추
시대 『좌씨전(左氏傳)』에 다음과 같은 구절이 나온다. "위나라 임금이 오나라
임금과 운(鄆)에서 회견했는데, 오나라 임금이 장인을 시켜 좋은 말을 보여주
고, 태재 비(嚭)를 시켜 흰 비단을 가지고 먼저 활을 쏘기를 청했다. 공숙발이
말했다. 말은 코가 희고 주둥이가 검은 것을 길량(吉良)이라고 하는데, 이것을
먼저 쏘면 길하다(衛侯會吳于鄆, 吳子使工以良馬見, 使大宰嚭以白幣請先
射. 公叔發曰, 馬, 白鼻而黑喙者, 謂之吉良, 先之以射, 吉)."라고 하였다. 이
구절에서 백비(白鼻)는 흰 코를 가진 말을 뜻하며, 특히 코가 희고 주둥이가
검은 말은 길조(吉兆) 로 여겼다.

105) 와아(猧兒): 강아지, 어린 개를 뜻하는 옛날의 말이다.

106) 보장(步障): 바람, 먼지 또는 시야를 가리기 위해 사용되는 일종의 병풍을 의미
한다. 이러한 장치는 고대 중국에서 주로 야외에서 의식을 거행하거나 군대에
서 진영을 보호할 때, 또는 귀족들이 마차를 타고 이동할 때 외부로부터의
방해를 막기 위해 사용되었다.

107) 감록(紺綠): 푸른빛을 띤 검은색을 의미하는데, 청동기 위에 있는 짙은 청색에
서 투명하게 보이는 붉은색의 구리 녹을 묘사하는 표현으로도 사용된다. 즉,
감록은 단순한 색깔을 넘어 시간의 흐름과 함께 자연스럽게 형성된 아름다움
을 표현하는 단어이고 청동 기물에 있는 깊은 청색과 붉은빛이 섞인 문양을
형용한다.

108) 조대(措大): 크게 놓다라는 뜻으로, 마음이나 행동의 규모가 크고 호방하다는
의미이다. 주로 가난하고 낙심한 독서를 하는 사람을 가리킴.

109) 야래(夜來): 위문제(魏文帝)가 애첩 설영운(薛靈蕓)을 부르던 별명.

로 쌓은 돌보와 기둥에 무늬를 새긴 긴 화랑, 황마, 강아지, 자줏빛 천으로 수놓은 병풍, 유명한 화가의 그림이 있는 부채, 짙푸르고 옅은 붉은색의 청동기와 어울려야 한다. 사인들은 술잔을 들고 불후의 명작을 쓰고 미인들은 붉은색 얇은 비단을 입고 빙빙 돌며 나풀나풀 춤을 추는데 가난한 선비들 처럼 헛되이 감상만 하지 않는다. 나는 오히려 그렇지 않다고 생각한다.

서시西施가 오나라에 가지 않고 미인이 야래가 위나라 궁에 들어가지 않았을 때 형 부인이 여전히 낡은 옷을 입고 있는데, 조비연趙飛燕과 성제가 밀회를 할 때, 모두 가난하여 복장이 단순해도 그녀들의 아름다움이 약화되지 않는다. 투박한 옷, 부스스한 머리일수록 그녀들의 본래 아름다움이 보였다. 고귀한 비단옷을 입지 않은 것이 어찌 국색의 천향에 손상을 입힐 리가 있겠는가? 굳이 연꽃 밟고 금색의 집을 짓고 옥인을 조각하는 것은 사치스럽고 저속하며 헛된 영화를 추구하는 풍조가 남겨 놓은 악습이다. 이런 이론으로 막고산의 선녀와 송옥이 말하는 동가의 아들을 평가할 수는 없다.

[46]

貫道110)師巨然111), 筆力雄厚, 但過于刻畫, 未免傷韻. 余欲以秀潤之筆, 化其縱橫, 然正未易言也.

유관도는 거연을 스승으로 삼아 필력이 웅장하고 힘이 있다. 다만 필의 사용이 너무 세밀하고 지나치게 묘사되어, 작품의 운치를 헤칠 수밖에 없었다. 나는 빼어나고 온화한 필법으로 유관도의 거칠고 지나치게 묘사된 부분을 완화하려고 했지만, 이것도 결코 쉬운 일이 아니다.

---

110) 유관도이다. 인물전 참조.
111) 거연이다. 인물전 참조.

[47]

黃鶴山樵112), 〈秋山蕭寺本〉, 生平所見, 此爲第一. 畫紅樹最穠麗, 而古澹之色, 黯然在紙墨外. 真無言之師. 因用其法.

왕몽(황학산초)의 〈추산소사秋山蕭寺〉는 내 평생 보아온 작품 중에서 가장 뛰어난 것이다. 그 붉은 나무를 그린 것이 가장 조밀하고 화려하며. 고아하고 담백한 색채는 필묵의 경계를 넘어 은은하게 드러난다. 이는 말없이도 가르침을 주는 작품이라, 이 방법을 배우게 되었다.

[48]

高逸一種, 蓋欲脫盡縱橫習氣, 淡然天真. 所謂無意爲文乃佳, 故以逸品置神品之上. 若用意模仿, 去之愈遠. 倪高士云 : "作畫不過寫胸中逸氣耳."113) 此語最微, 然可與知者道也.

고일高逸의 경지는 비루한 습관과 과장된 화풍을 완전히 벗어나, 담백하고 자연스러운 상태에 이르는 것이다. 의도적으로 화려함을 드러내지 않는 문체가 아름답다. 그러므로 일품逸品이 신품神品 위에 놓였다. 만약 의도적으로 모방하려 한다면, 오히려 그 경지에서 더욱 멀어질 것이다. 예고사倪高士(예찬)가 말하길, 그림을 그리는 것은 단지 마음

---

112) 황학산초는 왕몽이다. 인물전 참조.

113) 이 문장은 『청비각전집(淸閟閣全集)』 권9 "발화죽(跋画竹)"에서 나온 구절로, 예술가가 자신의 내면 기운을 표현하기 위해 그린 대나무에 대한 설명을 담고 있다. 여기서 작가는 대나무를 그리는 것이 단지 자신의 마음속 여유롭고 자유로운 기운을 표출하는 행위일 뿐이라 하였다. 예찬은 그림의 유사성이나 세부적인 묘사에 대해 신경 쓰지 않으며, 대나뭇잎이 조밀한지 또는 듬성듬성한지, 가지가 비스듬한지 직선적인지에 대해 크게 중요하게 여기지 않았다.

속의 고요한 기운을 표현하는 것에 불과하다. 이 말은 매우 오묘하여, 이를 이해하는 자와만 이야기할 수 있다.

고일高逸, 방일放逸 보충

고일과 방일은 처량하고 침울했던 원나라 문인들의 심리에서 나온 심미적 산물이다. 원대 문인들은 조국과 민족에 대한 사명감을 포기했기 때문에 은일이 보편적 사회현상으로 형성되었는데 이러한 풍조는 유례없는 규모였다. 조맹부는 한평생 부귀영화를 누렸지만 심적인 고통도 지극히 컸었기에 "한평생 일마다 모두 수치스러워"(趙孟頫,『自警』「齒豁童頭六十三」: 一生事事總堪慙)하고 은일을 동경했다. 그러나 그는 원나라에 출세했기에 좋은 그림에도 불구하고 후세에 평가가 좋지 않다. 하지만 원대의 사대 화가인 예찬, 황공망, 왕몽, 오진은 모두 은거 생활을 추구한 예술가들이며, 이들은 고독하고 고요한 경계에서 작품 활동을 펼쳤다. 고결하고 초연한 성품을 지닌 이들은 세속적 가치를 중요하게 여기지 않고, 가장 순수한 본성으로 돌아가 자연을 있는 그대로 바라보는 경지의 예술을 추구하였다. 이는 장자가 말한 '물화物化' 단계로, 도道를 보는 경지와도 같다. 오늘날 칸트가 언급한 미적 체험과도 유사한 이 경지는 순수한 자연과의 조화 속에서 이루어진다.

[49]
梅花庵主114)與一峰老人115)同學董, 巨, 然吳尚沉鬱, 黃貴

---

114) 매화암주는 오진이다. 인물전 참조.

瀟散, 兩家神趣不同, 而各盡其妙.

매화암주(오진)와 일봉노인(황공망)은 함께 동원과 거연을 배웠지만,
오진吳鎭은 웅장하고 힘차며 침울한 예술적 특징이 있었고, 황공망은
소탈하고 자연스러운 표현을 중시하였다. 두 대가의 예술적 취향은 비
록 다르지만, 각자 자신의 예술적 경지를 완벽하게 드러냈다

[50]
余畫樹喜作高柯古幹. 愛其昂霄[116]之姿, 含霜激風, 挺立
不懼, 可以況[117]君子. 惟營邱[118]能得此意, 當以瓣香[119]
奉之.

나는 나무를 그릴 때, 하늘 높이 우뚝 솟은 고목을 그리는 것을 좋아한
다. 그 하늘을 향해 솟아오른 자태가 마음에 든다. 서리와 눈을 맞고
강풍에도 굳건히 서 있는 모습은 군자에 비유할 만하다. 오직 이영구
(이성)만이 이러한 의상을 제대로 표현할 수 있었으니, 후세 사람들은
마땅히 공경하는 마음으로 그를 받들어야 한다

[51]
寒林昔推營邱, 華原[120], 得古勁蒼寒之致. 曾見營邱雪山,

---

115) 일봉노인은 황공망이다. 인물전 참조.
116) 앙소(昂霄): 하늘 높이 올라간다는 의미로, 높이 하늘에 이른다는 뜻이다.
117) 황(況): 비교하거나 비유한다는 의미이다.
118) 영구는 이성의 호이다. 인물전 참조.
119) 판향(瓣香): 일반향 또는 일조향으로도 불리며, 후에 사부나 특정 인물로부터의
     가르침을 이어받은 것을 상징적으로 나타내는 용어이다. 이 표현은 종종 사제
     관계를 설명할 때 사용되며, 특정 인물에게서 전수 받은 기술이나 지식을 존중
     하고 따르는 것을 의미한다.
120) 영구(营丘), 화원(华原)은 각각 이성(李成)과 범관(范宽)을 가리킨다. 인물전

畫樹多作俯枝, 勢則劍拔弩張, 筆則印泥畫沙.[121]此圖師
其意而少變其法, 似于古人略有合處. 與知者鑒之.

옛날에 한림寒林을 잘 그리는 화가로는 영구營邱(이성)와 화원華原(범
관)이 손꼽힌다. 그들은 고풍스럽고 강인하며 황량한 분위기를 잘 표현
했다. 나는 일찍이 이성李成이 그린 〈설산도〉를 본 적이 있는데, 나무들
이 대부분 구부린 가지가 힘차게 그려졌고, 필치는 굳세고 강인했다.
필묵의 자취는 마치 인주로 모래를 그린 것 같았다. 이 그림은 그의
뜻을 따르되, 그 기법을 약간 변형하여 옛사람들의 방식과 어느 정도
일치하도록 했다. 통찰력이 있는 이들과 함께 이 작품을 감상해 주기를
바란다.

[52]
戊申[122]春, 予渡錢唐, 游山陰. 泛舟鏡湖, 探禹穴[123], 其上

참조.
121) 인니화사(印泥畫沙)는 인인니(印印泥)와 추화사(錐畫沙)에서 유래한 표현으
로, 당대 서예가 저수량(褚遂良)이 서예에 대해 언급한 말이다. 이 표현은 중봉
(中鋒)으로 붓을 사용할 때의 필력을 설명하는데, 필법이 강력하고 힘차서 선의
가운데 부분은 먹이 짙고 실하며, 선의 가장자리 부분은 흐릿하고 약한 특징을
가진다. 이러한 필법은 마치 뾰족한 송곳이 모래를 긁고 지나갈 때 생기는
선의 가운데는 오목하고 양쪽은 도드라진 입체적인 형태와 유사하다고 묘사된
다. 이는 서예에서 붓을 강하게 눌러 선의 중심을 단단히 그리면서도 양옆이
흐릿하게 표현되는 효과를 나타내며, 서예 작품의 필력을 평가할 때 자주 인용
된다.
122) 무신(戊申)은 강희 7년(1668년)을 의미한다. 중국의 연호 체계에서 무신은 간지
(干支) 중 하나로, 60년 주기로 반복된다. 따라서 이 표현은 강희제 치세의
7번째 해인 1668년이다.
123) 우혈(禹穴)은 지금의 저장성(浙江省) 소흥(紹興)에 있는 대우릉(大禹陵)을 가
리키는 표현이다. 대우릉은 중국 전설적인 인물인 대우(大禹)를 기리기 위해
세워진 유적지이다.

有古柏盤曲, 天矯[124]離奇, 霜皮雪幹, 閱數百千年. 因歎陽羨善卷偃柏, 已不可見;武侯廟前黛色參天, 未識與巫峽雪山猶能同峙否?戲圖此本, 以發奇狀. 庶幾黃鶴山樵之畫桐, 先香山翁之寫報國松也.

무신년(1668) 봄, 나는 전당강을 건너 산음을 유람하였다. 경호鏡湖 위에서 배를 타고 대우릉을 탐방하였다. 능 위에는 가지와 줄기가 구불구불한 오래된 측백나무가 있었다. 그 형태는 굴곡지고, 나무껍질은 서리처럼 희고 줄기는 눈처럼 하얗다. 이미 수백, 수천 년의 세월을 견뎌온 나무였다. 이 광경을 보니 양부선陽羨善의 두루마리에는 이러한 측백나무가 없음을 탄식하게 되었다. 무후묘 앞에도 하늘을 찌를 듯한 큰 측백나무가 있는데, 무협과 설산이 지금까지 우뚝 설 수 있을지 모르겠다. 그래서 이 그림을 그려서 기이하고 아름다운 경치를 기록하였다. (그림의 기법은) 황학산초(왕몽)가 오동나무를 그린 것과 선조 백부인 향산옹(운향)이 보국사를 그린 것과 매우 유사하다.

 ## 무후묘武侯廟에 관한 보충

   무후묘武侯廟는 삼국지의 영웅 제갈량諸葛亮을 기리는 사당으로, 당나라 시인 두보杜甫는 제갈량을 추모하며 이곳에 관한 시를 남겼다. 시의 앞부분은 무후묘 안팎의 풍경을 묘사하면서 산의 고요함 속에 제갈량의 업적이 이미 세월과 함께 사라졌음을 암시하며 이는 지난 일을 돌아보면 모든 것이 덧없음을 느끼게 한다. 뒤의 두 구절

---

124) 천교(天矯)는 나무 가지가 구부러진 모습을 묘사하는 표현이다. 이 표현은 나뭇가지가 자연스럽게 굽어져 있는 형태를 가리키며, 구부러짐의 동적인 아름다움과 생동감을 강조한 것이다.

은 단 10글자로 제갈량의 일생을 압축하여, 그가 젊은 시절 남양에서 은거 생활을 포기하고 일생을 나라에 헌신하며, 몸을 바쳐 의롭게 나라를 위해 살았던 상황과 심정을 표현한다. 이 시는 허虛와 실實이 서로 어우러지고, 정情과 경景이 조화를 이루며, 간결하고 함축적인 표현 속에 깊은 의미를 담고 있다.

두보 「촉상蜀相」

승상사당하처심丞相祠堂何處尋: 승상의 사당을 어디에서 찾을까?

금관성외백삼삼錦官城外柏森森: 금관성 밖 잣나무 숲 울창하네

영계벽초자춘색映階碧草自春色: 섬돌에 비친 푸른 풀은 스스로 봄빛을 자랑하고

격엽황려공호음隔葉黃鸝空好音: 나뭇잎 사이 꾀꼬리는 부질없이 아름다운 소리 내네

삼고빈번천하계三顧頻煩天下計: 세 번이나 찾아 천하를 위한 계책을 부탁했고

양조개제노신심兩朝開濟老臣心: 두 왕조를 도와 구제하려는 늙은 신하의 마음이었네

출사미첩신선사出師未捷身先死: 출사하여 성공하기 전에 몸이 먼저 죽으니

장사영웅누만금長使英雄淚滿襟: 길이 영웅으로 하여금 눈물 옷깃에 가득하게 하네

이 시는 제갈량에 대한 두보의 존경과 추모, 그리고 인생의 무상함과 나라에 대한 충성을 보여주는 명작이다.

[53]
北苑正鋒, 能使山氣欲動, 青天中風雨變化. 氣韻藏于筆

墨, 筆墨都成氣韻, 不使識者笑爲奴書.[125]

동원董源은 붓의 정봉正峰을 사용하여 그림을 그렸는데 그로 인해 산 속의 운모가 움직이는 듯하고 맑은 하늘에 비바람이 일기 전 변화가 무쌍하였다. 기운은 필묵에 숨겨져 있는데, 필묵이 다 기운을 형성하여 그림을 보는 사람이 (내가) 억지로 옛사람들을 모방하여 자신의 독창 적인 풍격을 잃었다고 오해하게 해서는 안 된다.

[54]
巨然行筆如龍, 若于尺幅中雷轟電激, 其勢從半空擲筆而 下, 無跡可尋, 但覺神氣森然洞目, 不知其所以然也.

거연巨然의 필법은 마치 용과 같고, 지면 위에 번개가 치는 듯하다. 그 기세로는 허공에서 붓을 아래로 던지는 것과 같아 흔적을 찾을 수 없다. 신비로운 기운이 가득하다고 느껴 눈과 마음이 사로잡히지만, 그 이유를 알지 못한다.

[55]
黃鶴山樵一派, 有趙元, 孟端[126], 亦猶洪谷[127]之後有關 仝[128], 北苑之後有巨然, 癡翁之後有馬文璧[129]也.

---

125) 예서(奴書): 모방하여 세기듯이 그려 자신의 화풍을 이루지 못함
126) 조원(趙元)은 본명이 원(元)이었으나 명나라에 들어가면서 주원장(朱元璋)의 이름을 피하기 위해 원(原)으로 이름을 고쳤다. 자는 선장(善長)이고, 호는 단 림(丹林)이다. 그는 명나라 초기의 화가이다. 맹단(孟端)은 왕선(王綫)이다. 그는 자(字)가 맹단(孟端)이며, 호(號)는 우석생(友石生), 구룡산인(九龍山人), 오수(鼇叟)이다. 왕선은 명나라 초기의 화가로, 무석(無錫) 출신이며 왕불이라 고도 불린다. 자세한 내용은 인물전을 참조.
127) 홍곡(洪谷)은 형호(荊浩)이다. 인물전 참조.
128) 관동은 오대 후량(五代后梁)의 화가로, 형호(荊浩)를 스승으로 삼아 그의 화법

왕몽黃鶴山樵의 화풍을 계승한 사람으로는 조원趙元(자: 선장)과 맹단孟端이 있다. 이는 마치 형호洪穀 이후에 관동關소이 있고, 동원北苑 이후에 거연巨然이 있으며, 황공망癡翁 이후에 마문벽馬文璧이 있는 것과 같다.

[56]

子久以意爲權衡, 皴染相兼, 用意入微. 不可說, 不可學. 太白130)云 : "落葉聚還散, 寒鴉栖復驚", 差可擬其象.

자구子久(황공망)는 의경을 관건으로, 준법과 선염을 동시에 사용했기 때문에 의경 표현이 매우 정교하고 세밀하여, 말로 설명할 수 없고 배우기에 어려웠다. 이백李白(701~762)은 이렇게 말했다. '낙엽이 흩어졌다가 다시 모이니, 둥지에 깃들인 까마귀도 놀라 깨네.' 이 시구의 정경은 자구의 작품에서 표현된 의경과 비견될 만하다.

 이백李白의 시 삼오칠언三五七言의 시 보충

"낙엽취환산落葉聚還散, 한아서부경寒鴉棲復驚"은 당나라 시인 이백李白의 시 삼오칠언三五七言에 나오는 구절이다.

을 익힌 인물이다. 초기에는 형호의 산수화 기법을 배우며 그의 영향을 받았으며, 당대의 주요 산수화가 중 한 명이다. 인물전 참조.

129) 마완(馬琬)은 자(字)가 문벽(文璧)이며, 호는 노둔생(魯鈍生), 관원인(灌園人), 북원관자(北園灌者)이다. 그는 명나라 초기의 화가로, 금릉(南京, 오늘날의 난징) 출신이다.

130) 이백이다. 중국 당나라 시인. 중국 최고의 시인으로 추앙되며 시선(詩仙)으로 불린다.

추풍청秋風淸: 가을바람 맑고

추월명秋月明: 가을 달 밝다.

낙엽취환산落葉聚還散: 낙엽은 모였다 흩어지고

한아서부경寒鴉栖復驚: 갈까마귀 앉았다 다시 놀란다.

상사상견지하일相思相見知何日: 서로 그리워하며 만나는 것은 어느

날일까

차일차야난위정此日此夜難爲情: 이때 이 밤에 마음을 달래기 어렵네.

이 시는 전반적으로 가을밤의 정경과 함께 임을 그리는 화자의 애절한 마음을 노래하고 있고 "낙엽취환산落葉聚還散, 한아서부경寒鴉栖復驚"이 두절은 가을의 쓸쓸함과 고독, 그리고 불안한 심리를 효과적으로 드러낸다.

[57]

六如居士[131]以超逸之筆, 作南宋人畫法. 李唐刻畫之迹爲之一變. 全用渲染洗其勾斫, 故煥然神明. 當使南宋諸公, 皆拜床下.

육여거사六如居士(1470~1523 =당인)는 고상하고 비범한 필법으로 남송의 화법을 따르면서도, 이당李唐의 지나치게 세밀한 조탁법을 크게 변화시켰다. 그는 완전히 선염을 사용하여 구륵법과 세밀한 조각법을 버렸다. 그 결과, 작품은 마치 신이 도운 듯 신묘한 경지에 이르렀으니. 남송의 대가들이 모두 그에게 탄복할 것이다.

---

131) 당인이다. 인물전 참조.

선염, 구륵법, 몰골법 보충

선염渲染 : 동양 회화의 기법. ① 종이에 물을 먼저 칠하고 마르기 전에 수묵이나 채색을 가하여 표현 효과를 높이는 기법. 붓의 흔적이 보이지 않기 때문에 은은한 표현 효과를 나타낸다. 안개 낀 산수의 흐릿한 정경이나 우중雨中의 정취 또는 으스름한 달밤의 풍경을 표현하는 데 활용된다. ② 색의 배치로 해석할 수도 있다.

구륵법 : 구륵진채법鉤勒塡彩法의 준말이다. 구륵착색법鉤勒著色法·구륵선염법鉤勒渲染法·쌍구법雙鉤法이라고도 한다. 형태의 윤곽을 선으로 먼저 그리고 그 안을 먹이나 채색으로 메우는 기법이다. 구륵은 윤곽선이라는 뜻을 내포하기 때문에 견실한 형태, 또는 밑그림을 견고하게 그린다는 의미로 쓰이기도 했다. 이 방법은 옛날부터 사용되어온 전통적 동양화 화법이다.

몰골법 : 물상의 뼈대인 윤곽 필선이 빠져있다는 뜻에서 붙여진 이름이다. 형태를 그림에 있어서 윤곽선이 없이 색채나 수묵을 사용하여 그린 그리는 방법이지만 실제로 몰골이라는 말은 언어적으로 정확하게는 타당하지 않다. 어떤 그림이든지 골이 없어서는 안 된다.(宗百華,『美學與 意境』, 人民出版社, 2009) 그렇다면 골은 무엇인가? 한나라 때 골법은 관상가가 사람의 골상을 관찰하고 사람의 존비귀천을 정하는 데 항상 사용되었다. 예를 들어,『사기』「회음후열전」에서 괴통蒯通은 한신韓信에 대해 다음과 같이 말했다. "귀천은 골법에 달렸고, 근심과 기쁨은 얼굴빛에 달렸으며, 성패는 결단에 달렸으니, 이것으로 참작한다면 만 가지 가운데 하나도 잃지 않습니다(貴賤在于骨法, 忧喜在于容色, 成敗在于決断, 以此參之, 万不失一)." 또『북사北史』「조작전趙綽傳」에는 "황제께서 늘 저에게 말씀하셨습니다. 짐

은 경에게 아끼는 것이 없다. 다만 경의 골상은 귀하지 않다(朕 于卿无所愛惜, 但卿骨相不当貴耳)."라고 하였는데 이로 보면, 사람의 귀하고 비천의 앞길은 사람의 골격 구조에서 볼 수 있다는 것이다. 여기서 말한 "골법"은 형상의 구조를 가리킬 뿐 아니라, "골법"에서 사람의 신분을 볼 수 있으므로 실제로는 "정신"을 가리키기도 한다. 그러므로 몰골법은 작가의 정신, 기운이 잘 표현되어야 한다.

[58]

婁東王奉[132]常家有華原小幀. 墟壑精深, 筆力遒拔, 思致極渾古. 然別有逸宕之氣[133], 雖至精工, 居然大雅.

누동의 왕시민王時敏(1592~1680)은 범관華原의 작은 그림을 소장하고 있었다. 그 그림에서 산비탈과 깊은 골짜기의 표현은 매우 정교하고 깊이가 있다. 필력은 강하고, 의취 또한 고전적이고 깊이 있는 것으로 가득하다. 작품 전체에 걸쳐 고상하고 초탈하며 구속되지 않는 기질이 특별히 갖추어져 있어서 아주 섬세하고 정교하지만, 우아한 고전적인 정취를 유지하고 있다.

[59]

董宗伯[134]極稱高尚書[135]〈大姚村圖〉, 石谷王子又稱〈夜山

---

132) 왕시민이다. 인물전 참조.

133) 일암지기(逸宕之氣)는 자유롭고 초연하며 어떤 구속에도 얽매이지 않는 상태를 묘사하는 표현이다. 이는 자연 속에서 안정된 마음과 자유로운 기운을 의미하며, 흔히 사람이 세속적인 것에서 벗어나 초탈하고 독립적인 태도를 가질 때 사용된다.

134) 동기창 인물전 참조.

135) 고상서 인물전 참조.

圖〉, 得煙雲變滅之狀. 高彥敬畫, 人間傳者不多見. 得從
尺幅片紙, 想其規模, 漱其芳潤, 猶可以陶冶群賢, 超乘而
上.

동종백董宗伯(동기창)은 고상서高尙書(고극공)의 〈대요촌도〉를 매우
높이 평가하였으며, 왕석곡王石谷(왕휘) 또한 고극공의 〈야산도〉가 구
름과 연기의 기이한 변화와 무한한 경치를 잘 표현했다고 평가하였다.
고극공의 그림은 현재 세상에 남아 있는 것이 많지 않다. 비록 작은
그림 조각만 있어도, 그 정수를 얻을 수 있고 그 규모를 상상할 수
있다. 이를 통해 많은 인재가 도야 되고, 보통의 솜씨를 넘어선 뛰어난
인재로 성장할 수 있다.

[60]

昔人論畫雪景多俗, 董雲間頗宗其說. 嘗見畫史稱[136]“營
邱所作雪圖, 峰巒林屋皆以淡墨爲之, 而水天空處, 全用
粉填, 亦一奇也. 每以告畫人, 不愕然驚, 則哑然笑, 足以
知後學之凡下也.” 觀此語, 于當時畫手求一知營邱用意
處, 已不可得. 況風氣代降, 至于數百年之後哉. 然營邱之
創制, 遂爲獨絶. 以論雪景多俗, 蓋亦指衆工之迹耳, 豈足
以限大方. 以是知雲間之說, 非至論也.

옛사람들은 설경을 그린 그림이 대부분 비속하다고 여겼는데. 동운간
董雲間(동기창)도 이 견해에 상당히 동의하였다. 일찍이 화론 사가들이

---

136) 여기서 말하는 화사칭(畫史稱)은 남송(南宋)의 화가 등춘(鄧椿)이 저술한 『화
계(畫繼)』를 가리킨다. 『화계』는 중국 회화사에서 중요한 저작 중 하나로, 여러
화가의 작품과 예술이론을 다룬 회화 평론이며 이를 통해 송대 회화의 흐름과
그 특징을 파악할 수 있다.

진술한 바에 따르면, 영구營邱(이성)가 그린 설경에서는 산봉우리와 무성한 숲, 가옥 모두를 담묵으로 표현하였다. 그러나 물과 하늘이 맞닿은 부분에는 전부 흰 호분을 사용하였는데, 이는 매우 독특한 기법이었다. 내가 이 기법을 다른 화가들에게 설명할 때마다, 그들은 놀라지 않고 비웃으며 조롱했다. 이로써 후배 화가들이 시야가 좁고 저속하다는 것을 충분히 알 수 있다. 이글을 보고서, 당시 화단에서는 이미 이성의 의도를 이해하는 화가를 찾을 수 없음을 알았다. 하물며 세상의 풍조는 날로 나빠져, 수백 년이 지난 지금은 어떻겠는가? 이성의 창조적 기법은 그래서 단절되었다. 과거 사람들은 설경을 그리는 것을 비속하다고 여겼는데, 이는 대부분 평범한 화공들의 작품을 가리켰는데 어찌 대가들을 논하지 않는가? 이를 통해 보면, 동기창의 말이 반드시 옳은 것은 아니다.

[61]

子久〈天池〉,〈浮巒〉,〈春山聚秀〉諸圖, 其皴點多而墨不費, 設色重而筆不沒, 點綴曲折而神不碎, 片紙尺幅而氣不促, 游移變化, 隨管出沒而力不傷. 董文敏所謂煙雲供養, 以至于壽而仙者, 吾以爲黃一峰外, 無他人也.

자구子久(황공망)의 〈천지天池〉, 〈부만浮巒〉, 〈춘산취수春山聚秀〉 등의 작품은 많은 준법과 점이 사용되었지만, 먹은 과하지 않다. 색은 무겁고 두껍지만, 선의 질감이 묻히지 않았으며, 장식적 조형이 굴곡이 심해도 그 정신은 흩어지지 않았다. 작은 폭의 작품이지만, 기운이 협소하지 않고 선의 변화는 유동적이며, 붓을 따라 움직여도 필력이 절대 줄어들지 않았다. 동기창董文敏은 그림 속의 안개와 구름으로 자신의 몸을 보양하여 장수하고 신선이 된다고 하였는데, 나는 황공망 외에는 이 경지에 이른 다른 사람이 없다고 생각한다.

[62]

〈泰岱秦松〉137), 王右丞曾138)有此圖. 右丞曰 : "秦換而松
不換." 蓋自矜其畫耳. 迄今而不換之松安在, 右丞之畫亦
安在耶?

이 그림은 〈태대진송泰岱秦松〉이다. 왕유王右丞는 이 주제의 작품을
일찍이 그린 적이 있었으며, 그는 스스로 제문에 적기를 "진나라가
바뀌어도 소나무는 변하지 않는다."고 하였다. 이는 사실 자기 작품을
자랑하기 위한 것이었다. 지금, 그 변치 않는 소나무는 아직도 세상에
편안하게 있으나 왕유의 그림도 여전히 세상에 남아 있는가?

[63]

錫山舟次, 一望山水林屋, 舟輿橋梁, 豆草黍稷, 爭相位置.
八月既望, 水之宜落時也, 而迷迷離離, 猶如此邪.

석산에서 배를 타고 가면, 한눈에 산과 물, 숲속의 집들, 선박과 교량,
콩, 풀, 조, 오곡이 제 위치에 조화롭게 자리 잡은 모습을 볼 수 있다.
음력 8월 16일은 물이 적절히 빠져나가는 시기여서 경치는 흐릿하고
안개가 자욱하게 피어나는데 이 경치와 같을까?

---

137) 태대진송은 중국의 태산(泰山)과 진령(秦嶺)에 있는 소나무를 의미한다. 『사기
(史記)』「진시황본기제육(秦始皇本紀第六)」편에 등장하는 이야기이다. 시황
28년, 시황이 동쪽 군현을 순무하기 위해 출행하면서 주역 산에 올라 산 위에
비석을 세우고 노나라 땅의 유생들과 의논하여 비석에 진나라의 큰 덕을 찬양
하는 글씨를 새겨 넣도록 하였다. 태산에서 내려올 때 갑자기 폭우가 쏟아져
큰 나무 밑으로 몸을 피했다. 그래서 시황은 그 나무를 오대부로 삼았다. 이
때문에 오대부송 또는 진송이라 일컫는다.

138) 왕우승은 왕유이다. 인물전 참조.

[64]

某公詩, 吳生畫, 如五十婦人, 修察其容, 自以爲姣好當門,
而入視之, 已憔悴甚矣.

모 선생의 시와 오 선생의 그림은 마치 오십 세 여성과 같아서, 멀리서
보면 얼굴이 매우 아름답다고 생각되지만, 만약 그녀가 문가에 서 있으
면 가까이에서 본 사람은 그녀가 이미 늙고 초췌하다는 것을 알게 된다.

[65]

天外之天, 水中之水, 筆中之筆, 墨外之墨, 非高人逸品,
不能得之, 不能知之.

하늘 너머에 또 다른 하늘이 있고, 물 속에는 또 다른 물이 있으며,
붓 속에는 또 다른 붓이 있고, 먹물 바깥에는 또 다른 먹이 있다. 경지
가 높은 사람이 아니면 이를 얻을 수도 알 수도 없다.

[66]

郭熙, 河陽人. 其畫法譎宕奇妙, 至以眞雲招入囊中, 放出
以似其飄渺之象爲山形. 然後世學者, 多入魔道. 其自言
曰 : "凡畫積惰氣而強之者, 其迹軟懦而不快, 此不注精之
病也. 積昏氣而汨139)之者, 其狀黯猥而不爽, 此神不與俱
成之弊也. 以輕心佻之者140), 其形脫略而不固, 此不嚴重
之弊也. 以慢心忽之者, 其體疏率而不齊, 此不恪勤之弊

---

139) 골(汨): 교란하거나 혼란스러운 상태를 의미하며, 더 나아가 혼탁하고 복잡한
　　모습을 나타내는 표현이다.
140) 경심조지(輕心挑之): 가벼운 마음으로 그것을 돋우다. 또는 가볍게 여기다. 라
　　는 뜻으로, 일이나 상황을 경솔하고 신중하지 않게 대하는 태도를 의미한다.

也." 觀此, 則公之小心精密也亦至矣.

곽희는 하양 사람으로, 그의 화법은 괴이하고 기묘하며 변화무쌍하여 구속되지 않았다. 그의 그림은 마치 자연의 구름을 주머니 속에 넣어두었다가 천천히 방출하여 가물가물한 모양으로 산의 형상을 만드는 것과 같았다. 그러나 후세의 학자들은 곽희를 모방하면서 잘못된 길로 빠지는 경우가 많았다. 곽희는 일찍이 이렇게 말했다. 그림을 그리는 사람은, 만약 평소에 게으른 기운을 쌓아두었다가 (창작할 때) 억지로 그림을 그리면, 그 필치는 힘없이 늘어지고 나약하며 결단력이 없게 되는데, 이는 정성을 쏟지 않은 탓이다. 평소에 혼탁한 기운을 쌓아두었다가 (창작할 때) 혼탁하고 잡다하게 그리면, (작품이) 복잡하고 불분명하여 사람을 미혹시키는 모양새가 되는데, 이는 정신이 그림과 하나 되지 못한 탓이다. 만약 건성으로, 가볍고 경솔한 마음으로 그림을 그리면, 작품의 형태는 잡다하고 방자하며 완전하지 못하게 되는데, 이는 그림 그리는 일에 진지하지 못한 탓이다. 만약 게으르고 나태한 태도로 그림을 그리면, 작품은 가지런하고 통일된 상태를 보여주지 못하게 되는데, 이는 부지런히 연습하지 않은 탓이다. 이 글을 보면 곽희가 그림을 그릴 때 얼마나 신중하고 세심했는지 알 수 있다.

[67]
筆墨攢簇, 然欲使人可以尋味而得之, 如通國皆知子都[141],

---

141) 자도(子都): 고대의 아름다운 남자로, 춘추시대 정(鄭) 나라의 미남자였다. "자도(子都)의 아름다움을 누가 아름답다고 하지 않겠는가? 역아(易牙)가 만든 음식을 누가 맛있다고 하지 않겠는가(子都之姣 疇不爲美 易牙所調 疇不爲旨)?"이것은 누구나 아름다움을 추구하고 맛있는 음식을 좋아하지만, 그 기준은 주관적 이며 시대와 개인에 따라 다를 수 있다. 따라서 자신의 기호에 맞는 것을 맹목적으로 쫓기보다는, 스스로 판단하고 선택하는 것이 중요하다는 메시지를 전달한다.

而淄澠[142]之相別, 黑白之相懸, 不俟易牙[143]離朱[144]也.

그의 필묵은 모여서 전체를 이룬다. 이는 자세히 감상해야 비로소 그 의경을 체득할 수 있다는 뜻이다. 마치 전국시대에 모든 이가 자도子都의 아름다움을 알았던 것처럼, 치수와 민수, 흑과 백의 차이는 역아易牙나 이주离朱의 설명을 필요로 하지 않는다. 그러한 차이는 민첩한 사람이라면 쉽게 분간할 수 있다

[68]

米氏家父子[145]與高尚書分路揚鑣, 亦猶王氏義, 獻[146]與鍾元[147]常齊驅並駕, 然其門徑有異而同, 有同而異者.

미불과 미우인 부자는 고극공과 각기 다른 길을 걸었다. 이는 마치

이 문장은 주로 객관적인 판단의 중요성을 강조하거나, 자신의 주관적인 기준을 확립해야 함을 일깨워 줄 때 인용된다.

142) 치니(淄泥)는 치수(淄水)와 엄수(淹水)를 합해서 일컫는 것으로, 둘 다 현재의 산둥성(山東省)에 위치한 강들이다. 전해지는 바에 따르면, 이 두 강의 물은 맛이 서로 달랐다고 한다. 전설에 따르면, 이아(易牙)라는 인물이 이 두 강물이 섞인 상태에서도 맛을 구별할 수 있었다고 한다.

143) 이아(易牙)는 춘추시대의 인물로, 제 환공(齊桓公)의 총신(寵臣)으로 알려져 있다. 그는 다른 이름으로 적아(狄牙) 또는 옹무(雍巫)라고도 불렸으며, 요리와 음식 조리에 뛰어난 능력을 가지고 있다. 이아는 특히 조미(調味)에 능통하고, 제 환공의 마음을 맞추는 데 탁월한 재능이 있었다고 전해진다.

144) 이주(离朱)는 전설 속에서 시력이 매우 뛰어난 사람을 가리키는 이름으로, 이루(離婁)라고도 불린다. 그는 특별한 시력을 지닌 인물로 전해지며, 천리 밖의 물체도 볼 수 있는 능력을 지녔다.

145) 송나라의 서화가 미불에게는 미우인(米友仁)이라는 아들이 있었는데, 그도 아버지와 마찬가지로 서화에 뛰어나, 사람들은 미불을 대미(大米), 미우인을 소미(小米)라고 했다.

146) 왕헌지 부자를 가르킴 인물전 참조.

147) 종요이다. 인물전 참조.

왕희지王羲之(303년~361)와 왕헌지王獻之(348~388) 부자와 종요鍾繇
(151~230)는 예술적 조예에 차이가 없었다. 그러나 그들의 예술적 길
은 차이도 있고 공통점도 있다.

[69]

雍門“『琴引』”148)云 : “須坐聽吾琴之所言.”吾意亦欲向知
者求吾畫中之聲, 而知所言也.

옹문雍門의 금인琴引에서 말하길 “반드시 앉아서 내 거문고의 말을
들어야 한다.”고 하였듯이, 나 또한 나의 그림 속의 소리를 알아줄 사람
에게서 나의 그림이 하는 말을 듣고 싶다.

[70]

方方壺149)蟬蛻世外, 故其筆多譎岸而潔清, 殊有側目愁
胡150), 科頭151)箕踞152)之態. 因念皇皇153)鹿鹿, 終日駸駸154)

---

148) 『금인(琴引)』은 음악 작품의 작자가 옹문(雍門)이 아니라 도문고(屠門高)이다.
옹문는 거문고를 잘 탔던 인물로 알려졌지만, 『금인』을 지은 것은 도문고이다.
도문고는 진시황이 천하의 미녀를 모아 후궁을 채우는 것을 바판하며 간언하기
위해 『금인』이라는 음악을 지었다고 전해진다.
149) 방종의이다. 인물전 참조.
150) 수호(愁胡): 호인(胡人)을 기반으로 유래된 말로, 호인은 일반적으로 깊고 우울
한 눈매를 가지고 있어, 그 외모가 마치 슬픔에 잠긴 듯한 인상을 주었다고
한다. 이러한 외모 때문에, 호인의 눈은 종종 매의 눈[鷹眼]에 비유되었다. 수호
는 이러한 배경에서 비롯된 표현으로, 매의 눈처럼 날카롭고 깊은 슬픔을 담고
있는 눈매를 묘사할 때 사용된다.
151) 과두(科頭): 관모(冠帽)를 쓰지 않고 머리를 드러내는 상태, 즉 머리카락을 묶
은 채로 머리를 그대로 노출하는 것을 의미한다. 이 표현은 주로 전통적인
관례나 의복을 따르지 않고 자유롭게 머리를 드러내는 모습을 묘사할 때 사용
된다.

馬足中, 而欲證乎靜域者, 所謂下士聞道, 如蒼蠅聲耳.

방종의는 마치 매미가 허물을 벗듯이 세속을 벗어났기에 그의 필법은 대부분 기묘하고 맑으며 고결하다. 마치 오랑캐처럼 눈이 깊고 매의 눈처럼 날카로우며, 모자를 쓰지 않고 거만하게 앉아 있는 모습과 같다. 그러므로 온종일 바쁘게 돌아다니며 자신을 돌아볼 겨를도 없는 사람들이 고요함의 경지에 도달하고 싶어 하지만, 깨달음이 부족한 사람이 도를 듣는 것은 마치 파리의 소음을 듣는 것과 같다.

[71]

子久神情, 于散落處作生活. 其筆意于不經意處作腠理. 其用古也, 全以己意而化之. 魋155)豵156)之猛屬也, 而獵人能馴之以角抵之戲; 王孫157)之詭秘也, 而弋人能導之以桑林158)

---

152) 기거(箕踞): 가볍고 무례한 자세를 나타내는 표현으로, 두 다리를 자유롭게 벌려 앉는 자세를 의미한다. 즉 전통적인 관례나 예절을 지키지 않고 자유롭고 느슨하게 앉는 모습을 가리키며, 특히 예의범절에 신경 쓰지 않는 태도로 받아들여지기도 한다.

153) 황황(皇皇): 두려워하거나 불안한 모습을 묘사하는 표현이다.

154) 침침(駸駸): 원래 말이 빠르게 달리는 모습을 나타내는 표현이다. 나중에는 급박하고 서두르는 상태를 비유적으로 설명하는 데 사용되었다. 즉, 초기에는 질주하는 말의 속도감을 묘사하다가, 후에는 급작스럽고 빠르게 진행되는 상황이나 행동을 나타내는 말로 확장된 것이다.

155) 『이아(爾雅)』, 「석수(釋獸)」: 감(魋)은 백호(白虎)이다.

156) 『이아(爾雅)』, 「석수(釋獸)」: 숙(豵)은 묵호(墨虎)이다.

157) 왕손(王孫): 원숭이(猴子)의 별칭 중 하나이다. 이 표현은 고대 문헌에서 원숭이를 우아하고 귀족적인 존재로 묘사하거나, 문학 작품에서 상징적 의미로 사용되며 원숭이를 높여 부를 때 사용되었다.

158) 중국에 7년 동안 큰 가뭄이 계속되자, 은(殷)나라의 탕왕(湯王)이 비 내리기를 빌었던 장소이다. 여기서 탕왕은 자신을 희생으로 삼아 비를 빌며, 6가지 조목을 들어 자책하였다. 이는 상림지도(桑林之禱)를 줄인 표현이다.

之舞. 此其故有非言說之所能盡矣.

황공망의 마음은 흩어진 곳에서 생동감 있게 나타난다. 그의 필법은 의도하지 않은 곳에서 자신의 이치를 드러냈다. 그는 고인의 기법을 사용하면서도 자기 뜻대로 변화시켰다. 백호와 묵호 같은 맹수는 사냥꾼이 씨름 같은 기술로 길들일 수 있으며, 원숭이처럼 교활한 동물은 사냥꾼이 상림의 춤 같은 고상한 방식으로 길들일 수 있다. 이러한 이유는 결코 말로 다 설명할 수 없다.

[72]
元人幽秀之筆, 如燕舞飛花, 揣摸不得. 又如美人橫波微盼, 光彩四射. 觀者神驚意喪, 不知其所以然也.

원대 화가들의 그윽하고 아름다운 필법은 마치 제비가 춤추고 꽃잎이 날리는 듯하여, 그 움직임을 예측할 수 없다. 또 마치 미인이 눈을 가늘게 뜨고 옆으로 살짝 보는 듯, 매력이 넘쳐흐르는 것과 같다. 감상자는 정신이 끌려 놀라고 그 마음을 잃어 왜 그런지 알지 못한다.

[73]
雲西[159]筆意靜淨, 真逸品也. 山谷論文云 : "蓋世聰明, 驚彩絕豔. 離卻靜淨二語, 便墮短長縱橫習氣." 涪翁[160]論文, 吾以評畵.

운서(조지백曹知白(1272~1355)의 필법은 고요하고 맑아 참으로 일품이라 할 만하다. 황산곡이 일찍이 문장을 논하면서 말하였다. "세상의

---

159) 운서는 조지백이다. 인물전 참조.
160) 부옹은 황정견이다. 인물전 참조.

총명함은 놀라운 광채와 탁월한 아름다움을 지니지만, 고요함과 맑음이라는 두 가지 특징이 없다면, 곧 세속의 거칠고 난잡한 풍조에 빠지게 된다." 이는 황정견黃庭堅(1045~1105)이 문장에 대해 평가한 것이지만, 나는 이를 그림에 적용해 본다.

[74]

迁老幽淡之筆, 余研思之, 久而猶未得也. 香山翁云 : "予少而習之, 至老尚不得其無心湊泊處." 世乃輕言迁老乎.

예찬迁老의 그윽하고 담백한 필법은 내가 오랫동안 깊이 연구했지만, 여전히 깨우치지 못했다. 향산 선생(백부)은 이렇게 말했다. "나는 젊은 시절 예찬의 기법을 익히려고 했지만, 나이가 들어서도 그 무심한 경지를 얻지 못했다." 세상 사람들이 어찌 예찬의 신비한 필법을 쉽게 논할 수 있겠는가?

[75]

元人幽亭秀木, 自在之外一種靈氣.惟其品若天際冥鴻161). 故出筆便如哀弦急管162), 聲情並集, 非大地歡樂場中可得而擬議者也.

원대 화가들이 그린 아름다운 산림의 풍경은 인간의 재주를 넘어선 신비로운 기운을 지니고 있었으며, 그 품성은 마치 하늘가에 높이 나는

---

161) 명홍(冥鴻): 원래 높이 나는 기러기를 의미하지만, 나중에는 세상을 피하고 숨어 사는 은둔자나 탁월한 재능을 가진 인물을 비유하는 말로 사용되었다.
162) 애현급관(哀弦急管): 슬픈 현악기 연주와 빠르고 긴박한 선율을 가리키는 표현이다. 이 표현은 슬픈 감정을 담은 현악기 소리와 급박한 속도로 연주되는 관악기 소리를 결합하여, 감정적으로 긴장되고 강렬한 음악적 분위기를 묘사하는 데 사용되었다.

큰 기러기와 같다. 그래서 그들의 붓놀림은 슬픈 현악과 급한 관악의 연주처럼 소리와 감정이 함께 어우러져, 세속의 즐거움으로 체험하고 비교할 수 있는 것은 아니다.

[76]

近日寫生家多宗余沒骨花圖, 一變爲穠麗俗習, 以供時目. 然傳模旣久, 相爲濫觴.163) 余故亟構宋人淡雅一種, 欲使脂粉華靡之態, 複還本色.

요즘 많은 사생 화가가 나의 몰골 화법을 모범으로 삼고 있다. 하지만, 점차 그 화법이 화려하고 속된 풍습으로 변해갔다. 그리하여 오늘날 심미 안목에 부합되었다. 이렇게 전해지고 모방한 지 오래되어, 그들 사이에 영향을 주었을 것이다. 나는 송나라 사람들의 담백하고 우아한 화풍을 시급히 제시하였는데, 사치스럽고 화려한 풍습을 본래의 모습으로 되돌리기를 바란다.

 상위남상相爲濫觴의 보충

상위남상相爲濫觴 : 서로가 서로에게 영향을 주어 새로운 일이나 사상을 시작하게 되는 계기가 되었음을 의미한다. 중국 전국시대 사상가 순자荀子의 저서『순자荀子』「권학勸學」에서 "반걸음씩 걸어가지 아니하면 천 리를 갈 수 없고, 작은 물을 모으지 않으면 강과 바다를 이룰 수 없다. 준마도 단번에 천리를 뛸 수가 없고, 아무리 둔한 말이라도 쉬지 않고 열흘을 가면 준마를 능히 따를 수 있다. 성공은 쉬지 않고 계속하는 데에 있다. 조각칼로 나무를 새기다가 그만두면 썩은 나무도 자르지 못하지만, 조각칼로 새기기를 포기하지 않으면 쇠와 돌도 새길

---

163) 상위남상(相爲濫觴)은 위의 보충 설명 참조.

수 있다. (不積跬步, 無以至千裏; 不積小流, 無以成江海. 騏驥一躍, 不能十步; 駑馬十駕, 功在不舍. 鍥而舍之, 朽木不折; 鍥而不舍, 金石可鏤)." 이 구절에서 순자는 적은 노력이 모여 큰 결과를 만든다는 것을 강조하고 있다. 이와 같이 "상위남상"은 비록 작은 물줄기라도 서로 모여 큰 강을 이루듯, 서로 영향을 주고받으며 새로운 것을 창조 해낼 수 있다는 것을 비유적으로 표현한 것이다. 그러므로 두 젊은 예술가가 서로에게 영감을 주고받으며 새로운 예술 사조를 만들어냈다. 즉 서로 긍정적인 영향을 주고받으며 발전하는 관계를 나타내는 말이다.

[77]
余凡見管夫人[164]畫竹三四本, 皆淸夐絶塵. 近從吳門見邵僧彌[165]臨本, 亦略得意趣, 猶有仲姬之風焉. 半園唐孝廉所藏烏目山人臨管夫人〈竹窩圖〉卷最爲超逸, 駸駸乎駕仲姬而上. 僧彌小巫耳.

내가 관부인管道升(1262년~1319년))의 대나무 그림 서너 폭 보았는데, 모두 세속을 초월하여 맑고 고요했다. 최근에 오문에서 소승미邵僧弥(1597~1643))의 임모본을 보았는데, 그도 어느 정도 의취를 얻었지만, 여전히 중희(관도승)의 기풍이 느껴졌다. 반원 당효겸이 소장한 오목산인(왕휘)은 관부인의 〈죽와도〉권을 모사하였지만 가장 세속을 초월했으며, 거의 관부인의 예술 수준을 뛰어넘었다. 소승미는 작은 무당일 뿐이다.

[78]
元時名家無不宗北苑矣. 迂老崛强, 故作荆關, 欲立異以

---

164) 관도승이다. 인물전 참조.
165) 소승미이다. 인물전 참조.

傲諸公耳.

원나라의 유명 화가들은 대부분 북원(동원)을 종주로 삼았다. 그러나 예운림은 홀로 고집스러워 특별히 형호와 관동의 화법을 모범으로 삼고 남다른 주장을 하여 여러 화가들에게 거만하게 군 것뿐이다.

[79]
方壺潑墨, 全不求似, 自謂獨參造化之權, 使真宰欲泣也. 宇宙之内, 豈可無此種境界.

방호(방종의)의 발묵 화법은 전혀 형사를 추구하지 않았다. 그는 홀로 만물 조화의 권세에 참여하여 우주의 주재자마저 감동해 눈물을 흘리게 했다고 했다. 우주의 태초 어찌 이런 경지가 존재하지 않을 수 있겠는가?

 발묵潑墨 보충

발묵법은 먹물을 뿌리는 것과 종이나 비단 위에 먹을 뿌린 다음 먹물이 흐르는 상황에 근거해 추이에 따라 형상을 그리는 두 가지 방법이 있다. 당대말 주경현朱景玄(806~840)의 『당조명화록唐朝名畵錄』에 따르면 당대의 화가 왕흡은 종이나 비단 위에 먹물을 뿌려 발로 차고 손으로 문지르다가 그 형상을 따라 바위, 물, 구름 등을 그렸는데 마음먹은 대로 손을 놀려 구름과 노을, 비바람 치는 모습을 그려내는 것이 완연히 귀신 솜씨 같아서 엎드려서 살펴봐도 먹이 얼룩진 자국조차 없었다고 한다. 명대 이일화李日華(1565~1635)는 『죽라화잉竹懶畵賸』에서 발묵은 먹을 쓰는 것이 미묘하여 붓 자국이 보이지 않고 마치 쏟아부은 것과 같다(泼墨者, 用墨微妙不見筆迹如潑出耳)."

[80]

黃鶴山樵166)遠宗摩詰167), 其能自立門戶, 頡頏168)黃倪, 蓋
得力于北苑者深也.

황학산초(왕몽, 1308~1385))는 멀리 마힐(왕유, 699 추정~759)을 스
승으로 삼아, 자신의 독자적인 화풍을 확립할 수 있었으며, 황공망과
예찬과 어깨를 나란히 할 정도로 실력을 갖추었다. 이는 동원의 영향을
깊이 받았기 때문이었다.

[81]

米家畫法, 至房山而始備. 觀其墨華遊戲, 脫盡畦徑, 果非
時人所能夢見.

미가米家의 화법은 방산(고극공)의 시기에 이르러 완벽해졌다. 그의
작품 속의 먹빛은 마치 자유롭게 노니는 듯하여, 모든 틀을 완전히
벗어나 있었다. 이는 과연 당시 사람들로서는 꿈꿀 수 없는 경지였다.

[82]

昔滕昌祐169)常于所居多種竹石杞菊, 以資畫趣. 所作折
枝花果, 並擬諸生. 余亦將灌花南田, 玩樂苔草, 抽豪研色,
以吟春風. 信造化之在我矣.

---

166) 황학산초는 왕몽이다. 인물전 참조.

167) 마힐은 왕유이다. 인물전 참조.

168) 힐파(頡頏): 서로 대등하여 우열을 가릴 수 없고, 서로 맞서며 균형을 이루는
    상태를 의미한다. 이 표현은 두 대상이 서로 비슷한 능력이나 힘을 가지고
    있어서 어느 쪽도 우위를 점하지 못하는 상황을 나타낼 때 사용된다. 주로
    경쟁이나 대립 상황에서 서로 팽팽하게 맞서는 관계를 묘사하는 데 사용된다.

169) 당말 오대 화가이다.

등창우滕昌祐는 항상 그의 집에 대나무, 바위, 구기자, 국화를 많이 심어 이를 통해 그림의 흥취를 더하였으며, 생생한 꽃과 과일 가지를 꺾어 그것들을 모사했다. 나 역시 남쪽 들판에 꽃을 심고, 이끼와 풀을 즐기며 붓을 들고 색을 연마하고 봄바람을 음미하였다, 참으로 자연의 조화가 내 붓끝에서 신령스럽게 드러났다.

[83]

趙大年170)〈江山積素圖〉, 秀潔姸雅, 得王維家法. 王晉卿171), 鄭僖172)輩皆不能及.此本爲王于一173)先人文裕公174)所藏, 傳之太仆175), 以至于一, 可謂一代鴻寶.

조대년의 〈강산적소도江山積素圖〉는 맑고 깨끗하며 우아하고 아름답다. 왕유의 화풍을 충실히 이어받았으며, 왕진경(왕선)과 정희鄭僖 등은 모두 이에 미치지 못했다. 이 작품은 왕우일의 할아버지 문유공 왕희열이 소장하였고, 이후 태복 왕시희를 거쳐 왕우일에게 전해졌다. 이는 시대의 귀중한 보물이라 할 수 있다.

[84]

寫生家日研弄脂粉, 搴花探蕊, 致有綺靡習氣, 豈若董, 巨長皴大點, 墨雨淋漓, 吞吐造物之爲快乎. 劍門樵客176)以

---

170) 조영양이다. 인물전 참조.
171) 왕진경은 왕선이다. 인물전 참조.
172) 정희(鄭僖): 자는 조지(照之)이며, 오군(吳郡) 사람이다. 산수화를 잘 그렸으며, 동원의 필법을 배워 묵법을 청윤하게 사용하여 사랑받았다. 묵으로 대나무와 새를 그렸고, 조문민(趙文敏)의 법을 따랐다. 불행히도 일찍 세상을 떠났다.
173) 왕우일(王于一): 즉 왕유정(王猷定)이다. 인물전 참조.
174) 문헌공은 왕희열이다. 왕유정의 조부이다.
175) 태부(太仆): 왕시희(王时熙)로, 왕유정의 부친이다.

此傚南田, 宜也.

사생 화가들은 날마다 연지와 호분 같은 색채를 연구하며 꽃과 풀의 작은 경치를 묘사하는 데만 몰두했다. 그 결과 겉만 화려하고 유약한 폐습이 쌓였다. 어찌 동원과 거연의 장준長皴과 대점大點처럼 묵비가 넘쳐나는 기운을 표현할 수 있겠는가? 또한, 어찌 그들처럼 만물의 조화와 변화를 통쾌하게 그릴 수 있겠는가? 검문초객(왕휘)이 이에 따라 남전을 경멸한 것은 당연한 일이다.

 ## 사생寫生의 보충

사생이 처음 제시된 북송 심괄沈括(1031~1095)이 쓴 『몽계필담夢溪筆談』에서 "황전의 꽃 그림은 용필이 매우 새롭고 정세 하여서 거의 먹을 쓴 흔적은 보이지 않고, 가벼운 색으로만 완성해서 그려내었는데 이를 사생이라고 한다."[177]라고 하였다. 여기서는 황전의 꽃 그림이 섬세하고 면밀한 묘사를 사생이라고 하고 있다. 그러나 명대明代 화론가 왕가옥汪珂玉(1587~?)의 「산호망珊瑚網」에서는 "'사寫'는 '사생'으로 꽃·과실·풀·나무·금수 등의 실물은 놓고 직접 보고 그리는 것이다."[178]라고 하여 화조화의 창작 방법으로 실물을 직접

---

176) 검문초객(劍門樵客)은 왕희지의 호이다. 인물전 참조.
177) 沈括, 「夢溪筆談」, 유검화 편, 조남권 역, 『중국역대화론 4 (화조축수 매란국죽 상)』(다운샘, 2006), p. 60. 黃畵花, 妙在賊色, 用筆極新細, 殆不見墨跡, 但以 輕色染成謂之寫生.
178) 汪珂玉, 「珊瑚網」, 유검화 편, 조남권 역, 『중국역대화론 일반론(상)』(다운샘, 2004), p. 373. 染(不描彩色塗染出)·渲(翎毛謂之染渲)·界(界畵屋宇)·描(白描人物)·臨(看眞本對臨)·模(用紙搨影)·傳(對面傳)·寫(花果草木禽獸寫生).

보고 관찰하여 그린 것으로 말한다. 청나라에 이르러 방훈方薰은 『산정거화론山静靜居畵論』에서 오늘날에는 "세필로 선을 긋거나 칠하는 것을 사생"이라 하지만[179], "옛사람들의 사생은 대상의 살아 생동하는 생명에 대한 의지를 그렸다."[180] 라고 하고 있으며 동시대의 추일계鄒一桂도 "그림을 그릴 때 두 가지 글자의 결정이 있어야 한다. 활과 탈이다. 활이라는 것은 생동이고 색과 붓, 뜻으로 그릴 때 하나하나 생동감이 있어야 하는데 이것이 곧 사생이라 할 수 있다."[181] 라고 하여 꽃과 새뿐만 아니라 예술의 창작 방법에서 사물의 외피만을 묘사하는 것에 있는 것이 아니라, 대상이 살아 생동하는 생명력과 그 의지를 느낄 수 있도록 표현해야 함과 세밀한 채색모사도 포함되고 있다.

이처럼 사생寫生의 의미는 시대에 따라 변화해 왔다. 북송 시대에는 심괄이 황전의 꽃 그림처럼 섬세하고 정밀한 묘사를 사생이라고 보았고 명대에는 왕가옥이 화조화를 그릴 때 실물을 직접 보고 관찰하여 그리는 것을 사생이라고 정의했다. 청대에는 방훈이 옛사람들의 사생은 대상의 생동감과 생명력을 표현하는 것이라고 주장했고, 추일계 또한 사물의 외형뿐 아니라 그 생명력까지 느껴지도록 표현하는 것이 사생이라고 말했다. 그러므로 사생은 단순히 눈에 보이는 것을 그대로 베끼는 것이 아니라, 대상의 본질과 생명력을 포착하여 화폭에 담아내는 것으

---

179) 方薰:『山靜居畵論』, 陳永怡校注, 西泠印社出版社, 2009, p.103. 細筆勾染者,
   謂之寫生.
180) 方薰:『山靜居畵論』, 陳永怡校注, 西泠印社出版社, 2009, p.103. 古人寫生,
   寫物之生意.
181) 鄒一桂:『小山畵譜』卷下『兩字』, 山東畵報出報社, 2009, p.106. 畵有兩字訣
   : 曰 活, 曰脫. 活 者, 生動也, 用色用筆用意一一生動, 方可謂之寫生.

로 그 의미가 확장되었다.

[85]

雲林畫天眞淡簡, 一木一石, 自有千岩萬壑之趣. 今人遂
以一木一石求雲林, 幾失雲林矣.

운림(예찬)의 그림은 천진(진실한 감정, 자연스러운 감정)하고 담백하
며 간결하다. 그림 속의 한 그루 나무와 한 조각 바위에는 저절로 천
산 만 골짜기의 흥취가 담겨 있다. 오늘날의 화가들은 단지 운림의
그림에서 나무와 바위를 그대로 모방하려 하다 보니 운림의 천진하고
담백한 본질을 거의 잃어버리게 되었다.

[86]

宋時人物衣褶多宗李龍眠.[182]石谷子爲余言, 向在維揚貴
戚王長安家, 觀宋徽廟〈六高士圖〉, 偶儻有出塵[183]之度,
行筆巧密, 與龍眠〈豳風圖〉略同. 因知趙文敏所宗, 亦龍
眠一派也. 此作松下老子圖, 玩其筆勢森然古法具在, 但
以設色變其白描. 此種用色, 古淡明潔, 惟明代文徵仲[184]
庶幾得之, 時俗庸史不足與議矣.

송대의 인물화에서 옷 주름을 그리는 화법은 대부분 이용면(이공린李

---

182) 이공린이다. 인물전 참조.

183) 출진(出塵): 세속적인 세계에서 벗어나 마치 속세의 범주를 넘어선 것처럼 보이
는 초연하고 우아한 인물의 풍모를 묘사하는 표현이다. 이는 인물이 세속적
욕망이나 속박에 얽매이지 않고, 고결하고 탁월한 품격을 가진 사람을 상징하
였다. 주로 도덕적으로나 정신적으로 높은 경지에 있는 사람을 표현할 때 사용
된다.

184) 문징중은 문징명이다. 인물전 참조.

公麟: 1049~1106)을 모범으로 삼았다. 석곡이 나에게 말하기를, 이전에 유양의 귀족 왕장안의 집에서 송 휘종의 〈육고사도〉를 감상했는데, 인물의 형상은 소쇄하고 탁월하여 세속을 초월한 듯하였다. 그 필법은 섬세하고 교묘하여 이공린의 〈빈풍도〉와 거의 유사하였다. 따라서 조맹부가 이공린의 화풍을 스승으로 삼은 것도 알 수 있었다. 이 〈송하노자도〉는 필묵의 기세가 엄숙하고 위엄이 있으며, 옛날 화법이 갖추어져 있고 단지 백묘법에서 채색법으로 바뀌었다. 이 그림의 색채는 고아하고 밝으며 깨끗하다. 명대 말의 문징명文徵明(1470~1559)이 거의 비슷한 경지에 이르렀으나, 이런 경지를 오늘날의 평범한 사람들과 논하기는 어렵다.

 ## 이공린 백묘법 보충

백묘白描는 중국 회화에서 묽은 먹으로 윤곽이나 인물을 그린 후 채색하지 않는 것을 일컫는다. 백묘가 인물화에서 중요한 이유는 청대의 심종건沈宗騫이 쓴 『계주학화편芥舟學畫編』에 기록된 다음과 같은 말에서 찾아볼 수 있다. "인물을 그리는 길은 먼저 필묵의 방법을 구하는 데 있으며, 그 뒤에 번짐과 장식이 따른다. 가장 처음이자 중요한 것은 붓으로 형체를 그리는 것에 있는데, 붓의 굴곡을 세심하게 표현하고 가볍고 무거움을 적절하게 배합하여 미세한 부분까지 놓치지 않게 해야 한다. 그렇게 하면 형체가 드러나고, 그 속에 신神 또한 담길 것이다.(畫人物之道先求筆墨之道, 而渲染點綴之事後焉, 其最初而要者, 在乎以筆勾取其形, 能使筆下曲折周到輕重合宜, 無纖毫之失, 則形得而神亦在個中矣)."

즉, 단순한 선만으로도 인물의 표정을 완벽하게 표현할 수 있다는 뜻이다. 백묘는 주로 붓을 수직으로 세워 중봉으로 그린 선이 가장 난해하여, 작품을 통해 화가의 기량을 쉽게 알 수 있다. 역대 화가들은 뛰어난 솜씨를 보여주었으며, 각자의 전통과 방식이 다르다. 그중 가장 유명한 두 계파가 있다. 첫째, 조맹부趙孟頫는 이공린李公麟에게서, 이공린은 고개지顧愷之에게서 이어져 내려온, 이른바 철선묘鐵線描의 계열이다. 마화지馬和之와 마원馬遠은 오도자吳道子에게서 영향을 받아 난엽묘蘭葉描의 계파를 형성하였다.

이처럼 **백묘白描**는 중국 회화에서 먹선만으로 윤곽이나 인물을 표현하는 기법으로, 채색 없이 선의 강약과 섬세함을 통해 인물의 형태와 표정은 물론 내면의 정신까지 담아내는 고난도의 표현 방식이다. 따라서 백묘는 단순히 선으로 그치는 것이 아니라, 화가의 깊은 예술적 역량과 정신이 고스란히 녹아 있는 고유한 기법이라 할 수 있다.

[87]

淡庵〈宋元冊〉中, 觀郭河陽〈寒山行旅〉絶奇; 江貫道[185]〈江關暮雪〉, 亦妙本也. 劉松年[186]畫〈人物〉團扇本, 三人回首看左角桃花, 人物如生, 竹夾葉大綠帶煙霧, 眞有神氣;王晋卿[187]畫楊柳樓閣, 極精工, 柳用大綠塗染, 後用汁綠開細葉, 極鮮麗.郭河陽〈行旅圖〉, 石谷已模入絹素, 極可觀, 大有出藍之美.

담암이 소장한 송나라와 원나라의 화첩 중에서 곽희의 〈한산행려도寒山行旅圖〉가 있었는데, 이는 매우 기이하고 아름다웠고 강관도(강삼)

---

185) 강삼이다. 인물전 참조.
186) 유송년 중국 남송의 화원 화가이다.
187) 왕선이다. 인물전 참조.

의 〈강관모설도江关暮雪圖〉 또한 매우 정교하고 오묘하였다. 유송년은 둥근 부채에 인물을 그렸는데, 세 사람이 돌아보며 좌측의 복숭아꽃을 감상하는 장면을 그렸다. 인물들은 마치 살아있는 것처럼 생생하고, 대나뭇잎은 짙푸르고 그 위에는 어렴풋한 운기가 덮여 있어 생동감이 넘친다. 왕선이 그린 버드나무와 누각은 매우 정교하며, 버드나무 가지는 짙은 색으로 칠해져 있고, 이어서 짙은 초록색으로 잎을 그려 매우 고운 색감을 표현했다. 곽희의 〈행려도〉는 왕휘가 일찍이 모사한 것으로, 감상할 가치가 매우 높다. 왕휘의 기예는 옛 거장의 성취를 뛰어넘은 훌륭한 것이다.

[88]
此景摹營丘〈寒林曉煙〉, 極蒼茫有深曲意. 余謂畫霧與煙不同, 畫煙與雲不同. 霏微[188]迷漫, 煙之態也 ; 疏密掩映, 煙之趣也 ; 空洞沉冥, 煙之色也 ; 或沉或浮, 若聚若散, 煙之意也 ; 覆水如纊[189], 橫山如練, 煙之狀也. 得其理者, 庶幾解之. 五峰[190]創意新鮮, 可稱獨步.

이 산수화는 이성의 〈한림효연화寒林曉煙畫〉를 모방하였는데, 화면에 운무가 아득하고 경색이 깊어 곡절 한 감정을 느끼게 한다. 나는 안개와 연기를 그린 것이 같지 않으며, 연기와 구름을 그리는 것도 같지 않다고 생각한다. 어렴풋이 흐릿한 모습이 연기의 형태이다. 경물을

---

188) 비미(霏微): 눈송이가 매우 작고 가볍게 흩날리는 모습을 묘사하는 표현이다.
189) 광(纊): 고대에 새로 만들어진 실과 솜을 가리키는 표현이었으며, 나중에는 일반적으로 솜을 의미하게 되었다. 련(練): 또한 부드럽고 깨끗한 흰색의 비단을 가리키는 표현이다. 이는 고대 중국에서 주로 고급 의복이나 직물로 사용되던 소재로, 비단의 우아함과 부드러움을 강조하는 데 사용되었다.
190) 오봉(五峰)은 명대의 화가인 문백인이다. 인물전 참조.

희미하게 보이게 하는 것은 연기가 조성하는 흥취이다. 경물을 신비롭고 침울하게 하는 것은 연기의 색이다. 때로는 숨어있다가 나타나기도 하고, 때로는 흩어졌다가 다시 모이는 것은 연기의 의취이다, 수면을 덮고 산 정상을 가로지르는 것이, 모두 비단 같은 것은 연기의 형상이다. 이것이 연기의 형태이다. 이 원리를 이해한다면, 보통 사람이라도 연기를 그리는 기교를 거의 다 습득할 수 있을 것이다. 오봉선생(문백인文伯仁, 1502~1575)에 특별한 창의는 신선하고 독보적이라 할 수 있다.

[89]

烏目山人爲余言, "生平所見王叔明眞迹, 不下廿余本, 而眞迹中最奇者有三. 吾從〈秋山草堂〉一幀悟其法, 于毗陵唐氏觀〈夏山圖〉會其趣, 最後見〈關山蕭寺本〉一洗凡目, 煥然神明, 吾窮其變焉." 大諦〈秋山〉天然秀潤,〈夏山〉鬱密沉古,〈關山圖〉, 則離披零亂, 瀟洒盡致, 殆不可以徑轍求之, 而王郎于是乎進矣. 因知向者之所爲山樵, 猶在雲霧中也. 石谷沉思旣久, 暇日戲彙三圖筆意于一幀. 滌蕩陳趨, 發揮新意, 徊翔姿肆, 而山樵始無餘蘊. 今夏石谷自吳門來, 余搜行笈得此幀, 驚歎欲絕. 石谷亦沾沾自喜, 有十五城不易[191]之槪. 置余案頭, 摩娑十餘日, 題數語歸之.

---

191) 유십오성불역(有十五城不易)는 『사기열전(史記列傳)』 권81 「염파·인상여열전(廉頗藺相如列傳)」에 나온 말이다. "조 혜문왕 때 초나라의 화씨벽(和氏璧)을 얻게 되었다. 진 소양왕(秦昭襄王)이 이를 듣고 사람을 시켜 조 혜문왕에게 편지를 전해 열다섯 개의 성과 바꾸자고 했다(趙惠文王時, 得楚和氏璧. 秦昭王聞之, 使人遺趙王書. 願以十五城請易璧)."

蓋以西廬老人[192]之矜賞，而石谷尚不能割所愛，矧余輩
安能久假爲韞櫝[193]玩邪？庚戌[194]夏五月題于靜嘯閣.

오목산인 왕휘가 나에게 말하길, "내가 평생 본 왕몽의 작품은 20여 점이 넘는다. 그중에서도 가장 뛰어난 것은 세 점이 있다. 나는 〈추산초당도秋山草堂圖〉를 통해 그의 화법을 깨달았고, 비릉 당씨의 〈하산도夏山圖〉를 감상하며 그 의취를 이해하게 되었다. 마지막으로 〈관산소사도關山蕭寺圖〉를 보았을 때, 나는 속세의 평범한 취향을 완전히 씻어내서 신명처럼 광채가 일어나 기법의 변화를 다 파악했다." 일반적으로 〈추산초당도〉는 자연의 윤택한 모습으로 표현하였고, 〈하산도〉는 빽빽하고 긴밀하면서도 침울한 분위기가 나타나 있으며, 〈관산소사도〉는 자유롭고 얽매이지 않아 필묵이 힘 있는 모습을 나타내었다. 사실, 이러한 작품들은 일반적인 방법으로는 배울 수 없지만 왕휘는 이러한 기예가 크게 나아갔다. 이전 사람들은 왕몽을 이해하는 데 여전히 구름 속에 갇혀 있었지만, 왕휘는 깊이 생각한 후 이 세 폭의 그림의 의취를 한 폭의 그림 속에 담았다. 그는 세속적인 심미관을 버리고 새로운 생각을 분출하여 자유롭게 얽매임 없어서, 왕몽의 필법이 비로소 완전히 드러나게 했다.

올해 여름, 왕휘가 오문에서 오자 나는 그의 책상에서 이 족자의 작품을 발견하고 매우 감탄했다. 왕휘도 자기 작품에 매우 만족했으며, 열다섯 성城과도 바꾸지 않을 기개를 가지고 있었다. 나는 이 작

---

192) 서려노인(西廬老人)은 왕시민이다. 왕시민은 명나라 말, 청나라 초의 화가로 사왕오운 가운데 한 사람이다. 어릴 때부터 이름난 그림을 보고 그림 그리는 법을 배워 주위 사람들을 놀라게 하였다. 모든 학문에 능통하였으며 시문에도 뛰어났다.

193) 온독(韞櫝): 옥함

194) 경술(庚戌): 강희9년(1670) 이때 남전은 38세이다.

품을 책상에 놓아두고 10여 일 동안 감상한 후, 몇 단락의 글을 쓰고 나서야 그에게 돌려주었다. 과거 서려노인 왕시민王時敏(1592~1680)도 왕휘의 작품을 높이 평가했지만, 그 역시 미련을 버리지 못했으니, 우리가 어떻게 오랫동안 빌려서 공문서로 삼아 돌려주지 않을 수 있겠는가? 경술년(1670) 오월, 정소각에서 제題하다.

[90]

香山翁云 : 北苑禿鋒, 余甚畏之. 既而雄雞對舞, 雙瞳[195] 正照, 如有所入. 陳姚最有言 : "躡方迹之足易, 標圓行之 步難. 雖言游刃, 理解終迷." 以此語語作家, 茫然不知也. 香山翁蓋于北苑三折肱矣, 但用筆全爲雄勁, 未免昔人筆 過傷韻之譏, 猶是仲由[196]高冠長劍, 初見夫子[197]氣象.

백부 향산 선생님께서 말씀하시길, "동원의 독봉禿鋒 필법은 처음에는 내가 매우 경외하고 두려워했으나, 나중에는 마치 두 마리 수탉이 서로 마주 보며 춤을 추고, 두 눈이 한곳을 일치하여 응시하는 것 같았다." 진나라 요최의 『속화품록續畫品錄』에서 말하길, "방형의 자취를 따르기는 쉬우나, 원형의 자취를 따르는 것은 매우 어려운 일이다. 비록 이미 숙련된 솜씨로 그린다고 할지라도, 이를 완전히 이해하기는 여전히 어렵다." 이 말을 다른 화가들에게 전했지만, 대부분은 그 의미를

---

195) 쌍동(雙瞳), 중동(重瞳)은 두 개의 동공을 가진 상태를 가리키는 표현이다. 이는 한쪽 눈에 두 개의 동공이 있는 희귀한 신체적 특성으로, 역사적으로 이 특징을 가진 인물은 특별한 능력이나 위대한 리더십을 상징하는 존재로 여겼다. 중국 고대 문헌에서, 특히 순임금(舜)과 같은 전설적인 인물들이 중동(重瞳)을 가졌다고 전해지며, 이러한 인물들은 지혜롭고 위대한 통치자로 묘사되었다.
196) 중유는 공자 제자인 자로이다. 인물전 참조.
197) 공자를 가리킨다. 인물전 참조.

전혀 이해하지 못했다. 향산 선생님께서는 동원을 뛰어난 화가로 평가하셨지만, 그의 필법은 전부 웅장하고 강인하며 고아하게 사용되어, 옛사람들이 붓의 사용이 지나쳐 그림의 운치를 손상한다고 나무라는 것을 피할 수 없게 되었다. 마치 중유(자로)가 높은 관을 쓰고 긴 검을 차고 공자를 처음 만날 때의 당당함과 강직함을 대하는 것과 같았다.

[91]

庚戌夏六月, 同虞山王子石谷, 從城攜筇[198])循山行三四里, 憩吾谷. 乘興遂登劍門. 劍門, 虞山最奇勝處也, 亦如扶搖之翼下垂也. 石壁連袤,[199) 中陡削勢, 下絕若劍截狀, 辟一牖, 如可通他徑者, 因號爲劍門云. 余因與石谷高嘯劍門絕壁下, 各爲圖記之, 寫遊時所見, 大略如此.

경술년庚戌年(1670) 여름 6월, 우산虞山 왕석곡과 함께 성에서 지팡이를 짚고 산길을 따라 3, 4리쯤 걸어가다 오곡吾谷에서 잠시 쉬었다. 흥이 일어 그대로 검문劍門에 올랐다. 검문은 우산에서 가장 기이하고 뛰어난 곳이다. 또한 마치 붕새가 날개를 늘어뜨린 채 하늘로 솟아오르는 모습과 같았다. 산봉우리는 연이어 우뚝 솟아 있었고, 가운데는 가파르게 깎인 듯한 형세이며, 아래는 마치 칼로 자른 듯한 모양이다. 작은 창처럼 난 곳이 있어 마치 다른 길로 통할 수 있을 것 같아서,

---

198) 휴공(攜筇): 대나무로 만든 손잡이에 적합하다는 의미로, 그 때문에 대나무 지팡이를 통칭하는 데 사용되기도 한다. 대나무는 가볍고 튼튼하며, 손잡이로써 사용하기 적합한 특성이 있으므로, 전통적으로 지팡이를 만드는 재료로 많이 사용된다.

199) 연무(連袤): 넓고 광대한 지역이 끝없이 이어지는 모습을 묘사하는 표현이다. 이 용어는 일반적으로 광활하게 펼쳐진 땅이나 드넓은 경치를 설명할 때 사용된다.

이 때문에 검문이라고 이름 지었다고 한다. 나는 이 때문에 석곡과 함께 검문 절벽 아래에서 높이 휘파람을 불고, 각자 그림으로 기록했다. 노닐던 때 본 것을 그린 것이니, 대략 이와 같다.

[92]

梅花庵主學北苑, 猶爲昔人神氣所壓, 未能戛然自拔. 此本所摹仲圭, 石谷得法外之意, 真後來居上.

오진은 동원의 풍격을 모방하여 배웠지만, 여전히 동원이 도달한 예술적 경지에 눌려 그 영향에서 벗어나지 못했다. 아직 자신만의 독자적인 경지를 이루지 못한 것이다. 이 그림은 비록 오진의 작품을 임모한 것이지만, 왕휘는 법도를 넘어선 의취를 얻어 진정으로 앞세대의 경지를 뛰어넘은 후세의 거장으로 자리매김했다.

[93]

余見石谷畫凡數變, 每變益奇. 此本爲今春所作, 觀其脫落荒率處, 與客秋取境較異, 似又一變也. 變而至于登峰, 翻引荊,[200] 楊兩公以爲合古, 雖不妨土壤增高[201], 而此亦安平君置卒上座, 而謬爲恭敬也.

나는 왕휘의 회화창작을 관찰하니 여러 차례 변화가 있어 보였다. 매번 변화는 모두 신기한 경지에 이르렀다. 이 그림은 올봄에 그렸는데, 자

---

200) 형동이다. 인물전 참조.
201) 토양증고(土壤增高): 『사기(史記)』, 「이사열전(李斯列傳)」에서 "이 때문에 태산은 흙을 사양하지 않아서 그 크기를 이룰 수 있었고, 강과 바다는 작은 물줄기를 가리지 않아서 그 깊이를 이룰 수 있었다(是以太山不讓土壤, 故能成其大 河海不擇細流, 故能就其)."이라는 구절이 나온다. 이 구절은 모든 것을 포용하는 자세의 중요성을 강조한다.

연스럽고 솔직해 보인다. 지난가을에 방문했을 때 창작의 의경과는 비교적 달랐다. 마치 한 차례 변화를 겪고 난 이후 최고봉에 이른 것 같았다. 또한, 형동邢侗(1551~1612)과 양문총楊文聰의 두 분 선생님의 법을 참고하였는데, 그들은 옛사람의 필치에 가깝다고 생각하였다. 비록 자신의 필묵 정진에 도움이 되지만, 이는 마치 안평군安平君이 병사를 상석에 앉혀놓고 경의를 표하는 척하는 것과 같다.

[94]

曾從吳門, 觀盧鴻202)〈草堂圖〉十二幀. 其作樹渲染, 正與此本相類. 樸古之韻, 逼真唐人, 五代以下, 無此風骨.

나는 이전에 오문에 있을 때 노홍盧鴻의 〈초당도草堂圖〉 십이 폭을 보았다. 그는 나무를 선염의 화법으로 그렸는데, 바로 이 그림과 유사했다. 소박하고 고아한 운치는 매우 당나라의 화풍과 가까웠다. 오대 이후로 이러한 기풍을 지닌 화가는 없었다.

[95]

法行于荒落草率, 意行于欲赴未赴. 瓊華203)玉巒204), 煙樓水樹, 不敢當古人之刻畫, 而風氣近之.

법도는 자유롭고 소박한 가운데 시작되고, 의경은 뭔가를 하려다가 하지 않은 가운데 시작된다. 아름다운 옥산과 신선의 산, 그리고 연무에 가려진 누대와 물가의 나무는 비록 고인의 묘사 수준에 도달하지 못할지라도, 그 분위기는 비교적 가깝다.

---

202) 노홍은 당의 낙양사람, 자는 호연(顥然). 숭산에 초당을 지어 은거했으며 산림을 잘 그렸다.
203) 경화(瓊華): 아름다운 돌을 비유
204) 옥만(玉巒): 즉 곤륜산이다. 이후에 또 신선의 산으로 나타냄

[96]

泛舟北郭外, 觀平岡205)一帶, 喬林紅葉, 彩翠百狀, 煙光霞
氣, 相照映如錦屛.206)與武林靈隱, 虞山劍門, 同一天孫207)
機也.

북면 성곽 밖에서 배를 타고 가며 평야에 있는 키 큰 나무들과 화려한
단풍을 감상하였다. 산속의 이내와 노을이 서로 비추어 마치 아름다운
병풍처럼 보였다. 그 경치는 무림의 영은과 검문처럼 모두 직녀가 짠
듯한 화려한 비단과 같았다.

[97]

癡翁畵, 林壑位置, 雲煙渲暈皆可學而至.208)筆墨之外, 別
有一種荒率蒼莽之氣, 則非學而至也. 故學癡翁, 輒不得
佳. 臻斯境界, 入此三昧209)者, 惟婁東王奉常210)先生與虞
山石谷子耳. 觀其運思, 纏綿無間, 飄渺無痕, 寂焉浩焉,
寥焉渺焉, 塵滓盡矣, 靈變極矣. 一峰耶? 石谷耶? 對之將
移我情.211)

---

205) 평강(平岡): 산이 평평한 곳을 의미한다.
206) 금병(錦屛): 비단으로 수놓은 병풍을 가리킴
207) 천손(天孫): 직녀를 가리킴
208) 학이지(學而至): 학습을 통해 모방하여 통달함을 가리킴.
209) 삼매(三昧): 심오함, 묘한 깨달음
210) 왕시민(王时敏)을 가리키며, 승상 초기에 승려 대종사였기 때문에 존경받아
    왕숭상이라고 불림. 인물전 참조.
211) 이정(移情): 『수선조(水仙操)』에서 나온 말로, 사람의 감정을 감동 시키는 것을
    의미함. 수선조와 관련된 가장 유명한 전설은 백아(伯牙)와 종자기(鍾子期)
    의 이야기이다. 백아가 거문고로 수선화의 아름다움을 표현하자, 종자기는 그
    음악을 듣고 바로 그 뜻을 알아차렸다고 한다. 이 이야기는 지음(知音)의 고사

황공망의 회화에서, 그 조형의 구조 배치 및 운기의 번짐 표현은 모두 모방을 통해 학습할 수 있다. 그러나 필묵 밖에 있는 소탈하고 거리낌 없는 넓고 아득한 기운은 직접 배워 익히기 어렵다. 그러므로 황공망을 경직되게 모방해서는 그 진정한 아름다움을 제대로 깨닫기 어려울 것이다. 이런 경지에 이를 수 있는 사람은 오직 누동 왕시민 선생님과 우산 왕휘뿐이다. 나는 그들이 창작할 때 보여주는 끊임없이 이어지는 교묘한 구상, 기이하면서도 자연스러운 표현, 세속의 먼지를 씻어낸 듯한 깨끗함, 정신적 변화의 극치를 감상한다. 이것이 황공망인가? 아니면 왕휘인가? 이 작품을 마주하면 감탄하지 않을 수 없다.

[98]
雪圖自摩詰以後, 惟稱營丘, 華原, 河陽[212], 道寧.[213] 然古勁有餘, 而荒寒不逮. 王山人畫雪, 直上追唐人, 謂宋法登堂, 未爲入室, 元代諸賢猶在門庭邊遊衍耳.

눈을 소재로 한 회화에서 왕유 이후로 뛰어난 작품을 남긴 이는 이성營丘, 범관華原, 곽희河阳, 허도녕道宁 네 사람이다. 이들은 고풍스럽고 힘이 넘치는 그림을 그렸으나, 황량하고 쓸쓸한 분위기를 충분히 표현하지 못했다. 왕휘는 곧바로 당나라 화가들을 따라 눈 그림을 그렸다. 송나라 화가들은 이제 막 눈을 그리는 기술을 터득했을 뿐, 아직 깊이 연구하여 더 큰 경지를 이루지는 못했다고 생각하였다. 원대의 여러 선현도 화법의 깊은 경지에 들어서지 못하고, 그 문턱에서만 머물렀을 뿐이다.

로, 서로 마음이 통하는 친구를 뜻하는 말로 쓰인다.
212) 곽희이다. 인물참조.
213) 허도녕이다. 인물전 참조.

[99]

王山人〈擬松陰論古圖〉, 斟酌于六如, 晞古214)之間, 又變
而爲精純, 爲勁峭. 唐解元之法, 至此而大備矣.

왕휘는 〈의송음논고도松陰論古圖〉를 모방하였고, 당인唐寅과 이당李唐
의 기법을 깊이 연구하였다. 또 기법에 변화를 주어 매우 정교하고
힘이 넘치는 것으로 발전시켰다. 당인의 화법에 이르러 더욱 완벽하게
되었다.

[100]

以王郞之勁筆, 乃與世俗時史並傳. 猶犨麋215)子都, 美惡
較然, 培塿216)方壺,217)巨細迥異. 則凡有目者所共知也.

왕휘의 뛰어난 필묵 기법은 현세의 평범한 화공들과 함께 세상에 전해
졌다. 이는 마치 추한 외모의 주미犨麋와 아름다운 자도子都처럼 확연
히 구별되는 것과 같으며, 평범한 토산과 신선이 거주하는 방호方壺처
럼 크고 작은 차이가 명확하다. 이런 구별은 눈이 있는 사람이라면
누구나 쉽게 알 수 있다.

 주미犨麋와 자도子都 보충

『문선文選』「좌사左思」의 글에 "위나라가 건국한 날, 나라를 세우

---

214) 육여는 당인이고 희고는 이당이다.
215) 주미(犨麋): 사람 이름, 휘광의 약칭, 전해지는 바에 따르면 총명하고 덕이 있는
　　사람을 가리킴.
216) 배루(培塿): 작은 언덕을 가리킴.
217) 방호(方壺): 전설 속의 신령스러운 산 이름으로, 다른 이름은 방장이며, 발해
　　동쪽에 있다.

고 터를 닦을 때, 만읍万邑을 이에 비유될 수 있다. 이는 마치 주미騅�와 자도子都, 그리고 배루培塿와 방호方壺처럼 다르다(是魏開國之日, 締構之初, 萬邑譬焉, 亦猶騅豙之與子都, 培塿之與方壺也. 猶騅豙之與子都, 培塿之與 方壺也)."라는 구절이 있다. 이 부분에서 이선李善이 주석하기를, "주미騅豙는 옛날에 못생긴 사람을 뜻한다. 『여씨춘추呂氏春秋』에 따르면 진陈 나라에 주미라는 못생긴 사람이 있었는데, 이름은 돈흡敦洽이라 하였으며, 넓은 이마와 칠흑 같은 검붉은 얼굴을 가졌다. 진후陈侯가 이를 좋아했다(陳 有惡人焉, 曰 敦洽騅豙, 椎顙廣額, 色如漆赭, 陳侯 悅之)."고 설명했다.

『시경詩經』「정풍鄭風」의 산유부소山有扶蘇에는 "자도子都를 보지 못하고, 이 광저狂且를 본다(不見子都, 乃見狂且)."라는 구절이 있다. 『맹자孟子』「고자告子」에서는 "자도에 이르러 세상 사람들은 그 아름다움을 모르는 사람이 없었다(至於子都, 天下莫不知其姣也)"라고 하여 자도가 당시 미남의 상징이었음을 나타낸다.

이를 통해 미의 기준이 시대와 개인에 따라 다를 수 있음을 보여주고 있다.

[101]

石谷山人筆墨, 價重一時, 海內趨之, 如水赴壑. 凡好事家, 懸金幣購勿得. 王子乃從吳閶邂逅, 能使山人欣然呼毫, 留此精墨, 可謂擾驪龍而探夜光, 真快事也.

왕휘의 작품은 현재 가치가 매우 높아 전국의 사람들이 그의 작품을 얻기 위해, 마치 물이 낮은 골짜기로 몰려드는 것처럼 서로 다툰다. 그러나 평범한 수집가들은 돈으로도 이를 살 수 없었다. 왕휘가 오창에서 우연히 만난 왕 선생에게 기꺼이 그림을 기증하여 이렇게 훌륭한 묵적을 남겼다. 마치 깊은 바다에서 용이 놀라게 하여 야광 보주를 얻은 것이라 할 수 있으니 정말 기쁜 일이 아닐 수 없다.

[102]

向在王長安家, 見燕文貴218)〈長江圖〉. 其山嵐汀渚, 樹林離落, 人煙樓閣, 水村漁舍, 帆檣舟楫, 曲盡其妙. 石谷取意作〈江岸圖〉, 致佳. 千里江山, 收之盈尺, 可謂能工遠勢219)者矣.

전에 왕영령王永寧 집에서 연문귀燕文貴의 〈장강도長江圖〉를 감상했다. 그의 그림은 산속의 안개, 물가의 모래섬, 숲속의 촌락, 농가의 누각, 물가의 촌락, 어선과 작은 배 등 다양한 풍경의 묘미를 완벽하게 드러냈다. 왕휘는 연문귀의 그림에서 영감을 받아 〈강안도江岸圖〉를 그렸는데, 매우 아름다웠다. 길게 펼쳐진 수천 리의 강산이 한 폭의 그림에 완벽히 담겼으니 참으로, 원遠의 기세는 잘 표현되었다고 할 만하다.

[103]

北苑霧景橫幅, 勢極渾古. 石谷變其法爲〈風聲圖〉. 觀其一披一拂, 皆帶風色. 與時俗工人寫風惟作樹枝低亞震蕩之意者稍異. 其妙在畫雲以狀其怒號, 得其勢矣.

---

218) 연문귀이다. 인물전 참조.
219) 멀리까지 뻗어나가는 기세나 자태를 뜻한다.
    당나라 시인 방간(方幹)의 시 동산폭포(東山瀑布)에서 "기암에 걸린 폭포의 기세가 소나무와 섬을 뚫고, 바위를 치는 물소리는 논밭으로 스며 든다"고 묘사되어 있다.

동원이 그린 가로 폭의 〈무경도霧景圖〉는 기세가 매우 순박하고 고졸했다. 왕휘는 동원의 기법을 변형하여 〈풍성도風聲圖〉를 그렸는데, 붓의 움직임 하나하나를 보면 모두 바람의 움직임을 잘 담겨 있어서 현재 보통 화가들이 바람이 부는 모습을 그리려고 할 때, 단지 나뭇가지가 아래로 처져서 흔들리는 모습만 표현할 수 있는 것과는 다르다. 그 묘처는 구름을 그릴 때만치 바람이 크게 소리치는 듯한 상태를 모방하여, 바람과 구름의 기세를 표현하는 데 있다.

[104]

石谷言, 見房山畫可五六幀, 惟昨歲在吳門見一幀, 作大墨葉樹, 中橫大坡疊石爲之, 全用渴筆潦草皴擦, 極蒼勁, 不用橫點, 亦無渲染, 其上作正峰始有雲氣. 積墨皴染, 極煙潤, 極荒寒. 石谷略用其意作大幅, 能曲盡其妙. 展圖黯然, 若數百年物也.

왕휘가 말하였다. 고극공의 그림을 대략 대여섯 폭 본 적이 있는데, 작년에 오문에서 본 한 폭의 그림이 특히 인상적이었다. 그 그림은 큰 덩어리 먹색을 사용하여 나뭇잎을 그렸고, 화면 중앙에 가로로 비탈진 언덕 위에 돌무더기가 층층이 쌓여 있었다. 전체적으로 건필을 사용하여 그렸으며, 준법은 어수선하지만 고아하고 힘이 있다. 가로로 점을 찍거나 먹이 번지는 기법은 사용하지 않았다. 돌무더기 위에는 산의 주봉이 위치하고, 이제 막 산의 안개와 구름이 나타나기 시작했다. 먹을 쌓아 올린 준법과 선염은 매우 섬세하고 온화한 붓놀림을 보여주며, 의경은 매우 황량했다. 왕휘는 고극공의 필의를 참고하여 수척의 큰 작품을 만들어 그 오묘함을 상세하게 드러냈다. 그림을 펼치니 묵색이 어두워서 수백 년 된 유물처럼 보였다.

🌀 필筆의 보충

건필乾筆: 갈필渴筆, 고필枯筆과 같은 말이며 습필濕筆 또는 윤필潤筆과 대비되는 말이다. 물기가 거의 없는 상태의 붓에 먹을 절제 있게 찍어 사용하는 수묵화의 필법이다.

원필圓筆: 붓을 쓸 때 봉봉鋒을 감추어 규각圭角을 노출하지 않고 붓의 중심이 점과 획의 중간에서 운행하여 용필의 선線에 부드럽고 자연스러운 느낌이 있도록 하는 것이다. 원필의 선은 햇빛에 비추어 보면 중간이 짙고 양쪽 가장자리가 조금 옅은데 먹의 흔적이 모인 바가 있어 입체감이나 굳셈, 근골筋骨이 포함된다. 그러나 근筋(근육, 살)을 포기하고 골骨(뼈대)을 노출시켜 편박평판扁薄平板한 단점이 있다. 이체는 중국회화의 골법용필骨法用筆 심미 전통의 기본 필법으로 중봉中峰(붓끝이 수직으로 세워서 한쪽으로 기울어지지 않게 하는 운필법)운행이라 점에서 그림과 글씨가 상통된다.

전필戰筆: 본래 서법 용어로 글씨를 쓸 때 붓의 떨림을 이용하여 선의 구불구불한 변화를 형성하는 기법이다. 회화에서는 주로 옷의 주름이나 수묵, 풀잎 등을 가늘고 신속한 필선으로 묘사하여 음양감과 움직임을 표현하는 데 사용되었다. 수나라의 손상자孫尙子가 창시했다고 전해지며 당나라 주방周昉이 그린 옷 주름 선에도 전필이 사용되었다. 인물십팔묘人物十八描에서는 전필수문묘戰筆水紋描라 했는데 선이 물결처럼 흔들리는 것을 의미한다.

[105]

東澗老人家藏洪谷子〈峭壁飛泉〉長卷. 石谷言:"曩時曾借摹, 後爲祝融氏所收, 不可複見." 傾在楊氏園亭, 含毫構

思, 摹入冊中. 眞所謂雲峰石迹, 迥出天機, 古趣晶然, 新
意警拔, 思而得之, 倘亦鬼神通之者邪.

동간노인이 소장한 홍곡자의 〈초벽비천〉 긴 그림은 옛날에 빌려서 모
사한 것인데 후에 불에 의해 훼손되어 다시는 볼 수 없게 되었다고
왕휘가 말했다. 최근 양씨의 정원에서 붓을 잡고서 사생하고 임모하여
그림이 책의 한 페이지가 되었다. 진실로 왕유가 말한 것처럼 구름의
산봉우리와 바위의 흔적은 저절로 천성에서 나온 것이었다. 고아한 의
취가 매우 두드러졌고 창의적인 의미가 더욱 뛰어나 경이로움을 자아
내었다. 깊이 생각하여 얻었기 때문인지, 아니면 귀신과 상통하였기
때문일까?

[106]
石谷學郭恕先220)〈江天樓閣〉, 上下皆水, 爲島嶼, 樓閣, 帆
檣, 樹木相錯, 波濤連綿, 境極曠蕩. 石谷必有所本, 然恕
先畫, 見亦鮮矣.

왕휘가 곽서선郭恕先(곽충서)의 〈강천누각도江天樓閣〉를 모방하였다.
화면 위아래 모두 강의 수면을 그렸는데, 크고 작은 섬과 누각, 돛과
나무가 서로 얽혀 있으며, 물결이 끊임없이 일어나 화경畫境이 매우
넓고 아득히 멀어 보인다. 왕휘는 임모한 대상이 있지만, 곽충서의 원
작도 매우 보기 드문 것이다.

[107]
以方壺之飄灑, 兼幼文221)之荒率, 離披點畫, 涉趣不窮. 天

---

220) 곽서선은 곽충서이다. 인물전 참조.
221) 유문은 서분이다. 인물전 참조.

下繪事家見之, 茫然錯愕不能解, 惟江上翁[222]與南田生醉心于此, 願爲執鞭. 王生得余兩人相賞罄快, 可無絕弦之慨. 若得後世有子云, 未免鈍置王生. 因題此, 共發大噱.

방종의 그림은 자유로우면서 유문幼文(서문)의 간결하고 진솔함을 겸비하였다. 필묵의 자유로운 준법은 끝없이 깊은 매력을 주었다. 다른 화가들은 이를 보고 놀라고 어리둥절하며 그 묘리를 이해 하디 못 할 것이다. 오직 강상의 달중광笪重光과 나만이 이 화법에 심취해 있었으며 깊이 배우고자 한다. 왕휘와 두 사람을 친구로서 서로 감상하며 마음을 나누니 지음이 없다고 탄식할 필요가 없다. 만약 양웅과 같은 성인이 지음이 나타나길 기다린다면 왕 선생이 번거롭게 할 것이니 이 구절을 보며 모두 함께 웃음을 터뜨렸다.

[108]

王山人極稱王叔明[223]〈秋山蕭寺〉本最奇, 以輞川爲骨, 北苑爲神, 趙吳興[224]爲風韻, 蒼渾沉古, 兼備諸長, 勝國時刻畫之工, 當稱獨步. 此圖卽〈秋山蕭寺〉意. 其寫紅林點色, 得象外之趣. 視山樵本, 不妨出藍. 因雪崖先生稱翰林冰鏡, 故一操〈高山〉, 博賞音傾耳之聽也.

산인 왕휘는 왕몽의 〈추산소사도秋山蕭寺圖〉를 극찬하였고, 그의 그림 솜씨가 가장 정교하다고 여겼다. 이 작품은 망천(왕유)의 골법용필, 동원의 필묵 정신, 조맹부趙吳興 작품의 운치를 채용하고 대가들의 장점을 갖추어 매우 힘 있고 고졸하여 전대의 정교함에서 최고 모범으로

---

222) 상은 달중광이다. 인물전 참조.
223) 왕숙명은 왕몽이다. 인물전 참조.
224) 조오흥은 조맹부이다. 인물전 참조.

평가될 만하다. 이 그림은 〈추산소사도〉의 의경을 잘 담아내고 있으며, 산을 그릴 때 붉은색 점을 찍어 물상 너머 의취를 드러냈다. 비록 후에 나온 작품이지만, 왕몽의 원작을 능가하였다. 설애雪崖 선생은 감상력 있는 문사로 알려져 있는데, 〈고산유수〉 한 곡을 그에게 연주해 주면 음율에 정통하여서 귀 기울여 들었다.

[109]

觀石谷寫空煙, 真能脫去町畦, 妙奪化權225), 變態要眇, 不可知已. 此從真相226)中盤鬱而出, 非由于毫端, 不關于心手. 正杜詩所謂 : "真宰上訴天應泣"227)者.

석곡의 〈공산연우도空山煙雨圖〉를 감상하니, 진정으로 이전 화가들의 필묵에서 나타난 폐단을 완전히 벗어난 것 같다. 마치 만물을 다스리는

---

225) 화권(化權): 만물을 변화시키고 성장시키는 힘을 의미한다. 이는 자연계에서 모든 생명체나 사물이 스스로 변화하고 자라나는 능력 또는 권능을 가리킨다.

226) 진상(真相): 만물의 본래 모습이나 실체를 의미하며, 사물의 참된 본질 또는 원래의 면목을 가리킨다. 이는 사물의 외관에 속지 않고 그 본질적인 진실을 꿰뚫어 보는 것을 강조하는 개념이다.

227) 진재상소천응읍(真宰上訴天應泣)은 두보(杜甫)의 시 「봉선유소부신화산수장가(奉先劉少府新畵山水障歌)」구절에서 보인다. 이 시는 두보가 유소부라는 사람이 새로 그린 산수화 병풍을 보고 지은 시이다. 유소부는 그림을 매우 사랑하는 사람으로, 직접 그린 산수화는 웅장하고 기묘하여 마치 비바람이 휘몰아치는 듯한 생동감을 자아냈다. 그의 그림은 너무나 훌륭하여 마치 조물주가 그린 듯 하며, 하늘도 감동하여 울 정도이다. 시인은 그림 속 다양한 풍경을 묘사하며 그 아름다움에 찬탄을 금치 못할 정도였는데 남전도 왕휘의 그림을 보고 같은 감동을 한 것으로 보인다. 시의 중간부분에 나오는 두 구절이다.
원기임리장유습(元氣淋漓障猶濕): 원기가 흥건하여 장자(障子)가 아직도 젖어 있는 듯하니
진재상소천응읍(真宰上訴天應泣): 조물주가 위로 올라가 하소연하여 하늘도 응당 울리라.

창조자의 권능을 손에 쥔 것처럼, 그 변화는 끝이 없고 세밀하면서도 깊이 있으며, 그 오묘함을 완전히 이해하기란 어렵다. 이 모든 것은 만물의 본래 모습을 서서히 깨달은 결과이며, 결코 단순한 붓놀림의 기교를 의미하는 것이 아니다. 두보의 시에서 말한바, "조물주가 하늘로 올라가 아뢰니, 하늘도 응당 감동하여 울리라."

[110]
烏目山人石谷子所制〈江山圖卷〉, 余從婁東寓齋, 耽玩累日. 觀其畫法, 全師山樵〈瀟湘圖〉遺意, 而石谷擬議神明, 通于造化. 凡岩嵐泉壑, 樹木雲煙, 橋梁村舍, 樓閣道路, 行旅舟楫, 大底略備, 變態盡于是矣. 至于墨華水暈, 游賞無窮, 蓋嘗三折肱于山樵, 而得其靈秘. 要如昔人稱鍾元[228] 常書有十二種意外巧妙, 絕倫多奇, 何多讓焉.

왕휘의 〈강산도江山圖〉 두루마리 그림은 내가 일찍이 누동에 머물렀을 때 며칠 동안 손에서 놓지 않고 감상한 적이 있다. 이 그림은 대부분 왕몽의 〈소상도瀟湘圖〉에서 남긴 뜻을 본받았다. 왕휘는 자신을 신명에 견주었으므로 조물주와 상통할 수 있었다. 산봉우리의 안개, 언덕을 흐르는 샘물, 숲과 소나무, 다리와 집들, 누각과 길을 지나가는 배 등이 모두 갖추어져 있어서 만물의 변화를 여기서 느낄 수 있다. 또한 먹의 번짐이 무한한 감상을 자아내는 것은 왕휘가 왕몽을 훌륭한 스승으로 삼아 모사 창작의 실패 교훈에서 오묘한 비법을 얻었기 때문이다. 이는 옛사람들이 말하길 종요의 서법에는 열두 가지 뛰어난 기법이 있어, 모두 세속을 초월한 신비롭고 비범한 느낌을 준다고 하였는데, 왕휘 역시 그 경지에서 멀지 않았다.

---

228) 종요이다. 인물전 참조.

昔人最重渲染, 此卷視他本尤工, 筆墨之外, 別有一種靈
氣氤氳紙上. 黯淡沉深, 若數百年物也. 今之操觚者如林,
觀此殆無下筆處. 亦王山人與龔子有徇知之合, 流連賞音,
故不覺墨花飛舞, 與龔子詩篇相映發, 乃山川靈氣, 發越
太盡. 他日渡江而西, 幸善護持, 勿使蛟龍知此奇寶.

옛사람들은 선염을 매우 중시했는데, 왕휘의 이 긴 족자는 그의 다른
작품들보다 더욱 정교하고 아름답다. 필묵의 흔적 너머로 신령스러운
기운이 화면 위에 가득 차 있다. 묵색이 어둡고 깊이가 있어 마치 수백
년 된 유물처럼 보인다. 오늘날 붓을 잡고 그림을 그리는 사람들이
많지만, 이 작품을 보면 아마도 어떻게 그려야 할지 모를 것이다. 또한
왕휘와 공 선생은 생각이 서로 통했기 때문에 서로를 이해하고 즐겼으
며, 시간 가는 줄도 몰랐다. 필치는 자연스럽게 춤을 추듯 움직여서,
공 선생의 시와 조화를 이루며 빛났고, 산천의 신령스러운 기운이 드러
났다. 공 선생이 강을 건너 서쪽으로 갈 때, 이 귀한 보물을 용이 알지
못하도록 신중하게 보관하길 바란다.

[112]
筆墨簡潔處, 用意最微. 運其神氣于人所不見之地, 尤爲
慘淡.229) 此惟懸解230)能得之. 石谷臨柯敬仲231)竹石, 真有

---

229) 참담(慘淡): 원래 고요하고 어두운 분위기를 나타내지만, 참담경영(慘淡經營)
에서 사용될 때는 심혈을 기울여 계획하고 배치하는 것을 의미한다. 이는 어떤
일을 해나가는 과정에서 많은 고민과 노력을 들여 신중하게 계획하고 관리하는
상태를 묘사한 것이다.

230) 『장자』 「양생주」의 끝부분에 "노자의 죽음 이야기가 나오는 데, 거기에 "현해
(懸解)"라는 말이 나온다. 현해의 사전적 설명은 "거꾸로 매달린 것이 풀린다."

出藍之美.

필묵이 간결한 부분에 가장 정묘하고 깊은 뜻이 담겨 있다. 신묘한 기를 사람들이 보지 못한 곳에 운용하는 것은 특히 고심한 경영과 깊은 사색이 있어야 하며, 이는 오직 깨달음에 도달했을 때 비로소 얻을 수 있다. 왕휘가 가구사柯九思(1290~1343)의 〈죽석도竹石圖〉를 임모했을 때, 확실히 제자로서 스승을 능가한 경지에 이르렀다.

[113]

石谷子云 : "畫石欲靈活[232], 忌板刻. 用筆飛舞不滯, 則靈活矣." 此圖即雲林淸秘閣也. 香光居士題云 : "倪迂畵若散緩, 而神趣油然, 見之不覺繞屋狂叫." 觀石谷所摹, 幼霞[233]標致可想也.

왕휘는 이렇게 말했다. "돌을 그릴 때 생동감 있게 표현하려면, 판에 박힌 듯한 경직됨을 피해야 한다. 붓의 사용이 마치 춤을 추듯이 하고 민첩하면 모든 화면이 생동감 있게 된다." 이 그림은 예찬의 청비각을 묘사한 것이다. 향광거사 동기창은 다음과 같이 평했다. "예찬의 그림은 쓸쓸하고 평범해 보이지만, 그 안에 담긴 신묘함은 자연스러워서 그림을 감상하다 보면 감탄을 금할 수 없을 정도이다." 왕휘가 임모한 예찬의 품격을 감상하면, 예찬의 작품이 얼마나 훌륭했을지 짐작할 수 있다.

는 뜻으로 생사(生死)의 고락(苦樂)을 초월함을 일컫는다. 결국 이는 "하늘의 속박으로부터 풀려남"을 깨닫는 말이다(安時而處順, 哀樂不能入也, 古者謂是帝之縣解)

231) 가경중은 가구사이다. 인물전 참조.
232) 영활(靈活): 지략, 행동이 뛰어나고 민활함.
233) 유하(幼霞): 예찬의 호이다.

[114]

觀石谷山人摹王叔明〈溪山〉長卷, 全法董, 巨. 觀其崇岩大嶺, 奔灘巨壑, 嵐霧杳冥. 深松間之, 叢篁煙莽, 掩映樓閣, 帶以橋梁, 石淙亂流, 近可捫酌, 山村籬落, 澗道回紆. 或云壁萬仞, 上不見頂. 或青泥百盤, 下迷山麓. 如身在萬山中, 聞猿啼豹嘷, 松風濺瀑之聲, 恍若塵區之外, 別有一世界. 靈境奔會, 使人神襟湛然, 遊賞無窮. 不出案乘間, 而得清暉澹忘之娛, 卻笑謝客當[234]年鑿山開道爲多事也.

이 그림은 석곡산인이 왕몽의 〈계산도溪山圖〉 긴 두루마리를 임모한 것으로, 전적으로 동원과 거연의 화법을 따랐다. 높은 산과 험준한 고개, 물살이 세차게 흐르는 강, 그리고 산안개가 자욱하게 깔려 있으며, 교목과 큰 소나무가 뒤섞여 그려져 있다. 대나무가 숲을 이루고, 누각은 산과 어우러지며, 다리는 시냇물을 가로지르고 계곡물은 졸졸 급하게 흐른다. 그 장면은 마치 손에 닿을 듯 사실적이다. 산 사이에는 촌락이 있고 물길은 구불구불하다. 때로는 절벽이 높이 솟아 산꼭대기가 보이지 않고, 때로는 산길이 꾸불꾸불 이어져 산기슭에서 사라진다. 마치 내 몸이 산속 깊은 곳에 서 있는 듯, 원숭이의 울음소리와 표범의 포효, 그리고 산림을 가로지르는 바람과 떨어지는 폭포 소리가 끊이지 않는 것 같았다. 문득 세속을 벗어나서 또 다른 세계가 있는 것 같았다. 신령스럽고 기이한 풍경들이 모여 있어, 사람의 마음과 정신을 상쾌하게 만들며, 볼거리가 끝이 없었다. 집 밖으로 나가지 않고도 책상 위에서 산수를 유람하는 즐거움을 누릴 수 있으니, 사객당(사령운, 3885~433)이 산길을 개척하려 했던 것이 부질없는 일이었음을 알고 웃음이 나왔다.

---

234) 사객당은 사령운이다. 인물전 참조.

[115]

石谷子在毗陵, 稱筆墨之契, 惟半園唐先生與南田生耳.
半園往矣, 忘言傾賞, 惟南田一人. 然又相見之日稀, 終歲
離索. 于十年間, 相要同聚山中三日, 迄今不可得. 而兩人
神交興趣, 零落耗削, 每相顧歎息. 來日幾何, 蓋亦險矣.

석곡 왕휘가 비릉에 있을 때, 필묵을 통해 깊이 교류한 이는 오직 반원
당우소 선생과 나, 남전뿐이었다고 할 수 있다. 반원 선생은 이미 돌아
가셨으니, 왕휘에 대한 흠모와 칭찬은 많은 말이 필요 없는 것은 이제
나에게만 남았다. 그러나 서로 만나는 날이 점점 줄어들어, 나는 일
년 내내 혼자 지내게 되었다. 10년 동안 그를 초청하여 며칠 동안 함께
하고 싶었으나, 지금까지 이루지 못했다. 두 사람은 자기 심사만 전할
수 있었다. 생명이 점차 시들어가면서, 이런 생각이 들 때마다 탄식이
나왔다. 앞으로 얼마나 더 살 수 있을까? 매우 힘들겠구나!

[116]

巨然師北苑, 貫道師巨然. 貫道縱橫, 輒生雄獷之氣. 蓋視
巨然渾古, 則有敝焉. 師長舍短, 觀王山人所圖, 可爲學古
者進一籌矣.

거연은 동원을 스승으로 삼았고, 문관도는 거연을 스승으로 삼았다.
문관도의 붓 사용은 자유분방하여, 웅장하고 거친 기운이 자연스럽게
드러났다. 거연의 작품은 웅혼하고 고풍스러운 기풍이 있지만, 여전히
절제된 느낌이 있다. 왕휘의 이 작품은 거연의 단점을 피하고, 그의
장점을 잘 본받았다. 왕휘는 옛사람을 모방하는 화가들에게 한 단계
더 나아간 모범을 보여주었다.

[117]

〈師林圖〉爲迂翁最奇逸高渺之作, 予未得見也. 今見石谷
此意, 不求甚似, 而師林緬然可思. 真坐游于千載之上, 與
迂翁列峰相見也. 石谷, 古人哉!

〈사림도師林圖〉는 예찬의 작품 중에서 가장 고일하고 신비로우며 세속
을 초탈한 작품이지만, 나는 아직 이 작품을 직접 감상할 기회가 없었
다. 지금 왕휘의 이 그림을 보니, 그가 단순히 유사성을 추구한 것은
아니지만, 〈사림도〉를 떠올리게 하는 감동을 주며 생각을 깊게 한다는
것을 알 수 있었다. 이 작품을 감상하면 시간의 간격을 뛰어넘어 예찬
노인과 산수 속에서 만날 수 있다. 왕휘가 설마 예찬이겠는가?

[118]

深林積翠中置溪館焉, 千崖瀑泉, 奔雷回旋其下, 常如風
雨, 隱隱可聽, 墨華蒸鬱, 目作五色, 欲墜人衣. 便當呼黃
竹黃子同游于此間, 掇拾青翠, 招手白雲. 正不必藐姑汾
水之陽, 然後樂而忘天下也.

깊고 푸른 숲속 냇가에 집 한 채 그려져 있고, 그 옆에 천 길 낭떠러지
에서 폭포가 천둥처럼 울리며 쏟아지고, 그 아래에서는 비바람 같은
소리가 은은하게 들려온다. 먹색이 짙고 생동감이 넘쳐, 다른 차원을
보여주고 사람의 옷을 적셔 드리우게 할 듯하다. 황죽과 황자를 불러
여기서 함께 놀며 즐기고 싶다. 푸른 잡목을 치우면 손을 뻗어 구름에
닿을 듯하다. 굳이 막고야산 분수와 같은 신선의 거처에 이르지 않아
도, 여기서 즐기며 세상의 일을 잊고 지낼 수 있으리라.

[119]

黃鶴山樵得董源之鬱密, 皴法類張顚235)草書, 沉著之至,

106

仍歸飄渺. 予從法外得其遺意, 當使古人恨不見我.

왕몽은 동원의 침울하고 섬세한 화풍을 계승했다. 그의 준법은 장전張
顚(장욱)의 초서 필법과 비슷하여 극도로 절제하면서도 여전히 자유로
웠다. 나는 법도 너머에서 그가 남긴 뜻을 깨달았다. 옛사람들이 내
작품을 보지 못한 것을 분명 아쉬워하게 할 것이다.

[120]
陶徵士236)云 : "饑來驅我去"237) 每笑此老 "皇皇"238) 何往

---

235) 장전의 장욱이다. 인물전 참조.
236) 도징사는 도연명이다. 인물전 참조.
237) 도연명(陶淵明), 「걸식(乞食)」
   기래구아거(飢來驅我去): 배고파 집 밖으로 내몰렸는데,
   부지경하지(不知竟何之): 어디로 가야 할지 알 수가 없네.
   행행지사리(行行至斯里): 걷고 또 걷다가 이 마을에 와서.
   고문졸언사(叩門拙言辭): 문을 두드리며 서툴게 말해보니.
   이 시는 가난과 굶주림, 그리고 세상의 냉혹함 속에서 살아가는 사람들의 고통
   을 생생하게 보여주는 동시에, 어려운 상황 속에서도 삶을 포기하지 않고 꿋꿋
   하게 살아가려는 의지를 엿볼 수 있다.
238) 황황(皇皇): 외모는 초췌하고, 분주함에 지친 모습을 비유. 도연명 귀거래사의
   시부분에 나온 구절이다.
   도연명(陶淵明), 「귀거래사(歸去來辭)」에서 다음과 같이 말하였다.
   우형우내부기시(寓形宇內復幾時): 이 몸 세상에 머물 날이 얼마나 되려나
   갈불위심임거류(曷不委心任去留): 어찌 마음을 자연에 맡기고 가고 머무는
                                  것을 자유롭게 하지 않으리
   호위호황황욕하지(胡爲乎遑遑欲何之): 어찌하여 황급히 무엇을 욕심내려 하
                                      는가?
   이 시는 인생의 무상함을 깨닫고 세속적인 욕심을 버린 채, 자연에 순응하며
   자유롭게 살아가고자 하는 도연명 삶의 태도를 잘 보여준다. 도연명 이 두
   시 인용을 통해 남전의 세속적인 욕심을 버린 채, 자연에 순응하며 자유롭게
   살고자 하지만 그 현실이 얼마나 냉혹한지 보여주고 있다.

乎? 春雨扃門, 大是無策, 聊于子久門庭, 乞一瓣香. 東坡謂 : "饑時展看, 還能飽人." 恐未必然也.

도징사 도연명陶淵明은 「걸식乞食」 시에서 이렇게 노래했다. "배고픔이 집 밖으로 나를 내모네." 이 노인은 급히 어디로 가야 할지 몰라 당황하는 장면에서 나는 매번 웃음이 나온다. 봄비가 내려 집 안에 갇히니, 정말 어찌할 도리가 없다. 단지 황공망의 문전에서 경건한 마음으로 공경하고 엄숙하게 추모의 마음을 표현했을 뿐이다. 소동파는 "배고플 때 이 시를 펼쳐보면 배부르게 될 것이다"라고 말했다. 그러나 꼭 그런 것만은 아니다.

[121]
風雨江幹239), 隨筆零亂. 飄渺天倪240), 往往于此中出沒.

비바람이 몰아치는 강가에서 나뭇잎이 붓을 따라 나부끼며 떨어졌다. 어렴풋한 자연의 경계는 왕왕 그 속에서 보일락말락 한다.

---

239) 강한(江幹): 강가나 강변을 의미하는 표현으로, 강의 가장자리나 강의 둑을 가리킨다.
남조 시인 범운(范雲)의 시 「지령능군차신정(之零陵郡次新亭)」에서는 "강변에 멀리 있는 나무들이 떠 있는 듯하고, 하늘 끝에는 외로운 연기가 피어오른다(江幹遠樹浮, 天末孤煙起)."라는 구절이 있는데 이 구절은 강변의 잔잔한 물 위에 멀리 있는 나무들이 마치 떠 있는 듯한 모습과, 아득한 지평선 너머로 외로운 연기가 피어오르는 모습을 묘사하여, 고요하고 평화로운 자연의 풍경을 그려내고 있다.
240) 천예(天倪): 『장자(莊子)』 「제물론(齊物論)」에 나온 구절이다. "이것을 자연의 道(天倪)로 조화하며(和之以天倪)." 또 곽상주(郭象注): 천예라는 것은 자연의 구분이다.

[122]

竹樹交參, 岩岫盤紆. 每思古人展小作大處, 輒複擱筆.

대나무와 나무가 서로 어우러져 있고, 산속의 길이 구불구불 이어진다. 옛사람은 작은 종이 위에 웅대한 경치를 펼칠 수 있었다고 생각할 때마다 이내 붓을 멈추고 다시 깊이 생각했다.

[123]

細雨梅花發, 春風在樹頭. 鑒者于豪墨零亂處思之.

가랑비 속에 매화꽃이 피어나고, 봄바람이 나뭇가지 끝에 닿아 가지가 살랑거린다. 감상자는 필묵이 혼란스럽거나 세세한 부분에 더 주목해야 한다.

[124]

"三山半落青天外."241)秋霽晨起, 得此覺滿紙驚秋.

"삼산의 반은 푸른 하늘 너머로 떨어지고," 가을비가 그치고 하늘이 개여, 아침 일어나서 이 그림을 그렸는데, 종이 위에 가득한 가을의 정취가 느껴진다.

 삼산반락청천외三山半落青天外의 보충

삼산반락청천외三山半落青天外는 이백李白의 시 「등금릉봉황대登金陵鳳凰臺」에 나온 부분이다. 이 시는 이백이 금릉(오늘날의 난징)에서 봉황대에 올라 과거의 영광과 쇠락한 현실을 대비하며 자연의 웅장함과 인생의 무상함을 노래한 작품이다.

---

241) "三山半落青天外"은 이백의 시 구절이다. 위의 보충 내용을 참조.

봉황대상봉황유鳳凰臺上鳳凰遊: 봉황대 위에 봉황이 노닐더니

봉거대공강자류鳳去臺空江自流: 봉황 떠나가니 빈 대에는 강물만 흐르네.

오궁화초매유경吳宮花草埋幽徑: 오나라 궁궐의 꽃과 풀은 오솔길에 묻혀 있고

진대의관성고구晉代衣冠成古丘: 진나라 때의 의관들은 옛 무덤이 되었네.

삼산반락청천외三山半落靑天外: 삼산은 반쯤 푸른 하늘 너머로 떨어져 나왔고

이수중분백로주二水中分白鷺州: 두 물줄기는 백로주를 가르며 흐르네!

총위부운능폐일總爲浮雲能蔽日: 모두 뜬구름이 해를 가릴 수가 있어서

장안불견사인수長安不見使人愁: 장안을 볼 수 없으니, 사람을 시름겹게 만드네.

이 시는 과거의 영광과 현재의 쇠락을 대비하여 역사의 무상함을 노래하고, 자연의 웅장함 속에서 인간의 삶이 얼마나 작고 덧없는지를 보여준다. 또한, 시인은 자신의 처지를 돌아보며 고향에 돌아가지 못하는 슬픔과 미래에 대한 불안감을 표현하고 있다. 그러나 운수평은 자연의 웅장하고 아름다움을 그리고자 한 것으로 보인다.

[125]
銅檠燃炬, 放筆爲此, 直欲喚醒古人。

청동 등잔에 불을 켜고, 붓을 자유롭게 움직여 이 작품을 그렸는데, 옛사람을 불러 깨우고 싶다.

110

[126]

昔黃公望畫富春山卷, 深自矜貴, 攜行笈, 歷數年而後成.
頃來山中, 坐鏡淸樓, 灑墨立就, 曾無停思. 工乃貴遲, 拙
何取速, 筆先之機, 深愧于古人矣.

옛날 황공망이 〈부춘산거도富春山居圖〉를 그릴 때, 스스로 크게 자랑스
럽게 여기며 책 상자를 가지고서 여러 해 다닌 후에야 이 그림을 완성
했다. 근래 그는 산속에 머물며, 경청루에 앉아 먹색을 뿌려 즉각 그림
을 그리면서, 생각을 멈추지 않았다. 솜씨는 느리고 소박하고 진솔한
것을 귀하게 여기는데, 어찌 붓을 뜻보다 앞에 두어 빨리 그리는 것을
높이겠는가? 옛사람들 앞에 심히 부끄러움을 느낀다.

[127]

湖中半是芙蕖, 人從綠雲紅香中往來. 時天雨後無纖埃,242)
月光湛然, 金波243)與綠水相涵, 恍若一片碧玉琉璃世界.
身禦冷風, 行天水間, 卽拍洪崖244)游汗漫, 未足方其快也.
至于游船燈火, 笙管謳歌, 徒攪淸思, 亂耳目, 皆非吾友遊
神所在, 以喧籟付之而已.

호수의 절반이 연꽃으로 가득하고 사람들은 푸른 잎과 붉은 꽃이 감싸
는 향기 속에서 오가며 걷는다. 그때는 비가 내린 후라 하늘에는 먼지

---

242) 섬애(纖埃): 미세한 먼지를 의미하는 표현이다.
243) 금파(金波)는 원래 달빛을 가리키는 표현으로, 이후에는 달이나 물에 비친 달의
그림자를 비유적으로 지칭하게 되었다.
244) 홍애(洪崖)은 장강(長江)과 가릉강(嘉陵江)이 만나는 강변 지역에 있다. 이곳
은 관광, 휴양 등 다양한 기능을 갖춘 관광지로, 파유(巴渝) 전통 건축과 민속
풍경의 특색을 갖추고 있다.

하나 없었다. 달빛은 휘영청 밝게 빛나며, 물속 달그림자와 나뭇잎 그
림자는 어우러져 갑자기 맑고 투명한 벽옥과 유리의 세계가 펼쳐졌다.
찬바람을 타고서 하늘과 물의 경계를 걸었다. 홍애와 한만[보이지 않는
이상향이나 무한한 세계를 상징]의 땅에서 노니는 것도, 이 즐거움에
비할 수 없다. 다른 모든 것이 부족하게 느껴진다. 강에서 배를 타고
가는데, 등불이 가물거리고 악기 소리와 노랫소리가 메아리쳐 마음을
어지럽히고 고요함을 깨뜨렸다. 이 모든 것이 내 친구들이 좋아할 만한
장소가 아니라 부득이 인간 세상의 소란으로 여겨질 뿐이다.

[128]

寒林昔稱營邱, 華原, 後惟六如居士[245]能盡其趣. 余欲兼
李, 范之法, 收六如之勝, 破河陽之藩籬, 殆非十年擬議不
可也.

옛날 한림도를 그리는 데 뛰어났던 이는 이성과 범관이고, 이후로는
오직 육여거사(당인, 1470~1523)만이 그 진수를 다 표현했다. 나는
곽희의 법도를 타파하고, 이성과 범관의 기법을 작품에 함께 적용하며
육여거사의 장점을 채용하고자 하였다. 대게 10년의 탐구와 실천 없이
는 이 경지에 이를 수 없을 것이다.

[129]

董宗伯嘗稱子久〈秋山圖〉, 爲宇內奇觀, 巨觀, 予未得見
也. 暇日偶在陽羨, 與石谷共商一峰法, 覺含毫渲染之間,
似有蒼深渾古之色. 倘所謂離形得似, 絢爛之極, 仍歸自
然耶?

---

245) 육일거사는 당인이다. 인물전 참조.

동종백(동기창)은 일찍이 황공망의 〈추산도〉를 두고 세상에서 가장 뛰어난 작품이라 평했지만, 안타깝게도 나는 그 작품을 직접 볼 기회가 없었다. 한가한 날, 우연히 양선에서 왕휘와 함께 황공망의 필법을 탐구하다가 붓의 움직임과 선염 사이에서 넓고 아득하며, 심오하고 고졸한 기운 같은 것을 느꼈다. 혹시 이른바 형사를 버리고 정신을 얻었다는 것, 현란함이 극에 달하면 자연스러운 평담平淡으로 돌아간다는 것일까?

평담平淡의 보충

평담의 뜻은 두 가지로 나눌 수 있다.

첫째, 평담은 처음에는 인격에 적용되었다. 즉 사람의 품성이 순박하고 담백하여 욕심이 없고 소박한 성품을 나타낸다.

둘째, 문학에 적용되어 시문이나 서화의 풍격이 자연스럽고 꾸밈이 없는 것을 특별히 지칭하고 인위적으로 다듬지 않고 자연스럽게 표현된 예술적 경지를 의미한다.

주로 북송 시대 미불이 주로 사용하였다. 그는 동원을 매우 칭찬하였는데, 다음과 같이 말하였다. "동원은 대단히 평담 천진하다. 당唐 시대에는 이와 같은 회화가 전혀 없었다董源平淡天眞多, 唐無此品"라고 하였고 소식 또한 "화려함이 극에 달하면 결국 평담함으로 돌아간다繁華極了還歸平淡라고 하였듯이 **예술의 경지에서는 기교를 부리거나 화려하게 꾸미는 것보다 평담하고 자연스러운 아름다움**이 더 높은 경지의 미로 본 것이다. 이는 동양 예술에서 가장 높은 경지이며 세속적인 욕망 저버리고 마음이 가장 고요한 단계에서 나오는 예술의 아름다움이다.

[130]

關仝蒼莽之氣, 惟烏目山人能得之. 暇日戱摹, 殊爲畦徑所束, 未敢云撒手遊行無礙也.

관동의 넓고 멀어서 아득한 기운은 오직 오목산인(왕휘)만이 그 기운을 제대로 이해할 수 있었다. 나는 한가한 날 재미 삼아 모방했으나, 여전히 규칙과 틀에 얽매여서 감히 자유롭게 그리며 막힘없는 경지에 도달했다고는 말할 수 없었다.

[131]

沃丹, 虞美人二種, 昔人爲之, 多不能似, 似亦不能佳. 余略仿趙松雪. 然趙亦以不似爲似, 予則以極似師其不似耳.

옥단과 개양귀비 두 꽃은, 옛사람들이 이 꽃들을 그릴 때 대부분 형상을 닮게 그리는 데 성공하지 못했다. 형상을 닮게 그리더라도 아름답지는 않았다. 나는 조맹부의 필법을 약간 모방했다. 그러나 조맹부도 형상을 닮게 그리지 않았는데, 나는 최대한 닮게 그리려 하여, 그의 닮지 않는 기법을 본받았다.

[132]

余游長山, 處處皆荒寒之色, 絕似陸天游[246]趙善長.[247]今思之不能重游, 寫此以志昔者.

---

246) 육천유(육엄)이다. 인물전 참조.
247) 조선장(조원) 이다. 인물전 참조.

나는 장산을 두루 돌아다녔다. 곳곳이 황량하고 쓸쓸한 풍경으로 가득했다. 이 풍경은 육천유(육엄)와 조선장(조원)의 필법과 매우 닮았다. 이제 그 풍경을 그리워해도 다시는 유람할 수 없으니, 이것을 그려 지난날을 기록하고자 한다.

[133]

對客倦談[248], 退而伏枕. 稍覺, 隨筆遣懷, 蝴蝶紛紛, 尚在毫末.

손님과 긴 대화를 나누며 지쳤다. 손님이 떠난 후, 나는 침상에 누웠는데 생각이 붓을 따라 흘러가는 것을 약간 느꼈다. 나비들이 나풀나풀 춤추는 것은 아직도 내 붓끝에 머물러 있다.

[134]

〈毛詩北風圖〉, 其畫雪之濫觴邪? 六代以來, 無流傳之迹. 唐惟右丞有〈江幹雪意〉, 及〈雪山〉, 至今尚留人間, 然亦似曹弗興[249]龍頭未易窺見. 自右丞以後, 能工畫雪, 惟營邱, 華原. 而許道寧[250]又神明李、範之法者. 余從西溪觀銅山雪色, 以道寧筆意求之, 未能如劉褒[251]畫北風, 使四座涼生也.

〈모시북풍도〉가 눈을 그리는 그림의 근원이라 할 수 있을까? 육대 이후로는 전해지는 작품이 없다. 당나라에서는 오직 왕유의 〈강한설의〉

---

248) 권담(倦談): 장시간의 대화로 인해 피곤함을 느끼는 상태를 의미하는 표현
249) 조불흥이다. 인물전 참조.
250) 허도녕이다. 인물전 참조.
251) 유포는 인물전 참조.

와 〈설산〉 두 작품만이 남아 있어, 지금까지 세상에 전해지고 있다. 그러나 조불흥이 그린 용처럼 보기 드문 작품이다. 왕유 이후에는 눈 그림에 능숙한 자로서 오직 이성과 범관이 있었다. 그러나 허도녕은 이성과 범관의 기법에 비해 더욱 뛰어났다. 나는 서계에서 동산의 설경을 감상한 적이 있다. 허도녕의 필법으로 그것을 재현해 보았으나, 아직 유포가 그린 〈북풍도〉처럼 앉아 있는 모든 사람에게 서늘한 기운을 느끼게 하지 못했다.

[135]

白石翁252)藏關仝真本, 神色飛動, 元氣淋漓, 敻乎尚哉, 洪谷之風也. 余拓以大幀, 倘所謂未陟其險, 先仰其高耶.

백석옹 심주가 소장한 관동의 진품은 그 묵색의 신비로운 기운이 사람들에게 깊은 감동을 준다. 만물의 생명력이 넘쳐흐르며 소탈하다. 아득하고 고요함에는 홍곡자 형호의 기풍이 남아 있다. 나는 그 그림을 크게 확장해 모방했다. 혹시 이른바 직접 높은 곳에 오르지 전에 먼저 그 높음을 우러러보는 것인가?

[136]

竹亭銷夏, 師鷗波老人. 其碧嵐上浮, 翠壁下斷, 飄騰穀雲, 遮藏湍瀨, 得之〈松聲雲影圖〉也.

〈죽정소하도竹亭銷夏〉는 구파노인 조맹부의 작품을 본보기로 삼았다. 이 그림은 푸른 산의 안개가 산 위를 떠다니는 장면을 묘사했다. 짙은 푸른빛의 절벽이 아래로 끊어져 있고, 산골짜기에 떠도는 구름이 여울물 흐르는 시내를 덮고 있었다. 이런 의경은 〈송청운영도松聲雲影圖〉에

---

252) 백석옹은 심주이다. 인물전 참조.

서 얻을 수 있다.

[137]

西溪草堂, 蓋周太史歸隱處也. 群峰奔會, 帶以蒲溪, 茭蘆
激波, 檉柳夾岸, 散碧連翠, 水煙忽生, 漁網相錯. 予曾從
太史擊楫而弄澄明, 縱觀魚鳥, 有濠梁之樂. 真一幅惠崇
〈江南春圖〉也.

서계초당은 주나라 태사가 은거했던 곳이다. 뭇 산이 모여 있고, 산
사이로 흐르는 계곡은 마치 긴 끈처럼 보인다. 갈대는 뒤엉켜 거센
물결 속에서 자라며, 강기슭 양쪽에는 능수버들이 푸르게 이어져 있다.
갑자기 어가에서 연기가 피어오르고, 뱃머리에는 그물들이 서로 얽혀
있다. 나는 태사와 함께 맑은 물 위에서 배를 띄우고 놀며 물고기와
새들을 감상하였으니, 장자와 혜시가 호량 위에서 물고기들을 보는 것
과 같은 즐거움이 있었으니, 진정으로 혜숭의 〈강남춘도〉에서 전해지
는 그림의 뜻과 같다.

[138]

桃源, 仙靈之窟宅也. 飄紗變幻而不可知. 圖桃源者, 必精
思入神, 獨契靈異, 鑿鴻濛, 破荒忽, 游于無何有之鄕.[253]
然後溪洞桃花通于象外, 可從尺幅間一問津矣. 吾友王子
石谷嘗語余 : 自昔寫桃源都無真想. 惟見趙伯駒長卷, 仇
實父巨幀[254]能得此意. 其辟境運毫, 妙出匪夷, 賦色之工,

---

253) 무하유지향(無何有之鄕)은 『장자(莊子)』「소요유(逍遙遊)」에 나온다. 이 표현
의 의미는 아무것도 없는 곳을 가리키며, 속박 없이 자유롭고 편안한 상태를
묘사하는 데도 사용된다.

自然天造. 余聞斯語, 欣然若有會也. 因研索兩家法爲〈桃源圖〉.

도원은 신선이 거처인데 오묘하고 아득한 변화는 알 수 없다. 도원을 그리려는 사람은 반드시 정신을 집중하여, 신명과 하나가 되어야 한다. 천지의 혼돈을 뚫고 무하유세계에서 노닌 후에, 산마을에 도화를 그려야 짧은 화폭에 물상 너머의 경지를 담아낼 수 있다. 내 친구 왕휘는 나에게 말했다. 이전에 도원을 그릴 때 그 의미를 깨닫지 못하다가, 조백구의 긴 그림과 구영의 거대한 화폭의 그림을 보고서야 그 경지에 도달했다. 그들의 필묵을 사용해 그린 진경은 평범하지 않은 곳에서 그 오묘함을 드러냈다. 색을 칠하는 기술은 너무 자연스럽다. 내가 이 말을 듣고서 기쁘고 깨달은 바가 있었기 때문에 이 두 화가의 기법을 깊이 연구해 〈도원도〉를 그렸다.

[139]

子久〈浮巒暖翠〉則太繁,〈沙磧圖〉則太簡. 脫繁簡之迹, 出畦徑之外, 盡神明之遠, 發造化之秘, 極淋漓飄紗而不可知之勢者, 其惟京口張氏所藏〈秋山圖〉, 陽羡吳光祿〈富春卷〉乎! 學者規摹一峰, 何不一見也. 暇時得小卷, 經營布置, 略用〈秋山〉〈富春〉兩圖法. 似猶拘于繁簡畦徑之間, 未能與古人相遇于精神寂寞之表也.

황공망의 〈부만난취〉는 지나치게 번잡하고, 〈사적도〉는 지나치게 간결하다. 번잡함과 간결함을 초월하여, 신비로운 기운과 자연 만물의 비밀을 막힘없이 자유롭게 표현한 것은 아마도 경구의 장씨가 소장한 〈추

---

254) 조백구이다. 인물전 참조.

산도〉와 양선의 오광록이 소장한 〈부춘산거도〉일 것이다. 황공망을 모
방하는 이가 어찌 이 작품들을 직접 보지 않을 수 있겠는가? 나는 한가
할 때 작은 그림 한 폭을 그렸는데, 그 구도는 〈추산도〉와 〈부춘산거도〉
의 기법을 대략 따랐다. 그러나 여전히 필묵이 번잡함과 간결함의 틀에
얽매여 있어, 옛사람들과 정신적인 쓸쓸함의 경계 너머에서 교감하지
못한 것과 같다.

[140]

子久富春山卷, 全宗董源, 間以高, 米, 凡雲林、叔明、仲圭,
諸法略備. 凡十數峰, 一峰一狀, 數百樹, 一樹一態. 雄秀
蒼莽, 變化極矣. 與今世傳疊石重台, 枯槎叢雜, 短皴橫點,
規模迥異. 予香山翁有模本, 略得大意;衣白鄒先生[255]有
拓本, 半園唐氏有油素本, 庶幾不失邱壑位置, 然終不若
一見姑射仙人真面目, 使凡塵頓盡也. 此卷已入秦藏. 不可
得觀, 時無狗盜之雄不禁三嘆.

황공망의 〈부춘산거도〉는 전적으로 동원을 모범으로 삼아, 고극공과
미불의 기법을 함께 사용하였으며 예찬, 황공망, 오진의 다양한 필법이
거의 모두 포함되어 있다. 이 그림에는 십여 개의 산봉우리가 그려져
있는데, 각 봉우리마다 저마다의 형태를 갖추고 있다. (또한) 수백 그루
의 나무가 그려져 있는데, 나무마다 저마다의 모습을 갖추고 있다. 때
로는 웅장하고, 때로는 아득하며, 푸른 잎이 무성하게 자라나 변화가
무궁무진하다. 현재 시중에 유통되는 (황공망의 그림처럼) 돌덩이가
어지럽게 모여 있고, 나뭇가지가 말라 황폐하며, 붓 터치가 대부분 짧
은 준법과 가로 점을 사용한 작품과는 완전히 다르다. 내 백부 향산

---

255) 추지린 인물전 참조.

선생님이 모사한 작품이 있는데, 거기서 대략 그 의경을 얻었다. 의백 추지린 선생님의 탁본과 반원 당우소 선생님의 유소본이 있는데, 그것들은 원작의 구조와 위치를 거의 잃지 않았다. 그러나 막고산인의 참모습을 직접 보고서 세속의 마음을 단번에 지우는 것만 못하다. 이 그림이 이미 황실가에 소장된 이후로는 다시 볼 수 없게 되었다. 애석하게도 다시는 수탉의 울음소리를 흉내 내고 개 분장하여 훔쳐 올 협사가 없으니 저절로 탄식이 나온다.

[141]

石谷子凡三臨富〈春山居圖〉矣. 前十餘年, 曾爲半園唐氏摹長卷, 時猶爲古人法度所束, 未得游行自在. 最後爲笪江上256)借唐氏本再摹, 遂有彈丸脫手之勢. 婁東王奉常聞而歎之, 屬石谷再摹. 余皆得見之. 蓋其運筆時, 精神與古人相洽, 略借粉本而洗發自己胸中靈氣, 故信筆取之, 不滯于思, 不失于法, 適合自然, 直可與之幷傳, 追蹤先匠, 何止下真迹一等! 予友陽羨三梧閣潘氏將屬石谷再臨, 以此卷本陽羨名迹, 欲因王山人襲還舊觀也. 從此富春副本, 共有五卷. 縱收藏家襲有如雲起樓主人吳孝廉之癖者, 亦無憂劫火矣. 因識此以爲〈富春圖〉幸.

왕휘는 〈부춘산거도〉를 세 번 모사했다. 10여 년 전, 반원 당우소가 긴 두루마리에 그림을 모사했으나 이때는 여전히 고인의 법도에 얽매여 자유로운 경지에 이르지 못했다. 이후 달중광이 당우소가 소장한 원본을 빌려 두 번째 모사했는데, 숙련되고 정밀하며 오묘한 느낌이

---

256) 달중광이다. 인물전 참조.

있었다. 누동 왕시민이 이 소식을 듣고 감탄하였고, 석곡에게 다시 모사 해주기를 부탁했다. 나는 이 네 가지를 모두 보았는데, 석곡이 그림을 그릴 때 그의 정신은 고인의 정신과 융합되어, 단지 종이와 붓을 통해 마음속 영기를 발산했다. 붓을 운행하는 데 지체가 없었고, 법도를 지키며 자연스럽게 조화를 이루었다. 진실로 원작과 함께 세상에 전해져, 선인의 법을 배울 수 있으니 어찌 진품만을 최고라 할 수 있겠는가? 내 친구 양선의 삼오각번 선생이 석곡에게 다시 모사 해주길 정중히 부탁했다. 이 〈부춘산거도〉는 원래 양선의 명작이기 때문에. 왕휘의 손을 통해 이 명작이 원래의 모습을 되찾기를 희망했다. 이후로 〈부춘산거도〉의 모사는 다섯 가지가 있었다. 운기루 주인 효렴 오경경과 같은 괴벽의 수장가가 있어도 불에 타버릴 걱정은 없다. 그러므로 이를 글로 써서 〈부춘산거도〉의 다행스러운 일을 기록한다.

[142]

陽羨周穎侯氏, 與雲起樓主人吳冏卿昵好, 曾以千金玩具抵吳借臨, 未竟還之. 火後乃從吳氏更索殘本足成. 恒自誇詡一峰富春真迹已殘, 惟摹本獨完. 人人謂得見周氏本, 可想全圖之勝. 虞山王子石谷過毗陵, 將爲江上禦史摹此, 欲從陽羨借周氏模本觀其起手一段, 不可得. 卻後一載, 石谷適攜客歲所臨卷與余同游陽羨, 因得見周氏摹本其筆墨真如小兒塗鴉, 足發一大笑, 急取對觀起手一段, 與殘本無異. 始知周氏誕妄, 真自欺欺人者耳. 且大書卷尾, 自謂癡翁後身, 又自稱筆墨有不及癡翁處, 有癡翁不及處. 真醯雞斥鷃, 蠡海井天之見, 可怪可哀也.

양선의 주영후는 운기루 주인 오경경과 서로 친밀한 사이였는데, 한때 천금에 달하는 완구를 오씨에게 담보로 맡겨서 〈부춘산거도〉를 빌려와 모사했다. 그러나 아직 완성하지 못한 채 오씨에게 돌려주었다. 불에 탄 후에도 오씨에게 훼손된 원본을 다시 빌려와 완성했다. 황공망의 〈부춘산거도〉 원본은 이미 훼손되었고, 그가 소장한 모사본만 완전하다고 늘 자랑했다. 사람들은 모두 말했다. 만약 주씨의 소장본을 볼 수 있다면 원본의 훌륭함을 상상할 수 있을 것이다. 우산 왕휘 선생이 비릉을 지날 때, 강상 어사 달중광에게 〈부춘산거도〉에게 모사하게 하려고 양선에서 주씨의 모사본을 빌려 가장 먼저 있는 한단락을 보려고 했으나 볼 수 없었다. 1년이 지나 석곡은 적년도에 모사한 작품을 가지고서 나와 함께 양선을 유람하다가 주씨의 모사본을 볼 기회가 있었다. 그 필묵은 마치 어린아이가 마구 그린 것 같아 사람들에게 웃음을 샀다. 급히 가장 먼저 있는 모본과 대조해 보니 훼손된 본과 다를 바 없었다. 이제야 주씨가 얼마나 허황된 사람인지 알 수 있었다. 그는 진정 자신을 기만하고 남도 속이는 사람이었다. 게다가 그는 두루마리 말미에 큰 글씨로 자신이 황공망의 후신이라고 자처하며, 자신의 필묵이 황공망에게 미치지 못한 부분이 있고 황공망도 자신에게 미치지 못한 부분이 있다고 자만했다. 이는 참으로 메추라기를 내쫓고 표주박으로 바다를 측정하는 것과 같이 우물 안 개구리의 좁은 식견이니 참으로 화나고 한탄스럽다.

[143]

吳問卿生平所愛玩者有二卷, 一爲智永[257]〈千文〉真迹, 一爲〈富春圖〉, 將以爲殉. 彌留爲文祭二卷. 先一日焚〈千文〉真迹, 自臨以視其爐. 詰朝焚〈富春圖〉, 祭酒面付火, 火熾, 輒還臥內. 其從子吳靜安疾趨焚所, 起紅爐而出之, 焚其

---

257) 지영이다. 인물전 참조.

起手一段. 余因悶卿從子問其起手處, 寫城樓睥睨一角, 卻
作平沙, 禿鋒爲之, 極蒼莽之致. 平沙蓋寫富春江口出錢
唐景也. 自平沙五尺餘以後, 方起峰巒坡石. 今所焚者, 平
沙五尺余耳. 他日當與石谷渡錢唐, 抵富春江上嚴陵灘,
一觀癡翁眞本, 更屬石谷補平沙一段, 使墨苑傳稱爲勝事
也.

오경경이 평생 가장 완상하기를 좋아한 두루마리 작품이 두 개 있었는
데, 하나는 지영의 〈천자문〉 원본이고, 나머지 하나는 〈부춘산거도〉였
다. 그는 이 두 작품을 순장하려 했다. 임종할 즈음, 오경경은 이 두
권에 제사 지내는 글을 지었다. 첫날 그는 먼저 〈천자문〉의 원화를 불
태우고, 직접 아궁이 옆에서 재로 변하는 것을 지켜보았다. 다음 날
아침, 〈부춘산거도〉를 불태우기 전 술로 제사를 지냈고, 손수 불 속에
던졌다. 불이 활활 타오르자, 그는 잠시 침실로 돌아가 누웠다. 그때
그의 조카 오정안이 급히 아궁이로 달려가 타고 있던 두루마리를 꺼냈
는데, 시작 부분만 타버렸다. 나는 오경경의 조카에게 처음 부분에 관
해 물었더니, 시작 부분에는 성루의 짧은 벽이 그려져 있고, 그 뒤에는
광활한 모래섬이 있었다고 한다. 뭉뚝한 붓으로 넓고 아득한 광경을
그렸으며, 그 모래섬은 대체로 부춘강에서 갈라지는 전당강의 경치를
묘사했다. 평평한 모래섬으로부터 다섯 자 남짓한 위에 비로소 산비탈
과 바위가 나타난다. 그때 불타버린 것은 그 다섯 자 남짓한 모래섬이
다. 다른 날에는 왕석곡과 함께 전당강을 건너 부춘강에 이르러, 엄릉
탄에 올라 황공망이 그렸던 실경을 보았다. 석곡이 평평한 모래섬 부분
을 보충하여, 화단에서 아름다운 일로 전해지기를 바란다.

[144]
畫秋海棠, 不難于綽約妖冶可憐之態, 而難于矯拔挺立意.

惟能挺立而綽約妖冶以爲容, 斯可以況美人之貞而極麗
者. 于是制圖, 竊比宋玉258)之賦東家子, 司馬相如259)之賦
美人也.

가을 해당화를 그리는 것은 예쁘고 사랑스러운 자태를 표현하는 것은
어렵지 않으나 힘찬 모양을 그려서 꿋꿋하고 당당한 기세를 표현하기
가 어렵다. 오직 당당한 기세를 지니면서도 매혹적이고 사랑스러운 자
태를 함께 갖추어야 미인 중에서 가장 거룩하고 우아한 미인에 비유될
수 있다. 이렇게 그림을 그려야 송옥이 부를 지어 동가의 여인을 찬미
한 것에 비유되고 사마상여가 부를 지어 아름다운 여인을 찬미했던
것에 비유될 수 있다.

[145]
昔安期生260)以醉墨灑石上, 皆成桃花, 故寫生家多效之.
又磅磄261)之山, 其桃千圍262), 其花靑黑, 西王母以食穆王.

---

258) 사마천(司馬遷)은 『사기(史記)·굴원열전(屈原列傳)』의 끝부분에서, 굴원 이
    후의 『초사(楚辭)』 작가에 대해 언급하기를 "굴원이 죽고 난 뒤에, 초나라에는
    제자로 송옥(宋玉), 당륵(唐勒), 경차(景差)가 있었는데, 모두 사(辭)를 잘했고
    부(賦)로 이름이 났다. 그러나 창시자 굴원의 사령(辭令)을 본뜰 뿐, 끝내 감히
    직간하는 사람은 없었다."라고 언급했다.
259) 사마상여는 인물전 참조.
260) 안기생(安期生)은 진한(秦漢) 시대에 활동한 황로술(黃老術), 즉 도교의 방술
    (方術)을 다루는 은사로 알려져 있다. 그는 특히 불로장생과 신선술을 추구하며
    은둔 생활을 하던 인물로, 한무제 때부터 신선으로 전해졌다. 인물전 참조.
261) 방당(磅磄)은 전설 속의 신선들이 거주하는 산으로 전해지는 신산(仙山)이다.
    이 산은 중국의 고대 신화와 전설에서 등장하는 이상적인 산으로, 도교나 중국
    고대 문학에서 자주 묘사된다. 신산은 신비로운 능력과 영생의 비밀이 담긴
    장소로 여겨지며, 도교의 이상을 담고 있는 장소이다.
262) 위(圍): 원형의 둘레를 재는 단위로, 사람이 두 팔을 벌려 합친 길이를 기준으로

今之墨桃, 其遺意云.

옛날에 안기생이 술에 취해 먹물을 돌 위에 뿌렸는데, 그 먹물이 마치 복숭아꽃처럼 피어났다. 그래서 사생 화가들이 종종 이를 모방했다. 또한, 방당산에 있는 큰 복숭아나무는 둘레가 대략 천 척에 달하고, 꽃은 검푸른색이며, 서왕모는 그 열매를 목왕에게 바쳤다. 오늘날 복숭아꽃을 그리는 것은 이 고사의 의미를 따른 것이다.

서왕모西王母의 보충

『산해경山海經』「대황서경大荒西經」에 따르면, "서왕모西王母는 곤륜산에 거주한다西王母穴處昆侖之丘"고 하며, 서왕모의 모습은 "사람과 같으나 표범의 꼬리와 호랑이 같은 이빨을 지니고 잘 울부짖으며, 머리는 텁수룩하고 승관을 쓰고 있다."라고 묘사되어 있다. 서왕모는 하늘의 엄한 벌과 다섯 가지 재앙을 관장하는 신으로, 도교에서 매우 높은 지위를 차지하고 있으며, 도교의 형성과 발전 과정에서 중요한 역할을 담당했다.

동진의 갈홍葛洪은 『침중서枕中書』에서 서왕모를 "원시천왕元始天王과 태현성모太玄聖母의 기운이 결합하여 낳은 딸"로, "태진서왕모太真西王母"라고 칭했다. 이는 서한 시대의 부인이며, 무수한 신선을 다스리는 인물이다. 후대의 『고금도서집성·신이전古今圖書集成·神異典』권 222에서는 서왕모가 "서화지묘의 기운"에서 탄생했다고 하며, "태어날 때부터 하늘을 날며 신령한 기운을 맡아 대도를 지녔고,

---

한 대략적인 측정 단위이다. 이는 고대에서 원이나 나무의 둘레를 잴 때 주로 사용되었으며, 두 팔을 벌려 감쌀 수 있는 범위 정도의 길이를 의미한다.

순수한 기운으로 형체를 이루었다."라고 기록하고 있다. 또한, 서왕
모는 음의 기운 정수로 여성 신선의 종조이며, 양의 기운의 정수인
동왕공東王公과 짝을 이루어 "음양 두 기운을 조화롭게 다스려, 천지
만물을 길러낸다."라고 한다. 천계와 인간계에서, 모든 여성이 신선
이 되면 서왕모의 관할에 속하게 되었다. 모든 신선이 천계에 오르면
"먼저 서왕모를 뵙고, 다음에 동왕공에게 예를 올려야 삼청경에 들어
가 원시천존을 알현할 수 있다."고 한다.

전설에 따르면 황제가 치우의 난을 평정하고 태산에서 쉬고 있을
때, 서왕모가 사자를 보내어 황제에게 너비 3촌, 길이 1척의 청옥처럼
빛나는 붉은 혈문이 새겨진 참부(眞符)를 전하며 "태일이 앞에 있고,
천일이 뒤에 있으며, 이를 얻는 자는 전쟁에서 승리할 것이다."라는
군사 전략을 전했다고 한다. 서왕모는 신선도나 우리나라 민화에 종
종 등장한다.

[146]

水墨興于唐人, 所以唐時最貴水墨. 以墨有五彩, 惟慧眼
能辯之, 視塗紅抹綠, 絢爛爲快者, 不可同年語矣.

수묵화는 당대에 흥성했기 때문에, 당대 사람들이 수묵화를 가장 귀하
게 여겼다. 먹에는 다섯 가지 색감이 있는데, 오직 안목이 뛰어난 사람
만이 이를 구별할 수 있다. 붉고 푸른 색을 칠해 화려함을 좋아하는
사람들과는 함께 말할 수 없다.

[147]

趙吳興有〈花溪漁隱〉, 又有〈落花游魚〉, 皆神化之迹. 臨仿
者毋慮數十百家, 大都刻畫舊觀, 未見新趣. 允裘屬予寫

游魚, 因兼用吳興兩圖意作扇景. 俟它時石谷觀之, 當更
開法外靈奇之想也.

조맹부에게는 〈화계어은도〉와 〈낙화유어도〉라는 작품이 있다. 이들 모
두 신묘한 경지를 보여주는 작품이다. 수십, 수백 명의 화가들이 이를
모방했으나, 대부분 옛 작품을 경직되게 답습했을 뿐이고 새로운 창의
성은 거의 찾아볼 수 없었다. 양윤구가 나에게 물고기가 노니는 장면을
그려달라고 부탁했다. 그래서 조맹부 두 작품의 의경을 겸용하여 부채
면에 작은 경치를 그렸다. 나중에 왕석곡이 이 그림을 보게 되면, 법도
너머의 기묘한 생각이 들 것이다.

[148]

翌園兄將發維揚, 戲用倪高士法爲圖送之. 時春水初澌[263],
春氣尚遲, 穀口千林, 正有寒色. 南田圖此, 聊當吹律,[264]
取似賞音, 以象外解之也.

익원형이 곧 유양으로 떠날 예정이다. 나는 예찬을 본보기로 삼아 그림
을 그려 그에게 보냈다. 이때는 봄의 얼음이 막 녹기 시작했으나, 봄의
기운이 아직 다가오지 않은 시기였다. 계곡의 천 그루 나무 풍경은
아직 차가운 기운을 머금고 있다. 내가 그린 이 그림은 잠시 대자의

---

263) 사(澌): 여기서 얼음과 눈이 녹아 흐르는 모습을 묘사하는 표현이다. 이 단어는
얼음이 녹으면서 생기는 물의 흐름이나, 겨울이 끝나갈 무렵 얼음이 풀리면서
생기는 자연스러운 변화를 상징적으로 나타낸 것이다.

264) 취율(吹律): 율(律)은 양의 소리를 의미한다. 전설에 따르면, 취율은 음률을
통해 대지를 따뜻하게 만들 수 있다고 전해진다. 이는 고대 중국에서 음악과
자연 현상이 서로 깊은 연관이 있다고 믿었던 사상이 관련이 있다. 특히, 양의
기운을 대표하는 소리를 불어내면, 그 기운이 대지에 퍼져 겨울의 추위를 물리
치고 따뜻한 봄이 찾아온다고 여겼다.

따뜻한 운율를 삼기 위해 형사를 취했으니 나를 아는 자는 잠시 물상 밖에서 이해해야 한다.

형사形似의 보충

형사形似는 신사神似와 대칭되는 개념으로, 동양화에서 사용되는 용어이다. 이는 예술 작품의 외적 특징을 가리키며, 주로 **형태와 외형의 유사성**을 의미한다.

전국시대 순자荀子는 "형이 갖추어지면 신이 생긴다."라고 말했고, 남조의 범진範縝 역시 "형이 존재하면 신도 존재하고, 형이 사라지면 신도 소멸한다."라고 주장하여 **형사와 신사는 통일된 것**임을 나타냈다. 남조 송의 종병宗炳은 비록 "만물의 뜻을 융합하여 신사로 표현한다."라는 관점을 제시했으나, 여전히 "형으로 형을 그리고, 색으로 색을 나타낸다."라는 견해를 고수했다. 동진의 고개지顧愷之는 이를 더 명확히 하여 "형으로 신을 그린다."는 뜻으로 표현했다.

원나라 탕후湯垕는 "그림을 보는 법은 먼저 기운氣韻을 보고 다음으로 필의筆意 골법骨法, 위치位置, 채색을 보며 그러한 뒤에 형사形似를 본다."

청대의 추일계鄒一桂는 "형이 닮지 않고서는 신을 얻을 수 없다."고 하여, 형사形似가 그림의 기본임을 강조했다. 그러나 **형사에서 신채神采를 추구**하는 것이 예술적 표현의 궁극 목표임을 여전히 인식하였다. 이처럼 형사에 대한 인식이 시대마다 다르지만, 형상이 조금 닮지 않더라도 형상에 내재한 기운이 표현된다면 좋은 그림이 될 수 있다.

[149]

洪谷作雲中山頂, 四面峻厚. 墨苑稱化工靈氣, 難以迹象
求之. 因與王子石谷斟酌作此, 洗盡時人畦徑. 真能知四
面之意者, 方可與觀此圖.

홍곡자 형호가 그린 구름 속 산 정상은 사방이 모두 높고 험준하며
두텁다. 화단에서는 이를 자연의 조화가 만들어 내는 신령한 기운이라
고 평가하는데, 구체적인 형상으로 표현하기는 어렵다. 그래서 왕석곡
과 함께 이 그림을 의논하고 연구하여, 당대의 잘못된 관행을 바로잡으
려 했다. 홍곡자의 사방의 의미를 진정으로 이해할 수 있는 사람이라야
이 그림을 함께 감상할 수 있다.

[150]

壬子秋, 余與石谷在楊氏水亭同觀米海嶽〈雲山〉大幀, 宋
徽廟題幀首云 : "天降時雨, 山川出雲." 董宗伯鑒定, 爲荊
溪吳光祿所藏. 吳氏有雲起樓, 蓋以斯圖名也. 石谷作此,
如宗伯所云 : 從嶽陽樓觀聽仙人吹笛, 一時凡境頓盡. 故
其下筆靈氣鬱蒸, 與前此所圖懸殊也.

임자년 가을(강희 12년, 1672년), 나(남전, 40세)와 왕석곡(왕휘, 41세)
은 양조노의 수정에서 미불의 대작 〈운산도〉를 함께 감상했다. 송 휘종
徽宗이 그림 첫머리에 "하늘에서 때마침 비가 내리고, 산천에 구름이
나온다."라고 제시하였다. 형계 오광록이 소장한 것을 동기창이 감정
했다. 오씨는 운기루를 이 작품에서 이름을 따온 것 같다. 석곡이 이
작품을 모방했는데, 이는 동기창이 말한 바와 같이 신선의 피리 소리를
듣고서 일시에 세속적 생각이 완전히 사라진 것 같다. 그래서 붓에서
신령스러운 기운이 넘쳐, 이전에 그린 것과는 완전히 다른 경지를 보여
준다.

송나라 휘종의 보충

송 휘종宋 徽宗(1082~1135)은 북송의 제8대 황제이며 예술 방면으로는 북송 최고의 한 사람이라고 손꼽히나 국가의 몰락을 가져온 암군이기도 하다. 휘종은 적묵으로 돌을 그렸는데 모두 여섯 작품이 있다. 후에 미우인이 해악암에서 발문을 썼는데 "세속의 구륵법과는 달랐다."라고 했다. 그런데 심주가 본받아서 "돌을 그리는 것은 준법을 사용해야 하며 큰 산을 그리는 것 같이 하면 농후하여 깊은맛이 있다."라고 말했다. 손극홍은 돌을 좋아하는 것이 미불보다 덜하지 않아 평소에 돌을 그린 것이 매우 많았다. 이 화권만이 모두 휘종이 소장한 것을 모사한 것이었다. 휘종의 좋은 돌 그림들은 모두 북쪽 오랑캐에 의해 누른빛의 모래와 하얀 풀이 있는 곳으로 실려 갔으며 이 돌 그림은 손극홍에서 나온 것으로 몇백 년이 흘려 다녔는지 모르겠다. 확실히 작품의 힘은 진실로 천자의 나라와 동등하다. 동기창, 변영섭외 옮김, 『화안』, 시공사, 2004, 224쪽 인용.

휘종의 〈납매산금도臘梅山禽圖〉는 뛰어난 화조화 작품이다. 그림 속에 작은 흰 꽃의 표현은 그윽한 신운을 전해 주어 향기가 은근하게 떠돌게 만들며 색채는 그윽하고 옅으며 격조는 아련하고 풍미하다.

[151]
秋夜讀〈九辨〉諸篇, 橫坐天際. 目所見, 耳所聞, 都非我有.
身如枯枝, 迎風蕭聊, 隨意點墨, 豈所謂"此中有真意"[265]

---

265) 차중유진의(此中有真意)는 도연명, 〈음주(飮酒) 20수 연작시〉중, 5번째 시 「채국(彩菊)」의 싯 구절이다. 위의 시 보충 참조.

者, 非邪！

가을밤, 『구변』을 다 읽고 나니 마치 하늘 끝에 앉아 있는 듯하다. 눈으로 본 것도, 귀로 들은 것도 모두 내 것이 아닌 듯했다. 내 몸은 마치 시든 나뭇가지처럼 바람을 맞으며 쇠잔해지고 바람을 맞으며 초췌해졌다. 이 느낌을 따라 그림을 그렸다. 이것이 바로 도연명이 『음주』에서 말한 "이 안에 진정한 뜻이 있다."라는 것이 아니겠는가?

구변九辯의 보충

『구변九辯』은 전국시대 초나라의 문학가 송옥宋玉이 지은 장편 서정시이다. 이 시는 주로 빈한한 선비가 벼슬을 잃고 뜻을 펼치지 못한 데서 오는 불평이라는, 중국 고대 사회에서 흔히 느껴지던 감정을 담고 있다. 이 시는 어느 정도 당시 현실의 어두움을 반영하며, "혼탁한 세상에 처해도 영광을 드러내는 것은 내 마음이 바라는 바가 아니다. 의롭지 못한 이름을 가지기보다는 차라리 가난을 지키며 고결함을 지키겠다."라는 시인의 고결한 지향을 표현하고 있다.

『구변』은 전체적으로 굴원屈原(340~278)의 『이소離騷』를 많이 모방했으나, 자체적인 독창성도 지니고 있다. 이 시는 경치를 통해 감정을 표현하고, 감정을 경치에 녹여내는 데 능하며, 다양한 구문 구조와 함께 쌍성 첩운과 중첩어 등의 수사 기법을 교묘하게 사용하여 음악적 아름다움과 강한 예술적 감동을 자아낸다.

"차중유진의此中有真意"의 보충

"차중유진의此中有真意"는 도연명陶淵明의 〈음주飮酒 20수〉 중 5

번째 시에 나오는 「채국彩菊」 결려재인경結廬在人境 중 싯 구절이다.

이무거마훤而無車馬喧: 수레와 말의 시끄러운 소리가 없고
문군하능이問君何能爾: 어찌 그럴 수 있는가?
심원지자편心遠地自偏: 마음이 멀어지니 사는 곳이 절로 외지다.
채국동리하採菊東籬下: 동쪽 울타리 아래에서 국화를 따다가
유연견남산悠然見南山: 한가로이 남산을 바라본다.
산기일석가山氣日夕佳: 산 기운은 저녁 무렵에 아름답고
비조상여환飛鳥相與還: 나는 새들은 서로 짝지어 돌아오네!
차중유진의此中有眞意: 이 안에 참된 뜻이 있네
욕변이망언欲辨已忘言: 말하려다가 이미 말을 잃었다.

이 시는 자연 속에서 참된 삶의 의미를 찾고, 세속적인 욕심을 버리고 마음의 평화를 얻은 화자의 모습을 보여준다. 도연명은 이 시를 통해 자연과의 조화, 안빈낙도安貧樂道, 그리고 정신적인 풍요를 노래하고 있다.

[152]

吾嘗欲執鞭米老, 爼豆黃, 倪. 橫琴坐思, 或得之精神寂寞之表. 爼春高館, 晝夢徘徊, 風雨一交, 筆墨再亂, 將與古人同室而溯游, 不必上有千載也. 子純天機泊然, 會當忘言, 洞此新賞.

나는 미불의 풍격을 따르며 황공망과 예찬의 풍격을 신봉하고자 했다. 거문고를 옆에 두고 앉아 깊이 생각하니 정신이 고요한 때에 이러한 경계를 얻을 수 있을 것 같았다. 초봄, 높은 집에 앉았다가 밤낮으로 서성거리는데 비바람이 몰아치고 나니, 내 필묵은 더욱 힘이 넘쳤다.

나는 옛사람들과 같은 방에 있으므로 그들을 따르는데 천년을 뛰어넘을 필요가 없었다. 장자莊子는 순수한 천성을 지니고 담담하며 욕심이 없어서 (나는) 그와는 말을 하지 않아도 마음과 정신이 서로 통한다. 이 새 작품을 펼쳐 함께 감상해 보자.

[153]

惜園游心266)繪事, 且十年餘矣, 其宗尙亦凡三四變, 最後
獨心賞南田惲子. 案乘間所置吟賞, 大都南田筆墨也. 閒
嘗與余論議, 上下古今, 往往拔俗奔放, 不肯屑屑與時追
趨. 余因歎惜園之意, 甚近于古也. 自右丞、洪谷以來, 北
苑, 南宮相承, 入元而倪, 黃輩出, 風流豪蕩, 傾動一時, 而
畫法亦大明于天下. 後世士大夫追風效慕, 縱意點筆, 輒
相矜高, 或放于甜邪, 或流爲狂肆, 神明旣盡, 古趣亦忘.
南田厭此波靡,267)亟欲洗之, 而惜園乃與余意合, 亦可異
矣. 暇日以兩冊見投, 因爲斟酌于雲林, 雲西, 房山, 海嶽
之間, 別開徑路, 沉深墨采, 潤以煙雲, 根于宋以通其鬱,
導于元以致其幽, 獵于明以資其媚, 雖神詣未至, 而筆思
轉新. 倘從是而仰鑽先匠,268)洞貫269)祕塗, 庶幾洗刷頹靡,

---

266) 유심(遊心): 마음을 깊이 기울이다 또는 마음속으로 몰두한다는 의미로, 잠심(潛心) 또는 유심(留心)과 유사한 개념이다. 이는 특정 사물이나 일에 깊이 마음을 쓰고 신경을 기울이는 상태를 묘사하는 표현이다.

267) 파미(波靡): 세태가 기울고 쇠퇴하는 모습을 묘사하는 표현으로, 주로 세상의 풍속이 타락하거나 약해지는 상황을 의미한다. 이 표현은 사회의 도덕적 또는 문화적 쇠락을 상징하며, 흔히 기울어지는 세태와 흐름을 나타내는 데 사용되었다.

268) 앙찬선장(仰鑽先匠): 선현들의 학문을 깊이 탐구하고 연구하는 것을 의미한다.

一變還雅. 恐云間複起, 不易吾言, 願就賞心, 共游斯趣耳.

석원은 그림에 몰두한 지 이미 10여 년이 되었다가 그가 따랐던 화풍도 서너 차례 변화를 겪다가. 마지막에는 오직 남전에게만 심취했다. 책상 위에 두고 읊조리며 감상하는 대부분의 작품이 남전 것이었다. 한가할 때 나와 고금의 화풍을 논의하였는데, 그의 식견은 종종 세속을 초월하여 시대의 풍속과 유행을 따르려 하지 않았다. 나는 석원의 풍골이 옛사람에 매우 가깝다고 감탄했다.

동원과 미불은 왕유와 형호의 전통을 계승하였고, 원대에 들어서서 예찬과 황공망이 등장하였는데 그들의 자유분방한 화풍이 큰 파문을 일으켰고 회화법은 천하에 완전히 드러났다. 후세의 사대부 화가들이 본받았지만, 몇 획을 아무렇게나 긋고서는 서로 자랑하기에 바빴다. 혹은 세속적이며 혹은 방자하게 제멋대로 표현하여 물상의 신묘함과 고대 작품의 의취를 잃었다. 나는 이러한 경박한 풍속과 유행을 싫어해, 이런 상황을 바꾸고자 했다. 그의 견해는 나와 일치하여 나를 놀라고도 기쁘게 했다.

석원은 나에게 서화첩 두 권을 그려달라고 부탁했다. 그래서 예운림, 조운서, 고방산, 미해암 등의 필법에서 탐색하였고 새로운 길을 모색하여 먹색은 깊고 중후하였고 가벼운 색감으로 윤색을 더했다. 송대의 법에서는 깊고 **빽빽한** 우아함을, 원대의 법에서는 맑고 그윽한 고요함

이 표현에서 앙은 우러러 본다는 뜻으로, 선인(先賢), 즉 학문적 업적이 뛰어난 이전 시대의 인물들을 존경하는 태도를 나타낸다. 찬은 깊이 파고 들다는 의미로, 그들의 지식과 업적을 철저히 탐구하고 연구하는 과정을 상징한다. 그러므로 "앙찬선장"은 "선배 장인을 우러러 배우다." 또는 "훌륭한 스승을 존경하며 그들의 기술을 배우다." 라는 뜻이다.

269) 동관(洞貫): 통달하여 깊이 깨닫고 철저하게 이해하는 것을 의미하는 표현이다. 동은 통찰과 투명함을 뜻하며, 관은 꿰뚫어 알다. 라는 의미를 가지므로, 이 표현은 학문이나 진리를 완전히 이해하고 깊이 깨닫는 것을 강조하는 말이다.

을, 명대의 법에서는 윤택하고 밝은 색감을 흡수하였다. 비록 정신의 신묘한 경지에는 도달하지 못했으나, 필의는 새롭게 발전했다. 만약 이로부터 옛 성인의 학문을 깊이 연구하고, 신비한 길을 깨달으면 이전에 낡고 쇠퇴한 것을 씻어내어 청아하고 우아하게 변화할 수 있을 것이다. 아마 동기창이 다시 살아나도 내 말을 바꾸지 못할 것이다. 나의 지기와 함께 이 즐거움을 누리고 싶다.

[154]

元人有〈古樹慈鴉〉, 白石翁有摹本. 蒼勁淸逸, 如蟲書鴻
爪, 捨筏遺筌, 非時史所知也.

원대 사람 중에 고목과 까마귀를 소재로 한 작품을 가지고 있었는데, 백석옹 심주가 그 작품의 모사한 본을 가지고 있다. 필력이 굳세고 힘차며, 풍격은 맑고 그윽하면서도 담백하고 고아하여 마치 벌레의 흔적이나 기러기의 발톱과 같았다. 그 원리를 깨달으면 기법의 구속에서 벗어날 수 있는데, 이는 결코 속인이 알 수 있었던 것은 아니다.

[155]

壬子秋, 予在荊溪. 時山雨初霽, 溪漲湍急. 同諸子飮北城
蔣氏書齋, 乘醉泛舟, 從紫霞橋還泊東關. 激波奔岸有聲,
暗柳斜蹊, 蒼茫樓曲, 近水綠窗, 燈火明滅. 仰視河漢, 無雲
晶然, 水煙將升, 萬影旣寂, 衆籟俱作.于此流連, 令人思致
淸宕, 正不必西溪南嶽之顚涯, 方稱幽絶耳. 因爲圖記之.

임자년 가을, 나는 형계에 있었는데 마침 산에 비가 막 그친 참이었다. 냇물이 불어나 물살이 거세졌다. 여러 선생과 북성의 장씨 서재에서 술을 마셨다. 취기를 빌려 배를 띄워 놀다가 자하교에서 돌아와 배를 성 동쪽에 정박하였는데 거친 파도가 기슭을 치는 소리가 들렸다. 밤이

어둑하니 버드나무와 굽이치는 물, 멀리 있는 누각은 희미하게 보였고 가까운 등불은 밝았다가 어두웠다 했다. 고개를 들어 별이 총총한 하늘을 보니, 구름 한 점 없이 맑고 깨끗했다. 물에서 아지랑이가 피어오르고, 만물의 빛은 희미해져 갔으나 여러 소리 들은 더욱 선명해졌다. 여기서 천천히 거닐었더니 마음이 맑아지고 상쾌해졌다. 꼭 서계나 남악처럼 신비롭고 아득한 절경에 가지 않더라도 맑고 그윽하며 소박한 아름다운 경치를 얻을 수 있었다. 이에 그림을 그려서 즐거움을 기록한다.

🍃 서계西溪와 남악南嶽의 보충

서계西溪는 석제하石堤河가 현성 서쪽의 노관대촌老官台村과 양서촌梁西村, 양노보촌梁老堡村 사이를 흐르는 지류이다. 고지대가 둘러싸고 있고, 논밭이 초록 융단처럼 펼쳐져 있으며, 계류가 북쪽으로 구불구불 흘러가면서 독특한 경치를 자아내어 고대에는 훌륭한 조망 명소로 알려져 있다. 당대에는 남산 여러 계곡에서 흘러드는 물로 인해 호수처럼 넓은 계곡이 형성되어, 만학의 산봉우리와 안개가 어우러진 경치가 아름다워 작은 곡강으로 불렸다.

시인 두보杜甫는 화주華州 사공참군司功參軍으로 있을 때 자주 이곳을 찾아 유람했다. 당시 계곡 옆에는 서계유춘정西溪遊春亭 혹은 정현정자鄭縣亭子라고 불리는 정자가 있었으며, 두보는 이곳에서 「제정현정자題鄭縣亭子」라는 시를 남겼다

정현정자간지빈鄭縣亭子澗之濱: 정현지방의 정자는 계곡 물가에 있어,
호유빙고발흥신戶牖憑高發興新: 문을 열고 높은 곳 문이 달린 집이라 새 감흥이 일어나네.
운단악련림대노雲斷岳蓮臨大路: 구름이 끊긴 서악 산봉우리들 큰길에

136

마주하며,

천청궁류암장춘天晴宮柳暗長春: 하늘 맑으니 궁전의 버들은 봄을 품었
네.

소변야작군기연巢邊野雀群欺燕: 둥지 주변 들새들은 제비를 놀리고,
화저산봉원진인花底山蜂遠趁人: 꽃 아래 산속 벌들은 멀리 사람을 쫓
네.

경욕제시만청죽更欲題詩滿青竹: 더 많은 시를 청죽에 새기고 싶지만,
만내유독공상신晚來幽獨恐傷神: 저녁이 되니 고요함에 외로움이 상할
까 두렵구나.

전해지는 이야기에 따르면, 당시 이 지역 사람들은 두보를 존경하
여 "노관"老官이라 불렀고, 후대 사람들은 두보가 올라간 서계 서쪽
의 높은 대지를 노관대老官台라 부르게 되었다. 또한, 서계 옆에 두보
를 기리는 사당인 공부사工部祠를 세웠다.

남악南岳은 산 이름으로, 오악五岳 중 하나이다.

첫째, 형산衡山을 가리킨다. 『서·순전書·舜典』에서는 "5월에 남쪽으
로 순행하여 남악에 도착하여 태산과 같은 예로 제사를 지냈다(五月,
南巡守, 至於 南嶽, 如 岱 禮)."고 나와 있다. 공자의 주석에 따르면,
"남악은 형산南嶽, 衡山을 의미한다. 『한서·교사지상漢書·郊祀志上』
에서도 순舜이 남악에 이르렀다고 하며, 남악이 형산이라고 설명했다.

[156]

秋冬之際, 殊難爲懷. 惟當以天台雲海蕩我煩襟, 知先生
同此高寄, 不複笑南田徒豪舉也.

가을과 겨울이 교차하는 시기에는 마음을 다스리기가 유난히 어렵다.

오직 천태산의 구름바다 같은 장엄한 경관만이 내 마음속의 번민을 씻어준다. 지도 선생과 나는 모두 이와 같은 고상한 마음을 품고 있으니. 이제 더는 남전이 공연히 허세를 부린다고 비웃지 않을 것이다.

[157]

大癡〈陡壑密林〉, 爲張先三所得. 予寤寐羹墻, 十載于茲. 頃見石谷所摹, 殆如一峰再來也.

황공망의 〈두학밀림도〉는 장선이 세 차례 소장했다. 나는 십여 년간 밤낮으로 이 명화를 그리워하며 동경했다. 지금 왕휘의 모사본을 보니, 마치 일봉 노인이 다시 나타난 것 같았다.

[158]

昔白石翁每作雲林, 其師趙同魯兄輒呼曰 : "又過矣, 又過矣." 董宗伯稱, 子久畫未能斷縱橫習氣, 惟于迂也無間然. 以石田翁之筆力爲雲林, 猶不爲同魯所許. 癡翁與雲林方駕, 尚不免于縱橫. 故知胸次習氣未盡, 其于幽澹兩言, 覿面千里. 江上翁抗情絕俗, 有雲林之風, 與王山人相對忘言, 靈襟瀟遠, 長宵秉燭, 興至抽毫, 輒與雲林神合. 其天趣飛翔, 洗脫畫習, 可以睨癡翁, 傲白石, 無論時史矣. 壬子十月, 楓林舟中, 江上先生屬題.

옛날 백석옹(심주)이 예찬의 풍격을 모방할 때마다, 그의 스승 조동노가 보며 "또 지나쳤어, 또 지나쳤어!"라고 외쳤다. 동기창은 황공망의 작품이 화가의 오래된 습성을 벗어나지 못했다고 생각하였으며, 오직 예찬을 칭찬했다. 심주의 필력으로는 예찬의 풍격을 모방한 것이, 조동노에게 인정받지 못했다. 황공망과 예찬의 실력은 비슷했지만, 그들의 그림

138

에서 여전히 종횡무진한 습성이 남아 있다는 평을 받았다. 오래된 친구가 마음속의 습관을 완전히 제거하지 않으면, 맑고 그윽한 자연과 천진난만한 경지에 도달할 수 없다. 보기에 도달한 것 같지만, 실제로는 큰 차이가 있다. 강상옹 달중광은 고상한 풍격을 유지하여 시대의 유행에 물들지 않았고, 예찬의 유풍을 간직하고 있었다. 그와 왕석곡(왕휘)은 말없이도 서로 마음을 이해하며, 고귀하고 아득한 이상을 공유했다. 긴 밤 촛불을 밝히고 흥이 오르자, 붓을 움직여 그림을 그렸는데 예찬의 마음과 서로 합치됨을 느꼈다. 황공망과 심주를 흘겨보는 경지에 이르렀으니 당대 화가를 초월한 것은 말할 필요도 없다. 임자 십월, 풍림의 배 안에서 달중광 선생이 내게 이 작품의 제목을 부탁했다.

[159]

江南種菊之盛, 無如練川婁東. 而吾郡澄江欲與相敵. 每于深秋遊賞, 載丹粉以視造化之奇麗, 意甚樂之.

강남에 심은 국화의 기풍은 연천과 누동 만큼 번성한 곳은 없었다. 나의 고향 징강 역시 그곳들과 필적할 수 없다. 매년 늦가을에 국화를 감상하며 유람하곤 했고, 연분의 물감을 들고 다니며 자연의 아름답고 화려한 신비를 관찰하는 것이 나에게 큰 즐거움을 주었다.

[160]

〈夏山圖〉〈丹台春曉〉 皆叔明神化之迹. 此圖欲兼取之, 惜無勁豪分其靈氣.

〈하산도〉와 〈단대춘효〉는 모두 왕몽이 입신 경지에 이른 작품들이다. 내가 이 작품에서 왕몽의 두 작품의 신령스럽고 기이한 부분을 함께 담아내려 했으나, 아쉽게도 강렬한 필력이 부족해 작품에 신비로운 운치가 약해졌다.

[161]

不爲崇山峻嶺, 只作水村平遠, 亦足玩索無窮.

높고 험준한 산을 그리지 않고, 그저 평온하고 아득한 물가의 촌락만 그려도 즐거움이 끝이 없다.

[162]

余將發婁江, 林丘翁寄來詩卷索題, 客窓風雨, 剪燭細展. 讀其詩如哀弦激越. 又如霜天斷鴻, 蕭卿侘傺, 鬱結不平 之氣淋漓滿紙, 使人不能卒讀. 林丘自傷生非其時, 無所 遇合, 以布衣終老窮巷, 感慨無賴, 故發憤而爲詩. 詩成自 書之, 寄興狂草, 以發其鬱結不平之氣. 其書豪從激宕, 有 脫帽狂叫, 傍若無人之意, 所謂懸崖墜石, 驚電流光, 直將 與醉索分270)道揚鑣, 不獨枝山望而卻走也.

내가 누강으로 떠나려 할 때, 임구 선생이 시첩을 보내주면서 제시해 주기를 바랐다. 창밖의 비바람 소리를 들으며, 촛불을 켜고 조심스럽게 펼쳤다. 그의 시를 읽으니, 마치 슬픈 곡조를 듣는 듯, 또 늦가을 하늘에 길 잃은 외로운 기러기같이 고요하고 쇄락하며 시 전체에 울적하고 불안한 기운이 넘쳐 차마 끝까지 읽을 수 없었다. 임구 선생은 스스로 때를 만나지 못한 것을 슬퍼하며, 자신을 알아주는 이를 만나지 못하고 가난한 골목에서 서생으로 늙어가는 자신의 처지를 개탄하였다. 그래 서 열심히 시를 지었다. 완성한 후 글씨로 써서, 광초에 감정을 기탁하 여 마음속의 울분을 풀어냈다. 그의 글씨는 활달하고 우렁차며, 모자를 벗어버리고 미친 듯이 소리치는 방약무인과 같은 기질을 담고 있었다.

---

270) 소분은 회소이다. 인물전 참조.

마치 절벽에서 떨어지는 돌덩이와 같고, 번개가 번쩍이는 것과 같으며, 회소의 재능과 힘에 맞먹는다. 축지산이 보고 난 뒤, 마음속에 경외감 뿐만 아니라 깊은 감동까지 느꼈다.

광초狂草의 보충

광초狂草는 초서 중에서도 가장 자유롭고 과감한 형태로, 붓의 필세가 연결되고 둥글게 돌며 글자의 형태가 자유롭고 변형이 많다. 이는 금초今草: 진당 이후에 흘림체의 기법을 바탕으로 획을 연결하여 "일필서一筆書" 형식으로 완성되며, 장법에서도 금초와 맥을 같이 한다. 이지민李志敏은 이를 "연못에 임하고 이치를 헤아리며, 만물을 스승으로 삼아 마음에서 얻고, 형상에서 깨달은 후에야 초서의 묘경에 들어갈 수 있다."고 표현했다.

중국 고대 서예 이론에서는 전서, 예서, 행서, 해서뿐만 아니라 초서에 대한 논평에서도 자연경관이나 특정 현상을 비유로 들어 묘사하는 경우가 많다. 독자는 삶에서 얻은 경험과 감각을 통해 이를 이해하고 깨달아야 비로소 서예의 아름다움을 깊이 있게 감상하고 이해할 수 있다. 대표적 작가와 작품은 장욱張旭의 〈고월사비古月寺碑〉, 회소懷素의 〈자서첩自叙帖〉, 왕탁王鐸의 〈초서천자문草書千字文〉이 있다. 광초는 동아시아 서예 역사에 큰 영향을 미쳤으며, 나아가 현대 추상 예술에도 영감을 주었다. 이러한 이유는 광초의 자유롭고 표현적인 특징은 개인의 개성과 창의성을 중시하는 현대 예술과 잘 맞닿아 있기 때문이다.

하권 下卷

[163]

九月在散懷閣斟秋芥茶, 朗吟自適, 爲叢菊寫照. 傳神難,
傳韻尤難. 橫琴坐思, 庶幾得之豐姿澹忘之表. 深秋池館,
晝夢徘徊, 風月一交, 心魂再蕩. 撫桐盤桓, 悠然把菊, 抽
毫點色, 將與寒暑臥遊一室, 如南華眞人化蝶時也.

9월, 산회각에서 가을 차를 우려내어 마시며 시를 큰 소리로 읊고서
그 즐거움에 젖어 국화 무리를 사생하였다. 사물의 정신과 풍모를 표현
하기는 어렵고, 그 운치를 담아내기는 더욱 어렵다. 금을 타며 깊은
사색에 잠기니, 국화의 단아하고 그윽한 자태를 그려낼 수 있을 듯했
다. 늦가을, 연못가의 집에서 밤낮으로 드나드는데 맑은 바람과 밝은
달이 서로 교차하니 마음이 더 설렜다. 오동나무를 어루만지며 떠나지
못하고 오래 머무르며 국화를 손에 쥐고 완상하며 유유자적하였다. 붓
을 들어 색을 칠하면서 추우나 더우나 늘 한방에서 지내니, 마치 장주
가 나비로 변한 때와 같았다.

[164]

墨菊略用劉完庵[1]法, 與白陽山人[2]用筆, 有今古之殊, (鑒
者當得之.)

먹으로 그린 국화는 유완암劉珏(1410~1472)의 정밀한 화법과 백양산
인 진순陳淳(1483~1544)의 사의적 수묵 필법을 약간 활용하였다. 옛날
과 오늘날의 차이가 있으니, 감상자는 이를 충분히 파악해야 한다.

---

1) 유완암은 유옥이다. 인물전 참조.
2) 백양산인은 진순이다. 인물전 참조.

[165]

唐解元3)墨花遊戲, 如虢國夫人4)馬上淡妝, 以天趣勝邪.

당해원唐寅(1470~1523)은 먹빛을 자유롭게 사용해 그림을 그렸다. 마치 말 위에 올라탄 괵국부인이 가벼운 화장을 한 것 같이 천성적인 아름다움으로 명성을 얻었다.

[166]

以雲西5)筆法, 寫雲林淸閟閣意, 不爲高岩大壑, 而風梧煙篠, 如攬翠微, 如聞淸籟. 橫琴坐忘, 殊有傲睨萬物之容.

조운서의 필법을 사용해 예운림의 〈청비각도〉의 의취를 표현했다. 높은 산과 깊은 골짜기를 그리지 않고, 단지 바람에 흔들리는 오동나무와 안개 속의 대나무풍경을 그렸다. 마치 푸른 산속에 있는 듯하고, 맑고 고요한 소리가 들려오는 것 같았다. 거문고를 타며 세상과 나를 잊고 나니, 만물을 내려다보는 느낌이 특별했다.

[167]

學癡翁須從董、巨用思, 以瀟灑之筆, 發蒼渾之氣. 游趣天眞, 複追茂古, 斯爲得意. 此圖擬富春大嶺, 殊未愜于心手,

---

3) 당해원이다. 인물전 참조.
4) 괵국부인마상담장(少虢國夫人馬上淡妝): 당대 시인 장호(張祜)의 시 「집영태(集靈台)·괵국부인(虢國夫人)」에서 나온 구절로, 당나라 시기의 아름다운 장면을 묘사한 것이다. 이 시에서는 괵국부인이 황제의 총애를 받으며 아침 일찍 말을 타고 궁으로 들어가는 장면을 그렸다. 특히 괵국부인이 화장을 과하게 하지 않고 간결하고 우아하게 눈썹만 가볍게 그린 모습으로 등장하며, 이는 그녀의 천연의 아름다움을 더욱 부각하는 장면으로 묘사되고 있다. 인물전 참조.
5) 운서는 조운서이다. 인물전 참조.

豈能便合古人?

황공망의 화법을 배우려면 반드시 동원과 거연의 기법을 깊이 연구하여 유려한 필치로 넓고 깊은 기운을 표현해야 한다. 자연스러운 의취를 얻은 후에 옛사람의 필법을 따라야 비로소 그 의취를 얻을 수 있다. 이 작품은 〈부춘대령〉의 그림 뜻을 모방하였으나, 아직 마음과 손이 하나로 어우러지지 않으니. 어찌 옛사람들과 합치되었다고 가볍게 말 수 있겠는가?

[168]
吾友有雲林〈喬柯修竹〉大幀, 余家藏〈高士〉〈小山竹樹〉小景兩圖, 皆雲林妙本. 冬夜在鳴老梅花樓戲用兩圖筆意爲此, 似有一種天趣飛翔, 恨不令迂老見我也.

나의 친구는 예찬의 큰 폭 작품인 〈교가수죽도〉를 소장하고 있고 나는 〈고사〉 작은 산과 대나무, 나무가 있는 〈소경죽수〉 두 폭의 작은 그림을 소장하고 있는데, 모두 예찬의 뛰어난 작품이다. 겨울밤에 명로 매화루에서 재미 삼아 두 그림의 의를 취하여 이 그림을 그렸다. 마치 자연스럽고 천진난만한 흥취가 종이 위에 가득한 듯했다. 예찬 노인께서 나를 보지 못하시는 것이 참으로 아쉽다.

[169]
巨然師北苑, 貫道[6]師巨然, 此圖江天空闊, 林莽蕭森, 庶幾有咫尺千里之勢. 初擬巨然, 乃近貫道. 然貫道且不易, 何敢輒望巨公.

---

6) 유관도이다. 인물전 참조.

거연은 동원을 스승으로 삼았고, 문관도는 거연을 스승으로 삼았다. 이 작품은 텅 빈 강과 멀리 있는 하늘과 울창한 숲을 묘사했다. 작은 종이 위에 천 리나 되는 기세가 담겨 있다. 처음에는 거연을 본보기로 삼았고, 나중에는 문관도에 가까워졌다. 그러나 문관도 조차 모방하기 어렵기에, 어찌 감히 거연에 비유할 수 있겠는가?

[170]

"夜雨初霽, 曉煙欲出, 其象若此."用米元暉語題〈方壺7)煙雨景〉.

밤비가 막 그치고, 새벽안개가 막 피어오르려 한다. 이 그림은 바로 그런 모습을 묘사한 것이다. 미우인의 말을 빌려 방종의가 안개와 비의 경치를 그린 그림에 몇 자 적는다.

[171]

〈溪山行旅〉, 摹北苑半幅圖. 文待詔云, 人間無北苑畫, 止家藏半幅, 卽〈溪山行旅圖〉也. 此幀後歸董文敏, 乙卯8)十月, 在蕪城客舍背臨.9)

〈계산행려도〉는 동원의 반 폭 그림을 임모한 것이다. 문징명이 일찍이 말하길, "세상에 더 이상 동원의 그림이 남아 있지 않다."고 하였다.

---

7) 방종의이다. 인물전 참조.
8) 을묘(乙卯)는 강희 14년(1675년)을 의미하며, 이때 남전(南田)은 43세 정도 되었다. 남전은 이 시기에 예술적으로 성숙해 가던 시기로, 그의 작품 활동과 예술적 성취가 두드러졌던 시기이다.
9) 배임(背臨)은 원작을 보지 않고, 오직 기억에 의존하여 임모(臨摹)하는 방법이다. 이는 화가가 직접 원본을 보지 않고, 기억 속에 남아 있는 인상을 기반으로 작품을 모사하는 기술로, 원작의 세부적인 묘사를 외워서 그리는 것을 의미한다.

내가 소장한 이 반 폭 그림만 있는데 바로 〈계산행려도〉이다. 이 작품
은 나중에 동기창이 소장하였다. 을묘년(1675) 10월, 나는 무성의 객관
에서 기억에 의존해 임모하였다.

[172]

乙卯, 余客湖濱. 綠堤花岸, 蒲灘獲港, 于此流連, 戲作斯
圖, 略得宋人劉寀10)遺法.

을묘년에 나는 호숫가를 방문하였다. 푸른 제방과 꽃이 핀 강가, 부들
과 갈대가 무성한 물가를 따라 유람하면서 영감을 얻어 이 그림을 그렸
다. 대략 송대 화가 유채劉寀의 화법을 사용했다.

[173]

丁巳11)秋, 予游吳門. 過庵霞翁12)衣杏閣, 見案間忘庵13)
王子墨花卷, 淋漓飄灑, 天趣飛動, 真得元人遺意, 當與白
陽公並驅. 庵霞先生曰: "盍爲作設色花卷, 補忘庵花品之
所未備乎?" 余唯唯. 遂破藤紙, 研丹粉, 戲爲點色, 五日而
後成之. 但紙不宜于色, 神氣未能明發. 然余圖非古非今,
洗脫畦徑, 略研思于造化, 有天閑萬馬'14)之意."取示先生,

---

10) 유채는 북송시대 인물이다. 인물전 참조.
11) 정사(丁巳)는 강희 16년(1677년)을 가리키며, 이때 남전(南田)은 45세였다. 이
    시기는 그의 예술 활동에서 중요한 시기로, 남전은 그의 독창적인 산수화와 예술
    적 경지에서 성숙기를 맞이하던 때였다.
12) 엄하옹은 여회(余懷)를 가리킨다. 인물전 참조.
13) 망엄은 청나라 화가 왕무다. 인물전 참조.
14) 이 말은 한간이 한 것이다. 한간은 초기에는 조패와 진굉에게 그림을 배우며
    실력을 쌓았지만, 스승들의 화풍을 답습하는 데 그치지 않고 궁궐의 말들을 직접

先生曰 : "忘庵卷如虢國淡掃蛾眉, 子畫如玉環15)豐肌豔骨, 真堪竝美. 挾兩卷以遊千花萬蕊中, 吾將老是鄉矣."相與拊掌大笑, 竝書于後.

정사년(1677) 가을, 나는 오문을 유람하며 엄하옹(여회, 1616~1696)을 방문하였다. 그의 책상 위에 놓인 망암(왕무王武, 1632~1690)의 묵화 도권을 보았다. 먹빛이 힘차고 자연스러운 기운이 생동감 있게 표현되어 있었다. 참으로 원나라 화가들의 뜻이 잘 드러나 있으며, 백양공 진순과도 어깨를 나란히 할 만하다. 엄하 선생이 말하기를, "어찌하여 나를 위해 채색된 화훼도를 그려 왕무의 묵화에 없는 부분을 채워주지 않겠는가?"라고 하였다. 나는 응답하여, 당지를 잘라 연분을 으깨어 채색하여 5일 만에 그림을 완성하였다. 그러나 당지는 채색에 적합하지 않아 물상의 정기가 분명히 드러나지 않았다. 하지만 내 그림은 옛날과 지금의 그림과는 다르고, 화단의 고질적인 습관에서 벗어나 만물의 조화를 깊이 탐구하여(한간이 말했던) "폐하의 마구간에 있는 모든 말이 나의 스승입니다."라는 의미를 지녔다. 엄하 선생께 내 그림을 보여 드렸더니, "왕무의 그림은 괵국부인 처럼 엷게 채색한 것 같고, 당신의 그림은 양귀비처럼 살이 풍만하고 자태가 화려하여 두 그림이 참으로 나란히 일컬어질 만하다. 이 두루마리 그림을 가지고 있으면 마치 꽃밭을 거니는 듯하니, 내가 이것들을 가지고 여생을 보낼 수

관찰하며 독창적인 화법을 개발했다. 현종이 어디서 그림을 배웠는지 묻자, 그는 "폐하의 마구간에 있는 모든 말이 저의 스승입니다."라고 대답했다. 그는 원래 술집에서 일하던 중 우연히 왕유에게 그림 실력을 인정받아 본격적으로 그림을 배울 기회를 얻었으며, 특히 사실적이고 생동감 있는 말 그림으로 후세에 큰 영향을 미친 화가로 평가받았다.

15) 중국 당나라 현종(玄宗)의 비(妃)(719~756)로, 이름은 옥환(玉環)이다. 도교에서는 태진(太眞)이라 불린다. 춤과 음악에 뛰어나고 총명하여 현종의 총애를 받았으나, 안록산의 난 때 죽었다.

있겠다."라고 말했다. 우리는 마주 보며 박장대소하였다. 그리고 이 그림에 뒷면에 글을 썼다.

[174]

全是化工靈氣, 磅礡鬱積, 無筆墨痕, 足今古人歌笑出地.

만물의 조화에서 나오는 신비롭고 웅장한 기운이 가득 차 있고 붓과 먹의 흔적이 전혀 남지 않은 것처럼 자연스러워서, 옛사람들이 모두 감탄하고 웃으며 감상할 만하다.

[175]

曾見陳章侯16)臨宋人〈九芝圖〉, 多作棘刺. 昔賢必有所本, 芝草不生于甘泉, 銅池,與蓶蒲17), 蓂莢18)同稱瑞物, 而于 榛莽頑石之間製圖, 有深思焉. 其感慨可知已.

일찍이 진홍수陳洪綬(1599~1652)가 송나라 사람의 〈구지도〉를 임모한 것을 보았는데, 가시나무에 가시가 무성하게 그려져 있었다. 옛 성현들은 반드시 그 근거를 가지고 있었을 것이다. 영지버섯은 감천이나 동지에서 자라지 않으며, 부들, 명협과 함께 상스러운 사물처럼 여겨져 흔히 볼 수 있고 잡초와 거친 돌들 사이에서 자라난 것으로 그림을 그린

---

16) 중국 명말 문인화가 진홍수이다. 인물전 참조.

17) 포(蒲): 포 글자는 전국시대에 처음 나타났으며, 글자 모양은 초(艸, 풀을 뜻함)에서 유래하고, 포(浦) 소리를 본떴다. 본래 뜻은 향포(香蒲)라는 식물이며, 포류(蒲柳), 창포(菖蒲) 등 여러 식물을 가리킨다. 또한, 포는 고대에 현대의 주사위와 유사한 도박 놀이를 가리키기도 하며, 넓게는 도박을 뜻하기도 한다.

18) 명협(蓂莢): 중국 요임금 때 났다는 전설상의 상서로운 풀. 초하루부터 보름까지 하루에 한 잎씩 났다가, 열엿새부터 그믐까지 하루에 한 잎씩 떨어지고, 작은 달에는 마지막 한 잎이 시들기만 하고 떨어지지 않았다 하여, 달력 풀 또는 책력 풀이라고도 하였다.

것은 반드시 깊은 뜻이 있을 것이니, 그 생각은 그림에서 알 수 있다.

[176]

嘗見王晉卿貽東坡書云, "吾日夕購子書不厭, 近又以三
縑19)博兩紙. 子有近畫, 當稍以遺我, 毋多費我絹也." 東坡
乃以澄心堂紙20), 李承宴墨書, 〈黃州大醉中作黃泥坡詞
幷跋〉二百餘言以遺之. 夫王晉卿因東坡遭貶謫, 其交深
矣. 然愛其書不可得, 猶以縑素易之. 因知筆墨贈貽, 不能
獨厚知己, 在昔已然, 非自今也. 南田生與石谷子結契且
廿年, 篋中未嘗蓄盈尺小幅, 而尋常面交,21) 長絹巨幀累
累也. 前年曾取藏墨, 易石谷畫扇一面, 又石谷所慨然者.
未知澄心紙上書(黃泥坡詞), 何時得效坡翁故事耳?

일찍이 왕선이가 소식에게 이렇게 써 보낸 편지를 본 적이 있다. "나는
날마다 당신의 서화 작품을 구입해도 만족할 줄 몰랐다. 최근에는 세
폭의 비단으로 겨우 두 장의 글씨를 바꾸어 얻었다. 만약 최근에 작품
이 있다면 몇 가지를 나에게 보내 주시길 바란다. 하지만 너무 많은

---

19) 겸(縑): 원래 견직물(비단)의 단위를 나타내는 양사로, 비단 한 필을 의미했다.
이후에는 확장되어, 화폐나 보상 또는 상으로 주는 선물을 가리키는 의미로도
사용되었다. 견포의 단위. 이후에 화폐나 선물의 하사품으로 사용

20) 남당(南唐)의 후주(後主) 이욱(李煜)이 징심당지(澄心堂紙)와 이정규먹(李廷
珪墨)과 함께 흡주의 용미산에서 생산된 용미연을 애용한 것으로 유명하다. 송
대(宋代) 이후 단계(端溪⇒단계연)와 더불어 우열을 겨루는 양질의 연재(硯材)
로서 널리 알려짐. 돌무늬에 따라 나문(羅紋), 쇄사(刷糸), 금은간쇄사, 미자(眉
子) 등의 4종으로 구분하며 또한 금성, 은성, 금운(金暈) 등의 구별이 있다.

21) 면교(面交): 점잖게 인사만 하고 지나가는 정도의 교제를 뜻하며, 깊이 있는
관계가 아닌 피상적인 친구를 가리키는 표현이다. 즉, 사람을 만나면 단순히
고개만 끄덕이거나 형식적인 인사만 나누는 관계를 의미한다.

비용을 지불할 수는 없다." 소동파는 징심당 종이와 이승연 먹을 사용하여 황주에서 크게 취한 상태에서 쓴 〈황니판사〉을 적었다. 또한, 200여 자의 발문을 써서 왕선이에게 주었다. 왕선경은 동파로 인해 좌천당해도 그와 깊은 우정을 나눴음을 알 수 있다. 설사 이와 같을지라도 왕선경은 동파의 서화를 좋아하여 그것을 얻지 못할 때는 견직과 교환해야 했다. 그러므로 서화를 선물하는 것은 자기의 친구를 배려하는 일이 되지 못함을 알 수 있다. 이는 옛날부터 그랬던 것이다. 나는 왕석곡과 20여 년간 친교를 맺었으나, 내 상자 속에 반 폭의 작품도 없다. 그러나 평범한 친구들과의 교재로 인해서는 오히려 많은 작품을 소유하고 있다. 재작년에 나는 소장하고 있던 먹을 가지고 왕석곡의 부채 한 폭과 교환하였다. 왕석곡은 매우 통이 크고 후한 사람인데 언제쯤 소동파 선생의 일화를 본받아 나에게 징심당종이에 쓴 「황니판사(黃泥坂詞)」 글씨를 줄지 모르겠다.

[177]

淸泉白石, 與吾周旋, 可以樂而忘老.

맑은 샘과 흰 돌이 나와 함께하니, 즐거워서 나이를 잊을 수 있었다.

[178]

東坡云, "世多以墨畵山水, 竹石, 人物, 未有以畵花者也. 汴人尹白能之." 爲賦詩云. "造物本無物, 忽然非所難. 花心起墨暈, 春色散毫端. 飄緲形才具, 扶疏22)態自完. 蓮風盡傾倒, 杏雨半摧殘. 獨有狂居士, 求爲墨牡丹. 兼書平子賦23), 歸向雪堂24)看." 可知墨華起于北宋, 然尹白之名不

---

22) 부소(扶疏): 가지와 잎이 무성히 펼쳐져 있는 모습

甚著, 何邪?

소동파는 말한 적이 있다. 세상에서는 주로 수묵으로 산수, 대나무, 돌, 인물화를 그리지만, 수묵으로 꽃을 그린 이는 없다. 변양 사람 윤백은 수묵으로 꽃을 그렸고, 그를 위해 시를 지었다. "천지 창조 이전에는 아무것도 없었으나, 갑자기 모든 것이 생겨나는 것은 어려운 일이 아니었다. 꽃술에서 먹빛이 퍼져나가고, 붓끝에 봄의 색이 물든다. 묵화는 방금 형체를 갖추었고, 가지와 잎이 무성하며 그 자태가 완연히 드러난다. 연잎은 바람에 다 쓰러지고 살구꽃은 비에 반쯤 떨어졌으나, 오직 모란만이 있어, 마치 굴복하지 않는 거사처럼 강인한 기개를 지닌 듯하다." 윤백은 이 꽃을 그렸고, 그 위에 장형의 『귀전부歸田賦』를 적어넣었다. 나는 이 작품을 손에 넣어 황주 서재로 가져가 자세히 감상하였다. 수묵화는 북송 시기에 등장했음을 알 수 있다. 윤백의 이름은 그다지 널리 알려지지 않았으니. 그 이유가 무엇일까?

[179]

淸夜獨倚曲木床, 著短袖衫子, 看月色在梧桐簟筱間, 薄雲掩過之. 微風到竹, 衣上影動. 此時令人情思淸宕, 紛慮暫忘. 人生魚魚25)鹿鹿, 好景娛閑, 一歲不過八九日耳. 偶

---

23) 평자부(平子賦)는 『후한서(後漢書)』「장형전(張衡傳)」에 나오는 작품으로, 장형(張衡)이 반고(班固)의 『양도부(兩都賦)』를 본떠 『이경부(二京賦)』를 지어 간언을 담았다. 장형은 이를 위해 오랜 시간 정밀하게 구상하고 고심하여, 10년에 걸쳐 완성했다. 또한 장형은 스스로 운명에 대해 고민하며 길흉이 서로 엇갈리고 미묘하여 쉽게 알 수 없다고 생각했다. 이에 『사현부(思玄賦)』를 지어 자신의 감정을 표현했다. 또 『귀전부(歸田賦)』는 산문부(散文賦)로 전원생활의 한적한 분위기를 효과적으로 묘사하고 있는 작품이다.

24) 설당(雪堂): 소식이 항주로 강등될 때 거주하며 몸소 경작한 곳

25) 어어(魚魚): 질박하면서도 영민함이 부족한 상태를 나타내는 표현이다. 이는

然得之, 不應復以後來之日長, 而當面錯過也. 重九後三
日燈下書, 竝以勸石谷.

맑고 고요한 밤, 굽은 나무 침대에 홀로 기대어 짧은 소매의 적삼을
입고 오동나무와 대나무 사이에 스며든 달빛을 바라보았다. 옅은 구름
이 달빛을 잠시 가리다 지나가고, 산들바람이 대나무를 스치며 옷 위로
대나무 그림자가 아른거린다. 이 순간 사람의 감정이 맑게 일어나고,
번잡한 걱정도 잠시 잊게 된다. 인생은 단순하고 짧으면서도 또 바쁘기
만 하다. 아름다운 경치를 즐기며 여유를 누릴 수 있는 날은 1년 중
팔구일에 불과하다. 나는 우연히 이 기회를 얻었으니, 미래에 시간이
많을 거라며 이 순간을 놓쳐서는 안 될 것이다. 중양절이 지나고 삼일
후, 등불 아래에서 이 글을 써서 석곡을 격려한다.

[180]
寫生先斂浮氣, 待意思靜專, 然後落筆, 方能洗脫塵俗, 發
新趣也.

화가는 사생할 때 경박한 마음을 먼저 가라앉히고, 생각과 마음이 진정
으로 고요해지고 집중될 때까지 기다린 후에 붓을 내려야 비로소 세속
의 비루함을 떨쳐내고 새로운 의취와 창조성을 발휘할 수 있다.

[181]
石谷不喜予寫生, 嘗對孫承公云 : "正叔研精卉草, 日求其
趣, 其于煙雲山水之機疏矣." 予初不以爲然, 已而思寫生
與畫山水用筆則一, 蹊徑26)不同, 久于花葉, 手腕27)必弱.

사람이나 사물이 단순하고 소박하지만, 기지나 활력이 부족해 보이는 모습을
가리킬 때 사용된다.

154

一花一葉, 豈能通千岩萬壑之趣乎?石谷終歲未嘗于寫生
着意, 然間一爲之, 必有過人處, 蓋其得力于山水者深. 筆
精墨靈, 而其余不可勝用也.

석곡 왕휘는 내가 주로 화조 사생에 몰두하는 것을 좋아하지 않았다.
그는 일찍이 사촌 형 손복시에게 말하길, "남전은 매일 화훼와 곤충의
회화 기법을 깊이 연구하느라 산수화의 영기에서 멀어지고 있다."라고
했다. 나는 처음에는 이 견해에 동의하지 않았으나, 화훼 사생과 산수
화의 용필은 본질적으로 같지만, 그 길이 다르다는 것을 나중에 깨달았
다. 화훼 사생에 오래 집중하면 손과 팔의 힘이 필시 약해진다. 그런
작은 작품을 그려서 어찌 천산만학의 흥취와 통할 수 있겠는가? 석곡
은 평생 사생에 크게 신경 쓰지 않았지만, 우연히 한두 번 그렸을 때
항상 남들보다 뛰어났다. 이는 그가 오랫동안 산수화 훈련에 힘을 기울
였기 때문이다. 그 결과 그의 필묵은 뛰어난 기법을 구사하게 된 것이
며 다른 방법들로는 다 표현할 수도 없다.

[182]
石谷進我, 殆幾于水仙之移人情哉?

석곡의 그림은 마치 수선화가 사람의 마음을 옮겨놓는 것과 같구나

[183]
唐以前無寒林, 自李營邱, 範華原始盡其法. 烏目山人此
幀, 畫樹師營邱,28) 沙汀石骨用李晞古, 筆趣清潤兼六如

---

26) 혜경(蹊徑): 방도. 방책.
27) 수완(手腕): 일을 꾸미고 치러나가는 재간.
28) 이당이다. 인물전 참조.

居士. 蓋所謂脫盡縱橫習氣, 非強事點染者所能仿佛也.

당대 이전에는 한림寒林을 주제로 한 그림이 없었다. 이성李成과 범관范寬부터 비로소 한림의 화법이 완성되었다. 오목산인 왕휘의 이 작품에서 나무를 그리는 법은 이성을 모방하였고, 모래섬과 바위는 이당李唐의 기법을 따랐다. 필묵은 맑고 그윽하며 고풍스러운 윤기가 있으며. 육일거사 당인의 풍격을 겸비하였다. 이 그림은 거칠고 비루한 오래된 습관을 완전히 벗어난 작품으로, 억지로 그림을 그리는 사람이 결코 흉내 낼 수 있는 것이 아니다.

[184]
此東園生遊戲塗抹自取笑樂者也. 覽者多以爲似石谷, 又謂似子晉29), 更指某筆似某, 某筆似某, 墨華眩惑, 不復可辯, 豈世無離婁耶30)? 抑宣尼有若, 遂竟不可分別耶? 因

---

29) 당자진은 당음(唐茭)이다. 그는 청대 초기의 화가로, 운수평(惲壽平)과 같은 시대를 살았으며 두 사람은 친구 사이였고 함께 연꽃을 그린 적도 있다. 당음은 주로 화훼화를 그렸으며, 그의 화법도 주로 몰골법을 사용하였다. 이 때문에 많은 사람들은 당음을 운수평과 비교하곤 한다. 명성 면에서는 당음이 운수평만큼 널리 알려지지 않았고, 예술적 성취 면에서도 그의 창작 소재가 운수평만큼 폭넓지는 않다. 그러나 연꽃을 그리는 데는 당음이 운수평에 절대 뒤지지 않았다. 연꽃은 단정하고 우아하며, 둥근 잎과 큰 꽃이 조화를 이루고 줄기와 가지가 단순하고 직선적이어서 과도한 굴곡이나 조형을 피해야 하는데, 이러한 단순한 형태 속에서도 아름다움을 표현하는 것은 일정한 난도가 있다. 전해지는 작품을 보면, 당송 이전에는 연꽃이 주로 종교화, 인물화, 산수화의 일부로 등장했으나, 송대에 이르러서야 연꽃을 주제로 한 그림이 나타나기 시작했다. 다만 이 시기의 그림은 상대적으로 작은 크기였다. 원대에 이르러 문인화가 새로운 예술 형식으로 떠오르면서 연꽃은 상징적 의미를 부여받아 점차 대중에게 사랑받는 창작 소재가 되었다. 인물전 참조.

30) 이루는 황제(黃帝) 때 사람으로, 눈이 아주 밝았다고 전해지는 전설상의 인물이다. 『장자』 내편(內篇)에 "이루는 눈이 밝아서 백 보 밖에서도 능히 털끝을 살핀

眾語聚訟, 乃自題以證獐鹿之誤, 並與石谷, 子晉同發一
笑.

이 그림은 내가 마음 가는 대로 그렸으며 스스로 만족하고 즐긴 작품이
다. 감상하는 사람들은 대부분 이 그림이 왕석곡의 풍격과 비슷하다고
하고, 어떤 이는 당자진唐子晉과 비슷하다고도 말한다. 또 어떤 이는
이 붓놀림은 누구와 같고 저 붓놀림은 누구와 같다고 말한다. 필묵의
자취에 현혹되면 확실하게 구분할 수 없게 된다. 세상에 이루離婁처럼
시력이 뛰어난 사람은 없는 것인가? 아니면 공자와 그의 제자 유약이
정말 닮아서 구분하기 어려운 것인가? 사람들의 의견이 분분하여 결론
이 나지 않으므로, 나는 그림 위에 글을 써서 고라니를 사슴으로 착각
한 사람들의 오류를 증명하고자 했다. 그리고 왕석곡과 당자진과 함께
한바탕 웃었다.

[185]
烏目山人畫柳, 盡態極妍, 古所未有. 空對銷魂之圖, 正乏
銷魂之句, 放筆滋愧.

오목산인 왕휘가 그린 버드나무는 그 자태와 아름다움이 완벽하게 표
현되어, 예나 지금이나 그 누구도 그를 따라올 수 없다. 괜히 이렇게

다.” 라고 했다. 전설 속 시력이 뛰어난 사람을 지칭한다. 또 『맹자(孟子)』「이루
상(離婁)」 상(上)에서는 “ 맹자가 말씀하시기를, 이루의 밝은 시력과 공수자의
손재주로도 컴파스와 곡척을 이용하지 않으면 네모난 것과 둥근 것을 만들 수
없다(孟子曰, 離婁之明, 公輸子之巧, 不以規矩, 不能成方員圓).” 라고 언급했
다. 이에 대해 초순(焦循)은 주석에서 “이루는 고대에 시력이 뛰어난 사람으로,
황제(黃帝) 시대의 인물이다. 황제가 자신의 현주(玄珠)를 잃었을 때 이루(離朱)
에게 이를 찾게 했는데, 이루는 곧 이루(離婁)로, 백 걸음 밖에서 가는 털끝까지
볼 수 있었다.”라고 설명했다.

즐거움을 주는 그림을 마주하고도, 완벽한 제발을 써내지 못하니, 붓을 멈추고 부끄러움을 면치 못한다.

[186]

河淸可俟, 人壽幾何? 對此垂絲, 能無慨嘆, 然烈士壯心, 其能已乎? 昔人于此, 不禁唾壺之缺[31]矣, 歌成呼酒, 自罰 十白.

황하의 물이 맑아지는 것은 기다릴만하지만, 사람의 수명은 얼마나 될지 알 수 없다. 이 흘러내리는 백발을 마주하면 어찌 탄식과 슬픔이 없겠는가? 그러나 열사의 굳센 마음은 늙어도 사라질 수 없다. 옛날 사람들도 이때엔 저항할 수 없는 감정에 휩싸였을 것이다. 이 노래가 완성되자 술을 마셨는데, 스스로 술 열 잔을 벌주로 마셨다.

[187]

煙柳蘆汀, 賦象荒落, 其得之濠上[32]邪?

---

31) 타호지결(唾壺之缺): 『세설신어(世說新語)』「호상편(豪爽篇)」에 나오는 일화에서 유래된 표현이다. 이 이야기는 왕대장군(王敦)이 술자리에서 벌어진 일을 묘사한 것이 있는데 다음과 같다.
왕돈은 술을 마신 후에, "[노기복력(老驥伏櫪), 지재천리(志在千裏): 늙은 말이 마구간에 누워 있어도 천리를 달리고 싶어 하는 의지가 있다.)]"와 "[열사모년 (烈士暮年), 장심불이(壯心不已): 의로운 사람은 나이가 들어도 웅대한 마음이 그치지 않는다)]"라고 하였다. 이는 자신이 비록 나이가 들었지만, 여전히 큰 뜻을 품고 있음을 드러낸 것이다.
32) 호상(濠上): 호상은 즉 호수 위를 가리키는 표현으로, 『장자(莊子)』「추수(秋水)」편에서 나온 이야기이다. 이 구절에서는 장자와 혜시(惠施)가 호수의 다리 위에서 물고기의 즐거움에 대해 논쟁을 벌이는 이야기인데 장자가 물고기가 즐겁다고 말하자, 혜시는 그가 물고기가 즐거운지 어떻게 알 수 있느냐고 반문한다. 장자는 자연과의 교감을 통해 그 즐거움을 알 수 있다고 대답한다. 더 자세한

안개 자욱한 강가에 버드나무와 갈대가 황량하고 쓸쓸한 풍경을 자아
내니, 이것이 혹시 호수 위에서 자연의 즐거움을 얻었기 때문인가?

[188]

三種菊33), 爲半園良士所圖. 時與唐長公斟酌沒骨畫法,
祖述宋人規矩, 兼師造化, 逸趣飛翔,34) 庶幾洗脫時徑. 適
婁東公衡王子一見亟賞之, 輒效米顛據骹故事, 艮士有是
快友, 割愛相贈. 雪夜秉燭, 屬壽平重題, 以志一時腥會云.

〈삼종국三種菊〉 그림은 반원 양사良士 선생이 그린 것이다. 당시 당장
공唐長公 선생과 몰골화법에 대해 토론하였고, 송나라 화가들의 법도
를 모범으로 삼았으며 청아하고 유려한 정취가 종이 위에 흩날려, 거의
현대 화단의 오래된 습관을 벗어나는 듯했다. 마침 누동의 공형왕公衡
王 선생이 이 그림을 보고 매우 감탄하였으며, 미불의 고사를 모방하고
자 하였다. 양사 선생은 이런 훌륭한 친구를 소중히 여겨, 진귀한 그림
을 기꺼이 내어 선물하였다. 눈 내리는 밤, 촛불에서 내게 글을 써 주기
를 부탁하므로 이에 특별한 만남을 기록하였다.

[189]

北宋徐熙35)寫生, 多以淡墨爲之. 略施丹粉, 而意態自足,

내용은 『장자』「추수편」을 참조.

33) 국화 중에서 항국(杭菊), 박국(毫菊), 저국(滁菊), 회국(懷菊)이 가장 유명하여
    '사대 명국'(四大名菊)이라 불린다. 그중 저국은 다른 국화차보다 훨씬 뛰어난
    효능을 가지고 있어 사대 명국의 으뜸으로 불리며, 회국은 약효가 가장 뛰어나
    약재로 사용될 때 최상의 선택으로 여겨진다.
34) 비상(飛翔): 공중으로 날아다님.
35) 북송화가 서희이다. 인물전 참조.

蓋其靈氣在筆墨之外也.

북송의 서희는 사생할 때 주로 담묵을 사용하고 약간의 붉은 색채를 가미하였다. 그러나 그 의취와 자태는 이미 충분히 완성되어 있었다. 그의 신묘한 기운은 필묵의 자취를 넘어선 곳에 있었다.

[190]

"詩思亂隨青草發, 酒腸還似洞庭寬,"[36] 董雲間會以此語作小景絕奇, 余複效之. 知吾陸君于此, 興亦不減也.

시상의 흐름은 붓의 푸른 풀을 따라 펼쳐지고, 주량은 동정호만큼이나 넓다. 동기창은 이 시구에 맞춰 소경 산수화를 그렸는데, 그 작품이 매우 뛰어났다. 나도 그를 본받아 다시 한번 그려보고 싶었다. 육 선생 역시 이 작품에 대한 흥미가 절대 덜하지 않다는 것을 나는 잘 알고 있다.

[191]

蔬果最不易作. 甚似則近俗, 不似則離. 惟能通筆外之意, 隨筆點染, 生動有韻, 斯免二障矣.

채소와 과일을 제재로 그리기가 가장 어렵다. 너무 닮으면 세속적으로 되고, 닮지 않으면 실물에서 벗어나기 쉽다. 오직 형상 밖의 뜻을 그려내고, 마음 가는 대로 붓질을 하여 생동감과 운치를 지니게 해야 비로소 이 두 가지 장애를 피할 수 있다.

---

36) 시사란수청초발(詩思亂隨青草發), 주장환사동정관(酒腸還似洞庭寬)은 당나라 시인 이옥군(李玉群)의 시 「중경파구(重經巴丘)」에서 나오는 구절이다. 이 시에서 시인은 과거의 즐거웠던 시절을 회상하면서 시상이 마치 풀이 자라는 것처럼 흩어지고, 술을 즐기는 마음이 동정호처럼 넓어지는 모습을 묘사한 것이다.

[192]

觀王山人爲子鶴寫〈山居圖〉, 用筆如閑雲在霄, 卷舒自在. 墨華零亂, 一點一拂, 皆有異趣. 白雲間董宗伯已來, 未有發其秘者.

왕석곡이 자학(양진)을 위해 그린 〈산거도山居圖〉를 감상해 보면, 그의 붓놀림이 마치 하늘에서 한가로이 떠다니는 구름과 같다. 두루마리를 펼치니 자유롭고 편안한 분위기가 느껴진다. 먹의 흔적이 흩어지고, 붓질마다 각기 다른 의취를 담고 있다. 운간 동기창 이후로 이 비결을 아는 자가 없었다.

[193]

前人用色, 有祗沉厚者, 有極淡逸者, 其創制損益, 出奇無方, 不執定法. 大抵穠麗之過, 則風塵不爽, 氣韻索矣. 惟能淡逸而不入于輕浮, 沉厚而不流爲鬱滯, 傳染愈新, 光暉愈古, 乃爲極致. 石谷于設色法, 廿年靜悟, 始窺秘妙, 每爲余言如此, 因記之.

앞서간 화가들이 색을 사용할 때, 어떤 이들은 색을 진하게 쓰는 데 익숙했고, 어떤 이들은 매우 맑고 담백하게 쓰는 것을 선호했다. 그들은 창의적으로 변화시켜 정해진 법에 얽매이지 않고 자유롭게 새로운 것을 창조했다. 그러나 색이 지나치게 화려해지면 그림의 생동감과 운치가 사라지기 쉽다. 오직 담백하면서도 경박하지 않고, 깊이 있으면서도 무겁지 않게 표현해야 한다. 이렇게 해야 색을 칠할수록 새로워지며, 고풍스러운 광채가 더욱 드러나 비로소 극치에 이르게 된다. 왕석곡은 20년간 색채의 사용법을 깊이 연구하여 비로소 이 비결을 터득했고, 그는 매번 나에게 이렇게 말하곤 했다. 그래서 이 내용을 기록해 둔다.

[194]

衡山37)墨桂, 深得趙承旨風韻, 洗脫纖塵, 天趣泠然, 足稱
墨林仙品.

문형산(문징명)의 묵계화墨桂畵는 조맹부의 풍취를 깊이 이어받았다.
그림에는 한 점의 세속적 티끌도 없이 맑고 담백한 자연의 기운이 깃들
어 있어 참으로 화단에 선품仙品이라 부를 만하다.

[195]

寒柯叢竹, 小山激湍, 宛有塵外風致.

차가운 나뭇가지 사이로 빽빽한 대나무와 낮은 언덕, 그리고 세차게
흐르는 물줄기에는 마치 세속을 벗어난 풍취가 깃들어 있는 듯하다.

[196]

隨筆點刷, 荒率處似曹雲西, 整密處似李稀古.38)然昔人神
趣, 非鑽仰可到.

붓의 움직임을 따라 점을 찍어가며 그림을 그렸다. 거칠고 소박한 부분
은 조운서의 필법을 닮았고, 가지런하고 정교한 부분은 이당李唐(1080
~1130년)의 운치를 따르는 듯하다. 그러나 옛사람의 신묘한 필치는
단지 모방한다고 해서 쉽게 도달할 수 있는 것이 아니다.

---

37) 문형신은 명대(明代) 문신이자 서화가 문징명(文徵明, 1470~1559)을 지칭한다.
   본명은 문벽(文璧)이다. 스승 심주(沈周)와 함께 원대 문인화를 계승한 남종화
   (南宗畵)의 중흥을 이끌었다. 인물전 참조.
38) 이휘고는 이당이다. 인물전 참조.

[197]

余最愛倪高士秋林竹石. 秋堂獨坐, 蕉雨梧風, 致有爽氣.
偶得此幅, 研墨乘興立就, 得意揮毫, 如惊風驟雨, 勢不可
止. 觀者灑然, 即此以盡雲林, 而雲林盡此矣.

나는 예찬의 〈추림죽석도秋林竹石圖〉를 가장 사랑한다. 가을날 홀로
당관에 앉아, 파초에 떨어지는 빗소리와 오동나무를 흔드는 바람 소리
를 들으면서 시원하고 상쾌한 기운을 느끼는 장면을 그리는 것이다.
우연히 이 작품을 감상할 기회를 얻었고, 흥에 겨워 붓을 들어 즉흥적
으로 먹을 갈아 한 번에 임모하였다. 붓놀림은 막힘없어 만족스러웠고
기세는 거친 바람과 모진 비처럼 시원하고 상쾌하며 멈출 수 없었다.
그림을 보면 맑고 상쾌한 느낌이 들었다. 이 작품은 운림의 법도와
정신을 완전히 드러냈으며 운림의 운치는 여기에 다 담겨 있다.

[198]

學元人小景, 蕭散曠澹. 竹石乱泉, 不作丛莽冗杂, 清韻自
足.

원나라 화가들의 소경 산수화를 모방하였는데, 그 속에는 소박하고 담
백한 의취가 담겨 있다. 대나무와 바위, 그리고 급히 흐르는 샘물을
표현하였는데 복잡하고 빽빽한 숲이나 산을 그리지 않고도 맑고 고아
한 운치를 자연스럽게 드러냈다.

[199]

此種筆趣, 元時有趙善長39), 陳秋水, 明初有王孟端40), 徐

---

39) 조선장은 원말 명초 사람으로 왕불이다. 인물전 참조.
40) 왕맹단은 왕불이다. 인물전 참조.

幼文[41], 皆黃鶴山樵一路. 元末最盛, 不下十餘家, 即陞天
遊, 郭天錫[42]亦相近. 蓋此種與郭河陽畫法, 似分道而馳,
然此得人爲多, 大底高曠蕩逸之士, 都由此入.

이와 같은 필법의 의취는 원대에 조선장趙善長과 진추수陳秋水가 있었
고, 명나라 초기에는 왕맹단王孟端, 서유문徐幼文이 있었는데, 모두 황
학산초黃鶴山樵 왕몽의 계통에 속한다. 원나라 말기에 가장 성행하였
으며, 그러한 화풍을 따르는 화가들이 10여 명에 달했다. 육천유陸天游
와 곽천석郭天錫의 작품 또한 이들과 매우 유사하다. 이 화풍은 곽희의
화법과는 아주 다르지만, 이 필법은 많은 사람들에게 영향을 미쳤다.
대체로 웅건하고 활달한 사람들은 대부분 이를 통해 자신의 예술적
풍격을 형성하였다.

[200]

秋夜每與王先生立池上, 清話久之, 暗覩梧影, 輒大叫曰:
"好墨葉、好墨葉", 酒酣戲爲點筆, 如張顚[43]濡髮時也.

가을밤에 나는 왕 선생(석곡)과 함께 연못가에 서서 오랫동안 담소를
나누곤 했다. 어느날 밤 문득 고개를 들어보니 오동나무 잎의 그림자가
흔들리는 것을 보고, 우리는 갑자기 외쳤다. 잘 먹칠 된 잎이여 ! 잘
먹칠 된 잎이여 ! 술에 취해 흥이 오르자 우리는 즉석에서 붓을 들어
그림을 그렸다. 이는 마치 장욱張顚이 술에 취해 머리카락에 먹을 묻혀
글씨를 쓴 것과 같았다.

---

41) 서유분이며 서분이다. 인물전 참조.
42) 곽천서는 원대 유명한 서예가이다. 인물전 참조.
43) 장전은 장욱이다. 인물전 참조.

[201]

"有誰能作房山44)圖, 坐使煙雲笑世人", 讀此語, 欲令人擱筆.

"누가 고극공과 같은 회화 실력을 갖출 수 있겠는가? 작품 한 장으로 세상 사람을 비웃을 수 있다." 이 구절을 읽으면, 바로 사람에게 붓을 내려놓게 하고 싶다.

[202]

高尚書與方壺外史, 皆得法于南宮墨戲, 而變化各有不同.

고극공과 방종의 모두는 미불의 운산 묵희에서 화법을 깨달았다. 그러나 각자의 풍격이 다르게 변화했다.

[203]

梅花庵主云 墨戲之作 蓋士大夫詞翰之餘, 適一時之興趣. 與夫繪畫之流, 大有寥廓. 嘗觀陳簡齋45)墨梅詩云: "意足不求顏色似, 前身相馬九方皋46)." 此真知畫者也. 仲圭醉心逃禪老人, 開千古未開之眼, 卽古稱花光47)石室48)亦未

---

44) 방산은 고극공이다. 인물전 참조.
45) 간재는 진방이다. 인물전 참조.
46) 구방고는 인물전 참조.
47) 화광(花光)은 북송의 화가 승중인이다. 인물전 참조.
48) 석실(石室)은 문동(文同)의 호이다. 그는 자(字)가 여가(与可)이며, 호는 석실선생(石室先生), 소소선생(笑笑先生), 금강도인(錦江道人)이라고도 불렸다. 문동은 송나라 인종(仁宗) 황후(皇祐) 원년에 과거에 급제하였고, 원풍(元丰) 초년에 호주(湖州)에서 관직을 수행하던 중 세상을 떠났다. 그래서 후세에서는 그를 문호주(文湖州)라고 불렸다. 인물전 참조.

肯輕許. 至于時俗所宗, 可毋置論.

매화암주 오진이 일찍이 말하기를, 묵희란 사대부들이 문장을 쓰는 틈틈이 잠시 흥미를 따라 그린 것이다. 그림을 생업으로 삼는 이들과는 큰 차이가 있다. 진여의陳與義의 묵매시墨梅詩를 보면, "뜻이 충분하면 색을 닮게 그리려 하지 않는다. 화가는 전생에 말의 내면을 알아본 구방고九方皐여야 한다."라고 했는데. 이는 진정으로 그림을 아는 사람의 말이다. 오진은 불교에 심취한 도망한 수도승을 숭배하며 사람들에게 새로운 안목을 열어주었다. 비록 고대의 화광 중인과 석실石室의 문동文同이라 할지라도 쉽게 인정받지 못했다. 요즘 한창 유행하는 화가들은 더 말할 필요도 없다.

🌥 구방고의 보충

의족불구언색사意足不求顏色似, 전신상마구방고前身相馬九方皐는 송대 시인 진여의陳與義의 시 『간재집簡齋集』에서 나오는 구절이다. 이 구절은 예술 창작에서 본질을 중시하고, 외형적 유사성에 구애받지 않는 태도를 강조한 것이다. "의족불구언색사"는 의도와 본질이 충분하면, 외적인 유사성이나 색채의 묘사는 중요하지 않다는 뜻이다. 이는 예술적 표현에서 겉모습보다는 내면의 본질을 중시하라는 의미로 해석된다. 반면 "전신상바구방고"는 즉 구방고九方皐는 고대 중국의 말의 상을 감별하는 사람으로 말의 외형보다는 그 내재된 능력을 알아보는 능력을 가진 인물이다. 이 구절은 구방고의 통찰력을 빌어 겉모습보다는 본질적인 요소를 중시해야 함을 비유한 것이다.

[204]
庚申49)九月下榻50)紅鵝館. 主人51)出示王忘庵52)墨花長卷,

166

橫欋排突, 精悍逼人. 因爲秉燭賦色, 似于忘庵筆墨之外, 別有蹊徑. 猶如唱東坡〈赤壁〉詞, 不可無, "楊柳岸53), 曉風殘月", 之歌也, 惟主人鑒賞之.

경신년庚申年(1680) 9월, 나는 홍아관紅鵝館에 머물렀다. 주인(강채)이 왕무王忘庵의 수묵화 긴 두루마리를 보여주었는데, 그 그림은 강렬하고 거침이 없이 사람을 압도했다. 나는 촛불 아래에서 그림을 그렸는데, 왕무의 필묵을 넘어선 새로운 방도를 발견했다. 소동파의 「적벽부赤壁賦」를 읊는 것과 같이, 유영柳永의 「우림령雨霖鈴」에 나오는 "버드나무가 늘어진 강가에서 새벽에 바람이 불고 희미한 달만 남아 있네."라는 구절이 빠질 수 없으니, 이 작품이 주인에게 영원한 감동으로 남기를 바란다.

 ## 소식의 적벽부赤壁賦의 보충

적벽부赤壁賦는 북송의 문인 소식蘇軾이 1082년 황주黃州(현재의 후베이성 황강시)로 좌천되었을 때 지은 작품이다. 이 작품은 소식이 친구들과 함께 달밤에 적벽을 유람하며 느낀 감상을 기록한 것으로,

---

49) 경신(庚申): 강희 19년(1680년)을 가리키며, 이때 남전(南田)은 48세였다. 이 시기는 그의 예술적 경지가 무르익은 시기로, 당시 남전은 그림과 서예에서 독창적인 스타일을 확립하며 많은 명성을 쌓았다.

50) 하탑(下榻): 짐을 풀고 숙박하다.

51) 주인(主人)은 여기에서 예포(艺圃)의 주인 강채(姜埰)를 가리킨다. 인물전 참조.

52) 왕망암(王忘庵): 명나라 말기에서 청나라 초기까지 활동했던 화가로, 꽃과 새 그림으로 유명한 왕무이다. 인물전 참조.

53) "버드나무가 늘어진 강가에서 새벽바람에 흔들리는 초승달을 바라보네, 이별의 슬픔이 더욱 깊어진다(楊柳岸, 曉風殘月)."라는 구절은 유영의 「우림령(雨霖鈴)」의 송사에 나오는 글이다.

주객의 문답 형식을 통해 그의 심경 변화를 표현하고 있다. 처음에는 유람의 즐거움에서 시작하여, 역사적 사건을 회상하며 슬픔에 잠기고, 마지막으로 정신적 해탈과 달관에 이르는 과정을 담고 있다. 이 작품은 독특한 예술적 구상과 깊은 정서, 철학적 통찰로 중국 문학사에서 높은 평가를 받으며, 이후의 부賦, 산문, 시에 큰 영향을 미쳤다.

[205]

陳待詔54)模王叔明, 亦有致, 畵雲用細句, 太劃畵耳.

한림원의 대조待詔 진홍수陳洪綬(1599~1652)는 왕몽의 그림을 모사했는데, 나름의 운치가 있었다. 그러나 그는 구름을 그리면서 가는 붓으로 구름을 써서 너무 지나치게 묘사한 것이 아쉬웠다.

[206]

待詔寫生雖極工整, 猶有士氣, 與世俗所尚大有徑庭. 然視白石白陽隨筆點染, 得生動之趣, 又隔一塵矣.

진홍수가 그린 사생화는 비록 매우 정교하고 단정하나, 여전히 사대부의 기질을 지니고 있어서. 세속에서 유행하는 것과는 큰 차이가 있었다. 그러나 심주와 진순이 자유롭게 붓을 휘둘러 생동감 있는 운치를 잘 담아낸 것과 비교하면 한층 차이가 있다.

[207]

隨意涉趣, 不必古人有此. 然雲西, 丹邱55), 直向毫端出入.

---

54) 명청대 관명이름, 한림원에 속해 문서 대조를 관장하였음
55) 단구는 가구사의 호이다. 인물전 참조.

觀王廉州大幀, 深得北苑〈瀟湘圖〉意, 水天空闊處, 一派
平沙, 尤見筆力也.

자유롭게 붓의 흥취에 따라 그리는 것은 반드시 옛사람의 방식을 모방
할 필요는 없다. 조운서와 가구사의 필의는 저절로 붓끝에서 흘러나왔
다. 왕렴주(왕감, 1589~1677)의 큰 폭 작품은 동원의 〈소상도〉의 의취
를 깊이 체득하였다. 특히 물과 하늘이 광활하게 펼쳐진 곳에 그려진
모래섬에서 그의 뛰어난 필력이 더욱 돋보인다.

[208]

今人動稱潤筆, 不知此語自隋時已有之. 隋鄭譯56)自隆州
刺史複爵, 李德林作詔, 高熲57)戲之曰: "筆頭幹". 譯曰:
"出爲方伯, 杖策而歸, 不得一錢, 何以潤筆." 偶讀至此, 不
覺失笑曰, "天下鄭譯之慈孫, 何其多乎?"

요즘 사람들은 걸핏하면 윤필潤筆이라는 말을 자주 쓰지만, 이 말이
수나라 시절부터 이미 사용되었다는 것을 모른다. 수나라 때 정역鄭譯
이 융주자사에서 복직되었을 때, 이덕림이 조서를 작성했다, 고경高熲
(542~607)이 정역과 농담하며 말하길, "붓끝이 말랐다."라고 했다. 그
러자 정역이 답하길, "나는 자사로 임명되어 나갔다가 지팡이 짚고
돌아왔고, 한 푼도 모으지 못했으니, 무엇으로 윤필해 적셔주겠는가?"
라고 했다. 우연히 이 문장을 읽고 나도 모르게 웃음이 나왔다. 천하에
정역의 후배들이 어떻게 이리 많을 수 있을까?

---

56) 정역은 수나라 사람이다. 인물전 참조.
57) 고경은 중국 수나라의 재상이다. 인물전 참조.

윤필潤筆의 보충

윤필의 유래

수나라 때 정역鄭譯이라는 관리가 있었는데 황제가 내사령內史令
이덕림李德林에게 조서詔書를 작성하도록 명령했다. 고경高熲이 정역
에게 농담으로 "붓이 말랐겠군"이라고 말했다. 이에 정역은 "지방관
으로 나갔다가 지팡이 하나만 짚고 돌아왔으니, 돈이 한 푼도 없는데
어떻게 붓을 적시겠습니까?"라고 대답했다. 이 고사에서 유래하여,
당송 시대에는 한원翰苑의 관리들이 관직 임명 문서를 작성할 때 "윤
필물潤筆物"을 받는 것이 관례가 되었다.

윤필의 의미 변화

처음에는 윤필물이 문서 작성에 관한 **사례**를 뜻했지만, 나중에는 시
문, 서화를 창작하는 사람에게 주는 **보수**를 넓게 지칭하게 되었다.
당나라 은문규殷文圭의 시 "이미 윤필을 받았으니 감사 인사를 올렸
고, 다시 장화張華에게 시구를 묻는 글을 보낸다."에서 "윤필"은 시를
써준 것에 대한 **답례**를 의미한다.

『유림외사儒林外史』에서는 "나리께서 필시 몇 냥의 윤필 은자를 더
주시겠지요. 한꺼번에 보내주십시오."라고 하여, 글을 써준 것에 대한
보수를 뜻한다.
노신魯迅의 『방황彷徨·행복적가정幸福的家庭』에서는 "투고할 곳은
먼저 『행복월보幸福月報』사로 정했는데, 윤필이 비교적 후한 것 같았
기 때문이다."라고 하여, 글을 기고한 것에 대한 **원고료**를 뜻한다.

윤필의 의미

이처럼 "윤필"은 시대에 따라 그 의미가 **사례, 답례, 보수, 원고료**

등으로 확장되었다. 하지만 기본적으로는 글이나 그림을 창작하는 사람에게 주는 보상을 뜻하는 말이다.

[209]

承公孫子嘗與余論董文敏書云 : "思翁筆力本弱, 資制未高, 究以學勝. 孫與親近年多, 知之深, 好之深矣." 其論與予合, 非過謬. 文敏秀絕, 故弱. 秀不掩弱, 限于資地, 故上石輒不得佳. 孫子謂其不足在是, 其高超亦在是, 何也?昔人往往以己所不足求進. 服習旣久, 研煉益貫, 必至偏重, 所謂矯枉者其正也. 書家習氣, 皆于此生. 習氣者, 卽用力之過, 不能適補其本分之不足, 而轉增其氣力之有餘. 而涵養未至, 陶鑄琢磨之功不足以勝之, 是以藝成, 習亦隨之. 或至純任習氣, 而無書者. 惟文敏用力之久, 如瘠者飮藥, 令擧體充悅光澤而已. 不爲騰溢, 故寧恒見不足, 毋使有餘, 其自許漸老漸熟, 乃造平淡. 此眞千古名言, 亦一生甘苦之至言, 可與知者道也.

손복시孫復始는 동기창董文敏의 서예에 대해 나에게 말하기를, "동기창의 필력은 본래 약하고, 천부적인 재능이 높지 않았으나, 결국 학문으로 다른 이를 능가했다. 나는 동기창과 오래 교류하였고 그를 깊이 알고 좋아했다." 그의 평가는 내 생각과도 일치하며 과장된 것이 아니었다. 동기창은 수려함으로 뛰어났으나, 또한 이 때문에 필력의 약함을 초래했다. 그 수려함이 필력의 약함을 해결하지 못하고 천부적 자질에 의해 제한되었다. 그래서 그의 작품이 돌에 새겨졌을 때 뛰어나지 않았다. 손복시는 그의 부족함이 바로 여기에 있으며, 동시에 그의 뛰어남도 여기에 있다고 보았다. 왜 그럴까? 옛사람들은 자신의 부족함을 채우기 위해 오래 연구하고 단련하다가 어느 한 면에 치우치기 마련이었다. 이른바 "잘못을 바로잡으려다 더욱 치우친다."라는 말이 그것이다. 글씨를 쓰는 사람의 잘못된 습관도 여기서 생긴다. 습관이란 힘을 지나치게 써서 본래의 부족함을 적당히 보완하지 못하고 오히려 기운을 지나치게 더해버리는 것이다. 성숙함이 부족하고 깊이 단련되지 않으면, 기교가 완성되면서 습관도 함께 형성되며, 종종 그 습관에 빠져 제대로 된 서예를 못하는 경우가 많다. 동기창은 오래 노력했지만, 마치 병약한 사람이 약을 먹어 온몸에 정신이 돌아오게 했을 뿐 원기가 잘 돌고 원활하게 하지는 못한 것과 같다. 그래서 항상 자신의 부족함을 자각하며 넘치지 않도록 해야 한다. 동기창이 스스로 '나이가 들수록 능숙함이 절정에 이르러 평담으로 돌아갔다고 한 말은 참으로 천고의 진리이다. 이 또한 자기 일생의 득실고락을 총결산한 진실된 생각이며, 오직 지혜로운 사람과만 말할 수 있다.

[210]

隨筆點花葉, 須令意致極幽. 明窓淨几, 風日和潤, 不對俗客, 庭有時花秀草, 毫墨絹素悅人. 意興到, 抽毫含丹吮粉, 羅靑積黛, 分條布葉之間, 必有瀟洒可觀者.

붓으로 꽃과 잎을 그릴 때는 반드시 그 의경이 매우 맑고 깊어야 한다. 창문의 밝음, 책상의 깨끗함, 바람의 부드러움과 햇살의 따뜻함은. 속세의 손님을 사절한다. 정원에는 때에 맞는 꽃과 싱그러운 풀이 자라며. 필묵과 종이가 사람의 마음을 기쁘게 한다. 영감이 찾아오면 붓을 들고 붉은 물감과 남색 안료를 칠하여 그림을 그린다. 가지와 잎의 배치가 반드시 시원하고 깊은 맛이 깃들어야, 함께 감상할 만하다.

[211]

壬戌58)八月, 客吳門拙政園.59)秋雨長林, 致有爽氣. 獨坐

172

南軒, 望隔岸橫岡, 疊石崚峭, 下臨清池, 澗路盤紆, 上多
高槐, 檉柳檜柏, 虬枝挺然, 迥出林表. 繞堤皆芙蓉, 紅翠
相間. 俯視澄明, 游鱗可數. 使人悠然有濠濮閑趣.

임술년壬戌年(강희 21년, 1682년) 8월, 소주 졸정원에서 머물렀다. 가
을비가 내린 후 숲은 청량한 기운이 감돌았다. 남헌에 홀로 앉아 맞은
편 산등성이와 층층이 쌓인 돌무더기를 바라보며 아래쪽 맑은 연못가
에 이르렀다. 산길은 구불구불하게 이어져 있고, 위쪽에는 홰나무와
버드나무, 백양나무가 우거져 있고. 구불구불한 가지는 숲보다 높이
뻗어있다. 제방 주변에는 모두 연꽃이 피어 붉은 꽃과 푸른 잎이 어우
러져 있다. 고개를 숙여 맑은 강물을 바라보니, 노니는 물고기 수를
셀 수 있을 정도였다. 이런 광경은 마치 유유자적하여 호복濠濮에서
즐기는 듯한 정취를 느끼게 한다.

---

58) 임술(壬戌)은 강희 21년(1682년)을 가리키며, 이때 남전(南田)은 50세였다. 이
시기는 남전의 예술 활동이 활발하게 이루어지던 시기로, 그의 작품과 화풍이
성숙한 시점이었다.

59) 졸정원은 중국 4대 정원의 하나인 수저우의 최고 명소이다. 이화원, 유원, 승덕이
궁과 함께 중국 4대 명원으로 꼽힌다. 졸정원은 1509년, 명나라 때 이곳에 살던
부호 왕헌신이 만든 것으로, 지금은 세계문화유산으로 등록되어 보존 중이다.
"졸자(拙者)가 정치를 한다."는 뜻으로 졸정원(拙庭園)이라 이름을 지었다고
한다. 정원은 동쪽과 서쪽, 중앙 세 군데로 나눠진다. 전체 면적의 절반 이상을
연못이 차지하는데, 연못과 다리, 정자와 나무의 조화가 아름답다. 졸정원에는
견산루, 파산랑, 원향당 등 여러 채의 건물이 있다. 이들 건물은 정원의 경치를
감상하기 위한 쉼터로 쓰이던 것이다. 특이한 것은 파란색 유리를 이용한 건물이
다. 이 색유리를 통해 밖을 내다보면 마치 눈으로 뒤덮인 것 같은 착시현상을
준다고 한다. 왕헌신은 눈 내린 풍경을 특히 좋아했는데, 수저우는 눈이 거의
내리지 않기 때문에 건물에 파란색 유리를 넣어 설경을 대신했다고 한다. 졸정원
은 그 수를 셀 수 없을 만큼 많은 기암괴석들을 가져와 정원을 꾸미고, 아름다운
건물을 짓고, 지극히 자연스러워 보이도록 인공 연못을 파고, 꽃과 나무를 심어
조성한 완벽한 정원이다.

[212]

自南軒過艷雪亭, 渡紅橋而北, 傍橫風, 循澗道, 山麓盡處,
有堤通小阜, 林木翳如, 池上爲湛華樓, 與隔水回廊相望.
此一園最勝地也.

남헌에서 염설정艷雪亭을 지나 붉은 다리를 건너서 북쪽으로 향했다.
산세를 따라 산길을 돌면 산기슭의 끝에 작은 언덕으로 이어지는 산언
덕이 있다. 울창한 나무들이 우거져 있고, 연못 위에는 담화루湛華樓가
서 있으며, 수면 너머로 회랑과 서로 마주 보고 있다. 이곳은 졸정원에
서 가장 아름다운 경치를 자랑하는 곳이다.

[213]

壬戌之秋, 曾于虎林獲觀〈海門圖〉. 洞心駭目, 驚湍激風,
排山倒嶽. 對峙石壁峭立, 上爲遠岸, 沙路微茫, 深曲可入.
奔濤觸石, 盤渦谷轉, 以至輕波細溜, 于一筆間能分淺深,
真神妙之迹. 觀其畫水法, 蓋見規模童仲翔,[60]當時無與敵
者. 王山人縮本, 能盡其妙. 置之幾案間, 當如嘉陵江畫壁,
夜聞水聲也.

임술년(1682) 가을, 호림에서 〈해문도海門圖〉를 감상한 적이 있는데.
나는 경탄을 금치 못했다. 세찬 물살과 광풍이 산을 밀어내고 언덕을
뒤엎을 듯한 기세로 그려져 있었으며, 마주 보고 솟은 암벽은 험준하게
서 있었다. 화면의 전변에는 멀리 아득한 강가와 희미한 모래언덕 깊고
구불구불한 길이 묘사되어 있었다. 물살이 바위를 치고 소용돌이는 골
짜기를 돌아 잔잔한 물결이 되어 서서히 흐르니 붓으로 지세의 깊고

---

60) 위의 물 그림에 대한 보충 참조.

얕음을 표현하였으니 참으로 기이하고 신묘한 작품이었다. 물을 그리는 기법을 살펴보면 이는 틀림없이 동우董羽의 풍격을 배운 것이다. 그 당시에는 그와 맞설 자가 없었다. 왕석곡이 이를 축소하여 임모하였는데, 그 신묘한 의취를 완벽하게 재현하였다. 그의 작품을 탁자 위에 두고 있으면 마치 가릉강嘉陵江을 벽 위에 그려놓아서 밤에 물소리가 들리는 것 같았다.

물 그림에 대한 보충

동우는 파도 그림을 잘 그렸다. 물결이 일렁이는 화면을 감상한 문인들의 시문은 당나라부터 찾아볼 수 있으며, 특히 송나라의 한림원翰林院 한쪽 벽에 낡도록 두었다는 동우董羽의 파도 그림이 거듭 칭송되었다. 동우가 그린 파도 그림에 관한 특성이 다음과 같은 언급되어 있다. "파도가 마치 살아 움직이는 듯, 바라보는 이의 눈을 의심케 하네波濤若動, 見者駭目"라고 하였는데 여기서 보듯이 출렁이는 물결을 주제로 이미 금릉[남경]의 청량사에 그려졌다. 그 외 화가의 그림으로 각원사覺苑寺 벽의 물 그림이 세차게 솟아[濤瀾洶湧] 놀랄 만했으며, 태평사太平寺의 물 그림 벽화는 원나라까지 이름이 높았다. 고우사高郵寺 벽의 파도 그림도 북송대 시인들이 거듭 시를 남겼다. 또한 매요신梅堯臣(1002~1060)은 〈물 그림 낮은 병풍〉에 대하여 "앞 물결은 눈꽃처럼 휘말리고, 뒤 물결은 백마처럼 뛰어오르네前浪雪花卷, 後浪白馬跳."라고 묘사했다. 이는 송나라 개인의 저택에 펼쳐졌던 파도 그림의 정황을 알려준다. 파도 그림을 기록한 시문들 가운데 대 문장가 소식蘇軾(1037~1101)의 글이 가장 널리 알려져 있다. 그는 대자사大慈寺의 수영원壽寧院 네 벽의 거대한 파도 그림을 다시 그린 화가 포영승蒲永昇의 필치를 좋아했다. 소식은 포영승이야말로

'활수活水'를 그렸다고 칭찬하느라, 동우를 포함한 다른 화가들의 물 그림은 모두 '사수死水'라는 험한 비난도 서슴지 않았다. "매년 여름 높은 당의 빈 벽에 이 그림을 걸어 두면 음산한 바람이 사람을 덮쳐 모발이 곤두선다."라고 하며, 소식은 포영승의 파도 그림이 주는 한 기의 즐거움을 감탄했다.

[214]

筆筆有天除眞人想, 若纖毫塵垢之點, 便無下筆處.

붓질 하나하나마다 하늘과 함께 노니는 도인의 생각이 깃들어 있다. 만약 티끌이 하나라도 묻는다면, 붓을 어떻게 내려야 할지 모르게 될 것이다.

[215]

〈亂石鳴泉〉, 摹王孟端[61], 非黃鶴山樵也. 其皴擦渲點, 氣韻神逸, 非明眼不能辨. 秋宵秉燭, 薄醉抽毫, 與賞音相參 證也.

(이 그림은)〈란석명천도亂石鳴泉圖〉인데 왕불王紱(1362~1416)의 풍격 을 모방한 것이지 왕몽은 아니다. 준찰과 선염을 사용한 화법과 편안하 고 범상치 않은 기품은 식견이 있는 사람이 아니면 분간할 수 없는 것이다. 가을밤 촛불 아래에 약간의 취기가 오른 틈에 이 그림을 그렸 다. 작품을 이해하고 정확히 평가하는 사람과 서로 토론하고 싶다.

[216]

亂石鳴泉摹王孟端, 非黃鶴山樵也. 其皴擦渲染, 氣韻神

---

61) 왕맹단은 왕불이다. 인물전 참조.

逸, 非明眼不能辨. 秋宵秉燭, 薄醉抽毫, 與賞音相參証也.

〈란석명천도亂石鳴泉圖〉는 왕맹단(왕불)의 풍격을 모방한 것이며, 황
학산초(왕몽)의 것은 아니다. 그들의 준법과 선염 기법이 비슷하나 차
이가 있으며, 그림의 기운과 신묘한 탈속의 경지는 뛰어난 안목을 가진
사람만이 알아볼 수 있다. 가을밤에 촛불을 밝히고, 약간 취한 상태에
서 붓을 들어 그림을 그리며 좋은 음악을 감상하는 것은 서로 영감을
주고받으며 예술적 경지를 높이는 최고의 방법이다.

[217]
宋四家書皆出魯公.[62] 而米海嶽又兼以河南[63]北海[64], 故豊
采獨絶也.

송나라 사대가의 서예는 모두 안진경顔眞卿(709~784)으로부터 나왔고,
미불은 저수량褚遂良(596~658년)과 이옹李邕(675~747)의 서법을 함
께 겸비하였다. 그러므로 미불의 서체는 특히 풍채가 뛰어나고 독창적이
다.

[218]
高逸一派, 如蟲書鳥迹, 無意爲佳. 所謂脫塵境而與天遊,
不可以筆墨畦徑觀也.

고일한 필법은 벌레가 먹은 흔적과 새가 남긴 발자국처럼 의도적이지
않아야 아름답다. 이를 두고 세속을 벗어나 하늘과 더불어 노닌다고
한다. 이것은 틀에 박힌 필묵의 기법이나 규칙으로는 볼 수 없는 경지

---

62) 안진경은 중국 당(唐)나라의 서예가이다. 인물전 참조.
63) 저수량은 중국 당대 초기의 서예가이다. 인물전 참조.
64) 이옹은 당대의 화가이다. 인물전 참조.

이다.

[219]

王山人此圖, 极似趙善長,[65]張伯雨[66] 絶無一筆是一峰, 海
沙彌也. 而王山人自題如此, 豈蔬長公所云 "論畵以形似,
見與兒童鄰"耶?[67] 俟石谷異日觀此, 當發大噱.

왕산인王山人의 이 그림은 조선장(조원趙原)과 장백우張伯雨의 필법과
매우 비슷하여, 단 일획도 일봉노인黃公望이나 해사미海沙彌(조원)의
방식과 같지 않다. 그런데 왕산인이 스스로 여기에 제발을 남겼다. 어
찌 소식蘇軾이 말한 "그림을 논할 때 형상을 닮았는지 여부로 판단한
다면 이웃집 아이와 같지 않겠는가?" 훗날 왕석곡이 이 구절을 다시
보면 틀림없이 크게 웃을 것이다.

[220]

春夜秉燭對酒, 觀烏目王山人制圖, 酒墨如風雨. 時予惠
卉三弦, 淸歌繞梁, 令人惊魂動魄. 如此胜會, 他時念此,
不易得也.

봄밤 촛불 아래에서 술을 마시며 왕산인王山人(왕휘)이 그림을 그리는

---

65) 조선장은 원말 명나라 초기 문인화가 조원이다. 인물전 참조.

66) 장백우는 원나라 문인화가 장우이다. 인물전 참조.

67) 논화이형사, 견여아동린(論畵以形似, 見與兒童鄰): 이 구절은 송나라의 문인
소식(蘇軾)이 그림을 평가할 때 단순히 외형의 유사성에만 초점을 맞추는 것을
비판하며, 이를 "이웃집 아이와 같다"고 표현했다. 이는 그림이 단순히 대상의
외형을 모방하는 것을 넘어, 그 내면의 정신과 본질을 표현해야 한다는 그의
예술관을 나타낸다. 소식은 시와 그림이 본래 같은 이치에 있으며, 자연스러움과
신선함을 추구해야 한다고 강조했다.

모습을 감상하였다. 생기 넘치는 먹의 기세는 비바람이 함께 몰아치는 것과 같다. 그때 자혜子惠가 삼현三弦을 켜고 부르는 맑은 노랫소리가 귓전에 맴돌아 사람의 마음을 흔들었다. 이런 훌륭한 모임은, 다른 때에 이 광경을 떠올리면서 다시 이루려 해도 어려울 것이다.

[221]

〈夏木垂陽〉, 松雪臨本, 眞能不失董元神韻. 曾見雲間董宗伯摹入冊中, 堪與吳興幷驅. 予戲屬王山人作此, 復變幷文敏法, 獨宗古經, 可謂出藍.

〈하목수양도夏木垂陽圖〉는 조맹부가 모방 작품이다. 이는 참으로 동원董源의 신묘한 운치를 계승하고 보존한 것이다. 나는 운간雲間 동기창董其昌이 이를 모방하여 책 한 페이지에 수록한 것을 본 적이 있다. 이는 진정 훌륭한 작품으로, 조맹부와 견줄만하다. 나는 왕산인(왕석곡)에게 이 그림을 임모해 달라고 부탁하였는데, 동기창과 조맹부 두 대가의 법을 다시 변형하고, 견고하고 독창적인 고의古意를 직접 따랐으니. 이를 청출어람靑出於藍이라 할 수 있다.

[222]

靑綠山水, 近代擅長惟十洲仇氏,[68] 今稱石谷王子. 余觀其靑綠設色, 亦數變, 眞從靜悟得之, 當在十洲之上.

청록산수는 근대에 오직 십주十洲 구영仇英이 이 법에 능통하였다. 지금은 왕석곡石谷을 칭송할 만하다. 내가 보기에 그의 청록색을 사용하는 방법 역시 여러 차례 변화를 겪었으니 참으로 자기 마음을 집중하여 깨달아 얻은 것이니, 그 수준은 마땅히 구영을 능가한다.

---

68) 구영이다. 인물전 참조.

[223]

仲長統⁶⁹⁾昌言云: "淸如水碧, 潔如霜露. 輕賤世俗, 獨立
高步." 畫品當作此想.

중장통仲長統(180~220)은 『창언昌言』에서 다음과 같이 말했다. "푸른
물처럼 맑고 , 서리와 이슬처럼 깨끗한 사람은 세속을 경시하고, 홀로
서고 고상하게 걷는다." 그림을 그리는 데도 이러한 생각을 표준으로
삼아야 한다.

 ## 중장통의 창언에 관한 보충

『후한서後漢書 · 중장통仲長統』에 따르면, 중장통은 "옛날과 지금의
일, 그리고 당시의 풍속과 세상 사람들이 하는 일에 대해 논할 때마
다 항상 분개하고 탄식하였다. 그래서 논문을 지어 이름을 『창언昌
言』이라 하였는데, 모두 34편에 10만여 자에 달한다古今及時俗行事,
恒發憤歎息. 因著論名曰《昌言》, 凡三十四篇, 十餘萬言." 원본은 이미 소
실되었으나, 『후한서』 본전에는 『이난理亂』, 『손익損益』, 『법계法誡』
세 편이 수록되어 있다. 『군서치요群書治要』, 『의림意林』, 『제민요술
서齊民要術序』, 『문선文選』, 『태평어람太平御覽』등 책에 일부 단편이
보존되어 있다.

『창언』은 동한 말기의 사회적 폐단을 지적하며, "땅을 가진 사람들
의 토지 소유를 제한하여, 권력 있는 사람들이 토지를 마구잡이로
사들이는 것을 막고. 농사와 누에치기를 장려하여 곡식과 비단 생산
을 늘려야 하며 엄격한 법령으로 관리들이 권력을 남용하지 못하도

---

69) 중장통에 관한 내용은 인물전 참조.

록 해야 한다. 백성들에게 가혹한 정치를 하는 관리들을 조사하여 처벌하고, 백성을 괴롭히는 폭정을 없애야 한다限夫田以斷並兼, 急農桑以豐委積, 嚴禁令以階僭差, 察苛刻以絶煩暴."라고 주장하였고 또한, "외척과 환관의 정치 개입을 경계하고, 올바른 정치 질서를 확립해야 한다政不分於外戚之家, 權不入於宦豎之門."고 강조하였다. 나아가 "인재를 뽑을 때는 가문이나 지위가 아니라 실력을 보고 뽑아야 한다選士而論族姓閥閱."고 주장하였으며 철학적으로는 "인간의 일이 근본이라는, 하늘의 도는 부차적이것"人事爲本, 天道爲末이라는 관점을 제시하며, 천도에 대한 미신을 반대하고 인간의 일을 중시하였다.

즉 토지 겸병 제한, 농업 생산 중시, 엄격한 법령 시행, 관료 감찰 강화, 외척과 환관의 정치 간섭 반대, 문벌이 아닌 재능에 따른 관원 선발뿐만 아니라 철학적인 문제까지 지적한 것이다.

『창언』의 집본은 청나라 엄가균嚴可均의 『전상고삼대진한삼국육조문全上古三代秦漢三國六朝文』 중 『전후한문全後漢文』과 마국한馬國翰의 『옥함산방집일서玉函山房輯佚書』에서 볼 수 있다.

[224]

俗人論畫, 皆以設色爲易, 豈知渲染極難. 畫至着色如入爐鍛重加入煅煉, 火候稍差, 前功盡棄. 三折肱知爲良醫, 畫道亦如是矣.

세속 사람들이 회화를 논할 때 채색이 매우 쉽다고 여긴다. 그러나 채색이 극히 어려운 일인 줄 어찌 알겠는가? 그림이 채색 단계에 이르면 마치 불에 들어가 다시 단련되는 것과 같다. 불의 세기와 시간이 조금이라도 차이가 나면 이전에 들인 노력은 모두 헛되게 된다. 여러 번 팔이 부러져야 비로소 좋은 의사가 되는 법을 알게 되듯, 그림의 이치도 또한 이와 같다.

[225]

泛舟鄧尉, 看梅半月而返, 興甚高逸. 歸時乃作〈看花圖〉.
江山阻闊, 別久會稀. 寤寐心期, 千里無間. 春風楊柳, 青
雀姻帆. 室邇人遐, 空懸夢想. 李先生披圖攬趣時, 當從一
毫端, 與叔子別峰相見爾.

등위산鄧尉山에서 배를 띄워 매화를 감상하다가 보름이 지나서야 돌아
왔다. 흥이 매우 고상하고 초월적인 경지에 이르렀으므로 돌아와서 바
로 〈간화도看花圖〉를 완성하였다. 강산의 광활함이 사람 간의 만남을
가로막았으므로, 오랜 기간 떨어져서 만날 기회가 적었다. 밤낮으로
그리워하여, 천리의 거리도 지척과 같았다. 봄바람이 수양버들을 스치
고, 강 위에는 떠나는 배가 떠 있다. 집은 가깝지만, 사람은 멀리 있어,
만날 꿈은 그저 허공에 매달린다. 이 선생님이 이 그림을 펼쳐 감상할
때, 나의 붓끝을 따라 나와 산을 사이에 두고서 만나게 될 것이다.

[226]

癡翁〈陡壑密林〉, 昔在婁東王奉常家. 癡翁妙迹, 與〈夏山
浮嵐〉聲價相埒, 吾友石谷子摹本最佳. 余此幀略有出入.

대치 황공망의 〈두학밀림도〉는 본래 누동 왕시민의 집에 있었다. 대치
의 이 신묘한 작품은 〈하산도〉와 〈부람난취도〉와 더불어 평판이 엇비
슷하다. 나의 친구 석곡이 임모한 것이 가장 뛰어나다. 내가 그린 이
작품은 원작과 약간 차이가 있다.

[227]

方壺用米海嶽墨戲, 隨意破穎,70) 天趣飛翔, 洗盡縱橫習

182

氣. 故昔人以逸品置神品之上71)也.

방종위는 미불의 운산 묵희법을 사용하여 마음 가는 대로 붓을 사용하였다. 자연스러운 운치가 흘러넘쳤고 화단의 거칠고 속된 습관을 다 벗어났다. 그러므로 옛사람들은 일품逸品을 신품神品보다 더 높은 위치에 두었다.

[228]
〈碧山春溪〉, 略近趙大年, 江郎72)賦中所謂 "春草碧色, 春水綠波"73)也.

〈벽산춘계碧山春溪〉의 화법은 대략 조영양趙大年과 유사하며, 화의는 강엄江淹의 『별부別賦』에서 "봄풀은 청록색이고, 봄물은 푸른 물결이다."는 구절과도 가깝다.

---

70) 영(穎)은 붓의 끝부분에서 날카롭게 모여진 모필(毛笔)의 뾰족한 부분을 가리킨다. 붓을 사용하여 글씨를 쓸 때, 붓의 끝이 갈라져서 퍼지게 되며, 이를 파영(破穎) 이라고 하고 붓을 사용할 때 필법에 따라 붓끝이 자연스럽게 갈라지는 현상을 말하며, 이 과정은 글씨의 두께와 흐름을 조절하는 데 중요한 역할을 한다. 특히, 붓글씨에서 모필의 사용은 세밀하고 유연한 필획을 표현하는 데 매우 중요한 요소로, 붓끝의 제어가 글씨의 미감을 결정짓는 핵심 중 하나이다.

71) 석인이일품치신품지상(昔人以逸品置神品之上): 북송 시대의 황휴복(黃休复)이 지은 『익주명화록(益州名画录)』에서 나온 개념이다. 황휴복은 그림을 평가하는 데 있어 일품(逸品)을 신품(神品), 묘품(妙品), 능품(能品)의 위에 두었다. 일품의 예술은 정형화된 틀을 넘어서서 자유롭고 창의적인 예술적 표현이다.

72) 인물전 참조.

73) 위의 강엄 『별부』 시 내용 보충 글 참조.

강엄 『별부』에 관한 보충

강엄江淹(444년~505년)은 남북조 시대 남조 양梁나라의 시인이자 문장가이다. "춘초벽색春草碧色, 춘수록파春水綠波"이 글은 강엄江淹의 『별부別賦: 이별의 슬픔을 읊은 부賦』에 나오는 "봄 풀은 푸르고, 봄 물결은 푸르다春草碧色, 春水绿波"라는 구절을 인용하고 그 의미를 해석하는 내용이다. 전체 시의 내용은 다음과 같다.

> 춘초벽색春草碧色: 봄 풀은 푸른색이고
> 춘수록파春水绿波: 봄 물결은 푸른 물결이다.
> 송군남포送君南浦: 남쪽 포구에서 그대를 보내니
> 상여지하伤如之何: 슬픔을 어찌하랴.

[229]

曾見白陽,[74]包山[75]寫生, 皆以不似爲妙, 余則不然. 惟能極似, 乃稱與花傳神.

나는 일찍이 진순陳淳, 육치陸治의 사생 작품을 본 적이 있다. 그들은 모두 외형이 닮지 않음을 추구하여 이를 뛰어난 점으로 여겼다. 그러나 나는 그렇게 생각하지 않는다. 오직 가장 사실적으로 닮아야 비로소 꽃의 신운神韻을 표현할 수 있다.

[230]

石谷畫松之次夕, 北郭諸友攜酒相樂. 石谷運浮數十觴,

---

74) 백양은 진순이다. 인물전 참조.
75) 포산은 육치이다. 인물전 참조.

玉山將頹.76) 余亦添醉77)興酣, 狂吟謔閒作. 翦燭索長綃,
屬餘點墨, 因掃一石, 以贈千秋. 馳毫如風, 墨花磊磊, 從
空而墜. 圖成, 戲石谷曰:此醉星石78)也. 鑿取媧皇一片光
氣, 欲令眞宰妬我. 他時客館素寞, 用以賭酒79)何如?

석곡이 소나무를 그린 다음날 밤, 북곽의 여러 벗이 술을 들고 와 함께
웃고 즐겼다. 석곡은 연거푸 수십 잔의 술을 마시고 곧 쓰러졌으며,
나 또한 크게 취했다. 흥에 겨워 마음껏 노래하며 즐겁게 웃고 떠드는
가운데 그림을 그렸다. 촛불을 밝히고 긴 비단을 펼치더니 나에게도
함께 그림을 그리자고 권했다. 그래서 나도 장수를 축원하는 마음을

---

76) 옥산장퇴(玉山將頹)에서 옥산은 옥으로 만든 산이며 혹은 아름다운 산을 비유
　 적으로 이르는 말이다. 여기서는 술에 취해 곧 쓰러질 듯한 사람을 옥산에 비유
　 했다.
　 장퇴(將頹): 곧 무너진다는 뜻이다. 즉, 옥산장퇴는 술에 취해 몸을 가누지 못하
　 고 쓰러질 듯 비틀거리는 모습을 형용한 표현이다.
77) 명정(酩酊), 대취(大醉)
　 명정(酩酊): 술에 몹시 취한 모습을 나타낸다..
　 대취(大醉): 크게 취함, 몹시 취함을 뜻한다.
　 즉, 酩酊, 大醉는 정도가 심한 만취 상태를 의미한다.
78) 취성석(醉星石)은 여와(女媧)가 하늘의 구멍을 메울 때 사용한 오색 돌이다.
　 이러한 전설과 관련된 돌로 일부로 여겨진다. 이 돌은 다채로운 색상과 독특한
　 무늬를 지니고 있어, 중국 문화에서 신성한 의미를 담고 있다. 특히, 취성석은
　 장식품이나 예술 작품에 사용되며, 그 아름다움과 전설적인 배경으로 인해 많은
　 이들의 관심을 받고 있다. 여와는 중국 신화에서 인간을 창조하고 하늘의 구멍을
　 메운 여신으로 알려져 있으며 전설에 따르면, 하늘을 떠받치던 기둥이 부러져
　 하늘에 구멍이 생기고 대지가 갈라지는 재앙이 발생하자, 여와는 오색의 돌을
　 녹여 하늘의 구멍을 메웠다.
79) 담주(湛酒), 탐주(耽酒)
　 湛酒: 술에 흠뻑 빠지다, 술을 즐긴다는 뜻이다.
　 耽酒: 술에 빠지다, 술을 몹시 즐긴다는 뜻이다.
　 즉, 湛酒, 耽酒는 술을 매우 좋아하고 즐겨 마시는 것을 의미한다.

담아 돌 그림을 하나 그렸다. 붓은 바람처럼 빠르게 움직였고 먹의 자취가 겹겹이 쌓여 마치 허공에서 떨어지듯 생생한 운치를 만들었다. 그림이 완성된 후, 내가 석곡에게 농담으로 말했다. "이것은 취성석醉星石인데, 여와女媧가 하늘을 메울 때 썼던 돌에서 쪼아 온 것이라네. (그린 그림이 너무나 훌륭해서) 조물주가 나의 능력을 질투할 정도일세! 훗날 뜻대로 되지 않아 낙담하여 객지에서 쓸쓸히 지낼 때, 이 돌로 술잔을 만들어 마시면 어떻겠나?"

[231]

("層軒皆面水, 老樹飽經霜")80), "斷橋無復板, 臥柳自生枝"81), 用幼霞筆, 寫少陸句, 多見其不知量82)矣. 良士他時展紙, 今日秋夜菁燈, 賞心燕語, 一種情況, 忽忽在目, 此圖惑爲素居之一助也.

두보杜甫의 「회금수거지懷錦水居止」에서 "겹겹이 쌓인 누각은 모두 수면 위에 있고, 오랜 나무는 세월의 서리 이겨냈네." 두보의 「과고곡사교서장過故斛斯校書莊」에서 "다리는 부서져 건널 수 없고, 쓰러진 버드나무는 스스로 가지를 뻗어내네." 유하생 예찬의 필법을 사용하여 두

---

80) 두보(杜甫)의 「회금수거지(懷錦水居止)」의 시구절이다.

81) 두보의 「과고곡사교서장(過故斛斯校書莊)」의 시구절이다.

82) 다현기부지량(多見其不知量)"은 『논어(論語)』, 「자장(子張)」에 나오는 구절이다. "숙손 무숙이 공자를 헐뜯었다. 자공이 말했다. 그러지 마세요 공자님은 헐뜯을 수 없습니다. 다른 사람의 현명함은 구릉이라 가히 넘을 수 있습니다. 공자님은 해와 달입니다. 도달하고 뛰어넘을 수 없습니다. 사람이 비록 스스로 단절하고 싶다 해도 어찌 해와 달을 상하게 하겠습니까? 다만 자신의 분수를 모르는 것만 내보일 뿐이죠(叔孫武叔毀仲尼. 子貢曰:「無以爲也! 仲尼不可毀也. 他人之賢者, 丘陵也, 猶可踰也; 仲尼, 日月也, 無得而踰焉. 人雖欲自絶, 其何傷於日月乎?多見其不知量也!」)."

186

보의 시구를 그림으로 그렸다. (아마 사람들이 비웃겠지) 하지만 내 능력이 부족함을 알면서도 한번 시도해 본 것일 뿐이다. 훗날 당양사唐良士가 이 그림을 펼쳐 감상할 때, 가을밤 등불 아래에서 마음이 즐거워지기를 바란다. (우리 둘이) 친근하게 이야기 나누었던 오늘의 모습이 그림을 통해 생생하게 떠오르고, 이 그림이 그의 외로운 마음을 달래주었으면 한다.

 ## 두보杜甫의 시 보충

층헌개면수層軒皆面水, 노수포경상老樹飽經霜: 이 구절은 두보의 시 「회금수거지懷錦水居止」의 시에서 나오는 구절이다.

회금수거지懷錦水居止: 금수錦水에서 살던 곳을 그리워하며

만리교남택萬裏橋南宅, 백화담북장百花潭北莊: 만리교 남쪽, 아늑한 내 집이 있었고, 백화담 북쪽, 넓은 장원이 자리했지.

층헌개면수層軒皆面水, 로수포경상老樹飽經霜: 층층 누각은 맑은 물 바라보고 섰고, 오랜 나무는 세월의 서리 이겨냈네

설령계천백雪嶺界天白, 금성훈일황錦城曛日黃: 눈 덮인 산은 하늘에 닿아 희고, 금성은 저녁노을에 황금빛 물들었지

석재형승지惜哉形勝地, 회수일망망回首一茫茫: 아름다운 이 땅, 떠나려니 아쉬워라, 돌아보니 아득한 마음, 어찌하리오.

두보의 「회금수거지」는 생생한 묘사와 대비, 함축적인 의미, 그리고 섬세한 정서 표현을 통해 가을의 쓸쓸함과 고독, 시간의 흐름, 인생의 무상함을 노래한 작품이다. 특히 "층헌개면수, 노수포경상"이라는 구절은 이러한 시의 주제를 잘 드러내는 핵심적인 구절입니다.

단교무부판斷橋無複板, 와류자생지臥柳自生枝의 이 두절은 두보의 「과고곡사교서장過故斛斯校書莊」시에 나온 구절이다. 이 시는 두 편으로 되어 있다.

기일其一

차로이운몰此老已雲歿, 린인차미휴鄰人嗟未休: 이 늙은이는 이미 세상을 떠났지만, 이웃 사람들은 아직도 슬픔을 그치지 못하네.

경무선실소竟無宣室召, 도유무릉구徒有茂陵求: 살아서는 황제의 부름을 받지 못하고, 죽은 후에야 묘소에 찾는 사람 많구나.

처자기타식妻子寄他食, 원림비석유園林非昔遊: 아내와 자식들은 남에게 얹혀 살고, 정원은 옛날처럼 즐거운 곳이 아니네.

공여수유재空餘繐帷在, 석석야풍추淅淅野風秋: 텅 빈 집에 흰 장막만 쓸쓸히 남아, 가을바람 소리만 스산하게 들려오네.

기이其二

연입비방사燕入非傍舍, 구귀지고지鷗歸只故池: 제비는 옛 집을 잊지 못하고, 갈매기는 여전히 옛 연못으로 돌아오는데.

단교무부판斷橋無複板, 와류자생지臥柳自生枝: 다리는 부서져 건널 수 없고, 쓰러진 버드나무는 스스로 가지를 뻗어내네.

수유산양작遂有山陽作, 다참포숙지多慚鮑叔知: 산양에서 지은 시처럼, 나의 부족함에 부끄러움만 더하네.

소교령락진素交零落盡, 백수루쌍수白首淚雙垂: 옛 친구들은 모두 떠나고, 백발의 나는 눈물만 흘리네.

이처럼 「과고곡사교서장」은 생생한 묘사와 대비, 쓸쓸하고 고즈넉한 분위기, 회상과 그리움, 함축적인 의미를 통해 시간의 흐름과 자연의

188

영원성, 인생의 무상함, 그리고 옛 친구에 대한 그리움을 노래한 작품
이다. 특히 "단교무부판, 와류자생지"라는 구절은 이러한 시의 주제
를 잘 드러내는 핵심적인 구절이다.

[232]

書家塵俗蹊徑, 盡爲掃除. 獨有荒寒一境, 眞元人神髓, 所
謂士氣逸品, 不入俗目, 惟識眞者才能賞之.

평범하고 속된 화가들의 세속적인 방식들에 깨끗이 제거해야 한다. 오
직 황량하고 차가운 경계만이 원나라 화가들의 진정한 비결이다. 이른
바 문인의 정신과 고상한 품격은 속세와 함께 하지 않고 오직 만물의
본질을 이해한 사람만이 감상할 수 있다.

[233]

寫生畫以沒骨花爲最勝, 自僧繇[83])創制山水, 灼如天孫雲
錦, 非複人間機杼所能仿佛. 北宋徐氏[84])斟酌古法, 定宗
僧繇, 全用五彩傳染而成. 一時黃筌父子[85]), 皆爲俯首.

사생 화가는 몰골화를 가장 뛰어난 화법으로 여긴다. 장승요張僧繇가
몰골 산수화를 창립할 때부터, 그 현란함은 마치 하늘의 직녀가 짠
구름무늬와 같아서 인간의 기예로는 모방할 수 있는 것은 아니다. 북송
의 서희徐熙는 이러한 고법을 깊이 연구하였고 스승 장승요를 본받아
오직 채색만으로 그림을 완성하였다. 그 당시 황전黃筌과 그의 아들
황거채黃居寀 부자가 그에게 고개를 숙였다.

---

83) 장승요이다. 인물전 참조.
84) 황전이다. 인물전 참조.
85) 황거채와 황거보이다. 황거보는 황거채 아들이다. 인물전 참조.

[234]

老樹荒溪, 茅齋宴坐, 似無懷氏86)之民.

저 아득하고 쓸쓸한 깊은 골짜기에서 (어느 한 고사가) 초가집에 앉아 있다. 마치 상고 시대 무회씨无懷氏 관할 하에서 한가하고 편안히 거처하는 사람 같다.

[235]

墨花至石田87), 六如88)真洗脫塵畦, 遊于象外, 覺造化在指腕間, 非抹綠塗紅者所可概論也.

수묵 화훼화는 심주沈周, 당인唐寅의 때에 이르러 참으로 세속의 습성을 벗어나 물상 밖의 의취를 획득할 수 있었다. 마치 조물주가 자신이 붓을 움직이는 손목과 손가락에 존재하는 것 같았다. 세속의 흐름을

---

86) 무회씨(無懷氏)는 중국 전설 속의 상고 시대 제왕 중 한 명이다. 『관자管子』 「봉선(封禪)」에서는 "옛날 무회씨가 태산에서 봉선 의식을 행했다(昔 無懷氏 封 泰山)."라고 기록되어 있다. 윤지장(尹知章)의 주석에 따르면, 무회씨는 복희 (伏羲) 이전의 왕자(王者)라고 한다. 위 진 시대 도잠(陶潛)의 「오류선생전(五柳 先生傳)」에서는 "옛 백성들은 술잔을 기울이며 시를 읊고, 삶의 참된 의미를 즐겼다. 마치 무회씨나 갈천씨가 다스리던 태평성대처럼, 모두가 풍요롭고 행복 한 삶을 누렸던 그 시절과 같구나?(銜觴賦詩, 以樂其志. 無懷氏 之民歟, 葛天 氏 之民歟)."라고 언급하고 있다. 송나라 라비(羅泌)의 『노사(路史)』 「선통기(禪 通紀)」에서는 무회씨에 대해 "무회씨는 복희씨보다 먼저 세상을 다스렸던 고대 제왕이다. 그는 자연의 이치에 순응하며 백성의 생명을 소중히 여겼고, 덕으로써 사회를 안정시켰다. ……그 시대 백성들은 풍요로운 삶을 누리며 평화로운 사회 분위기 속에서 삶의 가치를 존중하며 살았다(無懷氏 , 帝 太昊 之先.其撫世也, 以道存生, 以德安刑……當世之人甘其食, 樂其俗, 安其居而重其生)."고 기록 하고 있다.

87) 석전은 심주이다. 인물전 참조.

88) 육여는 당인이다. 인물전 참조.

따라가는 사람이 모방할 수 있는 것이 아니다.

[236]
老松危崖, 淙淙瀑泉, 人間有此境否?

험준한 절벽 위에 늙은 소나무가 서 있고, 폭포수가 아래로 졸졸 흐른다. 인간에게 이런 선경이 있는가?

[237]
宋人有〈艷雪圖〉,[89] 元人有〈雙清圖〉,[90] 皆稱神品, 筆墨奇逸、氣韻清妍, 真如乘雲禦風以遊于塵埃之外, 殆非時史所能擬議也. 此幀合兩圖意趣成之, 正當澡刷雪襟、洗發新

---

[89] 염설도(艷雪圖)는 중국 전통 회화에서 눈 내린 풍경을 묘사한 작품을 지칭한다. 특히 송나라 시대의 화가들은 설경을 주제로 한 많은 작품을 남겼으며, 예를 들어, 북송의 화가 범관(範寬)의 〈설경한림도(雪景寒林圖)〉는 설경을 사실적으로 묘사한 대표적인 작품으로, 현재 톈진박물관에 소장되어 있다. 또한, 송대의 설경을 주제로 한 작품들은 중국 미술사에서 중요한 위치를 차지하며, 그중 일부는〈염설도艷雪圖〉라는 제목으로 알려져 있다. 이러한 작품들은 당시의 자연경관과 예술적 감성을 잘 담아내고 있다.

[90] 〈쌍청도(雙清圖)〉는 중국 전통 회화에서 매화와 대나무를 함께 그린 작품을 지칭한다. 매화와 대나무는 각각 고결함과 절개를 상징하여, 문인화가들 사이에서 자주 그려졌다.
원대(元代)의 대표적인 〈쌍청도〉 작가로는 왕면(王冕)과 오진(吳鎮)이 있다. 왕면은 매화와 대나무를 주제로 한 작품을 다수 남겼으며, 그의 〈매죽쌍청도(梅竹雙清圖)〉는 매화의 고고함과 대나무의 강직함을 조화롭게 표현한 것으로 유명하다. 오진 또한 매화와 대나무를 즐겨 그렸으며, 그의 작품은 간결하면서도 깊은 의미를 담고 있다. 이러한 〈쌍청도〉는 문인화의 전통을 이어받아 자연의 아름다움과 인간의 내면을 동시에 표현하고자 하는 특징을 지니고 있다. 매화와 대나무의 조합은 청아하고 고결한 분위기를 자아내며, 이는 당시 문인들의 이상과 철학을 반영한 것이다.

賞.

송나라 사람에게는 〈염설도艷雪圖〉가 있고, 원나라 사람에게는 〈쌍청도雙淸圖〉가 있다. 이들 모두는 신품이라 할 수 있는 뛰어난 작품들이다. 붓의 운용이 기묘하고 탕일하며, 기운이 맑고 우아하다. 마치 구름을 타고 바람을 다스리며 속세 밖에서 노니는 듯하여, 지금의 세속적인 사람들이 쉽게 도달할 수 있는 경지가 아니다. 이 작품은 그 두 그림의 의취를 결합하여 완성한 것으로, 바로 마음을 맑히고 새로운 정취를 일으킨다.

[238]

元人園亭小景只用樹石坡池隨意點置, 以亭台籬徑映帶曲折, 天趣蕭閑, 使人遊賞無盡.

원대 사람들이 그린 정원 속의 산수는 단지 교목(큰 나무), 돌무덤, 언덕과 다리(이러한 작은 경치들)를 취하여, 정자와 굽은 대나무 울타리, 작은길 등으로 화면을 구성하여 배치하였다. 자연의 의취는 사람들이 감상할 때 안락하고 한적한 느낌을 주며, 그 맛이 무궁무진하다.

[239]

幼霞有〈獅子林〉〈淸閟閣〉, 王叔明爲顧仲瑛[91]畵〈玉山草堂〉, 曹知白有〈西林禪堂〉, 皆稱墨林神品. 吾友石谷此圖, 當與古人先標映, 幷垂永久.

예찬의 〈사자림도獅子林圖〉와 〈청비각도淸閟閣圖〉, 그리고 왕몽이 고중영을 위해 그린 〈옥산초당도玉山草堂圖〉, 조지백의 〈서림단당도西林

---

91) 고중영은 원나라 사람이다. 인물전 참조.

禪堂圖〉는 모두 화단에서 매우 뛰어난 작품이다. 내 친구 왕석곡의 이 작품은 이러한 옛날 명작들을 뒤이어 최우수 작품 중 작품의 반열에 들어가며 영원히 후세에 모범이 될 수 있을 것이다.

[240]

石谷小景十種 雜仿宋元諸家. 得之篝燈夜坐, 興到隨意 點墨, 天趣飛翔, 脫盡刻畫畦徑.[92] 所謂以無累之神, 合有 道之器, 一樹一石, 生氣自足, 正不必索古人于千載以上 也. 此冊久置奚囊,[93] 臨行出以贈臣宸先生. 不遇賞音, 牙 徽不發, 兩君相遇之歡, 真墨苑風流勝事. 適余同客婁東, 展玩良久, 因題.

석곡 왕휘가 그린 열 개의 작은 경치 산수화는 송나라와 원나라 명인들의 풍격을 사용했다. 밤에 등불을 켜고 앉으니, 영감이 생겨 마음 가는 대로 그렸는데, 자연스러운 정취가 화면에 가득하고 판에 박힌 오랜 습관도 다 벗어났다. 이른바 구애받지 않는 마음이, 뛰어난 재능과 조화되었다. 한 그루 나무나 한 돌도 생명력을 완벽하게 갖췄으니, 굳이 천 년 전 옛사람을 찾아갈 필요가 없다. 이 한 장의 그림은 시첩 안에 오랫동안 넣어두었다가, 떠나기 전에 친구 전폐錢幣 선생님에게 선물로 줬다. 지음을 만나지 못하면 비파를 타지 않는 것이다. 두 선생님의

---

92) 휴경(畦徑): 휴는 밭의 이랑을, 경은 길을 의미한다. 따라서 휴경은 밭 사이의 좁은 길, 즉 이랑 사이의 길을 가리킨다.

93) 해낭(奚囊): 중국 당나라 시인 이장길(李長吉)의 일화에서 유래한 용어로, 시고 (詩稿)를 넣는 주머니를 의미한다. 이장길은 매일 아침 외출할 때 어린 종자에게 주머니를 들고 따르게 하여, 시를 짓는 대로 그 주머니 속에 넣었고, 저녁에 돌아오면 주머니 속에 시가 가득 차 있었다고 전해진다. 이러한 관습에서 '해낭' 은 시인의 창작물을 담는 주머니를 가리키는 말로 사용되었다.

만남은 참으로 예술계의 미담이다. 때마침 누동으로 찾아가 이 예술적 명작을 즐기며 오랫동안 감상했다. 그래서 이것으로 제한다.

[241]

陸天游, 曹雲西渲淡之色, 不復着第二筆. 其苔法, 用石竹三四点掩映,[94] 使通幅神趣, 通幅墨光俱出, 眞化境也.

육천유, 조운서는 그림을 그릴 때 늘 엷은 먹색을 사용하였고, 추가적인 먹선이나 붓질을 추가하지 않았다. 이끼를 그릴 때는 대나무와 돌을 서너 붓질로 그려 돋보이게 했다. 이로써 전체 그림의 의취와 색채가 대자연의 신비한 경계에서 나오게 했다.

[242]

房山神氣 鷗波, 一峰猶以爲不易及, 後來學者, 豈能涉其顚崖.

고극공 필묵의 기운은, 조맹부과 황공망도 쉽게 도달할 수 없다고 생각했다. 후세에 그들을 모방하는 사람들은 어떻게 그들의 높은 경지를 쉽게 뛰어넘을 수 있겠는가?"

[243]

徽廟題大年小幅, 用右丞, "夏木黃鸝, 水田白鷺"[95]兩句, 景不盈尺, 筆致淸遠, 今在維揚王氏[96]所藏宋元冊中.

---

94) 엄영(掩映): 사물이 서로 가리거나 비추는 모습, 또는 빛에 반사되어 돋보임을 나타냄

95) 유의 시보충 참조.

96) 양왕씨는 오삼계(吳三桂)의 사위 왕영녕(王永寧)이다. 『남전화발』에 그 외의

194

송 휘종이 조영양趙令穰의 작은 작품에 제시할 때, 왕유의 시에서 두 구절을 인용하였다. "비 갠 넓고 아득한 논에 백로가 한가롭게 날고, 짙은 녹음을 드리운 여름 나무에는 꾀꼬리 울음소리가 맑게 울려 퍼지네." 비록 크기는 작았지만, 맑고 아름다운 깊은 의경을 담고 있다. 이 작품은 현재 오삼계吳三桂의 사위 왕영녕王永寧이 소장한 송나라 원나라가 작품 서첩에 들어 있다.

왕유의 시 보충

수전백로水田白鷺는 왕유의 시 「적우망천장작積雨輞川莊作」에서 나온 구절이다. 이 시는 왕유가 망천장에 머물며 비 오는 여름날의 전원 풍경과 한가로운 삶을 노래한 작품이다. 자연과 하나 된 삶을 통해 세속적인 번잡함에서 벗어나 평화로운 마음을 얻는 모습을 그리고 있다.

적우공림연화지積雨空林煙火遲: 여러 날 내린 비로 인적없는 숲에 땔감 젖어 밥 짓는 연기 늦게 피어오르니
증려취서향동치蒸藜炊黍餉東菑: 명아주를 삶고 기장밥을 지어 동쪽 밭에 일하는 사람들에게 나른다.
막막수전비백로漠漠水田飛白鷺: 비갠 넓고 아득한 논에 백로가 한가롭게 날고
음음하목전황리陰陰夏木囀黃鸝: 짙은 녹음을 드리운 여름 나무에는 꾀꼬리 울음소리가 맑게 울려 퍼지네.
산중습정관조근山中習靜觀朝槿: 산속에서는 마음을 고요히 하고 아침 활짝 핀 무궁화를 바라본다.

여러 조항에서 말하는 왕장안이 바로 이 사람이다.

송하청재절로규松下清齋折露葵: 소나무 아래에서는 세속을 벗어나 이
슬 맺힌 아욱을 뜯는다.
야로여인쟁석파野老與人爭席罷: 시골 노인은 세상 사람들과 헛된 명예
를 이미 그만두었는데,
해구하사경상의海鷗何事更相疑: 바다 갈매기는 어찌하여 나를 멀리하
는가.

[244]

郭怒先97)遠山數峰, 腥小李將軍98)寸馬豆入千方; 吳道
子99)半日之力, 勝思訓100)百日之功. 皆以逸氣取故也.

곽충서가 그린 멀리 있는 여러 산은 (예술적 가치가) 소이 장군 이소도
가 세밀하게 그린 수많은 인물과 마차보다 뛰어나다. 오도자가 반나절
만에 완성한 가릉강 300여 리의 산수 벽화도 (예술적 가치가) 이사훈李
思訓(651~716)이 수개월 동안 고생하여 그린 것보다 우세하다. 그들이
뛰어난 이유는 일기 때문이다.

[245]

關仝氣岸101), 高視人表.102) 如綺裏東園103), 衣冠甚偉, 危

---

97) 곽충서이다. 인물전 참조.

98) 소이장군(小李將軍)은 당나라 산수화가 이소도(李昭道)를 가리킨다. 이소도는
당대 유명 산수화가 이사훈(李思訓)의 아들이다. 인물전 참조.

99) 당나라 화가 오도자이다. 인물전 참조.

100) 이사훈이다. 인물전 참조.

101) 기안(氣岸): 즉 기세, 기운

102) 인표(人表): 사람들의 모범이 되는 것을 의미.

103) 기리계(綺里季)은 중국 한나라 말기의 은사로, 상산사호(商山四皓) 중 한 사람
이다. 상산사호는 동원공(東園公), 하황공(夏黃公), 녹리선생(甪里先生), 그리
고 기리계로 구성되어 있다. 이들은 모두 80세를 넘긴 나이로, 수염과 머리가

坐賓筵, 下視五陵年少, 裘馬輕肥, 不覺氣索.[104]

관동關소의 기개는 높고 당당하여 사람들에게 모범이 될 만하다. 이는 마치 기리계綺里季와 동원공東園公처럼 의관이 늠름하고 위엄 있으며, 빈객 자리에서 높은 곳에 앉아 오릉에 기거하는 부유한 소년들이 가벼운 털옷과 살찐 말을 자랑하는 것을 내려다보면 자기도 모르게 낙담을 금치 못한다.

 ## 오릉소년五陵少年의 보충

　오릉五陵의 젊은이, 오릉은 서한西漢의 고조高祖, 혜제惠帝, 경제景帝, 무제武帝, 소제昭帝의 능원을 가리킨다. 한 원제漢元帝 이전에는 매번 능묘를 세울 때마다 사방의 부호와 외척을 이곳으로 이주시켜 능원을 공양하게 하였는데, 이를 능현陵縣이라 불렀다. 이백李白의 『소년행少年行』에 이르기를 "오릉의 젊은이들 금시金市의 동쪽에서, 은 안장의 백마로 봄바람을 가르네."라고 하였고, 또 백거이白居易의 『비파행琵琶行』에 이르기를 "오릉의 젊은이들 머리 장식 다투어 감으려 하니, 한 곡조 붉은 비단 값을 알지 못하네."라고 하였다. 젊은이는 즉 소년이다. 조금더 풀이하자면 다음과 같다. 오릉五陵: 한나라 초기 다섯 황제(고조, 혜제, 경제, 무제, 소제)의 무덤이 있는 곳이다. 황제의 무덤 주변에는 많은 사람들이 살았고, 자연스럽게 부유한 젊은이

　　하얗게 세어 사호(四皓)라 불렸다.
　　한 고조 유방이 태자 유영을 폐위하고 척부인의 아들 유여의를 태자로 세우려 하자, 여후는 장량의 조언에 따라 상산사호를 초빙하여 태자를 보좌하게 했다. 이로 인해 고조는 태자 교체를 포기하게 되었고, 유영은 무사히 혜제로 즉위할 수 있었다.
104) 기색(氣索): 기운이나 조짐, 낌새를 뜻한다.

들이 많이 모이게 된다. 금시金市: 당나라 장안長安에 있던 시장으로, 값비싼 물건들을 파는 곳이었다. 머리 장식 다투어 감으려 하니: 당나라 때 기녀妓女들은 손님에게 받은 돈으로 머리 장식을 했는데, 여기서는 오릉의 젊은이들이 기녀들에게 돈을 많이 써서 머리 장식을 하게 했다는 의미이다. 한 곡조 붉은 비단 값을 알지 못하네: 기녀에게 돈을 아낌없이 쓰는 젊은이들의 모습을 보여준다. 이 글은 오릉이라는 지명에 대한 설명과 함께, 당시 오릉의 젊은이들이 부유하고 사치스러운 생활을 했다는 것을 보여주는 예시를 제시하고 있다.

[246]
趙令穰筆思秀潤, 點色風華掩映, 嫵媚有餘, 精姸盡乎元之宗工.

조영양趙令穰의 필의는 부드럽고 아름다우며, 채색은 사물의 운치를 두드러지게 하여 우아한 자태를 더 잘 전달하게 한다. 그의 기법은 매우 정교하여 평원 산수화에서 대가로 손꼽힌다.

[247]
規摹趙伯駒105), 小變刻畫之迹, 歸于淸潤. 此吳興一生宗尚如是, 足稱大雅.

이 그림은 조백구趙伯駒의 풍격을 모방하였으며, 꾸민 흔적을 약간 변화시켜 화면이 더욱 맑고 부드러워졌다. 이는 조맹부가 평생 추구했던 것이며 족히 고아함의 모범이 된다.

---

105) 조백구이다. 인물전 참조.

[248]

婁東王奉常106)煙客, 自髫時便遊娛繪事. 及祖文肅公107)
屬董文敏隨意作樹石, 以爲臨摹粉本. 凡輞川, 洪谷, 北苑,
南宮, 華原, 營丘, 樹法石骨, 皴擦勾染, 皆有一二語拈提,
根極108)理要. 觀其隨筆率略處, 別有一種貴秀逸宕之韻,
不可掩者,且體備衆家, 服習所珍. 昔人最重粉本, 有以也
夫.

누동 왕시민王時敏(1592~1680)은 어린 시절부터 그림을 배우기 시작
했다. 그의 조부인 문렴공文廉公 왕석작王錫爵은 동기창에게 마음 가
는 대로 나무와 돌을 그리게 하였고 그것을 왕시민이 임모하는 본보기
로 삼았다. 그는 왕유, 형호, 동원, 미불, 범관, 이성이 사용한 나무와
돌 그리는 기법, 준찰법, 구륵법, 채색법 등을 일일이 설명하여 그가
가장 근본적이고 중요한 부분을 이해하도록 했다. 왕시민 필법은 시원
하고 자연스러운 부분을 보면 가릴 수 없는 수려하고 고일한 기운이
담겨 있다. 또한, 그는 많은 화가의 풍격을 갖추었고 매우 열심히 명작
들을 모방하였다. 옛사람들이 임모摹寫를 중요하게 여긴 것은 이유가
있는 것이다.

---

106) 왕시민이다. 인물전 참조.
107) 문렴공(文廉公), 즉 왕시민조부 왕석작(王錫爵, 1534~1611), 자(字) 원쌍(元
叔). 호는 핍석(剖石)이며, 명나라의 수석 재상으로, 나중에 태보(太保)로 봉해
졌고, 시호는 문렴(文廉)이다.
108) 근극(根極), 근본, 핵심.

준찰구염皴擦勾染**의 보충**

준찰구염皴擦勾染은 중국 전통 회화에서 사용되는 네 가지 주요 기법을 의미한다. 각 기법의 특징은 다음과 같다

◇ **준법**皴法: 산수화에서 산과 바위의 질감과 입체감을 표현하기 위한 기법으로, 붓의 다양한 사용법을 통해 자연스러운 질감을 나타낸다. 예를 들면, 부벽준斧劈皴은 도끼로 찍은 듯한 효과를, 우점준雨点皴은 빗방울이 떨어지는 듯한 효과를 준다.

◇ **찰법**擦法: 붓이나 손가락을 사용하여 화면에 문지르는 기법으로, 부드러운 색조나 질감을 표현하는 데 사용된다. 이 기법은 특히 안개나 구름, 물의 흐름 등을 묘사할 때 효과적이다.

◇ **구법**勾法: 대상의 윤곽선을 강조하기 위해 사용하는 기법으로, 선을 통해 형태를 명확하게 나타낸다. 이 기법은 인물화나 건축물의 구조를 표현할 때 주로 사용된다.

◇ **염법**染法: 색을 채우거나 번지게 하여 부드러운 색조 변화를 표현하는 기법으로, 수묵화에서 물의 농도를 조절하여 다양한 명암과 색감을 나타낸다. 이러한 기법들은 중국 전통 회화에서 자연의 다양한 요소를 생동감 있게 표현하는 데 핵심적인 역할을 한다.

[249]
吾友唐子匹士, 與予皆妍思山水寫生. 而匹士于蒲塘菡萏,
游魚萍影尤得神趣. 此圖成, 呼予遊賞, 因借懸榻上, 若身
在西湖[109]香霧中, 濯魄冰壺, 遂忘炎暑之灼體也. 其經營
花葉, 布置根莖, 直以造化爲師, 非時史碌碌抹綠塗紅者

所能窺見.

내 친구 당자필唐子匹(당우소)는 종종 나와 함께 산수화를 사생하는 법을 연구하고 토론했다. 연못의 연꽃과 물고기가 수초 사이에서 노는 작품에 특히 그 흥취를 잘 드러냈다. 이 족자를 그리고 나서, 그는 나를 불러 감상하게 했다. 나는 그것을 빌려와 책상 위에 두었는데 마치 연꽃 향이 가득한 서호에 있는 것 같았다. 달빛이 내 마음을 씻어주어 뜨거운 태양이 내리쬐는 느낌을 없애주었다. 그가 잎과 줄기를 배치하는 위치와 대자연의 신묘함을 본받는 것은 지금 평범한 화가들이 사용한 농밀한 색채로는 도달할 수 없는 경지이다.

[250]

石谷摹雲西〈竹石枯槎〉, 靈趣靄然, 索玩無盡. 密林大石, 相爲賓主. 山外平原, 歸人一徑, 位置甚遠. 其運筆有唐人之風, 覺王晉卿猶傷刻畫.

왕석곡은 조운서의 작품인 〈죽석고차도竹石枯槎圖〉를 모방했는데. 자연스러운 흥미를 지니고 있어 사람들에게 끝없는 즐거움을 준다. 울창한 숲과 거대한 바위가 주객이 되어 서로 두드러지게 한다. 화면의

---

109) 서호(西湖)는 중국 절강성(浙江省) 항저우(杭州) 시내 서쪽에 있는 아름다운 담수호로, 중국의 대표적인 관광지 중 하나이고 오랜 역사와 풍부한 문화적 유산을 지키고 있으며, 수많은 시인과 예술가들의 영감 원천이 되어 왔다. 2011년에는 항저우 서호 문화경관으로 유네스코 세계유산에 등재되었다. 서호 주변에는 서호 10경으로 알려진 명소들이 있는데 단교잔설(斷橋殘雪)은 겨울철 눈 덮인 단교의 아름다움을 감상할 수 있는 곳이고 삼담인월(三潭印月)은 호수 중앙에 있는 세 개의 석탑으로, 밤에 달빛이 비치는 모습이 특히 아름답다. 서호는 중국 전통 정원 예술의 정수를 보여주는 곳으로, 자연경관과 인공 구조물이 조화를 이루고 있으며 이러한 특징은 중국의 전통적인 미학과 철학을 반영하고 있다.

한쪽 끝에서 산과 평평한 모래 강이 서로 어우러져 화면 속의 위치가 매우 멀어 보이게 한다. 그의 붓 놀림은 당나라 화가들의 풍격이 깃들어 있으며 왕선王詵卿이 비교적 여전히 너무 지나치게 꾸민 느낌을 준다.

[251]

予少時見畵梅沙彌, 輒畏之. 此正時俗謬習, 王山人所怪嘆者. 今觀摹本, 如睹司隷威儀, 不覺爽然意消也.

내가 젊었을 때, 사람들이 매사미梅沙彌(오진의 풍격을 모방한 화가)의 풍격을 모방하는 것을 보고 경악했다. 이것은 바로 현재 잘못된 인식이다. 왕석곡도 이러한 현상을 보고 놀라 탄식했다. 이제 그의 모본을 보니, 마치 오진의 원본을 본 것 같아, 이전의 생각이 저절로 속 시원히 풀리는 느낌이다.

[252]

石谷臨大年〈溪牧圖〉, 下爲平岡, 樹單用墨筆, 作干敧曲, 叶仰刷横[110]作绿丝甚密. 下有流水, 一童卧牛背, 在水草間甚幽. 上无山峦芦水, 惟作寒鸦二三点而已. 石谷为余言, 宋元千金册中, 曾见此本.

왕석곡은 조영양趙令穰의 〈계목도溪牧圖〉를 모사하였는데. 하단에는 완만한 산등성이가 있고 구부러진 나뭇가지들은 간결한 먹선으로 그

---

110) 횡준(横皴): 중국 전통 산수화에서 산과 바위의 질감과 구조를 표현하는 기법의 하나이다. 이 기법은 가로 방향의 붓질을 사용하여 산의 수평적인 층과 지형의 특징을 강조한다. 특히, 이 기법은 중국화에서 산의 지질 구조와 나무껍질의 상태를 표현하기 위해 고안된 여러 기법의 하나로, 예를 들어, 오동나무의 껍질을 표현할 때 사용된다.

렸다. 나뭇잎은 성대한 형세를 갖추었는데 붓으로 횡준법橫皴을 씀으로써 푸른 가닥이 농밀해졌다. 산 아래는 물이 흐르고 한 아이가 소의 등에 누워있고 소는 물풀 사이에서 한가롭게 거닌다. 화면 위에는 높은 산봉우리 대신에 두세 개의 먹점으로 한가로운 갈까마귀가 묘사되어 있다. 석곡이 나에게 말하길, "그는 이 작품을 『송원천금책宋元千金冊』에서 본 적이 있다."라고 하였다.

[253]
觀其崖瀨奔會, 林麓隱伏, 寂焉澄懷, 悄焉動容. 蓋已近跨六如, 遠追洪谷, 孤行法外, 軼宕之致盡矣. 當鬱岡先生[111] 秋堂隱幾, 遊于雲溪, 而王山人已隔牖含毫, 分雲置壑. 兩公神契默成, 眞足鼓舞天倪, 資其霞擧, 尙哉斯圖.

산의 절벽에서 떨어지는 폭포, 흐르는 물이 세찬 모습, 숲은 보일 듯 말 듯 하는 것을 보면 고요하여 사람의 마음을 씻어준다. 그 표현은 이미 가까이는 당인을 능가하고 멀리는 형호를 쫓아 법 밖에서 홀로 행하며 뛰어나고 활달함의 경지에 이르렀다. 이때 육강선생(달중광)이, 가을날 서재에서 편안히 앉아 운계에 보낼 때 왕석곡이 이미 창문을 사이에 두고 붓을 머금고 구름을 나누고 골짜기를 배치하였다. 두 사람의 정신이 말없이도 뜻이 서로 통하여 참으로 조물주의 솜씨를 북돋아 그 신비스러움을 자아낼 만하다. 숭고하다. 이 그림이여!

[254]
觀二瞻[112]仿董元, 刻意秀潤, 而筆力小弱. 江上翁秉燭屬

---

111) 육강선생은 달중광이다. 인물전 참조.
112) 중국 청나라 초기의 화가인 사사표이다. 자는 이첨(二瞻). 호는 매학(梅壑).

石谷潤色, 石谷以二瞻吾黨, 風流神契, 欣然勿讓也. 凡分
擘渲淡, 點置村屋溪樹, 落想輒異, 真所謂"旌旗變色, 煥
若神明."使它日二瞻見之, 定爲叫絕也.

사사표查士標(1615~1698)가 동원 화풍을 모방하여 그린 작품은 아름
답고 윤택한 것을 힘써 추구했지만, 필력이 다소 약했다. 강상옹江上翁
달중광은 촛불을 들고 왕석곡에게 그림을 보여주며 수정을 부탁했다.
왕석곡은 사사표가 우리와 뜻과 기질이 서로 잘 맞는다는 이유로 거절
하지 않고 흔쾌히 수정해 주었다. 그는 그림의 묘사 기법을 분석하고,
집과 시냇물, 나무를 몇 군데 배치하여 매우 교묘하게 구도를 잡았다.
마치 "선비의 용모와 군인의 기세가 옛 모습을 완전히 바꾸어, 신명의
도움을 받은 듯 환하게 빛나는 것"과 같았다. 훗날 사사표가 이 그림을
본다면, 틀림없이 손뼉을 치며 감탄할 것이다.

[255]

仇實父[113]「因過竹院」[114]詩意, 大青綠設色, 風華妍雅, 又
饒古趣, 伯駒[115]以後, 無與爭能者矣. 王子兼采兩家, 遂足
超仇含趙, 度越流輩.

구영仇英은 이섭「인과죽원因過竹院」의 시 의미에서 영감을 받아 〈대

필수(筆數)가 적은 산수화를 그렸고, 감식(鑑識)에 능하였다. 인물전 참조.
113) 구영이다. 인물전 참조.
114) 인과죽원(因過竹院)은 당나라 때 이섭(李涉)은 학림사 승방에 쓰다(題鶴林寺
　　僧舍: 우연히 대나무 숲 속의 절을 지나다)의 3~4구에서 나온 구절이다. 이
　　시는 자연 속에서의 한적함과 속세를 떠난 여유로움을 노래하고 있다. "우연히
　　들른 죽원에서 스님과 마주 앉아 이야기를 나누니, 덧없는 인생길에서 반나절
　　의 여유를 훔친 듯 마음이 평화롭구나(因過竹院逢僧話, 偸得浮生半日閑)."라
　　고 노래했다.
115) 조백구이다. 인물전 참조.

청록설색도大靑綠設色圖〉를 그렸는데. 그림에 우아하고 매력적인 품격
을 더했으며, 고풍스럽고 깊이 있는 의미를 표현하였다. 조백구趙伯駒
이후, 아무도 그에 필적할 수 없었고, 왕석곡은 두 대가의 기법을 겸용
하여, 구영과 조백구를 넘어선 작품을 만들어냈으니, 수준이 당시 사람
들을 넘어 섰다.

[256]
〈池塘竹院〉, 石谷仿劉松年,[116]丘壑极雋逸, 設色兼仇實
父, 淡雅而氣厚. 此石谷靑綠變體也. 設色得陰陽向背之
理, 惟吾友石谷子可稱擅場. 盖損益古法, 參之造化, 而洞
鏡精徵, 三百年來無是也.

〈지당죽원地堂竹院〉은 왕석곡이 유송년劉松年의 화풍을 모방하여 그
린 작품이다. 깊은 산속의 신비로운 형상이 매우 고상하고 탁월하게
표현되었으며, 색채는 구영의 기법을 차용해 은은하면서도 우아하고
기세가 굳건한 느낌을 주었다. 이는 왕석곡의 청록산수화에 대한 변화
이다. 채색법에 있어서 사물의 음양 변화의 원칙에 부합한 사람은 오직
내 친구 왕석곡이 가장 뛰어나다고 할 수 있다. 그는 옛날의 기법을
가감하고 자연 만물의 이치를 참고하여, 사물의 가장 세밀한 특징을
통찰할 수 있었다. 300년 동안 그 누구도 이를 따라올 수 없을 것이다.

[257]
求桃源, 如蜃樓海市, 在飄渺有無之間. 又如三神山[117], 反
居水底, 舟至輒引去. 武彝山中時聞仙樂繚繞, 岩巓異香

---

116) 유송년이다. 인물전 참조.
117) 삼신산은 위의 삼신산 보충 글 참조.

氤氳, 發于林皋, 白雲冉冉下墜, 即之不可得見.觀此洞壑
深杳, 古翠照爛, 落花繽紛, 煙霧杳然. 王山人若已造其境,
故能得其真.宇宙靈迹, 眞宰所秘, 乃不越襟而能問津硯席
間, 始知劉子驥[118]輩眞凡夫耳.

도연명이 "도원桃源을 찾아가고자 하지만 도원은 마치 신기루와 같아
서 희미하고 종잡을 수 없어서 있는 듯 없는 듯하다. 또 마치 봉래,
방장, 영주가 세 신산神山 같아서 있는 듯 없는듯하다. 근처에 와서
보면 도리어 바다의 물속에 있고, 배가 이르면 바람이 불려 사라져
버린다. 무릉산에서 자주 들을 수 있는 선경仙境의 음악이 산꼭대기를
감싸는 것을 늘 들을 수 있고 기이한 향기가 숲 언덕에 자욱이 피어오
르고 하얀 구름은 천천히 내려오는데 가까이 다가와서는 곧 사라져
버린다. 이 작품 속 동굴과 골짜기는 깊고 묘연하고 오래된 나무색은
현란하며 복숭아 꽃잎은 바람에 날려 떨어지고 안개로 뒤덮인 풍경은
더욱 신비롭다. 왕석곡王石谷의 그림은 이미 선경을 구현하는 수준에
도달했으며, 그 본질을 얻었다. 우주의 경이로운 경치와 창조주의 신비
로운 솜씨는 문밖에 나가지 않고도 방 안에서 즐길 수 있다. (도연명이
말한) 바 유자기劉子驥같이 그러한 선경을 찾아 나서도 이르지 못한
사람은 단지 평범한 사람임을 비로소 알겠다.

🌀 삼신산三神山의 보충

삼신산이란 개념은 중국 사마천의 『사기史記』에 처음 등장한다.
『사기』 권6 「진시황본기조」에 제나라 서불 등이 상서를 올려 "바다의

---

118) 유자기는 도연명 『무릉도원·도화원기(武陵桃源·桃花源記)』에 나오는 인물
이다. 도연명 무릉도원기는 위의 보충 글 참조.

삼신산에 봉래, 방장, 영주라는 신선이 살고 있습니다. 남녀 어린아이를 데리고 신선을 찾게 해주십시오."라고 했다는 데서 유래한다. 〈사기〉권28 봉선서(진시황의 봉선과 제사)조에 삼신산은 전설에 따르면 발해 중에 있어 그 거리는 멀지 않으나 신선들이 배가 도착하는 것을 걱정하여 바로 바람을 일으켜 배를 산에서부터 밀어낸다고 한다. 일찍이 어떤 사람이 이곳에 가본 적이 있는데, 여러 선인과 불로장생의 약이 모두 그곳에 있었다고 한다. 그곳의 물체와 새, 짐승들은 모두 백색이며, 황금과 백은으로 궁전이 지어졌다고 한다. 도달하기 직전 삼신산은 바닷물 아래에 있는 듯하다. 진시황은 친히 해상에 나갔다가 삼신산에 도착하지 못할 것을 두려워하여 사람들로 하여금 부정이 타지 않은 동남동녀를 목욕재계시키고 이들을 데리고 삼신산을 찾도록 했다. 이들은 태운 배는 해상에서 모두 바람을 만나 도달할 수 없었지만, 삼신산을 확실히 보았다고 말했다고 했다. 당송 8대가 중의 한 명인 두보에서도 "방장산은 바다 건너 삼한에 있네有方丈三韓外之句"라고 노래한 기록이 있다. 조선시대에 이르러 삼신산이란 개념이 제법 등장하고, 조선 후기에 들어서는 지도와 역사서 등 곳곳에 나타난다. 허균(1569~1618)은 『성소복부고惺所覆瓿槁』에 "우리나라를 빼고는 삼신산이 있을 수 없으며, 영주, 봉래도 금강산과 묘향산에서 밖으로 벗어나지 않을 것이 분명하다."라고 적고 있다. 이중환李重煥(1690~1756)의 『택리지擇裏志』「명산명찰名山名刹」편에 세상에서는 금강산을 봉래산이라 하고, 지리산을 방장산이라 하고, 한라산을 영주산이라 하니, 이른바 삼신산이다. 지리지에 "지리산은 태을太乙이 사는 곳으로 신선들이 모이는 곳이다."라고 했다. 이와 같이 삼신산은 중국을 최초 통일한 진시황에게 불로초를 구해 오겠다며 상소를 올린 서불에 의해 비롯됐다. 그리고 당시엔 발해 근처 바다라고 했지만, 확실한 위치는 규명되지 않았다. 서불이 그 바다를 찾아 떠난 곳이 지리산과 남해, 제주도 일대로 알려져 있으며, 이후 일본으로 건너간 것으로 전한다. 즉, 삼신산은 중국의 신선 사상과 불로장생 추구에서 비롯되었으며, 한국에서는 금강산, 지리산, 한라산 등 명산을 삼신산에 비유했다.

도연명 무릉도원의 보충

유자기는 도연명陶淵明-『무릉도원 ·도화원기武陵桃源 桃花源記』에 나오는 인물이다. 내용은 다음과 같다.

"진晉나라 태원太元 연간에 무릉武陵에 살던 한 어부가 있었다. 그는 어느 날 강을 따라 배를 타고 고기를 잡으러 갔다가 길을 잃었다. 한참을 헤매던 중, 어부는 갑자기 복숭아꽃이 만발한 숲을 발견했다. 숲은 양쪽 강기슭을 따라 수백 보에 걸쳐 펼쳐져 있었고, 그 안에는 잡목이 하나도 없이 오직 복숭아나무만 무성했다. 땅에는 향기로운 풀들이 싱그럽게 자라고 있었고, 떨어지는 꽃잎들이 아름다운 꽃비를 이루었다. 어부는 그 아름다움에 감탄하며 숲길을 따라 계속 걸어갔다. 숲길이 끝나는 곳에는 맑은 샘물이 솟아 나오고 있었고, 그 뒤로는 작은 동굴이 있었다. 동굴 입구에서는 희미한 빛이 새어 나오는 듯했다. 어부는 호기심에 배를 버려두고 동굴 안으로 들어갔다.
처음에는 동굴이 매우 좁아 겨우 한 사람이 지나갈 수 있을 정도였다. 그러나 조금 더 들어가자 갑자기 시야가 탁 트이며 넓은 공간이 나타났다. 그곳에는 평평하고 넓은 땅에 집들이 옹기종기 모여 있었고, 기름진 밭과 아름다운 연못, 뽕나무와 대나무 숲이 어우러져 있었다. 밭과 밭 사이에는 길이 나 있었고, 닭 우는 소리와 개 짖는 소리가 들려왔다. 사람들은 밭을 갈고 씨앗을 뿌리며 평화롭게 살아가고 있었다. 남녀 모두 바깥세상 사람들과 같은 옷을 입고 있었고, 노인과 아이들 모두 즐겁고 행복한 표정이었다. 그들은 낯선 어부를 보고 매우 놀라워하며 어디서 왔는지 물었다. 어부가 자신의 이야기를 자세히 들려주자, 마을 사람들은 그를 집으로 초대하여 술과 음식을 대접했다. 마을 사람들은 자신들의 조상들이 진나라 말기의 난리를 피해 이곳으로 들어와 살게 되었다고 했다. 그들은 바깥세상과 단절된 채 평화롭게 살아왔기 때문에 한나라 이후의 역사는 전혀 알지 못했다. 어부가 바깥세상 이야기를 들려주자, 그들은 놀라움과 슬픔을 감추지 못했다. 어부는 며칠 동안 마을에 머물며 그들과 함께 즐거운 시간을 보냈다. 떠날 때가 되자 마을 사람들은 "바깥세상 사람들에게 이곳에 대해 말하지 말아주시오."라고 부탁했다(晉太元中, 武陵人捕魚爲業. 緣溪行, 忘路之遠近. 忽逢桃花林, 夾岸數百步, 中無雜樹, 芳草鮮美, 落英繽紛. 漁人甚異之. 複前行, 欲窮其林. 林盡水源, 便得一山, 山有小口, 仿佛若有光. 便舍船, 從口入. 初極狹, 才通人. 複行數十步, 豁然開朗. 土地平曠, 屋舍儼然, 有良田美池桑竹之屬. 阡陌交通, 雞犬相聞. 其中往來種作, 男女衣著, 悉如外人. 黃髮垂髫, 並怡然自樂. 見漁人, 乃大驚, 問所從來. 具答之. 便要還家, 設酒殺雞作食. 村中聞有此人, 鹹來問訊. 自雲先世避秦時亂, 率妻子邑人來此絶境, 不復出焉, 遂與外人間隔. 問今是何世, 乃不知有漢, 無論魏晉. 此人一一爲具言所聞, 皆歎惋. 餘人各複延至其家, 皆出酒食. 停數日, 辭去. 此中人語雲: "不足爲外人道也."既出, 得其船, 便扶向路, 處處志之. 及郡下, 詣太守, 說如此. 太守即遣人隨其往, 尋向所志, 遂迷, 不復得路. 南陽劉子驥, 高尚士也, 聞之, 欣然規往. 未果, 尋病終. 後遂無問津者)."

이처럼 「도화원기」는 현실의 고통과 이상향에 대한 동경을 대비시켜, 인간의 본질적인 욕망을 보여주는 작품이다.

[258]
南田籬下月季較它本稍肥. 花極豐腴, 色豊態媚, 不欲便

夫容獨霸霜國. 予愛其意能自華, 擅于零秋, 戱爲留照.

남전이 그린 울타리 아래 월계화는 다른 꽃들에 비해 약간 풍성하고 풍만하다. 꽃의 형상은 매우 풍성하고, 색채는 빼어나며 자태는 매우 요염하다. (대략 말하자면 화가가) 부용만 유독 최고 꽃으로 만들고 싶지 않기 때문이다. 나는 그 꽃이 자족한 태도를 좋아하여 늦가을에도 홀로 뛰어나기에 그것을 사생하여 남긴다.

[259]

東坡[119]于月下畵竹, 文湖州(文同)[120]见之大惊. 盖得其意者, 全乎天矣, 不能复过矣. 秃管戱拈一兩枝, 生趣萬狀, 靈氣百變.

동파(소식)가 달 아래서 대나무를 그리고 있었는데, 문동이 이를 보고 매우 놀라워했다. 아마도 사물의 신비로운 운치를 완전히 파악할 수 있는 사람은 그 본성을 온전히 보존하고, 순응하기 때문에 많이 덧붙이지 않는다. 뭉뚝한 붓을 자유롭게 움직여 한두 개의 잎만 그려내도, 생동감과 형태의 무궁한 변화를 충분히 나타낼 수 있다.

[260]

"朱闌白雪夜香浮", 卽趙集賢〈夜月梨花〉. 其氣韻在點綴中, 工力甚微, 不可學. 古人之妙在筆不到處. 然但于不到處求之. 古人之妙, 又未必在是也.

배꽃이 눈처럼 희고, 은은한 향기가 밤공기에 떠다니니 붉은 기둥에

---

119) 동파는 소식을 가리킨다. 인물전 참조.
120) 문호주는 문동이다. 인물전 참조.

기댄 채 감상한다는 것이 바로 조맹부의 〈야월이화도夜月梨花圖〉의 그림의 뜻이다. 그는 운치를 붓과 먹의 운필에 담아 꾸미기를 최대한 줄여 그렸기에, 아무리 노력해도 모방할 수 없는 경지에 이르렀다. 옛사람의 신묘하고 기묘한 솜씨는 붓과 먹이 표현할 수 없는 정신적인 면에 있다. 그러나 만약 내면의 정신만 중시하고 붓과 먹의 기법을 소홀히 한다면, 그 신묘한 경지에 도달하려는 시도도 반드시 실현된다고 할 수 없다.

[261]

雲林通乎南官, 此眞寂寞之境, 再着一點便俗. 雪霽後, 寫得天寒木落石齒出, 轉以贈賞音, 聊志我輩浩蕩堅潔.

운림(예찬)은 미불米芾의 운필과 통하는 바가 있으며, 참으로 고요하고 적막한 경지에 이르렀다. 한 획이라도 더하면 속된 기운으로 오염되었을 것이다. 눈이 그친 뒤 차가운 날씨 속에서 잎들이 떨어지고 돌들은 뾰족한 부분을 드러나게 그렸다. 이 그림을 나의 친구에게 보내어 잠시나마 우리들의 호방하고 견고하며 깨끗함을 다짐하고자 한다.

[262]

秋夜煙光, 山腰如帶. 幽篁古槎相間, 溪流激波又澹澹之. 所謂伊人, 于此盤遊, 渺若雲漢. 雖欲不思, 烏得而不思?

가을밤, 산허리에 걸린 구름과 안개는 한 줄기 띠 같다. 대나무와 고목 사이로는 급류가 요동치며 깨끗이 흘러내리고 있었다. 물 건너편의 그 사람은 그 사이에서 배회하고 신비로움은 은하수처럼 아득하게 펼쳐져 있었다. 비록 다시는 그녀를 그리워하지 않으리라 다짐했지만, 사람이 어찌 그녀를 다시 생각하지 않을 수 있을까?

『시경詩經』의 「진풍秦風-겸가蒹葭(갈대)」 보충

"소위윤인所謂伊人"의 구절은 『시경』, 「진풍-겸가」에서 나오는 구절이다.

> 겸가창창蒹葭蒼蒼: 가을빛 짙은 갈대 우거지고.
> 백로위상白露爲霜: 흰 이슬 내려 서리로 변하는 아침.
> 소위이인所謂伊人: 내 사랑하는 임은
> 재수일방在水一方: 강 건너편에 계시네.
> 소회종지遡洄從之: 물결 거슬러 올라가 그분을 따르려고 해도,
> 도조차장道阻且長: 길은 험난하고 아득히 멀구나.
> 소유종지遡遊從之: 강물 거슬러 헤엄쳐 님을 따르려 해도.
> 완재수중앙宛在水中央: 아득히 물 가운데 계시네.
> 겸가처처蒹葭淒淒: 무성한 갈대는 쓸쓸히 우거지고
> 백로미희白露未晞: 흰 이슬 아직 마르지 않았는데.
> 소위이인所謂伊人: 내 사랑하는 임은 어디 계시는가.

이처럼 「겸가」는 이루어질 수 없는 사랑에 대한 그리움과 안타까움을 섬세하고 함축적으로 표현한 시이다. 아름다운 자연 묘사와 반복적인 표현을 통해 화자의 애절한 심정을 효과적으로 전달하고 있다.

[263]
半壑松風, 一灘流水. 白雲度嶺而不散, 山勢接天而未止.
別有日月, 問是何世? 倘欲置身其中, 可以逍遥自乐, 仿彼
巢由121), 庶几周生无北山122)之嘲矣.

---

121) 옛사람 가운데는 명예와 이익을 초월한 고고한 인격자들이 많았다. 특히 주나

(이 그림에서) 산 중턱에서 부는 솔바람, 한줄기 흐르는 물, 흰 구름은 산마루를 지나도 흩어지지 않고 산세는 하늘에 닿았으나 그치지 않는다. 이 광경은 사람으로 하여금 세월을 잊게 만들며, 지금이 어느 시대인지조차 알 수 없게 한다. 만약 이 그림 속에 자신을 두고자 한다면, 마치 소부와 허유가 자유롭게 거닐 듯 그곳에서 평온하게 지낼 수 있을 것이다. 주옹周顒이 아마도 공치규孔稚圭의 『북산이문』에서 조롱받지 않았을 것이다. (은거 구실로 삼아 온갖 수단으로 명예를 추구하는 것으로 조롱받는다.)

[264]

三五月正滿123), 馮生招我西湖. 輕船出斷橋, 載荷花香氣,

라 무왕이 은나라 주왕을 추출하자 주나라 곡식을 먹을 수 없다며 수양산(首陽山)에 들어가 굶어 죽었다고 하는 백이숙제(伯夷叔齊)이다. 또 허유(許由)와 소부(巢父)도 이에 해당 된다. 허유는 요(堯) 임금으로부터 "천하를 물려주겠다."라는 말을 듣자 영수(潁水)에 가서 귀를 씻었다는 고사(古事) 기산지지(箕山之志)의 주인공이다. 소부는 허유가 귀를 씻은 더러운 물을 소에게 먹일 수 없다며 소를 끌고 돌아갔다는 고사 허유소부(許由巢父)의 주인공이다. 두 사람 모두 은둔의 고결함, 부귀영화를 마다하는 고고함을 상징하는 인물이다.

122) 남조 주옹이 일찍이 북산에 은거하였다가 뒤에 조정의 부름을 받고 변절하여 해염현령이 되었다. 그 후 임기를 마치고 조정으로 들어가는 길에 다시 그 종산을 들으려고 하자 이때 종산에 은거하고 있던 공치규가 그의 변질을 배척해서 지은 『북산이문(北山移文)』에서 "비록 마음속으로는 벼슬과 명예를 바라면서도 겉으로는 은둔 생활을 하는 척, 산속으로 거짓 발걸음을 옮기는 자들이 있으니(雖情投於魏闕, 或假步於山)."라고 하였다. 공치규는 주옹의 변절을 통해 세속적인 욕망에 흔들리지 않고 자연 속에서 고고하게 살아가는 삶의 중요성을 역설하고 있다. 이처럼 『북산이문』은 오늘날에도 물질적인 가치보다 정신적인 가치를 중시하고, 자연과 조화를 이루며 살아가는 삶의 중요성을 일깨워주는 고전이다. 주옹과 공치규에 대한 자세한 내용은 인물전 참조.

123) 삼오월정만(三五明月滿): 음력 보름달을 가리키며, 고시 19수 중 제17수 『고시십구수(古詩十九首其十七)·맹동한기지(孟冬寒氣至)』에서 비슷한 구절이 나온

隨風往來不散. 倚棹中流124), 手弄澄明.125)時月影天光, 與
遊船燈火, 上下千影, 同聚一水. 而歌弦鼓吹, 與梵唄126)風
籟之聲翕然並作. 目勞于見色, 耳疲于接聲. 聽覽既異, 煩
襟澡雪. 真若禦風清冷之淵, 聞樂洞庭之野,127)不知此身
尚在人間與否? 馮生曰 : "子善吟, 願子爲我歌今夕." 余曰
: "是非詩所能盡也, 請爲圖." 圖成, 景物宛然, 無異同遊
時. 南田生曰 : "斯圖也, 即以爲西湖夜泛詩可也.

음력 15월 보름에, 풍 선생님께서 나를 서호西湖에 초대하였다. 배를
타고 단교斷橋에서 출발하였는데. 배 위에는 연꽃이 실려있고, 꽃향기
는 바람 따라 퍼졌다. 배가 서호의 가운데서, 달빛이 물 위에 비친 반사
된 그림자를 흔들었다. 그때 달빛의 그림자와 많은 유람선의 등불이
함께 호수 위에 반사되었으며, 악기 소리와 노래 소리, 불경을 읊는
소리가 하나로 어우러졌다. 각종 소리와 빛이 끊임없이 이어져 귀와
눈이 바쁘다. 기이한 광경이 하루의 번뇌를 깨끗이 씻어주니, 마치 청
량한 산골짜기에서 바람을 타고 하늘을 나는 것과 같고. 천지에서 〈함
지咸池〉의 음악을 듣는 듯 하며 자신이 지금 세상에 있는지조차 모를
지경이다. 풍 선생님이 말했다. 당신은 시 짓기를 잘하니, 오늘 저녁의

다. "삼오명월만(三五明月滿: 삼오의 밝은 달이 둥글게 차오르니, 사오섬토결(四五蟾兔
缺): 스무날이면 달 속의 두꺼비와 토끼가 점차 기울어지네.

124) 중류(中流): 강의 중간을 뜻한다. 『사기(史記)』 「본기(本紀)」 권4: 무왕도하중류
백어약입왕주중(武王渡河中流白魚躍入王舟中:무왕이 군사를 이끌고 강을 건
너던 중, 강 한가운데 이르렀을 때 흰 물고기가 뛰어올라 왕의 배 안으로 들어왔
다.

125) 징명(澄明): 달빛의 맑고 깨끗함을 뜻하며, 여기서는 달빛이 물 위에 반사된
모습을 가리킨다.

126) 범패: 불교의 승려나 신도들이 찬송이나 예불할 때 부르는 소리이다.

127) 악동정지야(樂洞庭之野)의 보충을 참조.

아름다움을 기록할 수 있도록 시를 한 편 써주시길 바란다. 나는 대답했다. 이 광경은 시로는 완전히 표현하기 어렵다. 제가 대신 이 장면을 그림으로 그려드려도 될까요? 그림을 완성하고 나서, 경치가 눈앞에 그대로 재현되어 있어 유람할 때와 전혀 다른 것이 없었다. 나는 말했다. 이 그림은 서호의 밤을 유람하는 시로 삼을 수 있을 것이다.

악동정지야樂洞庭之野의 보충

동정호 주변의 넓은 들판에서 음악 소리를 듣는다는 것을 의미한다. 『장자』, 「천운편」에서 동정호 들판에서 함지 음악을 베풀었다는 내용이 나오는데 다음과 같다. "북문성이 황제에게 물었다. 제왕께선 함지의 음악을 동정호의 들판에 베푸셨습니다, 저는 처음에 듣고는 두려워졌고 다시 듣자, 그 두려움이 사라졌으며 마지막에 듣고는 뭐가 뭔지 알지 못하게 되었습니다. 정신은 흔들리고 말도 나오지 않아 통 나 자신을 어떻게 할 수 없었습니다. 황제가 말하였다. 자넨 아마 그랬을 테지 나는 먼저 인간 세상이 정한 대로 연주하고 자연의 흐름을 쫓아 악기를 올리며 예의 질서에 의해 그것을 밀고 나아가고 맑은 자연의 근원에 그것을 세웠다. 사철이 차례로 바뀌고 만물에 따라 생겨나듯이 혹은 높아지고 혹은 가라앉아 부드러운 소리와 딱딱한 소리가 잘 조화되어서 혹은 맑게 혹은 흐리게 음성과 양성이 조화되며 그 소리는 차츰 널리 퍼진다네 동면하는 동물이 움직이기 시작하면 그것을 천둥소리로 놀라게 하지 홀연이 끝나고 홀연이 시작되며 그쳤는가 하면 다시 살아나고 쓰러졌는가 하면 또 일어나네(北門成問於皇帝曰. 帝張鹹池之樂於洞庭之野. 吾始聞之懼, 復聞之怠, 卒聞之而惑. 蕩蕩黙黙. 乃不自得. 帝曰: 汝殆其然哉! 吾奏之以人, 徵之以天. 行之以禮

義, 建之以太淸. 四時迭起. 萬物循生. 一盛一衰. 文武倫經. 一淸一濁, 陰陽調和, 流光其聲. 蟄蟲始作, 吾驚之以雷霆. 其卒無尾, 其始無首. 一死一生, 一債一起. 所常無窮,而一不可待. 汝故懼也).

    이 내용은 즉 황제는 처음엔 이 악곡을 사람이 정한 규칙에 따라 연주하고奏, 그 다음엔 자연天의 흐름에 따라 소리를 밝히고徵, 그 다음엔 예의禮義의 질서를 갖춰 행하고行, 마지막으론 무위자연의 경지인 태청으로 세웠다建라고 하였는데 인공 소리에서 자연의 소리로 나아간 것이다.

    노자老子, 『도덕경』, 2장: "유무有無는 서로를 낳고, 어려움과 쉬움이 서로 이루며, 길고 짧음은 서로 비교되며, 높고 낮음을 서로를 이루며, 소리와 울림은 서로 조화하며, 앞과 뒤는 서로 따란다. 그러므로 지혜로운 사람은 무위無爲로써 일하고 말없이 가르친다故有無相生 難易相成. 長短相較 高下相傾. 音聲相和 前後相隨. 是以聖人 處無爲之事 行不言之敎)." 라고 하는 곳에서 소리[音]과 울림[聲]이 나오고 있는데 양자는 무엇이 다른가? 음이 인공적인 소리라면, 성은 자연적인 소리를 뜻한다. 그래서 음악音樂은 현악이나 기악처럼 인공으로 만든 악기에서 나오는 소리라면, 성악聲樂은 사람의 목에서 나오는 자연스러운 소리이다. 따라서 "聞樂洞庭之野"는 단순히 음악을 듣는다는 것을 넘어, 동정호의 아름다운 자연 속에서 천지와 인간의 조화를 느끼는 모습을 떠올리게 한다. 그래서 단순히 음악을 듣는 것이 아니라 함지 음악으로 풀이하였다.

[265]
千頃128)琅玕, 三間草屋. 吾意中所有, 願與賞心共之.

216

천 경의 푸른 대나무 숲과 세 칸의 초가집, 그것이 내가 바라는 모든 것이다. 오직 나의 지기知己와 함께 그것을 누리고 싶다.

[266]

〈春煙圖〉, 似得造化之妙. 初師大年, 既落筆, 覺大年胸次 殊少此物, 欲駕而上之, 爲天地留此云影.

(이 그림의 제목은) 〈춘연도春烟图〉인데, 자연의 조화로운 경지를 어렴풋이나마 표현한 것 같다. 처음에는 조영양의 기법을 모방했으나, 완성 후에 보니 조영양도 아직 그 신묘한 경지에 완전히 도달하지 못했던 것 같다. 나는 그의 수준을 뛰어넘고 싶어서 이 아름다운 그림 작품을 세상에 남긴다.

[267]

昔在虎林, 得觀馬遠[129])所圖〈紅梅松枝〉小幀, 乃宋楊太后 題詩, 以賜戚里.[130)]其畫松葉多半折, 離披有雪後凝寒意, 韻致生動, 作家習氣洗然. 暇日偶與半圍先生泛舟于邗溝, 淮水[131)]之間, 因爲說此圖, 先生卽乎蘆取扇, 屬余追仿之.

---

128) (頃): 이랑(밭 넓이 단위, 갈아놓은 밭의 한 두둑과 한 고랑을 아울러 이르는 말)

129) 남송 중기 화가 마원이다. 인물전 참조,

130) 척리(戚裏)는 중국 장안(長安)의 마을 이름이다. 한고조(漢高祖)가 그 누이를 불러 집을 옮기게 한 동리인데, 황제와 인척 관계에 있는 사람들을 모두 살게 해서 그 마을 이름을 '척리'라 하게 되었음. 『한서(漢書) · 석분전(石奮傳)』

131) 한구(邗溝)와 회수(淮水)는 모두 중국 고대의 중요한 수로(水路)이다. 한구는 단순한 운하가 아니라, 춘추시대(春秋時代) 오나라의 패권 장악에 큰 역할을 했으며 북쪽으로 세력을 확장하려는 오나라에게 군사 이동과 물자 수송을 위한 중요한 수단이었다. 또한, 후대 운하 건설의 기초가 되었다는 점에서 중국 역사

意象相近, 而神趣惑遠矣. 先生家有馬公眞本, 當試正所
不逮.

과거에 호림에서 마원馬遠이 그린 〈홍매송지紅梅松枝〉의 그림을 감상
할 기회가 있었다. 송나라 양태후가 그 그림에 시를 적어 외척 귀족에
게 선물했다. 마원의 소나무 가지는 대체로 중간에서 꺾이어 아래로
쳐졌는데 눈이 내린 후 얼어붙은 차가운 느낌을 표현했다. 운취가 생동
감 있고, 화가들의 적폐는 완전히 씻겨 있었다. 한가할 때 당반원唐半園
선생님과 함께 배를 타고 한구邗溝와 회수淮水를 지날 때, 이 그림에
관해 이야기를 나누었더니, 선생님께서 바로 사람을 불러 상자를 열고
부채 하나를 꺼내 주시면서 그에게 기억을 따라 모방해달라고 부탁하
였다. 내 작품은 원작에 비하면 감정과 사물은 닮았지만, 원작의 신비
로운 정취와 재미에는 미치지 못했다. 당반원 선생님의 집에 마원의
진본 있어서 한번 보았는데 내 작품이 원작에 미치지 못함을 알 수
있었다.

[268]

〈亂竹荒崖〉, 深得雲西幽澹之致, 涉趣無盡.

란죽황애亂竹荒崖는 조운서曹云西의 그 은은하고 깊은 정취를 잘 표현
하였으므로 끝없이 감상하게 된다.

[269]

奇松參天, 滄州132)在望, 令人澟然神遠.

에 큰 영향을 끼쳤다. 회수는 중국 화북과 화남을 가르는 중요한 경계였고
강 북쪽은 밀 농사를 주로 짓는 밭농사 지역이었으며, 강 남쪽은 벼농사를
주로 짓는 논농사 지역이었다. 또한, 회수는 예로부터 잦은 홍수로 유명했는데,
이 때문에 회하(淮河)라고도 불렸다.

(이 그림은) 은둔자 거처 옆에 하늘을 찌른 듯 높이 솟은 소나무를 그렸는데 사람의 생각을 시원하고 아득하게 만든다.

[270]

筍之幹霄, 梅之破凍, 直塞兩間, 孰能錮之?

대나무는 자라서 하늘을 향해 높이 뻗고, 매화는 피어나 얼음을 깨니 그 기세가 천지에 가득한데 누가 능히 그것을 막을 수 있겠는가?

[271]

藏山于山, 藏川于川, 藏天下于天下, 有大力者負之而趨.133)

산을 산속에 감추고 강을 강 속에 감추고 천하를 천하에 감추니 커다란 힘이 있는 자가 그것을 짊어지고 달아났다.

---

132) 창주(滄洲): 하천의 지역, 고대에는 종종 은둔자가 거처하는 곳을 의미했다.
133) 이 단락은 『장자』「대종사」에서 나오는 내용과 유사하다. "만약에 세상을 그대로 온 세상 속에 감춘다면 가져갈 데란 없게 된다. 이것이 바로 만물의 커다란 진리이다. 〈그러니까 삶에 집착하여 그것을 빼앗기지 않으려고 별수단을 다 해보았자 자연 앞에서는 무력할 수밖에 없다〉 그 사람의 형체를 얻고 태어나기만 해도 기뻐하는데 실은 사람의 형체 따위는 갖가지로 변화하여 끝이 없는 것이다. 〈그러니 지금 형체 따위를 기뻐하지 말고 어떤 형체에도 자유로이 순응한다면〉그 즐거움은 헤아릴 수 없지 않겠는가? 그래서 성인은 그 무엇도 빠져나갈 수 없는 만물의 경지에서 노닐며 만물을 있는 그대로 긍정하려 한다(若夫藏天下於天下, 而不得所遯, 是恆物之大情也. 特犯人之形而猶喜之, 若人之形者, 萬化而未始有極也, 其為樂可勝計邪! 故聖人, 將遊於物之所不得遯而皆存)."이 글은 장자의 핵심 사상인 변화에 대한 순응과 자연과의 조화를 잘 보여준다. 장자는 삶과 죽음, 그리고 끊임없이 변화하는 세상 속에서 자연의 이치를 깨닫고 그에 따라 살아갈 때 진정한 자유와 행복을 얻을 수 있다고 말했다.

[272]

畵貴深遠, 天游, 云西荒荒数笔, 近耶远耶

그림을 그리는 데 중요한 것은 깊고 먼 경계에 도달하는 것이다. 육천 유와 조운서의 황량한 몇 필은 가까운가? 먼가?

[273]

"月落萬山, 處處皆圓"134), 董巨点笔似之.

"달그림자가 모든 산에 내려앉아, 어느 곳이든 다 둥글다."라는 것은 동원董源과 거연의 점묘법이 이에 유사하다.

불교 화엄종華嚴宗의 보충

"월락만산月落萬山, 처처개원處處皆圓"은 불교 화엄종華嚴宗의 핵심 사상인 이치는 사에 통하고, 사는 이치에 통한다는 의미를, 비유를 통해 설명하고, 『화엄경소華嚴經疏』를 인용하여 그 의미를 더 자세히 풀어내고 있다.

> 월락만산月落萬山: 달이 만산에 떨어지니: 하나의 달이 수많은 산에 비치는 모습을 의미한다. 이는 곧 절대적인 진리 (이치)가 세상 만물(사)에 두루 존재함을 비유적으로 표현한 것이다.
>
> 처처개원處處皆圓(곳곳이 둥글다: 달이 비치는 곳마다 모두 둥근 보름

---

134) "월락만산(月落萬山: 달이 만산에 떨어지니), 처처개원(處處皆圓: 곳곳이 둥글 다."는 위의 보충 글 참조.

달처럼 완전한 모습을 드러낸다는 것을 의미한다.
이는 곧 세상 만물 하나하나가 모두 진리를 완벽하
게 갖추고 있음을 나타낸다.

『화엄경소』에서 이르길: "또한 열 가지 문이 있으니[화엄종의 사상
을 설명하는 열 가지 관점], 첫째는 이치가 사문에 통하고[절대적인
진리(이치)가 세상 만물(사)에 두루 미치고 있다], 분별이 없는 이치
[진리는 나누어지거나 구별되지 않는 절대적인 것임을 의미한다]로
인해 모든 사물이 이치를 이루니, 그러므로 이치가 다 둥글고 부족함이
없다[진리는 완벽하고 모든 것을 포괄하기 때문에 어떤 부족함도 없
다]. 둘째는 사가 이치 문에 통하고[세상 만물(사) 하나하나가 모두 절
대적인 진리(이치)와 연결되어 있다], 분별이 있는 사물[세상의 만물은
각기 다른 형태와 특징을 가지고 있다]로 인해 모든 이치가 사물과
동일하니, 작은 티끌조차 법계를 이루지 못함이 없다[아무리 작고 보잘것
없는 존재라도 모두 진리의 일부이며, 우주 전체(법계)와 연결되어
있다]亦有十門, 一理遍於事門, 謂無分限之理, 全遍分限事中, 故一一纖塵,
理皆圓足 ; 二事遍於理門, 謂有分之事, 全同無分之理, 故一小塵即遍法
界."
즉 "달이 만산에 떨어지니 곳곳이 둥글다는 것은, 마치 불교 화엄
종에서 말하는 이치와 사물의 관계와 같다. 하나의 달이 수많은 산에
비치듯이, 절대적인 진리는 세상 모든 것에 두루 존재한다. 그리고
달빛이 닿는 곳마다 둥근 보름달이 되는 것처럼, 세상 만물 하나하나
가 모두 진리의 모습을 완벽하게 드러낸다. 화엄경소에서는 이를 이
치는 사에 통하고, 사는 이치에 통한다.라고 설명한다. 즉, 나누어지
지 않는 절대적인 진리가 세상 만물에 두루 미치고 있으며, 세상 만

물은 각기 다른 모습을 하고 있지만 모두 진리와 하나라는 것이다. 아무리 작은 티끌이라도 그 안에 우주 전체의 진리가 담겨 있다는 것이 화엄종의 가르침이다."

[274]

趙大年每以近處見荒遠之色, 人不能知. 更兼之以云林、云西, 其荒也远也, 人更不能知之.

조영양은 항상 근경으로 황량하고 먼 풍경을 표현하였는데, 일반 사람들은 이를 이해하기 어렵다. 그는 또 예찬과 조운서의 화법을 함께 사용하며 붓의 의도가 황량함과 아득하게 펼쳐져 일반사람들은 더더욱 이를 이해할 수 없다.

[275]

長安報國寺松十數本, 虯龍萬狀, 偶憶其一. 點以千丈寒泉, 與松風並奏清音. 隱几聽之, 滿堂天籟.

장안長安 보국사報國寺에서 소나무를 주제로 그린 그림이 수십 권이 있으며, 가지가 마치 용같이 굽고 비틀어져 그 형태가 천 가지이다. 우연히 그중 한 권을 떠올려서 모방하여, 높은 폭포를 그렸더니 물소리가 숲 사이의 바람 소리와 함께 울려 퍼졌다. 책상에 기대어 소리를 들으니, 마치 하늘과 땅 사이에서 만 개의 자연스러운 소리를 내는 듯하다.

 天籟천뢰의 보충

천뢰는 『장자』 「재물론齊物論」에 나온다.

자유가 말했다. "땅의 소리는 여러 구멍에서 나는 것이요, 사람의 소리는 대나무 피리를 부는 것이니, 감히 하늘의 소리를 여쭙니다." 자기가 말했다. "무릇 하늘의 소리는 만물을 불어서 제각기 다른 소리를 내게 하면서도 스스로 그렇게 되도록 하는 것이니, 모두 자기 소리를 내는 것이거늘, 누가 화를 내겠는가! 子游曰: "地籟則衆竅是已, 人籟則比竹是已. 敢問天籟." 子綦曰: "夫天籟者, 吹萬不同, 而使其自己也, 咸其自取, 怒者其誰邪!."

여기서 자기子綦는 천뢰를 "만물을 불어서 제각기 다른 소리를 내게 하면서도 스스로 그렇게 되도록 하는 것"이라고 설명한다. 즉, 천뢰는 인위적인 조작 없이 자연 그대로의 소리를 의미하며, 이는 모든 만물이 각자의 본성에 따라 살아가는 모습과 같다. 즉 장자는 천뢰를 통해 인간에게 자연의 순리에 따르는 삶, 즉 무위자연無爲自然의 삶을 살아갈 것을 권하고 인위적인 것을 벗어나 자연과 하나 될 때 비로소 진정한 자유와 행복을 얻을 수 있다는 것이 장자의 뜻이다.

[276]

寫此雲山綿邈, 代致相思, 笔端丝丝, 皆清泪也.

이 구름과 산이 아득히 뻗어나가는 그림을 그려(그대에게) 그리움을 대신 전하니 붓끝의 실낱같은 선들은 모두 맑은 눈물이다.

[277]

董, 巨神氣難摸索處, 當如支遁之馬,135) 不知者不能賞之.

---

135) 여동지도림지마(如同支遁林之馬): 마치 지둔이 숲에 있는 말과 같다는 뜻이다. 지둔(支遁, 314-366): 동진(東晉) 시대의 고승(高僧)으로, 본명은 관내(官內)이

동원과 거연의 기운을 완전히 파악하기가 어려운 것은 마치 지도림이 말을 기르는 것 같아서 지혜 없는 사람은 이를 감상할 수가 없다.

[278]

"青青陸上栢, 磊磊澗中石."[136] 讀之令人超然世外.

「고시십구수古詩十九首」에 "푸르른 언덕에 우뚝 선 측백나무 계곡에 층층이 쌓인 바위" 이 구절을 읽으면 속세를 초월하는 감정이 일어난다.

 ## 고시십구수古詩十九首의 보충

"청청릉상백青青陸上栢, 뇌뢰간중석磊磊澗中石" 구절은 「고시십구수古詩十九首」 중 제3수로, 푸른 측백나무와 굳건한 돌처럼 영원한 자연에 비해 짧은 인생을 즐기며 살아가자는 내용을 담고 있다.

청청릉상백青青陵上栢: 푸르른 언덕에 우뚝 선 측백나무
뇌뢰간중석磊磊澗中石: 계곡에 층층이 쌓인 바위
인생천지간人生天地間: 인생은 하늘과 땅 사이에 잠시 머무는 것
홀여원행객忽如遠行客: 떠돌다 사라지는 나그네와 같다.

다. 학식이 뛰어나고 변설에 능했으며, 불교 교리를 널리 알리는 데 큰 역할을 했다. 특히 유명한 귀족들과 교류하며 불교를 귀족 사회에 전파하는 데 힘썼다. 인물전 참조.
지둔과 말에 얽힌 고사: 지둔은 말을 타고 다니는 것을 좋아했는데, 항상 마음에 드는 말을 찾지 못했다. 어느 날, 지둔은 숲에서 야생마를 발견하고는 "이것이 야말로 내가 찾던 말이다!"라고 외치며 그 말을 타고 다녔다. 이 고사에서 지둔의 말은 자신에게 꼭 맞는 것, 이상적인 것을 비유적으로 표현하는 말이 되었다.
136) 고시십구수는 한대에 작시한 작자미상의 오언시이다. 위의 보충 참조.

두주상오락斗酒相娛樂: 술잔을 나누며 즐겁게 노니

요후불위박聊厚不爲薄: 부족함 없이 풍족하구나!

구차책노마驅車策駑馬: 말을 몰아

유희완여락遊戱宛與洛: 남양과 낙양으로 즐겁게 가보세

낙중하울울洛中何鬱鬱: 낙양 시내는 번화하고 활기차네!

관대자상색冠帶自相索: 멋진 옷차림으로 거리를 활보하고

장구라협항長衢羅夾巷: 길거리마다 좁은 골목이 얽혀 있네.

왕후다제택王侯多第宅: 귀족들의 화려한 저택들이 즐비하고

양궁요상망兩宮遙相望: 웅장한 궁궐들이 서로 마주 보고 있고

쌍궐백여척雙闕百餘尺: 높이 솟은 누각은 하늘을 찌를 듯하고

극연심의오極宴心意娛: 흥겨운 잔치를 즐기며 마음껏 노니

척척하소박戚戚何所迫: 근심 걱정 모두 사라지니 무엇이 두려우랴!

[279]

〈五松圖〉. 神氣古淡, 筆力不露, 秀媚如婦人女子然, 而骨
峙于外, 神藏于內. 以其藏者如先生, 故以爲壽. (壽徐前
輩)

〈오송도〉는 전체 그림의 기운이 고풍스럽고 우아하며 필력은 숨겨져
있어 두드러지지 않는다. 아름답고 우아함은 마치 여성과 같고 동시에
외부에 드러난 골격과 내부에 담긴 기운을 나타낸다. 그 감춘것이 선생
과 같기에 장수를 기원하며 (이 그림을) 드린다. 서선배에게 장수를
기원하며

[280]

桂箭射筒,[137]通竿無節, 此圖近之.

---

137) 계(桂), 전(箭), 사통(射筒) 세 가지는 모두 대나무의 이름이다. 이는 좌사(左思)

계죽桂竹, 전죽箭竹, 사통죽射筒竹은 전부 마디가 없는데, 이 그림은 이러한 의미를 모방한 것이다.

[281]

江樹雲帆, 忽于窗欞隙影中見之. 戲爲點出, 平遠數筆, 煙波萬狀, 所謂愈簡愈難.

강의 나무와 구름 속의 돛을 묘사하고 있는데 창문 틈 사이로 갑자기 보게 되어 즉석에서 그렸다. 평원법을 사용해 몇 번 붓질만 했을 뿐인데, 연운과 파도의 다양한 변화를 드러냈다. 흔히 말하듯, 간결할수록 그 의경을 전달하기는 어렵다.

[282]

長河曉行, 得此景迷漫烟雾, 何必米山.

동틀 녘 배를 타고 출발할 때 이 장면을 보았다. 안개가 물 위에 가득 차 있었는데, (이러한 장면은) 결코 미가의 운산 묵희에서만 볼 수 있는 것은 아니다.

의 『오도부(吳都賦)』에서 나온 구절로, "그 대나무는 성질이 섬세하고 단단하며, 계죽(桂竹)과 전죽(箭竹)을 쏜다."라는 뜻이다. 이선(李善)은 주석에서 "계죽은 소계현(小桂縣)에서 나며, 큰 것은 둘레가 두 척이고, 길이는 네다섯 장에 이른다. 전죽은 가늘고 작으면서도 강하고 단단하다."라고 주석을 달았다. 이를 화살로 사용할 수 있다. 마디 없는 죽순은 강동(江東)의 여러 군에서 모두 있으며, 사통 대나무는 가늘고 작으며 길이가 긴 경우가 많으며 역시 마디가 없어서 화살을 만들 수 있다. 이에 따라 계죽, 전죽, 사통 죽은 세 가지 종류의 대나무로, 이선의 주석에 따르면 이들은 대체로 가늘고 길며 마디가 없어서 화살대나 사전으로 사용할 수 있다는 뜻이다.

[283]

如此荒寒之境, 不見有筆墨痕, 令人可思.

이러한 황량하고 쓸쓸한 경계에서는 인공적으로 다듬어진 흔적이 없어서 사람에게 깊이 생각하게 만든다.

[284]

北郭水亭, 蓮花滿池, 坐臥其上, 极游賞之乐. 殘墨頹笔, 略为伸纸, 遂多逸趣也.

북쪽 외곽의 물가 정자에 연꽃이 가득 피어 있는 연못이 있어, 배를 타고 그 가운데에 앉아 즐기며 유람의 즐거움을 만끽하였다. (이 장면을 보고) 나는 남은 먹과 뭉뚱한 붓으로 약간 평평하게 종이를 펼치고 나서 그림을 그리니, 또 한층 청아하고 우아한 맛이 더해졌다.

[285]

竹蕭淡而無華, 柳向秋而先零, 何取于是而樂之?南田生曰 : 嗟乎! 孫子138)之風遠矣! 夫其處幽藏密, 寓其深思, 人蓋不得而窺焉. 孫子峭于庸衆, 而和于同韻, 呼柳下139)以自進也. 而偃仰塵墟, 往往口吟激歌薇140)之聲, 殆將以此

---

138) 손자는 손등이다. 인물전 참조.

139) 유하혜이다. 인물전 참조.

140) 采薇(채미)는 중국 고전 시가집인 『시경(詩經)』의 소아(小雅) 편에 수록된 시이다. 주나라 군인이 전쟁에서 돌아오는 과정을 묘사하며, 전쟁의 고통과 고향에 대한 그리움을 표현하고 있다. 백이(伯夷)와 숙제(叔齊)는 상나라 말기와 주나라 초기의 고사에 등장하는 형제로, 고결한 인품과 절개로 유명하다. 이들은 주나라 무왕이 상나라를 멸망시키는 것을 부당하다고 여겨, 주나라의 곡식을 먹지 않기로 결심하고 수양산에 들어가 고사리를 캐며 연명하다가 굶어 죽었다고 전해진다. 채미와 백이·숙제의 이야기는 모두 고대 중국에서 고결한

為西嶺, 而游心乎孤竹哉. 庶幾其有鄰也.

대나무는 소산하고 담백하지만, 꽃이 피지 않는다. 버드나무는 가을이 되자마자 시들어버렸다. 왜 그것들을 의상으로 삼아 칭송하는가? 나는 이렇게 감탄하여 말했다. 아 진나라 사람 손등孫登(209년~241)의 풍류가 점점 멀어지는구나! 그는 세상과 격리되어 있으면서, 자기 생각을 노래하는 대상에게 깊이 의탁하여, 사람들이 엿볼 수 없게 했다. 손등은 세속에서 한참 높은 존재였지만, 그는 대중과 잘 어울리며, 유하혜柳下惠를 자신의 모범으로 삼았다. 그리고 그는 세속에 대처하는 중에 종종 입속으로 백이 숙제가 지은 「채미采薇」를 노래하였다. 이 세상을 수양산으로 삼았다. 백이, 숙제에 살았던 고향 고주곡에 심취하였다. (손등 덕행이 고결하였기에) 주변의 많은 친구들을 감동하게 했을 것이다.

[286]

海沙彌有此本, 筆力雄經, 墨氣沈厚, 董, 巨風規, 居然猶在. 此幀仿其大意, 過邯鄲而匍匐矣.

매사미(오진)는 이 주제의 그림을 그린 적이 있는데 그림의 필력은 매우 웅장하고 먹빛은 깊고 진하다. 동원, 거연의 화풍이 뚜렷이 남아 있다. (내 작품)이 그림은 큰 뜻을 모방했으나 한단을 지나 기어가는 격이다.

[287]

摹痴翁〈陡壑密林〉不为清润工整之态, 意象荒荒, 古趣洞

인품과 절개를 상징하는 사례로 자주 인용되며, 후대 문학과 예술 작품에서도 이러한 주제가 반복적으로 다루어졌다.

目, 所乏高韵耳.

황공망의 〈두학밀림도陡壑密林圖〉를 모사하였는데 맑고 윤택하며 공
교로운 형태를 취하지 않았다. 의상이 황량하고 고아한 분위기가 눈을
뚫을 듯한데 부족한 것은 고아한 운치일 뿐이다.

[288]

高尚書〈夜山圖〉, 眞絶去筆墨畦徑, 得二米之精微, 殆不
易學. 昔元鎭嘗題子久畫云:雖不能夢見房山, 特有筆思,
以癡翁之奇逸, 猶不爲元鎭所許, 況時流哉!

고극공 〈야산도〉는 참으로 이전 화가들의 필묵에서 벗어나, 미씨 부자
의 그림에서 정묘한 부분을 터득했으니, 모방하기가 매우 어렵다. 예전
에 예찬이 황공망을 그림에 대해 제하여 말하기를 비록 고극공을 꿈에
서도 볼 수 없지만, 자신만의 필의를 가지고 있다. 황공망의 기이하고
빼어남조차도 예찬에게 인정받지 못했는데 하물며 지금의 화가들이야
말해 무엇하겠는가?

[289]

鷗波老人, 〈淸江釣艇〉, 趙千里〈晴巒聳翠〉, 此幀兼用其
法, 與賞心者相參證也.

나의 이 작품은 구파노인(조맹부)의 〈청강조정淸江釣艇〉, 조백구의 〈청
만용취晴巒聳翠〉의 두 화가의 기법을 겸하여 사용하였으니 (그림을)
감상하는 사람과 서로 참고하고 증명하기를 바란다.

[290]

思翁善寫寒林, 最得靈秀勁逸之致. 自言得之篆籀飛白, 妙

合神解, 非時史所知.

사옹은 한림도를 잘 그렸는데 역동적이고 수려하며 힘차고 초일한 운치를 가장 잘 표현했다. 그는 스스로 전서에 나온 비백법에서 얻었다고 말했다. 이 해석은 매우 절묘하여, 많은 말이 필요 없이 사람들에게 그 의미를 전달할 수 있으며, 세속적인 사람들은 쉽게 이해할 수 없는 것이다.

전주비백篆籀飛白의 보충

전주비백篆籀飛白은 다양한 서체書體를 아우르는 표현이다.

◇ **전篆**: 전서篆書는 갑골문甲骨文과 금문金文에서 발전한 서체로, 진시황秦始皇이 중국을 통일한 후 표준 서체로 지정되었다. 획이 굽어 있고 둥근 것이 특징이다. 전서에는 대전大篆과 소전小篆이 있다.

◇ **주籀**: 주문籀文은 전서의 일종으로, 주周나라 선왕宣王 때 태사주太史籀가 만든 서체라고 한다. 전서보다 획이 복잡하고 장식이 많은 것이 특징이다. 주문은 전해지는 자료가 적어 오늘날에는 거의 사용되지 않는다.

◇ **비백飛白**: 비백飛白은 붓에 먹을 적게 묻혀 글씨를 쓸 때, 획이 희끗희끗하게 나타나는 것을 말한다. 후한後漢의 채옹蔡邕이 창시했다고 전해지며, 예술적인 효과를 주기 위해 사용된다.

따라서 전주비백篆籀飛白은 전서, 주문, 비백 등 다양한 서체를 포괄적으로 이르는 말이다. 이는 곧 서예의 다양한 아름다움과 변화를 보여주는 표현이라고 할 수 있다.

[291]

余所見雲林十余本, 最愛唐氏〈喬柯修竹圖〉, 爲有勁氣.
此作竹石略似之. 樹若再學雲林, 未免邯鄲之笑.

나는 여러 폭의 예찬 그림을 보았지만, 가장 좋아하는 것은 당씨가
소장한 〈교가수죽도〉이다. 그 울창함이 힘차고 편안한 기운이 있기 때
문이다. 나의 이 작품 속의 대나무와 바위는 약간 〈교가수죽도〉와 비슷
하다. 만약 나무 그리는 법이 다시 예찬을 모방한다면 사람들에게 모방
하다가 자기 화법을 잃었다고 조롱받을 것이다.

[292]

瓊臺[141]艷雪[142], 絳樹[143]珠衣, 邢尹聯茵,[144] 號秦同輦, 真
人間蕩心銷魂, 殊麗要妙之觀也. 剪彩未工, 春風不借, 嫣
然在目. 宜以永日, 取示賞音, 同此娛神耳.

선계의 궁궐에는 이 맑고 깨끗한 꽃들이 가득 심어져 있고, 그 가지는
마치 신령한 나무처럼 붉은 옷을 걸치고 있어 (마치) 한 무제의 총애를
받았던 형부인, 윤 부인과 양귀비의 언니인 괵국부인, 진국부인 같은
아름다운 여인들이 한꺼번에 등장한 것 같이 세상에서 가장 아름답고
화려한 경관을 극도로 표현하여 사람 마음을 흔든다. 자연의 힘에 의존
하지 않고, 딱딱하고 경직된 꾸밈도 피하며, 오로지 뛰어난 회화 기법

---

141) 경대(瓊臺): 시문에서 종종 신선의 궁궐에 있는 누대나 화려하고 높은 건축물을
    가리킨다.
142) 염설(艷雪): 맑고 깨끗한 눈이나 눈송이를 말한다.
143) 강수(絳樹): 전설에 따르면 선인들이 사는 산이나 천궁에 자라는 신령한 나무이
    다.
144) 형(邢): 윤련기, 한 무제 때 동시에 총애를 받았던 두 명의 부인, 즉 형(邢)
    부인과 윤(尹) 부인을 가리킨다.

만으로 꽃과 풀이 생기 넘치고 신비로운 운치가 가득하다. 그것들은 가장 아름다운 모습이 눈앞에 생생하다. 시간은 아름다움에 취해 있을 때 천천히 흐른다. 지인이 제 그림을 보고서 나와 함께 즐거움을 느낄 수 있기를 바란다.

[293]

余在北堂閑居, 灌花蒔香, 涉趣幽艶, 玩樂秋容, 資我吟嘯. 庶幾自比于滕勝華[145], 道隱[146]之間, "有萬象在旁意."[147] 對此忘饑, 可以無悶矣.

나는 북쪽 방에서 조용히 거주할 때, 자주 꽃과 나무를 심고 가꾸며, 이 고요하고 아름다운 꽃에서 즐거움을 얻었다. 가을의 색은 사람 눈을 즐겁게 하는데, 그것을 마주하면 읊조리는 즐거움이 있었다. 종종 등창우와 강도은과 비교해 보면 "정말로 힘이 가득 차고, 온 세상 만물이 곁에 있는 것 같다."라는 감정을 느꼈다. 이런 생활을 하는 것은 사람에게 배고픔의 근심을 잊게 하고, 스스로 만족하게 만든다.

『이십사시품二十四詩品 · 호방豪放』의 보충

"만상재방萬象在旁"구절은 사공도司空圖의 이십사시품二十四詩品 중 호방豪放에 나오는 구절이다.

관화비금觀花匪禁: 꽃을 마음껏 감상하며

---

145) 등화(滕華): 당말 오대의 화가인 등창우(滕昌佑)를 가리키며, 자(字)는 성화(勝華)이다.
146) 도은(道隱): 오대의 화가인 강도은(姜道隱)을 가리킨다.
147) 의 『이십사시품(二十四詩品) · 호방(豪放)』의 보충 참조.

탄토태허呑吐太虛: 우주를 마음껏 들이쉬고 내쉰다.

유도반기由道返氣: 진리에 따라 기운으로 돌아가

처득이광處得以狂: 거침없는 기상으로 세상에 우뚝 서니

천풍낭랑天風浪浪: 높은 하늘에는 거센 바람 몰아치고

해산창창海山蒼蒼: 푸른 바다와 웅장한 산이 펼쳐지네.

진력미만眞力彌滿: 진정한 힘이 온몸에 넘치고

만상재방萬象在旁: 온 세상 만물이 곁에 있으니

전초삼신前招三辰: 해와 달과 별을 앞세우고

후인봉황後引鳳凰: 봉황이 나래를 펴고 따르네.

효책육오曉策六鼇: 새벽녘 여섯 거북을 몰아

탁족부상濯足扶桑: 동해 부상에서 몸을 씻네.

시의 전반적 내용은 호방한 기개와 자유로운 정신을 묘사한 시이다.

[294]

黃鶴山樵遠宗摩詰, 近師文敏, 參以董源, 故足與倪, 黃方
駕.148)

황학산초(왕몽)은 멀리 왕유를 모범으로 삼았으며 가까이로는 문민(조
맹부)를 스승으로 삼았다. 또한 동원의 기법을 겸해 사용했으므로 예찬
과 황공망과 어깨를 겨루기에 충분하다.

[295]

雪圖自摩詰以後, 惟稱營丘, 道寧. 然古勁之氣有餘, 而荒

---

148) 방가(方駕), 즉 어깨를 나란히 한다는 의미로, 아름다움을 비유하는 표현이다.
남조(南朝)의 유효표(劉孝標)가 『광절교론(廣絶交論)』에서 말하길: "문장력이
뛰어나 조조와 왕찬(王粲)에게 필적한다."라는 구절이 나온다.

寒之韵不逮矣. 余此意即摹右丞, 不落宋人規矩.

눈 덮인 경치를 주제로 한 그림은 마힐(왕유)이후로 영구(이성)과 도녕 (허도녕)을 최고로 손꼽았다. 하지만 그들은 풍부한 고졸하고 웅장한 기운은 가지고 있지만, 황량하고 적막한 감각은 다소 부족하다. 내가 이 작품을 그린 의도는 왕유의 뜻을 취하고, 송대의 여러 화가들의 기존 격식에서 벗어나고자 한 것이다.

[296]

伯敬先生, 畫宗逸品, 絶似冷元人一派. 笔致淸逸, 有云西, 天游之风, 眞能脫落町睚 超于象外. 長衡149), 孟陽150)徵有 習氣, 皆不及也.

종성鍾惺 선생님의 그림은 일품을 모범으로 삼고 벼슬길에 나아가지 않고 붓과 먹으로 스스로 즐기던 원나라 말기 사대부들의 그림과 비슷한 풍격을 지녔다. 붓의 뜻이 맑고 우아하며 고상하고 뛰어나 조운서曹雲西와 육천유陸天遊의 유풍이 있다. 참으로 틀에 박히고 딱딱한 필묵의 폐단을 벗어던지고 초연하게 사물의 형상 너머를 곧바로 쫓았다. 이유방李流芳(1575~1629)과 정가수程嘉燧(1565~1643)의 작품은 (옛 화가들의) 습관을 완전히 버리지 못했으므로, 모두 종성 선생만 못하다.

[297]

伯敬自稱晚知居士, 言晚年方知筆墨, 而深自喜幸, 故云 晚知. 筆墨精微, 造化所秘, 本末易知. 操觚之士, 終身從 事于此, 而不知其要妙者皆是也. 伯敬蓋得之于詩, 從荒

---

149) 장형은 이유방이다. 인물전 참조.
150) 맹양은 정가수이다. 인물전 참조.

寒一境悟入, 所以落筆輒有會心. 今人侈口而談筆墨, 思
伯敬晚知之旨, 能無愧邪?

백경 선생은 스스로 만지거사晚知居士라 불렀는데 뜻은 만년에 이르러
서야 붓놀림의 방법을 터득하여 깊이 스스로 다행이라 생각하여 만지
晚知라 칭하였다. 붓과 먹의 운용법은 매우 정교하고 미묘하며 조화가
그 속에 숨어있어 본질을 터득하기가 매우 어렵다. 글씨와 그림을 직업
으로 삼은 사람은 평생 붓과 먹을 다루지만, 그 핵심을 파악하지 못한
사람이 많다. 종성 선생은 아마도 시에서 깨달음이 있었다. "황한의
경지에서 시작하여 그림에서 이전의 깨달음을 표현할 수 있었다. 오늘
날 사람들이 그가 이미 붓과 먹의 이치를 완전히 터득했다고 말하는
것과 종성 선생이 스스로 만년에야 그 이치를 알았다고 한 겸손함을
비교해 보면, 정말로 부끄러움을 느낀다.

[298]
庚征151)西不服逸少, 有家雞野鶩之誚. 吳道子不服張僧
繇, 攬其迹曰:浪得名耳. 已而惑嘆以謂伯英再生, 惑坐臥
其下, 三日不忍去, 始知能不服人者, 乃能深服人者也.

유익庚翼(305~345)은 처음에는 일소(희지)를 인정하지 않아서. 집닭
으로 자신의 서법을 비유했고 들판의 꿩으로 왕희지의 서법을 비유했
다. 오도자도 장승요의 그림을 인정하지 않아 그가 그린 그림을 보고
나서 이건 그저 헛된 명성에 불과할 뿐이라고 했다. 그러나 나중에
유익이 다시 왕희지의 서법을 보면서 이를 칭송했고 그를 장지의 환생
이라 여겼다. 오도자는 장승요 벽화 앞에 앉아 세세하게 배우면서 오랫
동안 자리를 떠나지 않았다. 이 두 가지 사례는 처음에는 다른 사람을

---

151) 유징은 유익이다. 인물전 참조.

인정하지 않지만, 진정으로 다른 사람의 뛰어난 점을 인식한 후에는 깊이 그들을 존경하게 된다는 것을 보여준다.

[299]

聚斂蔬品凡卄余種, 大都江南村落畦圃間物. 將欲訪鷗蘇[152] 龍鶴之苗裔, 討諸葛[153]元修[154]之姓氏, 固有所不暇, 何況 碧澗琅菜, 昆丘之苹, 焉從問之? 雖然, 玆當歲旱, 野無青 草, 誦蕨萁[155]海米[156]之詩, 心仿嘆矣! 淒其漣如, 彼江南 村圃之間從有此色. 安能飽此味耶? 圖成玩繹, 殆忘人間 有芻豢之悅口矣! 題以自警, 幷告同志.

---

152) 구소(鷗蘇): 즉 수소(水蘇)는 매운 향이 나는 풀의 일종으로, 그 풀을 닭을 요리할 때 사용할 수 있기 때문에 붙여진 이름이다.

153) 제갈(諸葛): 즉 제갈채(諸葛菜)로, 다른 이름으로는 마목(蕨苜), 약목(若苜)라 한다. 이 채소는 잎이 크고 거친 줄기가 있으며, 그 뿌리는 무처럼 생겼다. 옛날에는 빈곤한 백성을 구제하기 위한 구황식물로 사용되었다

154) 원수(元修): 즉 야완채(野豌菜)로, 야완두(野豌豆)나 미채(薇菜)라고도 불린다.

155) 궐기(蕨萁): 고사리 새싹이다. 방효유가 「궐기행」의 시를 지었는데 이 시는 고사리 뿌리를 캐 먹으며 힘겹게 살아가는 백성들의 고통을 생생하게 묘사하고, 이들을 돌보지 않는 탐관오리들을 비판하는 내용이다. 나아가 방효유는 이 시를 통해 백성을 위하는 정치의 중요성을 강조하고, 사회 정의를 실현하고자 하는 자신의 신념을 표현했다.

156) 해미(海米): 해변에서 자라는 풀을 의미한다. 여기서는 방효유(方孝孺)의 시 "해미행(海米行)"에서 인용되었다. 바닷가에는 해미가 가득하고, 매우 푸르고 빛나는 풀들이 널리 자라고 있다. 여인들은 다 함께 이 해미를 수확하여 바다에서 씻는다. 집에 돌아와서는, 솥에 나뭇가지로 불을 지펴, 해미를 삶아 끓인 물로 하루하루의 끼니를 겨우 때운다. 해미를 먹으며 삶을 연명하는 사람들, 성품이 고단함을 이겨내야 한다. 황제는 나를 걱정하지 않으니, 내 목숨은 빠른 화살과 같다. 내년에도 해미를 먹을 수 있는 날을 기다리지만, 해미로 삶을 보전하길 바랄 뿐이다. 매일 해미로 끼니를 때우며, 그 물을 포기하고 술로 대신할 수 있는 날을 바라본다.

이 책은 약 20종류의 채소품종이 수록되어 있는데. 대부분은 강남지역의 마을과 들판 에서 흔히 볼 수 있는 것들이다. 원래는 향소산(쥐꼬리방초), 용학龍鶴, 제갈채諸葛菜(양태), 원수(시호채) 등 촉 지방의 채소를 찾고 싶었으나 시간이 없었다. 더욱이 푸른 바다의 낭채나 곤륜산의 영채같은 신선의 풀들을 어디에서 구하겠는가? 이런 것이 있다 하더라도 올해는 마침 기근이 들었기에, 들판에는 푸른 풀조차 없었다. 나는 방효유方孝孺 「궐기행」과 「해미행」 두 시를 읊으며 가슴이 아파 눈물을 피처럼 흘렸다. 강남지역 마을들에서는 이 야초들로 배를 채울 수 있을 뿐인데 이것으로써 어떻게 배를 부르게 할 수 있겠는가? 이 도판이 완성된 후 사람들에게 감상할 수 있게 제공되면, 그때에는 사람들은 세상에 고기 음식과 같은 맛있는 음식이 있다는 것을 잊어버릴 것이다. 이를 제시 하여 나 자신을 경계하고, 또한 함께 길을 걷는 친구들을 일깨우고자 한다.

[300]

於陵仲子157), 漢陽丈人抱瓮灌園, 晦迹158)當代, 于是有灌
畦翁, 抱瓮子, 菜根居士之儔傳相慕尙. 托于老圃159)以自
名. 高風逸韻, 未嘗不流傳人間. 嘗識嘆碩沼以爲雨露,160)

---

157) 어릉중자는 곧 진중자이다. 그의 이름은 정이고 자는 자종이며, 전국시대 제나라의 은사였다. 진중자는 『맹자』에서 나온다. 맹자께서 말씀하셨다. "진중자(陳仲子)는 의롭지 않다면 제나라를 주더라도 받지 않을 것임을 사람들이 모두 믿고 있거니와, 이것은 한 대그릇의 밥과 한 그릇의 국[簞食豆羹]을 버리는(물리치는) 의(義)이다. 『맹자』, 「진심(盡心)」: 孟子曰 仲子 不義, 與之齊國而弗受, 人皆信之, 是舍簞食豆羹之義也.

158) 회적(晦迹): 즉 빛을 숨기고 은거하며 발자취를 감추다.

159) 노포(老圃): 늙은 채소 농부, 꽃 농부

160) 우로(雨露): 입속에 물을 머금고 있다가 물을 뿜어서 내는 것 즉 붓에 물과 먹을 듬뿍 묻혀 종이에 뿌리는 듯한 필법을 표현한 것이다.

和丹黃以爲風日, 滿紙喧妍, 如笑如舞, 覺指腕間化工非
遠. 正未知含毫驟墨, 便可當操鋤負盆否?

어릉중자於陵仲子와 한음 장인은 산림으로 은거하여 감추었으며, 지금
에야 찬란한 문장가와 같은 인물들 관휴옹, 포옹자, 채근거사 등이 나
와서 경모하여 포농이라 스스로 불렀으니 고결하고 초일한 품행은 어
찌 인간 세상에 사라졌겠는가? 나는 한 번에 물과 먹을 듬뿍 묻혀 종이
에 뿌려서 비와 이슬이 쏟아지는 모습을 모방해, 본적이 있다. 혹은
단황색 물감을 섞어서 햇빛이 비치는 색을 흉내 내기도 한다. 종이
위에 모든 것이 밝고 따스한 경치로 변하여 사물들이 마치 생명을 가진
것처럼 웃기도 하고 춤추기도 하였다. 나 자신의 붓끝이 마치 창조주가
만물을 창조하는 능력을 갖춘 것처럼 느껴진다. 과연 이 붓과 먹이
내가 세상에 은거하며 잡초를 짓는 도구가 될 수 있을까?

[301]
戲用巨然墨葉法, 作〈青芥圖〉. 深于山水者, 能通寫生之
意, 斯言信夫.

거연의 먹잎 기법을 자유롭게 사용하여 〈청개도青芥圖〉를 그렸는데.
산수화 분야에서 가장 높은 성취에 이룬 사람은 이라면 생동감 넘치는
작품을 훌륭하게 완성할 수 있다는 말은 참으로 사실이다.

[302]
〈拳石161)翠筱〉, 略近元人風致, 賞音者鑒之.

---

161) 권석(拳石): 작은 돌덩이를 가리킴. 주로 그림 소재로 사용됨. 『청하서화방(清
河書畫舫)』에 따르면: "소동파 선생(蘇東坡)은 필법을 사용하여 고목, 대나무,
돌을 그렸는데, 그 필법은 고금을 뛰어넘어 고유한 화풍을 만들어냈다." 라고

〈권석취소: 권석(작은 돌무더기)과 푸른 대나무를 그린〉 이 그림은 대략 원나라 화가의 일기의 필법을 본받은 것이다. 감상하는 사람은 이를 살펴보기를 바란다.

[303]
曾見宋人畵冊中有此景, 秀逸可愛. 管仲姬輩所自出也.

예전에 송나라 사람의 그림첩에서 이러한 경관을 본 적이 있는데, 매우 아름답고 청아하며, 관도승 등의 사람들은 모두 이 화풍을 가지고 있었다.

[304]
仿王孟端〈双松小山〉, 略得山樵高逸之致, 与知者鑒之.

왕맹단王孟端의 〈쌍송소산雙松小山〉경관을 모방하여 그린 것으로. 대략 왕몽의 맑고 그윽하며 세속을 끊은 필치와 유사한 느낌을 담았다. 아는 자는 그것을 살펴 감상해 주기를 바란다.

[305]
作畵當師造化, 故称天閑萬馬.

그림을 그릴 때는 만물의 자연을 본보기로 삼아야 해서, (한간이 말하길) "천자의 마구간에서 기르는 말들이 모두 나의 스승이다."라고 했다.

[306]
龍山夜泊, 蓬窓剪燭得此. 時同舟諸子方打馬[162]喧呼, 無

___

하였다.

162) 타마(打馬)는 세 가지 뜻이 있다. 첫째, 말을 치다, 말을 몰다. 둘째, 송나라

一盼者.

〈용산야박龍山夜泊〉이다. 밤에 배 창가에 앉아 촛불을 밝혀서 이 그림을 그렸다. 그때 저와 함께 배에 탄 사람들은 마치 놀이에서 말로 이기려는 듯한 타마打馬라는 게임을 하고 있었는데, 소란스럽기만 했고, 아무도 저를 돌아보지 않았다.

[307]

二月春寒, 瓦爐烘碩, 小冊雜擬宋元諸名家. 紙新墨滯, 未盡其趣, 然筆先之意, 亦不落時人畦徑也. 與知者鑒之.

이월(2월)의 봄, 추위가 매섭게 느껴질 때, 도자기 화로로 먹을 녹이며, 송나라와 원나라의 명가들을 모방하여 이 책을 완성하였다. 새 종이는 기운이 무겁고, 붓이 자주 끊어져서 제 생각을 충분히 펼쳐낼 수 없었다. 그러나 붓을 들기 전에 깊은 사색이 있었기에, 지금 사람들의 적폐에 빠지지 않았다. 지음이 나와 함께 이 작품을 감상할 수 있기를 바란다.

[308]

惠崇〈江南春卷〉, 秀潤之笔, 臻为神境. 此景能寫荒落, 畵柳卽宗其法. 援琴坐對, 當使江湖相忘.

혜숭의 〈강남춘江南春〉 두루마리는 아름답고 부드러운 붓놀림을 전적으로 써서 신묘한 경지에 이르렀다. 제 이 작품은 주로 황량하고 춥고 쓸쓸한 풍경을 표현하였는데, 버드나무 화법은 〈강남춘도〉를 모범으로

때 유행했던 놀이로, 말 모양의 패를 가지고 하는 일종의 보드게임이다. 여러 종류의 말 패를 가지고 정해진 규칙에 따라 말을 움직여 승부를 겨루는 놀이였다. 셋째, 비유적인 표현 어떤 일을 빨리 처리하거나, 서둘러 진행하는 것을 비유적으로 표현할 때 쓰인다.

삼았다. 이 그림 앞에서 거문고를 타며 담소를 나누었고, 거의 장자가
말한 "강호에서 서로를 잊는" 경지에 도달했다.

[309]

米敷文有〈瀟湘圖〉, 雲氣飄緲, 發人浩蕩奇逸之懷. 余正
未能得其神趣.

미우인의 전해지는 작품인 〈소상도〉는 산과 바위, 구름, 안개가 떠다니
며 멀리까지 펼쳐져 있는 상황을 그려 아득하고 영묘하고 기이한 의경
을 펼쳤지만, 나는 마침 그 방면의 요령을 아직 터득하지 못했다.

[310]

臨一峰老人小景, 笔致瀟散, 浮岚之一変也.

황공망 노인의 작은 산수경치를 모방한 것이며 필치가 쓸쓸하고 평담
하며 그 〈부람난취도浮嵐暖翠圖〉의 뜻을 약간 변형하여 얻어낸 것이다.

[311]

梅花庵主筆力有巨靈163)斧劈華嶽之勢, 非今人所能夢見
也.

매화암주(오진)의 필력은 전설 속의 하신河神 거령巨靈이 화산을 가르

---

163) 거령은 우(禹) 임금이 치수 사업을 할 때 등장한다. 옛날에는 황하가 자주 범람
하여 백성들이 큰 고통을 겪었는데, 우 임금은 이를 해결하기 위해 치수 사업을
벌였다. 이때 거령이 우 임금을 도와 산을 옮기고 물길을 뚫어 황하의 범람을
막았다고 한다. 그러나 거령에 대해서는 다양한 해석이 있다. 황하의 흐름을
조절하는 능력을 가진 것으로 보아, 황하의 신으로 보기도 하고 산을 옮기는
능력을 가진 것으로 보아, 산의 신으로도 보기도 하며 또 거령은 황하의 범람이
나 산사태와 같은 자연 현상을 의인화한 것일 수도 있다.

는 듯한 기세로 사람은 감동을 주니, 이는 지금의 화가들이 깨달을
수 있는 것이 아니다.

[312]

王叔明〈山居圖〉在毗陵唐孝廉家, 蒼渾沈古, 眞有董, 巨
遺意.

왕몽의 〈산거도〉는 현재 비릉 효겸 당반원의 집에 소장되어 있으며
필치가 웅상하고 묵직하며, 먹색은 고풍스럽고 깊은 울림을 지니고 있
어, 정말로 동원董元과 거연巨然의 풍격을 구현하고 있다

[313]

子純莊子偶得十洲〈淸溪橫笛圖〉, 愛其景物淸曠, 恨不置
身其間, 乃屬紐子碩儒爲之寫照. 其溪山村石, 則命余補
圖. 余亦謂莊子風神淸澈, 非斯圖不足以置莊子, 遂欣然
捉筆. 把其風流, 殊勝采石江邊乘月謫仙人也.

장자순莊子純선생은 우연히 구영仇英의 〈청계횡적도淸溪橫笛圖〉을 얻
게 되었는데 작품 속의 그 맑고 고요한 경치에 빠져들어 자신이 직접
그 속에 들어가 살 수 없음을 안타깝게 여겼다. 그래서 유학자 뉴선생
에게 자신의 초상을 그려달라고 부탁하셨고 나에게는 시냇물, 산, 나
무, 돌 등의 배경을 그려 넣어 달라고 하셨다. 나 또한 장 선생의 인품
이 고결하여 이러한 그림이 아니면 그의 신비한 운치를 표현할 수 없다
고 생각했기에, 기꺼이 붓을 들었다. 그림 속 장자순 선생의 풍모와
기개는, 귀양 온 신선, 이백보다도 훨씬 뛰어났다.

[314]

石谷子以憎繇法寫大年平遠, 彩翠絢翕, 辟境晶靈. 畫家

242

變體, 頗得奇狀.

이 그림은 석곡 왕휘가 장승요의 몰골산수의 기법을 사용하여 조영양 평원산수를 모방한 것이다. 색채는 현란하고 조화를 이루어 그림이 맑고 영롱한 느낌을 준다. 훌륭한 화가들은 기법을 변화시킬 때마다 항상 다양한 기교를 만들어낸다.

장승요張僧繇 몰골산수沒骨山水의 보충

장승요는 중국 남북조 시대 양나라의 화가로, 인물화에 특히 뛰어났지만, 산수화에도 능했다. 그의 산수화는 당시 유행하던 준법皴法을 사용하지 않고 몰골법沒骨法으로 그려진 것이 특징이다. 몰골법이란 윤곽선 없이 색채만으로 사물을 표현하는 기법이다. 장승요의 몰골산수는 당시 화단에 큰 영향을 미쳤지만, 안타깝게도 현존하는 작품은 없다. 다만, 그의 화풍을 짐작할 수 있는 자료는 몇 가지 있다. 당나라 장언원張彦遠의 『역대명화기歷代名畫記』에는 장승요의 몰골산수에 대한 기록이 남아있다. 이 기록에 따르면, 장승요는 오라 칠색五蘿七色이라는 기법을 사용하여 산수를 표현했다고 한다. 오라 칠색은 다섯 가지 종류의 덩굴과 일곱 가지 색깔을 의미하는데, 이를 통해 풍부하고 다채로운 색채의 산수화를 그렸음을 짐작할 수 있다. 후대 화가들이 모방했다. 송나라의 곽약허郭若虛는 『도화견문지圖畫見聞志』에서 장승요의 몰골산수를 모방한 작품들을 언급하며, "전혀 골법骨法이 없고, 채색만으로 이루어져 있다."라고 평했다. 이는 장승요의 몰골산수가 윤곽선 없이 색채만으로 표현되었음을 다시 한번 확인시켜준다. 이러한 예로는 돈황 막고굴 벽화의 작품에 몰골산수의 특징을 보여주고 있다. 그러므로 장승요의 몰골산수는 후대 산수화 발전에 큰 영향을 미쳤고 특히, 청록산수靑綠山水 화풍 형성에 중요한 역할을 했다. 비록 그의 작품은 현존하지 않지만, 문헌 기록과 후대 화가들의 작품을 통해 그의 혁신적인 화풍을 엿볼 수 있다.

[315]

人莫不愿子弟富貴矣, 梅花164)夜月, 篝火熒熒, 咿唔165)之聲, 殘更166)未怠, 以課167)其子, 其子必有成也. 余讀知還勖勉之章, 期以調羹, 許以凌云, 庶幾不虛所愿哉!因爲作〈牡丹圖〉, 爲他時富貴之兆云.

사람들은 자기 자식이나 손자가 번영하고 부유해지기를 바라지 않는 이가 없다. 눈 오는 밤에 집안의 불을 환하게 밝혀놓고 아이들이 글 읽는 소리는 새벽 3시까지도 그치지 않는다. 부모가 아이의 공부를 감독하면 그 아이는 반드시 성취가 있을 것이다. 나는 이런 공부를 독려하는 문장을 읽었는데 이는 그들에게 책을 읽어 출세하고 고관대작이 될 수 있는 아름다운 소망을 갖도록 돕는다. 그들이 그 기대를 저버리지 않기를 바랐다. 그래서 그들을 위해 나는 〈모란도牡丹圖〉를 그렸으며, 이를 그들의 미래에 크게 부귀해지는 좋은 징조로 삼았다.

[316]

菊以黃爲尙, 而紫次之, 故月令獨稱黃花,168)亦猶牡丹之

---

164) 매화(梅花): 매화는 여기서 눈꽃을 뜻하며, 눈꽃의 한 종류로 매화와 비슷한 모양 때문에 그렇게 불렸다.

165) 이오(咿唔): 어린 아이가 우는 소리를 흉내 낸 것이다.

166) 잔갱(殘更): 고대에서 밤을 다섯 부분으로 나누었을 때, 다섯 번째 부분을 '殘更' 또는 '寅時'라 불렸으며, 이는 새벽 3시에서 5시를 의미한다.

167) 과(課): 여기서 부모가 아이의 학업을 감독하는 것을 가리킨다.

有姚魏也. 九日[169]不見菊, 圖此補之.

국화는 황색을 최고 좋게 여긴다. 그리고 자색은 황색에 비하면 그다음 이다. 그래서 『예기禮記』「월령月令·계추지월季秋之月」에서 "국화는 노란 꽃이 되고" 이와 비슷하게 모란은 오직 요황姚黃, 위자魏紫 두 가지가 가장 귀한 것과 같다. 올해 9월 9일 중양절에 국화를 감상하지 못했기에, 이 그림을 그려 아쉬움을 달래고자 했다.

월령月令과 구일九日의 보충

『예기』「월령月令」에서 월령月令」은 고대 중국의 역법서로, 계절의 변화와 그에 따른 자연 현상, 그리고 인간의 활동 등을 기록한 책이 다. 독칭황화獨稱黃華는 『월령』 계추지월季秋之月에 나오는 구절이 다. 황화는 노란 국화이고 계추지월은 9월을 가리킨다. 즉 "기러기가 와서 손님이 되고, 참새는 큰물에 들어가 조개가 되며, 국화는 노란 꽃이 되고, 승냥이는 짐승을 죽여 제사를 지낸다鴻雁來賓, 爵入大水為 蛤. 菊有黃華, 豺乃祭獸戮禽."는 『월령』편에 나오는 문장을 인용한 것 이다.

구일九日: 음력 9월 9일을 가리키며, 중양절重陽節이라고 한다.
구일은 이백李白의 「구일용산음九日龍山飲」 시에서 "九日龍山飲, 黃 花笑逐臣(중양절에 용산에서 술을 마시며 국화를 감상한다)."는 구절 을 인용한 것이다. 이백 「구일용산음九日龍山飲」 전체 시는 다음과 같다.

---

168) 월령 구일 보충 참조.
169) 이백시 보충 참조.

구일룡산음九日龍山飮: 중양절에 용산에 올라 홀로 술잔을 기울이네.

황화소축신黃花笑逐臣: 국화꽃은 만발하여 웃는 듯 나를 반기지만, 내 마음은 쓸쓸하고 고독하여라

취간풍락모醉看風落帽: 술에 취해 바람에 모자가 떨어지는 것도 잊고, 세상의 시름과 규범에서 벗어나 자유를 노래하네.

무애월유인舞愛月留人: 밤하늘에는 밝은 달빛이 춤을 추고, 나를 붙잡아 위로하며 밤새도록 함께 하네.

즉, 이 글은 고전을 통해 중양절의 풍습과 그 의미를 더욱 깊이 있게 이해할 수 있도록 돕고 있으며 이백의 「구일용산음」은 단순히 중양절의 풍경을 묘사한 시가 아니라, 고독과 쓸쓸함, 세속으로부터의 탈피, 자연과의 합일, 낭만적인 풍류 등 다양한 감정과 주제를 담고 있는 작품이다. 이백은 뛰어난 시적 표현력을 통해 자신의 내면세계를 드러내면서도, 독자들에게 깊은 감동과 여운을 선사한다. 운수평도 이백과 마찬가지로 다양한 시를 인용하여 자신의 내면세계를 섬세하게 전달하고자 한 것이다.

[317]

昔右軍初學衛夫人書, 不能造微人妙. 其後見李斯[170], 曹喜[171]篆, 蔡邕[172]八分,[173]于是楷法爲千古之宗. 張長史觀

---

170) 이사이다. 인물전 참조.
171) 조희이다. 인물전 참조.
172) 채옹이다. 인물전 참조.
173) 한자 서체의 하나. 예서(隸書)에서 2분, 소전(小篆)에서 8분을 취하여 만든 서체로 이 체가 발전된 것이 해서(楷書)이다. 두보(杜甫), 「이조팔분소전가(李

古鍾鼎銘科鬥篆, 而草聖不愧右軍父子. 黃涪翁云: 學書
須熟觀魏晉人書, 會之于心, 自得古人筆法. 畫理亦然. 余
自交石谷子, 畫凡數變. 初猶未能飛騫絶適也. 後盤遊江
南北諸收藏家, 一時名跡, 觀覽無遺, 而其學大進. 自五代
南北宋以至元, 明諸家筆法, 從古相爲枘鑿, 無能會合者,
至石谷乃悉羅而致之毫端. 如握大將兵符, 驅使材官翹騎,
伏飛之士奔走恐後. 從此縱橫肆姿, 左宜右有. 又如蛟龍
之乘風雲, 而上天而變化, 遂不可測矣.

옛날 왕희지가 처음에 위부인 서예를 배울 때 아직 기예의 정밀한 경지
에 이르지 못했다. 이후에 이사李斯(284~208)와 조희曹喜의 전서와
채옹蔡邕(133~192)의 팔분서를 보고 나서 깨달음이 있었고 그의 해서
가 천고의 종사가 되었다. 장욱은 고대의 종정鍾鼎 이기彛器의 과두전
서를 보았고 마침내 왕희지와 헌지 부자와 어깨를 나란히 할 정도의
경지에 이르렀다. 황정견은 "서법을 배우려면 자주 위진 시대 사람들
의 작품을 연구하고 모방해야 하며, 마음에 익숙해져야 자연스럽게 고
인의 필법을 터득할 수 있다."라고 말했다. (내 생각에) 그림의 이치도
이와 같다. 나는 친구인 왕석곡 선생의 작품을 관찰하였는데, 그의 풍
격은 여러 번의 변화를 겪었다. 처음에는 붓을 자유자재로 운용하는
경지에 이르지 못했고, 흔적이 없을 정도로 유려한 경지에 도달하지
못했으나, 후에 대 강남북의 여러 수장가와 교류하며, 그들이 소장한
명작들을 많이 감상하고 배워 기술이 크게 향상되었다. 오대에서 남북
송, 원명 시대까지 여러 선배의 필법은 서로 상충되고 융합되지 않았으
나, 왕석곡은 이를 모두 포용하고 붓끝에서 하나로 융합해냈다. 이는

潮八分小篆歌)」 "팔분체의 한 글자는 백금에 값하니, 교룡이 서린 듯하고 획
또한 억세니라(八分一字直百金 蛟龍攀拏肉屈強)."

마치 군권을 쥐고 보병, 기병, 그리고 궁수들을 자유자재로 움직이는 장군과 같으며, 마음먹은 대로 능숙하게 운용하는 경지에 이르렀다. 또 이는 구름을 타고 하늘을 나는 교룡과 같아서 그 변화는 예측할 수 없다.

채옹蔡邕 팔분서八分書의 보충

채옹蔡邕(133년~192년)은 중국 후한 말의 학자이자 서예가로, 특히 팔분서八分書에 뛰어났다. 팔분서는 예서隸書에서 발전한 서체로, 전서篆書의 필획을 간략화하고 파책波磔을 더하여 예술성을 높인 서체이다. 채옹은 이 팔분서를 완성한 인물로 평가받고 있으며, 그의 서체는 후대 서예가들에게 큰 영향을 미쳤다.

채옹의 팔분서 특징

첫째, 파책의 아름다움이다. 채옹의 팔분서는 왼쪽으로 삐치는 파波와 오른쪽으로 삐치는 책磔을 능숙하게 사용하여 웅장하고 역동적인 느낌을 준다. 그의 파책은 마치 "기러기가 날개를 펴고 나는 듯" 하다고 묘사될 정도로 아름다웠다고 한다.

둘째, 글씨가 균형과 조화를 이룬다. 채옹의 팔분서는 필획의 굵기와 길이, 간격 등을 조화롭게 구성하여 안정감과 균형미를 보여준다

셋째, 글씨가 강건함과 부드러움의 조화로 이루어져 있다. 채옹의 팔분서는 강건하면서도 부드러운 필치를 통해 힘과 유연함을 동시에 표현하고 있다. 그러므로 채옹은 팔분서의 기본 틀을 유지하면서도 다양한 변화를 시도하여 개성적인 서체를 만들어냈다.

채옹의 팔분서 관련 자료

석각의 기록 : 채옹의 팔분서는 비석에 새겨져 전해지는 경우가 많
다. 대표적인 작품으로는 비석碑石과 낭사비郎邪碑 등
이 있다.

문헌 기록 : 여러 문헌에서 채옹의 팔분서에 대한 기록을 찾아볼
수 있다. 『후한서後漢書』의 채옹의 전기에는 그가 팔분서
에 뛰어났다는 기록이 있다. 당나라 장언원張彦遠이 쓴
『역대명화기歷代名畫記』에는 채옹의 서예에 대한 평가가
담겨 있다.

 ## 종정鐘鼎 이기彛器와 과두전서蝌蚪篆書의 보충

종정鐘鼎은 고대 중국에서 제사나 의식에 사용하던 청동으로 만든
종과 솥을 말하며, 이기彛器는 제사에 사용하던 청동 그릇을 넓게 이
르는 말이다. 이러한 종정 이기에 새겨진 글자를 금문金文이라고 하는
데, 그 중에서도 과두전서蝌蚪篆書는 가장 오래된 형태의 전서이다.

과두전서蝌蚪篆書는 글자의 형태가 마치 올챙이처럼 머리가 크고
꼬리가 짧다고 하여 붙여진 이름이다. 이 서체는 상나라(BC 1600년
경~BC 1046년경) 시대에 주로 사용되었으며, 당시의 사회상과 문화
를 이해하는 데 중요한 자료가 된다.

과두전서의 특징

첫째, 상형성이다. 과두전서는 사물의 형상을 본떠 만든 상형문자가
많다. 따라서 그림을 보는 듯한 느낌을 주며, 글자의 의미를 직관적으
로 파악하기 용이하다.

둘째, 불규칙성이다. 아직 문자 체계가 완전히 정립되지 않아 글자의 크기나 형태가 일정하지 않고 자유로운 편이다. 같은 글자라도 다르게 쓰인 경우가 많다.

셋째, 장식성이다. 종정 이기는 제사 의식에 사용되는 중요한 물건이었기에, 글자를 새길 때도 장식적인 요소를 가미했다. 곡선을 많이 사용하고, 좌우 대칭을 이루는 등 아름다움을 추구했다.

넷째, 다양한 변형이다. 과두 전서는 지역이나 시대에 따라 다양한 변형을 보인다. 이는 상나라의 정치적 상황이나 지역적인 특색이 반영된 결과이다.

과두 전서 자료

갑골문: 거북의 배 껍질이나 소의 어깨뼈에 새긴 글자로, 과두 전서보다 더 오래된 형태이다. 갑골문과 과두전서를 비교 연구하면 한자의 기원과 발전 과정을 더 잘 이해할 수 있다.

금문: 종정 이기에 새겨진 글자로, 과두전서의 대표적인 자료이다. 다양한 종류의 종정 이기가 발굴되어 과두전서 연구에 풍부한 자료를 제공한다.

석고문: 돌에 새겨진 글자로, 주로 비석이나 건축물에 사용되었다. 과두 전서의 영향을 받아 발전한 서체이다. 과두전서는 한자의 가장 오래된 형태 중 하나로, 고대 중국의 역사와 문화를 연구하는 데 매우 중요한 자료이고 또한, 독특한 조형미를 가지고 있어 예술적으로도 높은 가치를 지닌다.

[318]

范華原小幀, 人間僅存妙適. 昔在婁東, 今歸泰興. 縱廣不過數寸耳, 而囊藏岩壑, 有千里之勢. 曾見石田翁拓爲大幀盈丈, 蔚然可觀. 盡其勢, 几不容于縑素, 但過雄經, 似有縱橫余習, 未若王郎撫本爲冲和白在也.

범관의 이 작은 작품은 그가 세상에 남긴 몇 안되는 걸작이다. 예전에 누동에 소장되어 있었고, 지금은 진흥으로 돌아왔다. 비록 크기는 몇 치에 불과하지만, 거대한 산맥을 포괄하고 있어 그 기세가 매우 웅장하다. 심주의 모작을 본 적이 있는데, 이를 1장 이상으로 확대하여 장관을 이루었다. 비단은 거의 그 기세를 수용하지 못할 정도였지만, 지나치게 웅장하면서도 거칠고 나쁜 습관을 드러내어, 왕석곡의 초고처럼 진기 眞氣가 충만하고 평화로운 상태에는 도달하지 못한다.

[319]
曾見文湖州〈寒林竹石圖卷〉, 宋思陵題曰: 暮靄橫看, 黃山谷大書于后, 而王叔明作 修竹遠山亦稱, 湖州此卷, 筆力不在郭熙之下. 石谷嘗言, 三十年前見之, 至今猶往來于懷. 因用其法畫寒林, 筆致軒軒健擧, 而水石布置兼容李唐. 蓋石谷能鼓舞天機, 游于象外, 前人谿轍不足以限之. 故動與神會, 若有一物膺碍, 不能至矣. 嗟乎! 豈獨繪事然哉. 黃痴翁爲腥國諸之冠, 后惟启南翁得其蒼浑, 劉完奄, 董文敏得其秀逸.

문동文同의 〈한림죽석도寒林竹石圖〉권을 본적이 있는데 남송의 고종 조구趙構가 제하기를 "저녁 안개가 자욱하네." 그 후에 황정견이 그 후에 발문을 남겼다. 그러나 왕몽이〈수죽원산도修竹遠山圖〉를 그릴 때 그는 또한 이렇게 말했다. "문동의 이 그림 작품은 필력이 곽희에 비해서 약하지 않다." 왕석곡이 그가 삼십 년 전에 이 그림을 본 적이 있다고 하며 지금까지도 반복해서 그리워한다고 말했다. 그래서 필법을 빌려 〈한림도〉를 그렸는데 필의는 의연하고 웅건하며, 물과 나무, 돌의 위치를 배치하는 데 있어서는 이당李唐의 방법을 겸했다. 왕석곡은 만물을 생동감 있게 만들 수 있었으며 그의 작품이 사물의 외형을 초월하기 때문이며, 전통적인 방법으로는 그를 제한할 수 없었다. 그래서 신묘한 경지에 이를 수 있었으니, 만약 한가지라도 그의 창작을 방해하는 것이 있다면 그러한 경지에 도달할 수 없다. 아! 과연 그림 그리기만 이런 것일까? 황공망은 원대 여러 우수한 화가들 중에서 선두에 서 있던 인물로, 그 후에 오직 심주만이 그의 웅혼한 기세를 계승했으며, 결과 동기창은 그의 청아한 풍격을 이어받았다.

문동文同의 〈한림죽석도寒林竹石圖〉의 보충

문동文同(1018~1079)의 〈한림죽석도寒林竹石圖〉는 북송 시대 문인화의 대표작으로 꼽히는 작품이다.

작품 내용

겨울 숲의 풍경을 담고 있으며, 죽석竹石, 즉 대나무와 바위가 주요 소재이다. 화면에는 마른 나무와 대나무 몇 그루, 그리고 여러 형태의 바위가 서로 어우러져 있으며 간결하고 담백한 필치와 여백의 미를 통해 쓸쓸하고 고요한 겨울 숲의 정취를 표현했다. 또한 먹의 농담을 능숙하게 활용하여 대나무와 바위의 질감과 입체감을 효과적으로 드러냈다.

작품 특징

문인화의 특징인 사의寫意, 즉 작가의 내면세계와 정신을 표현하는 데 중점을 두었고 특히 흉중성죽胸中成竹 이라는 말을 남긴 문동은, 대나무를 그리기 전에 마음속으로 대나무의 형태와 기운을 완전히 파악하고 붓을 들었다고 한다. 이러한 정신은 〈한림죽석도〉에서도 잘 드러나 있다.

작품의 의미

〈한림죽석도〉는 단순한 풍경 묘사를 넘어, 자연과의 교감을 통해 인생의 진리를 깨닫고자 했던 문인들의 정신세계를 보여주며 고요하고 쓸쓸한 겨울 숲의 풍경은, 세속적인 욕망을 버리고 자연 속에서 안빈낙도安貧樂道하며 살고자 했던 문인들의 이상향을 반영하였다.

[320]
先香山, 鄒臣虎亦各得痴翁之一體. 餘子碌碌, 大都画虎刻鵠, 而痴翁墨精, 汨于尘滓矣. 婁東王奉常薦拔前規, 倡導來學, 虞山王接迹而起, 洞貫秘途, 使一峰老人重開生面. 眞墨林之腥事也.

이미 고인이 된 나의 백부 향산공과 추지린도 각기 황공망의 필법을 계승했다. 다른 사람들은 평범하고 우둔하여, 대체로 호랑이를 그리려다 고니를 조각하는 격으로 황공망 먹의 정수가 먼지 속에 묻혀버렸다. 누동 왕시민은 그림의 규칙을 완성하고 후진을 교육할 수 있었으며, 우산 왕석곡이 그 뒤를 이어 황공망 화법의 신비로운 경지를 깨닫고, 황공망의 화법이 다시 생명력을 얻었으니 이는 화단의 큰 경사라고 할 수 있다.

[321]
"惜竹不除當路筍, 爱松留得碍人枝."¹⁷⁴⁾ 余最爱此二語, 石

谷此図. 画石壁倒拔, 松勢突兀, 垂枝拂地, 似與二語合也.

"애석하게도 대나무는 길 가운데 있는 죽순을 제거하지 않고 소나무를 좋아하여 사람을 방해하는 가지를 남겨두었다." 나는 이 두 구절의 시를 매우 좋아한다. 이 그림은 석곡이 그린 것으로, 벼랑에 매달려 있는 소나무의 기세가 험준하며 아래로 드리운 가지가 땅에 닿아 마치 이 두 구절의 시와 뜻이 매우 잘 맞아떨어지는 느낌이 든다.

「산거십수山居十首」의 보충

"惜竹不除當路筍, 愛松留得碍人枝"는 당나라 승려 시인 홍수弘秀의 「산거십수山居十首」그 다섯 번째 시에 나오는 구절이다.

심심심부주상희이 心心心不住常希夷: 마음은 항상 고요한 경지에 머물 지 못하고

석실참암백발수 石室巉巖白髮垂: 돌집은 험준한 바위에 백발이 드리웠 네!

석죽불제당로순 惜竹不除當路筍: 길 가운데 죽순이 돋아나도 대나무가 아까워 베어내지 못하고

애송류득애인지 愛松留得碍人枝: 사랑하는 소나무라 (사람을 방해하 는) 가지를 남겨두었네.

분향개권하생체 焚香開卷霞生砌: 향을 피우고 책을 펼치니, 섬돌에 노 을이 생기는구나!

권박명심월재지 卷箔冥心月在池: 발을 걷어 올리고 마음을 비우니 달 빛이 못에 비치네.

무한고인관이백 無限故人貫已白: 무한히 많은 옛 친구들은 이미 머리

---

174) 惜竹不除當路筍, 爱松留得碍人枝" 구절은 「산거십수중」 시에 나오는 구절이 다. 위의 보충 설명을 참조.

가 하얗게 되었네.

부지금일복하지 不知今日復何之: 오늘은 또 어디로 가는지 알 수 없구나.

이 구절에서 "惜竹不除當路筍, 愛松留得碍人枝"는 자연을 아끼고 사랑하는 마음을 표현하고 있다. 즉, 시인은 자연이 있는 그대로의 모습을 사랑하고 아끼는 마음에서 죽순이나 소나무 가지를 베어내지 않고 그대로 두는 것이다. 이는 자연과 인간의 조화로운 공존을 추구하는 동양적인 사상을 보여주는 구절이라고 할 수 있다.

[322]

青綠設色, 至趙吳興而一變. 洗宋人刻畫之迹, 遠以沈深, 出之妍雅, 穠纖得中, 靈氣洞目. 所謂絢爛之極, 仍歸自然. 眞后學無言之師也. 石谷王子十年靜悟, 始于秘妙處爽然心開, 獨契神會. 觀其渲染, 直欲今古人歌笑出地. 三百年來, 所未有也. 此卷全宗趙法, 盖趙已兼衆美, 擬議神明, 不能舍趙而他之矣.

청록 채색의 기법은 조맹부에게 이르러 변화를 겪으며, 송대 화가들의 경직되고 틀에 박힌 관습을 씻어내고, 고상하고 우아한 풍모로 변모했다. 곱고 섬세한 채색이 자연스럽게 화면에 녹아들어 신비스러움을 불어넣었다. 그가 사용한 섬세한 기법은 지극히 현란하지만, 평담하고 자연스러운 결과를 끌어냈고, 후대에 따라 배우는 사람들의 말문이 막히니 스승으로 불릴만하다. 왕석곡은 십여 년에 걸쳐 이러한 색채 기법을 숙련되게 다듬어 홀로 신명과 통하는 경지에 이르렀다. 그의 채색법은 고인이 본다면 칭송을 아끼지 않았을 것이다. 300년 동안 그 누구도 이와 같은 경지에 도달하지 못했을 정도로 뛰어났다. 이 긴 두루마리

그림은 전적으로 조맹부의 방법을 따랐으며, 그 기법은 이미 많은 화가
의 장점을 겸비하였다. 신명과 함께 거니는 수준에 이르고자 한다면
조맹부를 버리고 다른 데로 갈 수가 없다.

[323]

黃山谷觀湖州〈晚靄橫看卷〉, 言瀟灑大似摩詰, 工夫不減
關仝. 余曾與石谷見潮洲小幀, 與竹石數筆, 極超逸. 與山
谷所云, 略不相似.

황정견은 문동의 〈만애횡간도〉 두루마리를 감상하면서 "소탈한 맛은
왕유와 매우 흡사하고, 그 예술적 공력이 관동關仝에 뒤지지 않는다."
고 말했다. 나는 왕석곡과 함께 문동의 대나무와 돌을 그린 작은 작품
들을 본 적이 있는데, 몇 번의 붓질만으로도 이미 뛰어난 경지에 도달
하였고 황정견이 말한 내용과는 조금 차이가 있음을 느꼈다.

[324]

青綠重色, 爲穠厚易, 爲淺淡難. 爲淺淡矣, 而愈見濃厚爲
尤難. 維趙吳興洗脫宋人之刻畫之迹, 運以虛和, 出之妍
雅, 穠纖得中, 靈氣惝恍, 愈淺淡愈見穠厚. 所謂絢爛之極,
仍歸自然, 畫法之一變也. 石谷子研求廿餘年 每從風雨
晦明, 萬象出沒之際爽然神解. 深人古人三昧, 此百年來
所未有也.

청록 채색법은 색을 화려하고 두껍게 칠하는 것이 많지만, 화면을 맑고
우아하게 만들기는 쉽지 않다. 특히 색을 진하게 칠하면서도 청신하고
아담한 느낌을 주기란 더더욱 어렵다. 다만, 조맹부는 송대 화가들의
거친 필법을 제거하고, 부드럽고 조화로운 우아함을 강조하여 화면을

아주 고상하게 만들었고 색감은 섬세하고 아름다워서 화면에 활력이 가득 차 있었다. 맑고 우아할수록 중후한 운치를 느낄 수 있으니 이른 바 현란함이 지극하지만, 여전히 자연스럽다는 것이다. 이것이 화법개혁의 실현이다. 왕석곡은 20년간 연구를 했다. 늘 만물자연의 깨달음을 얻어 고법을 깊이 이해했다. 이것은 지난 100년 동안 사람들이 도달하지 못했던 경지이다.

[325]

董文敏云, 畵欲暗不欲明. 石谷云, "畵有明暗, 如鳥二翼, 不可偏廢. 明暗兼到, 神氣乃生." 兩家宗旨不同, 能互相發明否, 敢質之奉常先生.

동기창은 "그림은 구름과 안개처럼 흐릿하게 그려지는 모습이 있어야 하며, 형태를 너무 명확하게 드러내서는 안 된다."라고 말했다. 한편, 왕석곡은 "그림은 흐림과 명확함이라는 두 가지 표현 방식을 모두 가져야 하며, 마치 새가 양쪽 날개를 갖고 있듯이 어느 한쪽으로만 치우쳐 다른 한쪽을 버릴 수 없다. 흐림과 명확함이 함께 어우러질 때 형상이 더욱 생동감 있게 된다." 라고 했다. 두 사람의 의견이 다른데, 서로 밝혀 드러낼 수 있는지 모르겠다. 감히 왕시민 선생에게 여쭤보고 싶다.

[326]

元時惟房山, 鷗波, 居四家之右, 而趙吳興每遇房山, 輒題作腥語, 若讓腹不買者. 近代常鑒家惑不爲然, 此由未見房山眞跡耳. 董文敏得尙書〈大姚村圖〉, 觀其筆力驚絶, 果非子久, 山樵所能夢見. 石谷王子亦稱〈夜山圖〉雲煙, 變滅神氣生動. 得從尺幅想, 其風規, 漱其芳潤, 猶可以陶鑄群賢, 超乘而上.

원대에는 고극공, 조맹부만 이 원나라 사대 화가 위에 있었다. 조맹부는 매번 고극공高克恭의 그림을 볼 때마다, 제를 쓰고 찬사를 보내는 말들을 하여 감복이 끊어지 않은 사람과 같았다. 그러나 근대의 감상가 중에는 고극공의 진본을 아직 보지 못했기 때문에 그렇게 평가하지 않는 사람들도 있었다. 동기창은 고극공의 〈대요촌도大姚村圖〉를 보고 그 연기와 구름이 엷게 퍼지는 듯한 필치를 보고서, 과연 황공망黃公望이나 왕몽王蒙 같은 사람들도 쉽게 이를 뛰어넘을 수 없다고 했다. 왕석곡王石谷 선생님도 고극공의 〈야산도夜山圖〉에서의 연기와 구름이 변화하며 기운이 생동하는 것을 보고 칭찬했다. 비록 작은 폭의 그림일지라도, 그 속에서 대작의 풍격과 정수를 느낄 수 있었다. 이처럼 다른 여러 화가의 장점을 모아서 그 이상으로 초월할 수 있는 경지에 이를 수 있었다.

[327]

石谷嘗自言, 學子久畵, 得力于婁東二王先生. 先生數十年游娛繪墨, 其一点一拂, 皆從痴翁神韻中來, 如探泉源, 斟酌不窮. 石谷與兩先生講正最久, 擬議神明, 故有得意忘言之妙. 洗發靈趣, 洞貫秘涂, 與先生賞心娛樂, 不足爲外人道也.

석곡石谷은 늘 이렇게 말했다. 그는 황공망黃公望의 풍격을 배웠고, 왕시민王時敏과 왕감王鑒 두 선생님의 도움을 받았다. 그들은 수십 년간의 붓과 먹으로 창작을 하며, 매 한 획, 매 한 그림 모두 황공망의 신묘함 속에서 깨달음을 얻어, 마치 무궁무진한 영감의 원천을 발견한 듯했다. 석곡은 이 두 선생님에게서 가장 오래 배웠으며, 그의 조형 능력은 조물주에 비견할 만큼 깊이를 더했다. 그러므로 그의 창작은 심오한 깨달음에 이르러 말로 설명할 수 없는 경계에 도달했고 새로운 재미를 창조해 냈으며, 신의 경지에 이르는 방법을 깨닫고 도달했다. 저는 왕 선생님과 서로 마음이 통하여, 함께 즐겼는데 이는 다른 사람이 이해할 수 없는 것이다

[328]
秋山岑然, 收遼水淸, 令人神氣欲劍, 覺慘淡經營, 都無是處.

가을의 산림은 매우 적막해 보이고, 계곡의 물도 비와 진흙에 의한 탁한 물이 줄어들어 더욱 맑고 청명해지니, 사람의 정신이 맑아지고 의지가 집중된다. 하지만 동시에 나는 그림을 그릴 때 아무리 마음을 써서 구도와 배치가 이와 같은 효과를 얻을 수 없다는 것을 느낀다.

[329]
迂翁之妙會, 在不似處. 其不似正是潛移造化, 而与天游. 此神骏灭没処也. 近人只在求似. 愈似所以愈難, 可与言此者鮮矣.

예찬 노인의 작품이 신묘한 이유는 형태의 유사함을 추구하지 않기 때문이다. 그 유사하지 않음은 바로 형상을 초월해 자연의 영묘함을 응용하여 도와 함께 노니는 경지에 이르렀기 때문이며, 이는 사물의 신묘함이 숨겨진 듯 나타나는 지점이다. 오늘날의 사람들은 형태의 유사함만을 추구하지만, 추구할수록 그 유사함을 잡아내는 능력은 점점 더 부족해지고, 이 도리를 논할 수 있는 사람은 점점 더 적어진다.

[330]
草草游行, 頗得自在. 因念今時, 六法未必如人, 而意則南田不讓也.

(그림을) 거침없이 그렸는데, 자못 자유로움을 얻었다. 이에 따라 지금을 생각해 보니, 육법六法을 능숙하게 활용하는 사람들과 비교하면 내가 반드시 뛰어나다고 할 수 없지만, (사물의 형태와 의미를 예민하게 포착하고 표현하는 능력만큼) 내가 남들보다 뛰어나니 (이 부분에 대해서는) 지나치게 겸손하지 않겠다.

[331]

竈突不煙, 時燒樹根. 向窓櫺微陰, 借筆遣興. 昔人云: "饑時展看, 還能飽人." 又不知寒時展看, 還能代絺袍杏?

부뚜막의 굴뚝에는 불꽃이 없고, 나무뿌리를 태워 불을 피울 수밖에 없었다. 창가에 앉아 겨울 햇살이 창문을 통해 희미하게 비치는 모습을 보며, 나는 붓과 먹으로 내 안의 영감을 풀어냈다. 지나간 사람들이 말하기를, "배고플 때 펼쳐보면 오히려 배부르게 할 수 있을 것이다."라 했다. 하지만 추운 날에 그것을 보았을 때, 과연 그것이 투박하게 만든 옷을 대신할 수 있을까?

[332]

殘葉亂泉, 境極荒遠.

부서진 나뭇잎들이 떠내려가는 어지러운 물살을 묘사하고 있으며, 그 경계는 매우 황량하고 쓸쓸하다.

[333]

純是天眞, 非擬議可到, 乃爲逸品. 當其馳毫点墨曲折, 生趣百變, 千古不能加, 卽萬壑千崖, 究工極妍, 有所不屑. 此正倪迂所謂寫胸中逸氣也. 徐子有曠覽人外之致, 王山人因以此幀卿供臥遊, 筆墨神契, 遺象忘言, 當自得之.

모든 것은 자연스러움에서 나왔고, 단지 기술과 솜씨로는 도달할 수 있는 것이 아니기에 걸작이라고 할 수 있다. 왕석곡이 종이 위에서 붓을 놀릴 때, 그 영감의 의취가 수천 번의 변화를 만들 내어, 수천 년 동안 그를 능가한 사람은 없을 것이다. 온 힘을 다해 수많은 바위와 골짜기를 판에 박힌 듯이 진지하게 그린다고 해도, 그는 개의치 않았다. 이것이 바로 예찬이 말한바 단지 자신의 마음 속 초일한 기운을 표현할 뿐 (어찌 형사 여부를 논하겠는가?)이다. 서 선생은 보통 사람을 뛰어넘는 감상 능력을 갖추고 있었고 이로 인해 왕휘는 그를 위해 그림을 그려서 수시로 이 아름다운 경치를 감상할 수 있었다. 그의 필묵은 조물주와 조화하여 물체의 신묘함을 얻어 모양을 초월했으니, 서 선생이 이를 이해하기를 바랄 뿐이다.

[334]

王黃鶴爲顧阿瑛寫〈玉山草堂〉, 不爲崇山疊岭, 沈厚郁密, 惟作松杉篁篠, 淺沙回瀨, 禽雀飛翔, 別有一種風趣.〈秋山草堂〉點景賦色, 精工而妍雅, 與〈丹台夏山〉諸本筆墨小異. 其取境最近, 而思致極遠.

왕몽은 고덕휘를 위하여 〈옥산초당도玉山草堂圖〉를 그렸다. 웅장하고 복잡한 숭산 준경이 아니라 단지 소나무, 대나무, 삼나무와 얕은 여울에 모래섬만 그려져 있고 위에는 참새가 날고 있으며 남다른 신선하고 고상한 의취를 갖추고 있었다.(왕몽의) 〈추산초당도〉 두루마리에서는 그 배치된 경물과 물감을 찍어 염색한 기법이 매우 정교하고 우아하여, 그의 〈단대춘효〉, 〈하산도〉 등 다른 작품들과는 다소 다른 화법을 보여준다. 〈추산초당도〉는 비록 가까운 곳의 경치를 그렸지만, 사람들에게 멀고 아득한 감정을 불러일으킬 수 있다.

[335]

"曲終人不見"175), "化作彩雲飛."176) 非筆墨之所可求也.

"곡이 끝났으나 사람은 보이지 않고."와 "채색 구름으로 되어 날아가네." 같은 이런 시적 경지는 생경한 필치로 구할 수 있는 바가 아니다.

전기錢起의 시 「성시상령고슬省試湘靈鼓瑟」의 보충

"곡종인불견曲終人不見" 이 구절은 중당中唐 전기錢起 의 시 「성시상령고슬省試湘靈鼓瑟」에 마지막 부분에 나온다. 이 시는 상령의 거문고 소리를 통해 신비롭고 아름다운 선경仙境을 묘사하고, 음악이 끝나고 연주자가 사라진 모습을 통해 신선의 세계에 대한 동경과 아름다움의 덧없음을 동시에 보여준다.

선고운화슬善鼓雲和瑟: 운화산의 나무로 만든 거문고 잘 연주하여
상문제자령常聞帝子靈: 항상 상수 여신 얘기 들었다네.
풍이공자무馮夷空自舞: 물의 신 풍이는 아름다운 음악에 감동하여 저
　　　　　　　　　　절로 춤을 추건만
초객불감청楚客不堪聽: 초나라에서 온 나그네는 그 신비로운 음악을
　　　　　　　　　　감히 듣지 못하네.
고조처금석苦調凄金石: 슬프고 애처로운 가락은 금석을 울리고
청음입향명清音入杳冥: 맑고 아름다운 소리는 아득히 먼 곳까지 퍼져
　　　　　　　　　　나가네!

---

175) "曲終人不見" 이 구절은 중당(中唐) 전기(錢起) 의 시 「성시상령고슬(省試湘靈鼓瑟)」에 마지막 부분에 나온다. 위의 시 보충 참조.

176) "화작채운비(化作彩雲飛)"는 이백의 「궁중행락사(宮中行樂詞)」의 마지막 구절에 나온 시구이다. 위의 시 보충

창오래원모蒼梧來怨慕: 창오에서 원망과 그리움 밀려오네.
백지동방형白芷動芳馨: 구릿대꽃 향기가 바람에 흔들리네.
유수전상포流水傳湘浦: 흐르는 물은 상수의 포구까지 거문고 소리를
　　　　　　　　전하고
비풍과동정悲風過洞庭: 슬픈 바람은 동정호를 지나며
곡종인불견曲終人不見: 음악이 끝나자, 사람은 보이지 않고
강상수봉청江上數峯靑: 강 위에는 푸른 산봉우리만 남아 있네.

 이백의 「궁중행락사宮中行樂詞」의 시 보충

소소생금옥小小生金屋: 작고 작은 아이가 금으로 된 집에서 태어났네.
영영재자미盈盈在紫微: 곱디고운 모습 자미궁에 있으니
삽화삽보계山花揷寶髻: 산꽃을 꽂은 아름다운 머리
석죽수라의石竹繡羅衣: 패랭이꽃 수놓은 비단옷 입고
매출심궁리每出深宮裏: 깊은 궁궐에서 나올 때마다
상수보련귀常隨步輦歸: 항상 가마를 따라 돌아오고
지수가무산只愁歌舞散: 다만 노래와 춤이 끝날까 봐 근심하네.
화작채운비化作彩雲飛: 채색 구름이 되어 날아가네.

　운수평은 이 시 두 구절을 통해 그림은 함축적이고 의경이 있어야
함을 말한 것이다.

[336]
趙大年〈柳鴉蘆雁〉, 宋徽廟亦有此本. 在孫給諫家, 家香
山曾擬之.

조영양〈유아로안도柳鴉蘆雁圖〉는 송나라 휘종도 동일한 주제로 그림
을 그린 바 있다. 지금은 손승택 집에 있으며, 제 백부인 향산 공께서도

송 휘종의 이 작품을 모사한 적이 있다.

[337]
茂林下坐蒼莽之間, 殊有所思也.

(고사)가 덤불숲 아래에 앉았고, 구름과 안개가 어지럽게 뒤섞이는데 먼 곳을 바라보며 무언가를 생각하고 있다.

[338]
雲霧中一峯折下, 直至江岸烟浦, 危檣隱隱, 眞所謂能工遠勢者.

망망한 운무 속에서 거대한 바위 하나가 끊어져 내려와 강기슭으로 곧장 들어가고 멀리서 항해하는 배의 돛대가 물안개 속에서 희미하게 높이 솟아 있다. (이 그림의 작가)는 멀리 있는 풍경을 표현하는 솜씨가 뛰어나다.

[339]
紫栗一尋,177) 靑芙萬朵.178) 二語作畵最腥.

자율 나무가 자라 8척이다. 푸른 부용은 만 송이나 된다. 이 두 구절은 그림을 그리기에 가장 적합하다.

[340]
雲樹爲山之衣裳, 雲樹不秀潔, 則山光垢穢. 與童山179)同

---

177) 심(尋): 자 길이, 8척.
178) 타(朵): 가지에서 휘늘어진 꽃송이.
179) 동산(童山): 나무가 베어져서 흙 등성이가 드러난 민둥산을 가리킨다. 『관자(管

讀其詩, 悠然想見 "種豆南山"[180]气象, 虽欲不代爲, 樂不
可得. 但落筆處, 則吾意不能如筆何矣.

높이 솟아 구름 속에 있는 숲은 산의 외투와 같아서, 만약 숲이 깨끗하
지 못하면, 산의 경치도 마치 먼지가 낀 것처럼 보인다. 흙 등성이가
드러난 민둥산과 다를 바가 없다. 그의 시를 읽으면 도연명陶淵明의
"남산 아래 콩을 심으니"라는 시구의 시적 경지를 은근히 느낄 수 있
다. 비록 자신의 그림을 통해 이런 귀한 즐거움을 대신할 생각은 없었
지만, 막상 붓을 잡았을 때 내 마음의 뜻을 붓에 따라 표현하기에 어려
웠다. 왜 이렇게 된 걸까?

 ## 도연명의 「종두남산하種豆南山下」의 시 보충

도연명의 「종두남산하種豆南山下」는 벼슬을 버리고 고향으로 돌아
와 농사를 지으며 살아가는 소박한 삶과 자연에 대한 애정을 노래한
작품이다.

종두남산하種豆南山下: 남산 아래 콩을 심으나
초성두묘희草盛豆苗稀: 풀은 무성한데 콩 싹은 드무네.
신흥리황예晨興理荒穢: 새벽에 일어나 거친 밭을 매고
대월하서귀帶月荷鋤歸: 달과 함께 호미 메고 돌아 오네.
도협초목장道狹草木長: 길은 좁고 초목은 무성해
석로첨아의夕露沾我衣: 저녁 이슬이 내 옷을 적시네
의첨불족석衣沾不足惜: 옷이 젖는 것은 아깝지 않고

子)』「국준(國准)」에서 "산을 깎아 나무를 없애고 연못을 말리는 자는 군주의
지혜가 부족한 것이다(童山竭澤者 君智不足也)."라고 하였다.
180) 도연명 「종두남산하(種豆南山下)」의 시이다. 위의 시 보충 참조.

단사원무위但使願無違: 다만 내 소원이 어긋나지 않기를 바라네.

[341]

〈吳都賦〉云:苞筍抽節, 往往縈結. 綠葉翠莖, 冒霜停雪. 橚
矗森萃, 蓊茸蕭瑟. 檀欒蟬蜎, 玉潤碧鮮. 梢雲無以逾, 嶰
穀弗能連. 鸑鷟食其實, 鵁鶄擾其間. 玩此藻麗, 形容竹趣,
究妍盡美. 卽文湖州之圖偃竹, 吳仲圭之直幹, 不能過矣.

좌사『오도부吳都賦』에서 이르길 "겨울 죽순이 마디를 뽑아내 땅위에
빙빙 얽혀 있고 줄기와 잎사귀는 푸르러, 서리와 눈에 맞선다. 대나무
밭에 바람이 솔솔 분다. 우뚝 서 있는 모습이 옥돌같이, 싱그럽고 맑은
빛깔을 띤다. 구름은 높아도 넘을 수 있지만 골짜기의 대나무는 견줄
수는 없다. 학과 매가 그 열매를 맛보고, 기러기가 그 줄기에서 쉰다.
대나무의 아름다움을 묘사한 이 화려한 표현을 감상해 보면 그 아름다
움을 다 그려내고 있으나 문동 오진의 대나무 그림이라 하더라도 이를
뛰어넘을 수 없다.

 좌사左思의 오도부吳都賦 시 보충

오도부吳都賦는 중국 삼국 시대 오나라의 수도 건업建業(지금의 난
징)의 번화함과 아름다움을 묘사한 부賦이다. 지은이는 좌사左思이
고, 서진西晉 초기의 문학가이다. 그는 오랜 기간에 걸쳐 이 작품을
완성했는데, 화려하고 웅장한 건업의 모습을 생생하게 묘사하여 많
은 사람의 감탄을 자아냈다고 한다. 하지만 안타깝게도 오도부의 전
체문장은 전해지지 않고, 현재는 일부 단편斷片만이 남아 있다. 남아
있는 단편들을 『문선文選』, 『태평어람太平御覽』, 『예문유취藝文類聚』

등에서 찾을 수 있다. 예를 들면 문선文選에 실린 오도부吳都賦 단편은 다음과 같다.

"무릇 오나라의 강역은 남쪽으로 파월에 이르고, 북쪽으로 예장에 닿았으며, 세 강을 옷깃처럼 두르고 다섯 호수를 띠처럼 둘렀으며, 만경을 제어하고 구월을 끌어들였다.(夫吳之疆域, 南陵巴越, 北帶豫章, 襟三江而帶五湖, 控蠻荊而引甌越)."

이처럼 전체 문장은 전해지지 않지만, 남아 있는 단편들을 통해 「오도부」가 뛰어난 문학적 가치를 지닌 작품임을 알 수 있고 좌사의 화려하고 웅장한 묘사, 정교한 구성, 그리고 강렬한 감정 표현은 오늘날까지도 많은 사람들에게 감동을 선사한다.

[342]

〈幽澗寒松〉, 丹丘生與句曲外史合作. 筆趣不凡, 得荒寒之致.

깊은 골짜기에 하늘을 찌를 듯한 소나무가 그려져 있는데, 이는 단구생丹丘生 가구사와 구곡외사句曲外史 장우張雨가 함께 창작한 풍경이다. 필치는 보통 사람과 다르며, 황량하고 추운 경지에 도달하였다.

[343]

筆筆有天際眞人想, 一絲塵垢, 便無下筆處. 古人筆法淵源, 其最不同處最多相合. 李北海云 "似我者病", 正以不同處求同, 不似處求似, 同與似者皆病也.

매 획마다 하늘과 함께 노니는 도인의 생각이 담겨 있어, 만약 한 점의 먼지라도 있으면 어떻게 붓을 내려야 할지 모르겠다. 고대 여러 대가 필법의 원류는 다르지만, 그들이 가장 일치하지 않는 부분에서 가장 많은 공통점을 발견할 수 있다. 이옹李邕이 일찍이 "나를 닮은 자는 병이 있다."라고 말한 것은, 학습자가 억지로 이옹과 같거나 비슷해지려고 애쓰면서 자기의 품격을 고의로 바꿨기 때문인데, 이는 모두 잘못된 것이다.

[344]

香山翁曰: "須知千樹萬樹, 無一筆是樹. 千山萬山, 無一筆是山. 千筆萬筆, 無一筆是筆." 有處恰是無, 無處恰有, 所以爲逸.

향산옹은 이렇게 말하였다. 반드시 알아야 할 것은 천 그루 나무와 만 산을 그릴 때, 한 획도 나무나 산의 모양을 쫓아서 그리지 않아야 하고 붓을 움직일 때, 한 획도 형상을 쫓기 위해 그려져서는 안 된다. 형상을 쫓는 것이 목적이라면, 오히려 그 신운神韻(내면의 기운)을 얻을 수 없다. 반대도 마찬가지이다. 비슷하게 보여도 형사를 추구하지 않아야 하고 그 신운을 포착하게 되고 그래야 비로소 진정한 일품이라 할 수 있다.

[345]

氣韻自然, 虛實相生, 此董, 巨神髓也. 知其解者, 旦暮過之.

의경意境(예술적 경지)은 평담하고 자연스러움을 추구하여, 붓질에 있어서는 허와 실이 모두 존재해야 한다. 이것이 동원董元과 거연巨然의 기법 근본이다. 이 원리를 깨친 후에는, 마치 아침과 저녁이 함께하는 것처럼 평범하게 느껴질 것이다.

[346]

皴染不到處, 雖古人至此束手矣.

필묵의 준염皴染(먹을 칠하는 기법) 너머의 경지는 단순한 기술로는
도달할 수 없으며, 고인(옛 사람들)조차도 이 지점에 도달하면 붓을
멈출 수밖에 없다.

[347]

一峰老人爲勝國諸賢之冠, 後惟沈啓南得其蒼渾, 董雲間
得其秀潤. 時俗搖筆, 輒引癡翁大諦刻鵠之類. 癡翁墨精,
汨于塵滓久矣. 願借〈秋山圖〉一是正之.

황공망은 원대의 여러 뛰어난 화가들 중 선두를 이끈 인물로, 그 이후
에야 비로소 심주가 그의 웅대한 기세를 이어받았고, 동기창이 그의
청아한 풍격을 이어받을 수 있었다. 다른 사람들은 붓을 들면 황공망의
기법을 따랐다고 주장하지만, 실제로는 대부분이 호랑이를 그리려다
실패해 개를 그리는 꼴이 되었다. 황공망의 훌륭한 필묵은 너무 오랫동
안 먼지 속에 묻혀 있었다. 나는 이 〈추산도〉를 통해 오늘날 사람들의
인식 오류를 바로잡고자 한다.

[348]

董文敏云 "唐以前無寒林, 自李營丘, 郭河陽始盡其法, 雖
虯枝塵角, 槎枒紛拏, 而拏裊振鈴, 條理眞在." 有筆有墨
謂之畵, 有韻有趣謂之筆墨, 瀟灑風流謂之韻, 盡變究奇
謂之趣.

동기창이 말하기를, "당나라 이전에는 한림 그림이 없었는데, 이영구李
營丘와 곽하양郭河陽으로부터 그 기법이 완성되었다. 비록 용처럼 굽

은 가지와 먼지 묻은 나무의 옹이 울퉁불퉁하고 거친 나무가 어지럽게 얽혀 있지만, 겉으로 드러나는 행동이나 외형 속에 내재된 질서와 진리가 있는 것처럼 조화롭고 질서가 있다." 윤곽이 있고 또 먹색의 층차가 있어야 비로소 그림이라 할 수 있고, 기운이 있고 또 생동감이 있어야 비로소 필묵이라 할 수 있다. 자유롭고 소탈함이 곧 기운이며, 변화무쌍한 신비로움이 곧 생동감이다.

[349]

〈古洞鳴泉圖〉. 蕙叢[181]初齊, 芍藥將放. 忘憂度隙, 坐靜嘯東軒, 偶得此冊. 洗滌硯塵, 抽毫解衣, 運思遊娛, 成小景十二幀, 聊寫我胸中蕭寥不平之氣. 攬者當于象外賞之, 勿使牙徽絶弦也.

〈고동명천도古洞鳴泉圖〉이다. 난초와 작약이 막 꽃망울을 터뜨리기 시작했을 때, 나는 이 한가한 시간에 근심을 잊고, 정소각의 동쪽 현관에 앉아 이 빈 책을 꺼냈다. 벼루에 쌓인 먼지를 털고, 먹과 붓을 준비한 후, 옷을 벗어 던진 채로 아무것도 없는 듯한 마음으로, 생각이 자유롭게 흘러가도록 하여 이 12쪽의 작은 산수화를 그려서, 내 마음속 쓸쓸한 번민을 풀어냈다. 이 그림을 감상하는 사람들이 내가 표현하고자 한 것이 단순한 물체 너머의 마음임을 알아주길 바라며, 나를 이해하는 이가 없다는 고독함을 느끼게 해달라.

[350]

奉常公此幀取一峰〈秋山〉〈浮嵐〉二圖筆意成此. 丘壑深

---

181) 난초와 혜초는 모두 향이 좋은 풀로, 군자의 덕이나 부인(婦人)의 아름다운 자질을 비유할 때 쓰는 말임.

杳, 天趣飛動, 眞生平第一.

봉상 왕시민 선생의 이 작품은 황공망 〈추산도秋山圖〉, 〈부람난취도浮
嵐暖翠圖〉의 필의를 사용하여 산골짜기의 깊고 어두운 경치를 묘사한
것으로 자연스러운 풍치가 종이 가득히 퍼져 있다. 바로 내 평생 보았
던 왕시민의 최고 걸작이다.

[351]
山勢渾厚, 得雲煙變滅之狀. 村居曲塢, 磴道盤紆, 引人入
胜. 点秋林紅葉, 從雜煙莽, 設色濃淡最有致.

산의 기세는 웅장하고 중후하여, 산안개는 떠돌아 다니며 머물러 있지
않고, 변화무쌍하여 더욱 그 기세를 드러낸다. 길은 깊게 구불구불하여
산속 작은 집으로 이어지며, 돌길은 빙빙 돌아 아름다운 경지로 사람을
이끈다. 몇 번의 간단한 붓질로 가을의 붉은 잎을 표현하고, 색채의
농담 변화로 쓸쓸하고 쇠락한 산림을 표현한 것이 가장 우아하고 아름
답다.

[352]
畫菊最易近俗, 元人王若水便有作家氣味, 至明代文氏父
子, 白陽山人皆未能洗脫畦徑. 可以知墨菊之難.

국화를 그리는 것은 저속함에 가까워지기 가장 쉬운데, 원나라의 화가
왕연王淵은 이미 화공적인 습성을 지니고 있었다. 명나라에 이르러서
는 문징명文徵明 부자나 진순陳淳조차도 이러한 (세밀하게 그리려는)
폐단을 완전히 벗어나지 못했으니, 이는 국화를 먹으로 그리는 것이
얼마나 어려운지를 알 수 있다.

[353]

〈破羌帖〉後, 有米南宮書右軍八十字贊. 贊凡八段, 皆南宮楷書. 與米所書千字文體正同, 而尤精妙. 蓋在右軍帖後, 必爲極得意書, 足稱平生第一. 歲在庚申, 余同笪江上客吳門, 江上云, 廿年前曾見于長安道上, 已落賈人之手, 奈價高不能得之. 今不知所在矣. 偶見董思翁跋語, 幷及之.

『파강첩』은 뒤에 미불이가 왕희지를 위해 쓴 80자 찬문이 있는데 총 8단으로 나뉘며 모두 미불의 해서로 쓰였고, 그가 쓴 『천자문』의 서체와 일치하면서도 더욱 정교하다. 아마도 왕희지 이후에 쓴 것이기에 더욱 신경을 쓴 결과인 듯하며, 매우 만족스럽고, 그의 평생 최고의 걸작이라 할 수 있다. 경신년(강희 19년, 1680년), 나와 달중광笪重光은 함께 오문吳門을 여행하였다. 달중광이 말하길, 20년 전에 장안 길에서 이 글을 본 적이 있는데, 이미 상인의 손에 들어갔으나 그 가격이 너무 비싸서 살 수 없었다고 하였다. 지금은 이 글이 어디에 있는지 알 수 없다. 우연히 동기창董其昌의 발문을 보고 그 글에 이어 이 발문을 적는다.

[354]

古木昏鴉, 荒荒寂寂, 有李成遺法.

고목은 어지럽게 흩어져 있고 저녁 까마귀는 둥지로 돌아가니, 황량하고 고요한 분위기 속에, 이성李成의 작품에서 느껴지는 운치가 있다.

[355]

柳最不易作, 宋以上无论风流古淡. 吾愛惠崇大年, 每畵柳, 必以爲規矩. 此景能游法外之趣, 惠崇以后, 又得一人矣.

272

버드나무를 주제로 한 그림이 가장 그리기 어려운데, 송나라 이전 사람들의 고졸하고 우아한 풍격에 이르는 것은 말할 필요도 없다. 나는 혜숭과 조영양의 버드나무 그리는 법을 좋아하는데, 매번 버드나무 그림을 그릴 때마다 반드시 그들의 법도로 삼았다. 이 작품은 사물의 법도 밖의 자연스러운 정취를 가지고 있다. 혜숭 이후에는, (버드나무 그리는 대가로) 나 한 사람이 더 있다.

인물전

가구사柯九思, 1290~1343

중국 원元나라의 서화가書畫家이다. 자字는 경중敬仲, 호號는 단구생丹邱生. 저장성浙江省 태주台州 선거仙居에서 태어났다. 문종文宗(1304~1332, 중국 원나라의 제13대 황제. 재위 1329~1332)이 즉위하기 전 잠저潛邸 시절부터 지우知遇를 받아 오다가, 문종이 즉위한 뒤에는 규장각奎章閣에 등용登用, 감식鑑識의 재능이 있어 학사원學士院 감서박사鑑書博士가 되어 칙명勅命에 따라 규장각에 있는 법서法書와 명화名畫를 감정鑑定하였다. 문종이 죽은 뒤에는 강소성江蘇省 소주蘇州에서 불우한 반생을 보냈다. 시문詩文에 능하였으며 서화에도 조예가 깊었고, 그림은 〈만향고절晚香高節〉 등 산수山水·화초·죽석竹石을 잘 그렸다. 시문집에 「단구생집丹邱生集」있고 그의 현존하는 서적 작품으로는 『노인성부老人星賦』, 『독주문부시讀誅蚊賦詩』 등이 있다.

강삼江參, 1077~1148

남송 시대의 인물로, 자는 관도貫道이며, 남서南徐(현재 중국 장쑤성 전장시 단도) 출신이다. 그는 삽천霅川(현재의 저장성 후저우 남쪽)에 거주하였으며, 외모는 수려하고 수척한 편이었고, 평생 향기로운 차를 특별히 좋아했다. 당대의 문인 학자였던 엽몽득葉夢得(1077~1148) 등과 매우 친밀하게 교류했다. 그는 평생을 떠돌며 살았고, 한때 삼구三衢(현재의 저장성 창산현)에 거주하며 정원을 가꾸고 관소를 세웠다. 이 정원은 초사楚辭의 구절을 따와 숭란崇蘭이라고 이름 지었으며, 평소에는 진여의陳與義, (1090~1138), 정구程俱(1078~1144) 등과 자주 교류했다. 생몰년은 확실하지 않다. 산수화를 잘 그렸으며, 동원董源, 거연巨然, 조숙문趙叔問을 스승으로 삼고, 여기에 범곽範郭의 화법을 더해 니리발정준泥裏拔釘皴 기법을 창안하여 독자적인 화풍을 이루었다. 고종 조구高宗 趙構가 그를 소환하여 임안부臨安府에서 관직을 맡겼으나, 뜻밖에 급병으로 세상을 떠나자, 사람들은 그의 재능이 완전히 발휘되지 못한 것을 안타까워했다.

276

강엄江淹, 444~505

자 문통文通. 하남성河南省 고성考城 출생이다. 송宋·남제南齊·양梁의 3왕조를 섬기는 동안 양梁에서는 금자광록대부金紫光祿大夫가 되어 예릉후醴陵侯에 책봉되었다. 문학을 즐기고 유儒·불佛·도道에 통달하였으나, 문학 활동은 송·제 시대에 주로 하였으며 만년에는 부진하였다. 대표작에는 한漢나라에서 송宋나라에 이르는 시인 30명의 작품을 모방한 잡체시雜體詩 30수가 있다. 부賦에는 한부恨賦·별부別賦 2편이 있는데, 문사文辭가 화려하다. 변문騈文에는 『예건평왕상서詣建平王上書』가 유명하다.

강채姜埰, 1606~1673

자字가 여농如農으로, 산둥성 래양萊阳 출신이다. 그는 명나라 말기와 청나라 초기의 문인이자 화가로, 뛰어난 예술적 안목을 가진 인물로 평가받는다. 예포는 강하가 소유한 정원으로, 그곳에서 여러 문인과 예술가들이 교류하며 예술적 창작을 펼쳤다. 강하는 이곳에서 예술과 문학의 후원자로서 큰 역할을 했으며, 그 자신도 뛰어난 서화가로 알려져 있다.

거연巨然

오대에서 북송 초기의 화가이자 승려로, 생몰년은 확실하지 않으며 출생지는 종릉(현재의 강서성 남창)이라는 설과 강녕(현재의 강소성 남경)이라는 설이 있다. 그는 젊은 시절 남경의 개원사에서 출가하였으며, 남당南唐이 송나라에 항복한 후에는 변경(현재의 하남성 개봉)으로 가서 개보사에 머물렀다. 순화 연간(990~995년)에는 학사원의 북쪽 벽에 연람효경을 그려 문사들로부터 칭송을 받았다.

거연은 산수화를 잘 그렸으며, 특히 동원董源의 화풍을 계승하여 주로 강남의 산수풍경을 묘사했다. 그의 작품에서는 봉우리의 정상에 반점이 있는 듯한 표현과 숲속 자갈, 드문드문 대나무와 덩굴풀 등이 어우러진 모습이 자주 등장하고 또한 작은 오솔길과 위태로운 다리, 초가집 등을 배치하여 자연스럽고 청정한 분위기를 연출하여, 이러한 요소들은 문인들에게 큰 사랑을 받았다. 그는 긴 피마준披麻皴 기법을 사용하여 산과 바위를 묘사하였으며, 필치와 먹색이 수려하고 부드러워 동원의 화풍을 그대로 계승한 인물로 평가받는다. 그리하여 동원과 함께 동거董巨라 불리며, 형호荊浩, 관동關仝, 동원과 함께 형관동거荊關董巨로 일컬어진다. 그의 화풍은 이후 원, 명, 청대의 산수화 발전에 큰 영향을 끼쳤다. 현존하는 작품으로는 〈추산문도도秋山問道圖〉,〈산거도山居圖〉,〈소익잠란정도蕭翼賺蘭亭圖〉,〈만학송풍도萬壑松風圖〉,〈층암총수도層岩叢樹圖〉,〈추산도秋山圖〉 등이 있다.

고간高熲, 541년~607년

자가 소현昭玄으로, 본명은 민敏이다. 그의 아버지는 서위西魏의 상주국 고빈高賓이며, 발해 발해수현渤海蓚縣(현재 허베이성 징현 동쪽) 출신이고 수나라 문제隋, 文帝 시대의 재상으로, 수나라의 유명한 정치가이자 전략가이다. 고경은 17세에 북주의 제왕 우문헌宇文憲의 기록관으로 일했으며, 이후 우문옹宇文邕를 따라 북제를 평정하는 데 공을 세워 개부開府의 관직에 임명되었다. 580년, 양견楊堅이 북주의 군정 실권을 장악한 후 고경은 그의 신임을 받게 되었으며, 같은 해 양견이 삼방의 난三方之亂을 평정하기 위해 조직한 전투에서 위효관韋孝寬을 보좌하여 반란을 진압하는 데 공을 세워 주국柱國으로 승진하고 상부사마相府司馬로 임명되었다. 581년, 양견이 황제에 즉위하자 고경은 수나라의 상서좌복야 겸 납언納言에 임명되며 재상의 높은 자리에 올랐다. 588년, 양견은 고경을 원수장사元帥長史로 삼아 남쪽으로 진군해 진나라를 공격하게 했고, 고경은 건강성建康城을 단번에 함락하여 중국을 통일하는 데 크게 기여했으며, 그 공으로 제국공齊國公에 봉해졌다. 이후 고경은 군사를 이끌고 돌궐의 침입을 저지하며 수차례 돌궐을 격퇴해 새로이 통일된 왕조의 안정을 공고히 했다. 그러나 이후 태자 양용楊勇을 폐위하는 데 반대하여 독고황후獨孤皇後의 미움을 사게 되었고, 수문제隋文帝의 의심을 받아 면직되어 민간인 신분으로 강등되었으며, 제국공의 작위도 박탈되었다. 604년, 수양제 양광隋煬帝 楊廣이 즉위하면서 고경은 태상사경太常寺卿으로 복직되었으나, 607년 양제가 '조정을 비방했다'는 죄목으로 그를 처형하였고, 향년 66세에 생을 마감했다. 그의 아들들도 모두 유배를 당했다. 고경은 문무를 겸비하고 탁월한 식견을 지닌 인물로 평가받는다.

고극공高克恭, 1248년~1310년

자가 언경彦敬, 호는 방산노인房山老人이며, 색목인 출신으로 지금의 회족에 속한다. 그의 선조는 서역에서 왔으며, 대동大同에 정착한 뒤 연경燕京(현재의 베이징)으로 이주했다. 명문가 출신으로 어릴 때부터 총명하고 학문을 좋아했으며, 경사經史를 폭넓게 읽으며 학문에 힘썼다. 원나라 시기에 관료, 화가, 시인으로 활동했고 원 세조 12년(1275년)에 공보령사工部令史로 임명되었으며, 이후 호부주사戶部主事로 승진하였다. 1287년에는 감찰어사監察禦史를 맡았으며, 이후 강절성江浙省의 좌우사랑중으로 근무하였다. 그는 강직하고 공정한 성격으로 유명했으며, 업무에 능숙하여 많은 칭송을 받았다. 대덕 1년(1297년)에는 산서山西와 하북河北 지역의 염방부사로 임명되었고, 강남행대의 치서사어사治書侍禦史를 겸임하면서, 학교를 세우고 재능 있는 사람을 선발하며 과거 제도를 추진할 것을 제안했다. 대덕 3년(1299년)에는 공부시랑工部侍郎을 거쳐 이후 이부시랑, 형부시랑에 임명되었고, 형부상서刑部尚書로 승진했다. 대덕 9년(1305년)에는 대명로 총관으로 부임하여 청렴한 자세로 부패 관리들을 단속하였고, 재직 중 재난 구호와 억울한 사건을 평결하며 민정을 살폈다. 지대 3년(1310년)에 다시 수도로 돌아갔고, 그해 연경 남쪽에서 세상을 떠났다. 그의 시호는 문간文簡이다. 고극공은 산수화와 묵죽墨竹에 능했다. 초기에는 미불米芾 부자父子를 배워 동원董源, 거연巨然, 이성李成 등의 화풍을 통합하여 독특한 수묵 기법을 발전시켰으며 특히 그의 묵죽은 금대의 왕정균王庭筠을 종법으로 하여 필법이 순박하면서도 생동감이 넘쳤으며, 당시 원대 초기 화단에서 높은 명성을 얻어 남조북고南趙北高라는 찬사를 받았다. 일설에 따르면 그는 조맹부趙孟頫, 황공망黃公望, 오진吳鎮, 예찬倪瓚, 왕몽王蒙과 함께 원육가元六家로 불리기도 한다. 그의 저서로는 『방산집房山集』과 『고문간공집高文簡公集』이 전해지고 있다.

고상서高尙書

중국 원元대의 화가이다. 자는 언경彥敬, 호는 방산房山. 그 선조는 서역西域 사람이며 산수화는 처음 미우인에게, 뒤에 이성李成 · 동원董源 · 거연巨然의 법을 배워 이름을 알리고, 묵죽墨竹에도 능했다.

고중영顧顧瑛, 1310~1369

자字가 중영仲瑛이며, 곤산昆山(현재의 장쑤성) 출신의 원대 문학가이다. 그는 부유한 가정에서 태어나 옥산초당玉山草堂이라는 별장을 지었고, 그곳에는 36개의 정자와 연못이 있었다. 당시 그의 별장은 문인들과 시인들이 모여 시를 읊고 연회를 즐기는 장소로 유명했다. 그는 재물을 가볍게 여기고 손님을 좋아하여, 양유정楊維楨 등과 함께 시와 술을 즐기며 풍류를 만끽했다. 원말의 혼란한 시기에 그는 재산을 모두 나누어주고 머리를 깎아 재가승이 되어 금속도인金粟道人이라 자칭했다. 그의 시집으로는 『옥산박고玉山璞稿』 2권, 『옥산일고玉山逸稿』 4권 등이 있다.

공손대낭公孫大娘

하남성 하남성탑하시河南省漯河市의 북쪽 거리(지금의 하남성 락하시 경내) 출신으로, 당나라 개원 성세 시기의 궁정에서 최고의 무희로 평가받았다. 그녀는 검기劍器 춤에 뛰어나 무인舞人으로 명성을 떨쳤고, 검기라는 춤으로 세상에 이름을 알려졌다. 공손대낭는 민간에서 공연을 하면 관중들이 구름처럼 몰렸고, 곧 궁정에 초대받아 공연을 하였는데, 그녀와 견줄 사람이 없었다. 그녀의 검기 춤은 당시 대중을 열광하게 했으며, 전통 검무를 기반으로 서하검기西河劍器, 검기혼탈劍器渾脫 등 다양한 검기 무용을 창조해냈다. 그러나 세상의 덧없는 변화 속에서 당대 최고의 예술적 재능을 지닌 공손대낭은 결국 유랑의 삶을 살며 쓸쓸하게 생을 마감했다. 그녀의 탁월한 기술은 중국 역사에서 두 개의 문화적 절정이 연관되어 있다. 바로 공손대낭 덕분에 우리는 초서의 대가 장욱張旭의 뛰어난 글씨를 볼 수 있었고, 시성 두보杜甫의 비장한 시 「관공손대낭제자무검기행觀公孫大娘弟子舞劍器行」을 읽을 수 있게 되었다. 또한 화성畫聖 오도자吳道子 역시 그녀의 검무를 보며 붓을 다루는 법을 터득했다고 전해진다.

공자孔子, 551~479

유교의 시조始祖인 고대 중국 춘추시대의 정치가·사상가·교육자이고 노나라의 문신이자 작가이면서, 시인이기도 하였다. 흔히 유교의 시조로 알려져 있으나, 어떤 관점에서 보더라도 유가의 성격이나 철학이 일반적인 종교들과 유사히 취급될 수 없다는 점에서 20세기 중반 이후에는 이처럼 호칭하는 학자는 거의 없다. 유가 사상과 법가 사상의 공동 선조였다. 정치적으로는 삼황 오제의 이상적 정치와 조카를 왕으로서 성실하게 보필한 주공 단의 정치 철학을 지향했다. 뜻을 펴려고 전국을 주유하였으나, 그의 논설에 귀를 기울이는 왕이 없어 말년에 고향으로 돌아와 후학 양성에 전념하다 생을 마쳤다.

공치규孔稚圭, 447~501

자字가 덕장德璋으로, 남조南朝 제나라의 유명한 문학가이다. 그는 변문騈文 창작으로 명성을 얻었다. 현재의 절강성浙江省 소흥紹興에 해당하는 회계會稽 산음山陰에서 태어났으며, 젊었을 때 박학다식한 재능으로 인해 태수 왕승건王僧虔의 인정을 받아 주부主簿로 임명되었다. 소도성蕭道成이 송宋나라 표기장군驃騎將軍으로 있을 때, 공치규는 그의 뛰어난 문재로 인해 기실참군記室參軍으로 임명되었고, 강엄江淹과 함께 문필을 담당했다.

그의 문학적 성취는 매우 두드러지며, 특히 변문 창작에서 뛰어난 재능을 보였다. 대표작인 『북산이문北山移文』은 산천 초목을 의인화하여, 당시 표면적으로는 은둔하는 척하면서 실제로는 벼슬에 욕심을 가진 명사들을 비꼬는 내용을 담고 있다. 이 작품은 문체가 신랄하고 생동감 넘쳐 전해 내려오는 명작으로 평가된다. 공치규의 성격은 풍운이 맑고 소탈하며, 시문을 좋아하고 술을 즐기는 편이었고, 그는 거주지 주변에 산수山水를 배치하기를 좋아했으며, 자주 혼자 술을 마시며 세속의 일에 신경 쓰지 않았다. 그의 작품 『백마편白馬篇』은 『악부시집樂府詩集』에서 읽어볼 만한 작품으로 평가되었다. 공치규는 역사적으로 중요한 인물로서, 그의 문학 작품은 당시 사회에서 널리 전파되었으며, 특히 상류 사회에서 큰 명성을 누렸다.

곽천석郭天錫, 1250~1335

원대의 저명한 서예가이자 수장가로, 자는 우지佑之, 호는 북산北山이다. 그는 어사禦史를 지냈으며, 지금의 산시성 대동大同(운중) 출신 혹은 천수天水 출신으로 알려져 있다. 항저우杭州 감천방甘泉坊에 거주했으며, 왕희지王羲之의 『쾌설시청첩快雪時晴帖』을 소장하여 자신의 거처를 쾌설재快雪齋라고 명명했다. 그는 원대 초기의 중요한 감정가이자 수장가 중 한 명으로, 조맹부趙孟頫, 선어추鮮於樞, 교상성喬賞成 등과 교류가 있었다. 그는 많은 고대 명필의 서적을 수집하여, 후세에 전해진 작품도 다수 있다. 그중에는 당대의 〈신룡본 난정서神龍本蘭亭序〉, 〈중니몽전첩仲尼夢奠帖〉, 〈제구양순 몽전첩題歐陽詢夢奠帖〉, 〈신룡난정神龍蘭亭〉, 미불米芾의 〈산호복관이첩珊瑚複官二帖〉, 풍승소馮承素의 모본 〈난정서蘭亭序〉, 그리고 진나라의 〈조아뢰사권曹娥誄辭卷〉 등이 포함된다.

곽충서郭忠恕, ?77

중국 후주後周 말에서 북송北宋 초의 학자 서화가이다. 자는 서선恕先. 전서篆書와 예서隷書에 능하였으며, 계척計尺을 사용하여 매우 복잡한 누각 건축도 정확하게 그렸다. 저서에 『한간汗簡』이 있다.

곽희郭熙, 1023년~1085년

중국 북송北宋의 화가이다. 자字는 순부淳夫, 허난성 원 현 출신이다. 북송 초기, 각지에서 성립한 3인의 화풍 사이에는 상호간의 영향 관계는 인지될 수 없으나 이성李成, 범관范寬의 북방계北方系 산수화의 이념과 양식은 신종 시대의 화원 화가 곽희에 의해 통일, 집대성되었다. 평원平遠＝水平視ㆍ고원高遠＝仰視ㆍ심원深遠＝俯瞰視 등의 갖가지 시점에서 포착한 자연을 동일화면에 설정하는 3원법三遠法을 위시하여 아침朝, 저녁暮, 맑음晴, 비雨의 광선이나 연무煙霧, 4계의 구별까지도 표현을 가능케 한 기법의 완성자로서 높이 평가되었다.

관도승管道升, 1262~1319

원나라 초기 오흥吳興 사람. 여류 화가이다. 사인詞人. 자는 중희仲姬 또는 요희瑤姬고, 조맹부趙孟頫의 아내다. 남편이 송나라의 후예로 원나라에 벼슬을 하자 이를 말리며 「어부사漁父詞」 4수를 지었다. 인종仁宗이 즉위하자 오흥군부인吳興郡夫人에 봉해지고, 나중에 위국부인魏國夫人이 더해졌다. 남편을 따라 낙향하다가 배 안에서 병사했다. 글씨는 해서楷書를 잘 썼는데, 불경佛經을 제재로 삼은 것이 많았다. 묵죽매란墨竹梅蘭을 잘 그렸는데, 필치가 청절淸絶했다. 〈묵죽도墨竹圖〉(고궁박물관故宮博物院가 그녀의 친필 작품이라 하는데, 붓놀림이 굳세고 강하여 어떤 곳은 조맹부가 윤식潤飾한 부분도 있다. 이 그림은 조맹부와 조옹趙雍의 묵죽墨竹과 합해 1권으로 만들어져 일문삼죽一門三竹으로 불린다. 서예 작품인 〈추심첩秋深帖〉故宮博物院 등의 행서行書 편지들도 대개 조맹부가 대필한 것이다.

관동關同, 10세기경

오대 후량後梁의 산수 화가이고 섬서陝西의 장안匠案 사람이다. 처음에는 형호를 배웠는데 잠자는 것과 먹는 것을 잊은 채 열심히 노력하여 드디어 형호와 같은 대가가 되었다고 한다. 그는 형호가 열어놓은 화면속에 산 전체를 그린 화북산수華北山水를 계승하여 힘차고 자유로운 필법과 담묵淡墨에 의한 묵법墨法을 가미함으로써 형호에게 남아 있던 채색과 숙련된 고정된 형태를 벗어나고 필묘筆描 형식을 보다 진전시켜 놓은 것으로 평가 된다.

괵국부인虢國夫人

본관은 포주蒲州 영락永樂이며 용주容州에서 출생했고 양귀비의 셋째 언니이다. 양귀비가 현종의 총애를 받아 귀비가 되자 양씨 일가도 덩달아 득세하였고, 6촌 오빠 양국충은 감찰어사監察御史, 어사대부御史大夫, 경조윤京兆尹을 역임하고, 우상에 올라 문부상서를 겸하여 관직 40여 개를 독점하는 등 엄청난 권세를 누렸다. 양옥쟁의 외모는 양귀비에 맞먹을 정도로 미모가 아름다웠고 이에 현종이 그녀를 후궁으로 삼으려 했었지만, 양귀비의 반발에 무산되었다. 일설에 의하면 몰래 현종이 귀비의 눈을 피해 그녀를 입궁시키려 했고, 귀비에 의해 실패하였다고 한다.

구방고九方皋

춘추 시대의 말 감정 전문가로, 다른 이름으로 구방인九方歅이라고도 불린다. 그는 백락伯樂의 추천을 받아 진목공秦穆公을 위해 세 달 동안 말을 감정했다. 구방고는 말을 평가할 때 외형을 중시하지 않고 내적인 정수를 중시했으며, 본질에 주목하여 표면적인 현상은 배제했다. 그는 필수적으로 살펴봐야 할 측면만 신중히 연구하고, 불필요한 부분은 과감히 무시하는 태도로 말을 감정했다.

구영仇英

중국 명나라 때의 화가이다. 풍속에 관심이 많은 인물화의 명수였다. 자 실부實父. 호 십주十州. 장쑤성[江蘇省] 우셴[吳縣] 출생. 명나라 정덕제正德帝·가정제嘉靖帝(16세기 전반) 때 활약하였다. 주신周臣의 제자이며 사녀화士女畵처럼 풍속에 관심이 많은 인물화의 명수였다. 송나라의 이공린李公麟에서 비롯된 선묘양식線描樣式 계통에 속하는 화풍으로 고전적인 경향을 띠었으며, 그 당시 성행하던 절파浙派나 남종화파南宗畵派와는 별개의 유파를 이루었다. 당·송의 명화, 특히 북송의 산수화를 임모臨模한 작품도 있으며, 광범위한 연구를 하였다. 화제도 인물·화조·조수鳥獸·산수·누각樓閣·거마車馬 등 다양하였고, 묘사의 세밀함과 사실성에 특색이 있었다. 채색은 농채濃彩로서 화려한 효과를 내고 있다. 그가 대성大成한 미인풍속화는 그 후의 풍속인물화의 화풍을 정립하였으며, 그 영향이 청나라까지 미쳤다.

굴원屈原, 340~278

중국 전국 시대의 초나라 시인이자 정치인이다. 성은 미芈이고 씨는 굴屈이며 이름은 평平이다. 초회왕楚懷王·경양왕頃襄王 때 벼슬을 하다 참소를 당하여 방랑한 뒤, 멱라汨羅에 빠졌다고 전한다. 작품은 대개 울분의 정이 넘쳐 고대 문학 중 보기 드문 서정성을 내포했다. 『초사楚辭』에 수록된 작품 25편 중, 믿을 수 있는 것은 「이소離騷」, 「천문天問」, 「구장九章」이다.

기리계綺里季

전한 초기 때 사람이다. 은사隱士로, 상산사호商山四皓의 한 사람이다. 기계綺季로도 불린다. 진秦나라 말기에 동원공東園公, 녹리선생甪里先生, 하황공夏黃公과 함께 상산商山에 은거해 살았는데, 나이가 모두 여든을 넘겼다. 고조高祖가 초빙했지만 나오지 않았다. 여후呂后가 장량張良의 계책을 빌려 네 사람을 초빙해 태자를 보필하게 했다. 고조가 이를 보고 태자의 우익羽翼이 이미 갖추어진 것으로 보고, 태자를 폐하겠다는 논의를 중지시켰다.

나

노득지魯得之, 1583~1660

중국 명明나라의 화가이다. 자字는 노산魯山, 호號는 천암千巖이며 절강성浙江省 항주杭州 전당錢塘에서 태어났다. 이일화李日華(1565~1635)의 문하門下에서 그림을 배웠고, 묵죽墨竹에 뛰어났다. 중국 당나라의 서예가)등의 서법書法을 익혀 서예에도 뛰어났다. 만년晩年에 오른쪽 팔을 잃고 왼손으로 풍죽風竹을 그렸는데, 더욱 절묘하였고 『묵군제어墨君題语』등의 저서를 남겼으며 작품으로 〈송죽석도松竹石圖〉가 있다.

다

달중광笪重光, 1623~1692

중국 청초의 서화가, 서화론가이다. 자는 재신在辛, 호는 강상외사江上外史. 장쑤성 구용의 사람. 순치 9년 진사 관은 강서순부에 이르렀으나 병부상서 명주를 탄핵하고 관을 버리고 향리 모산에서 살았다. 만년에는 정광이라 개명하고 일광일유라 불리기도 했다. 글씨는 소식, 미불의 풍을 닮았고 강

진영, 왕사광, 하작과 함께 4대가로 불린다. 왕휘와 운수평과 친하고 산수와
죽, 난을 잘하였다. 저서에 『화전畵筌』, 『서벌書筏』이 있다.

당인唐寅, 1470~1524

  중국 명대 중기의 문인 화가이다. 자는 백호伯虎, 갱자更子는 자외子畏,
호는 육여六如, 도화암주桃花庵主, 도선선리逃禪仙吏, 노국당생魯國唐生 등.
스스로 강남 제일 풍류재사才士라고 하였고 오현(장쑤성 소주)사람이다.
홍치 11년(1498) 향시에 수석이 되고, 그 문재文才가 사방에 널리 소문이
났으나, 다음 해 회시會試에서 부정 사건에 연루되어 뜻을 잃고 선종禪宗에
귀의, 방자放恣한 생활을 하였다. 문징명, 축윤명, 장령 등과 친하고 산수,
인물, 화훼화花卉畫를 그렸다. 산수화는 주신周臣, 이당李唐에게 사숙하였
고, 이곽파를 배웠으나 만년에는 오파의 영향이 가하여져서 표현이 더 부드
러워졌다. 절파浙派와 오파吳派의 접점에 있는 원파의 문인 화가. 대표작은
〈금려별의도권金閭別意圖卷〉타이페이 고궁박물관 등. 저서에 『당백호전집
唐伯虎全集』이 있다.

당자진唐子晉, 1626~1690

  당음唐炗으로, 자는 우광於光이며, 또 다른 자는 자진子晉이다. 호는 필사
匹士이다. 그는 연꽃을 잘 그렸다. 그의 아버지는 당우소唐宇昭(1602~
1672)로, 자는 공명孔明이다.

도연명陶淵明, 365~427

  중국 동진東晉의 시인이다. 자는 원량元亮. 유송劉宋에 들어가 이름을
잠潛으로 고쳤다. 일설에는 이름은 잠潛, 자는 연명淵明이라고도 한다. 장서
성 구강현시상[江西省 九江縣柴桑]에서 출생이다. 그의 생애는 대략 3기로
구분된다. 제1기는 28세(365~392)까지 독서기라고 할 수 있는 시기로 환온
桓溫·사현謝玄이 활약하고, 진실晉室의 세력이 아직 공고했을 때, 20세까
지는 가정은 비교적 유복 했다. 노산盧山의 산록에서 미래의 재상 장군을
꿈꾸며 유학儒學을 공부하였다. 그 곳에는 웅대한 양쯔 강과 무한히 넓은

후베이·후난의 대평야가 있었다. 그러나 20세 때 아버지의 죽음과 함께 가운家運은 기울기 시작, 정국도 불안, 그는 일가 一家를 지탱하지 않으면 안 되었다. 제2기는 29세에서 41세(393~405)까지 방황기라고 할 수 있는 시기이다. 396년 효무제孝武帝가 비빈妃嬪에 살해되고 399년 및 402년 환현桓玄이 반란을 일으켜 초제楚帝를 호칭, 404년 패사한 때, 또 인민은 궁핍해진 때에 도연명도 활로를 관도에 혹은 전원 경작에서 구하며 방황했다. 393년 강주 제주江州祭酒 395년(?) 진군참군鎭軍參軍이 되고, 3·4년 간 양쯔 강안을 왕복, 401년 어머니 맹씨孟氏와 사별했다. 405년(41세) 건위참군建委參軍·팽택령彭澤令이 되었으나 곧 사직했다. 힘든 시기였으나, 그의 인생 경험은 넓어지고 자기를 보는 눈도 깊고 예리해졌다. 체험은 그에게 "본연의 자아에 귀환하라, 전원으로 돌아가라"고 교훈했다. 팽택령을 사임했을 때 노래한 『귀거래사歸去來辭』는 이 심정을 토로하고 있다.

동기창董其昌, 1555~1636

중국 명대 후기의 서예가이면서 화가이다. 자는 현상玄常. 호는 사백思白, 향광香光 화정(상하이시 송강) 사람. 만력 17년(1589) 수석으로 진사가 되고 한림원서길사, 황태자의 강관講官이 된다. 그후 관직에서 물러나기도 하고 다시 관직에 들어가기도 함을 수차 반복하였다. 태창 원년(1620) 태상소경, 천경2년(1622) 태상사경겸 시독학사, 『신종실록神宗實錄』 편집에 참가하여 동 3년 예유시랑, 이어서 좌시랑, 동 5년에는 남경 예부상서를 지내고 다음해 은퇴. 숭정 4년(1631) 옛 관직에 복직, 동 8년에 예부상서겸 태자태보로 끝난다. 시호는 문민文敏, 서화에 능하고 고금의 명필을 연구하였으며 또 선리禪理를 시문서화詩文書畵의 이론을 응용하여 설하였다. 서는 처음에 미불을 종宗으로 하였고, 진나라 사람의 평담 자연의 경을 이상으로 일가를 형성하였다. 형동 미만종 장서도張瑞圖와 함께 '형장미동邢張米佟'이라고 불리었으며, 또한 '남동 북미'라고도 칭하였다. 감식, 수장한 법서를 모아 『희홍당법첩戱鴻堂法帖』을 만들었고 서 작품으로서는 〈행초서권〉(동경 국립 박물관), 〈경원변묘지명고〉, 〈일월시권〉등 많이 남아 있다. 호는 오파 문인화의 정계正系를 이어 받아 원말 4대가 특히 황공망黃公望에서 동원董源에 올라갔으나, 구도법, 필묵법은 명말의 개성주의적 경향으로 기울어졌으며, 특히 장년기 까지의 작품에는 표현주의와 추상주의의 날카로운 감각이 나타난다. 대표작은 〈형계초은도권荊溪招隱圖卷〉(1613뉴욕 개인 소장), 〈청변산도靑弁山圖〉(1617 클리브랜드 미술관). 또 화론가畵論家로 남북 양종으로 나눠 그 계보를 만들고, 상남폄북론尙南貶北論을 전개하여, 그 화풍 화법과 함께 명말 청초 이후 남종화 전개에 큰 영향을 주었다. 그의 저서로는 『화선실수필畵禪室隨筆』, 『화안畵眼』, 『화지畵旨』, 『용대문집容臺文集』, 등이 있다.

동원董源, 934~962

중국 오대십국 시대의 화가이다. 자字는 숙달叔達, 일명 북원北苑이라고도 한다. 장시성 종릉鍾陵 출신으로 남당南唐을 섬겼으며 후일 원부사苑副使가 되었고, 수묵화 외에 금벽채색화金碧彩色畵도 그렸다고 한다. 기암괴석이나 마른 나무를 그리지 않고 습윤하고 온화한 강남江南의 실경實景을 그렸다. 후일 미불에 의해 '평담천진平淡天眞'이라고 높이 호칭된 이래 남종화파南宗畵派의 원조로 추앙되었다. 제자로는 거연巨然 등이 있다.

등창우滕昌佑

당말 오대 시기의 화가로, 자는 승화胜华이며, 원래는 오(현재의 중국 장쑤성 쑤저우)의 출신이다. 당 광명 원년(881년) 12월, 황소의 봉기군이 장안을 점령하자, 혼란을 피해 당 희종을 따라 촉으로 피난을 갔다. 그는 문학을 업으로 삼았으며, 결혼하지 않고 관직에도 나아가지 않았다. 서화书画를 좋아하였고, 성품이 고결하여 집 주변에 대나무, 바위, 구기자, 국화 등을 심고, 진귀한 꽃과 이색적인 풀을 재배하여 그림의 영감을 얻었다. 그의 고결한 성품과 자연에 대한 애정은 작품 속에서 잘 드러난다.

마완馬琬

명나라 시대의 화가로, 자는 문벽文璧이며 호는 노순魯純이다. 금릉(현재의 남경) 출신으로, 관직으로는 무주撫州 지부를 역임하였다. 그는 시와 서예, 그림에 뛰어났으며, 아름다운 산수를 볼 때마다 이를 종이에 묘사하곤 했다. 그의 그림은 동원董源과 미불米芾의 화풍을 따랐으며, 종종 자신의 그림 왼쪽에 직접 제사를 남기곤 하여 당대에 삼절三絶이라 불렸다. 주요 작품으로는 1342년(至正 2년)에 그린 〈계산추우도溪山秋雨圖〉와 1366년(至正 26년)에 그린 〈춘산청제도春山淸霽圖〉가 있다. 저서로는 『관원집灌園集』이 있다.

마원馬遠, 1140~1225

중국 남송 중기의 화가이다. 자는 흠산. 하중(산시성 영제) 사람. 북송말기부터 남송후기에 걸쳐 5대, 7인의 화원화가를 배출한 마씨 일족의 중심적 화가. 마세영의 아들. 광종(재위 1189~1194), 영종(재위 1194~1224), 양조의 화원에서 대조待詔가 되어 산수, 인물, 화조 등 모두 화원 중 제일로 쳤다. 이당, 유송년, 하규 등과 남송 사대가로 꼽힘. 이당 화풍을 배워 장식적 효과와 시정의 표출을 겨냥한 남송 원체산수화(원체화)를 완성했다. 그것은 자연의 좁은 부분의 경관을 취한 것인데 주로 대각선 구도법으로 여백이 많은 화면을 특색으로 '마일각馬一角' 또는 '잔산잉수', '변각의 경' 등으로 불린다. 대표작은 『서원아집도권西園雅集圖卷』, 〈운문대사도雲門大師圖〉(모두 일본 교토 청룡사 소장) 등이 있다.

문동文同

자는 여가輿可, 호는 소소笑笑선생, 석실石室선생, 금강도인錦江道人, 경강도인鏡江道人 등이 있다. 최후의 관직인 지호주知湖州(저장성 오흥, 浙江省 吳興)에 연유되어 문호주文湖州라고 불린다. 재주 영태〔梓州 永泰, 쓰촨성 재동梓潼〕의 사람. 황우원년(1049)의 진사. 지방관, 경관京官을 역임하

고, 원풍 원년(1078) 지호주에 임명되어 이듬해 부임 도중 사망하였다. 박
학하고 시문, 서를 잘하였다. 고목枯木, 묵죽을 특기로 하고, 문인들의 묵희
중 일과科의 예藝가 되었던 묵죽도의 조형祖型을 만들었고 문인화가에 큰
영향을 주었다. 문동에서 시작되는 이 묵죽화파를 호주죽파湖州竹派라 한
다. 시문집에 『단연집丹淵集』이 있다.

문백인文伯仁, 1502~1575

자字가 덕승德承이며, 호는 섭산장攝山長과 오봉五峰으로 불렸다. 또한,
그는 오봉산인五峰山人 또는 오봉초객五峰樵客이라고도 불리며, 문징명文
徵明의 조카로 알려져 있다. 그는 문징명의 맏형 문규文奎(징정徵靜)의 장
남. 현학생縣學生으로 관에 나가지 않았다. 산수화는 왕몽王蒙풍을 따랐지
만 가법家法을 잃지 않고, 필력의 청경淸勁 함은 문징명을 능가한다는 평을
들었다. 또한 농채화濃彩畫도 잘하여 집요한 묘사와 풍부한 색감은 가히
직업 화가적이다. 문가, 육치陸治와 함께 가정기(1522~1566)의 오파의 대
표화인의 한사람. 대표작은 〈사만산수화四萬山水畫〉, 4폭대四幅對, 〈계산선
관도溪山仙館圖〉(1531뉴욕, 개인 소장) 등이 있다.

문수劉秀: 前6年~57年

자는 문숙文叔이고 남양채양南阳蔡阳: 今湖北枣阳西南) 사람이며 한고조
유방의 아홉 번째 손자이다. 고대 중국의 군사 전략가이자 정치가이다.

문징명文徵明, 1459~1508

자는 징명이었으나 이름을 징명으로 자를 징중徵中으로 바꾸었다. 호는
형산衡山, 강소江蘇, 장주인長州人, 시서화 3절로 일컬어지는 예능이 많았
다. 서예가 겸 시인. 한림원시조翰林院侍詔를 제수 받아 『무종실록武宗實
錄』의 편수에 임했다. 그림은 심주와 함께 남종화 중흥의 중심인물이었다.
글씨는 이응정李應禎에게 배웠는데 왕희지王羲之·조맹부趙孟頫의 영향도
많이 받았다. 시문집으로 『보전집甫田集』, 35권과 부 1권이 있다. 사후에
남경국자감박사南京國子監博士를 추증 받았다.

미불米芾, 1051~1107

자는 원장元章이고 호는 해악외사海嶽外史, 양양만사襄陽漫士, 녹문거사鹿門居士, 예부원외랑禮部員外郎을 지냈기 때문에 예부의 별칭인 남궁南宮으로 불린다. 형주의 양양인, 태상박사, 서화박사 지희양군등을 역임하였다. 그는 시詩·서書·화畵 삼절로 한세대를 울린 재능이 많은 사람이다. 그림은 왕흡과 동원을 스승으로 삼아 구름산 안개가 있는 나무의 독특한 미가 산수를 창안하였고 서예는 이왕을 본받아 침착하고 통쾌하여 마치 준마를 탄 입신의 경지로 일컬어졌다. 감식에 있어서 당대는 물론 고금의 제일이라 일컫는다. 저서로는 『화사畵史』, 『서사書史』, 『연사硯史』, 『해악명언海嶽名言』, 『해악제발海嶽題跋』 등이 있다.

미우인米友仁, 1086~1165

원휘元暉, 또는 윤인尹仁, 소자小字는 호아虎兒, 호는 난졸노인이며 미불의 아들이다. 벼슬은 병부시랑, 부문각직학사, 등을 역임하였다. 그는 천성이 초일하여 그림의 법도를 일삼지 않았으며 미불의 운산에 다시 신법을 가미하여 매우 초초하게 그렸는데 묵희라 하였다.

바

방종의方從儀, 1302~1393

중국, 원대의 도사道士이면서 화가이다. 호는 방호方壺, 금문우객金門羽客 등 이고 귀계貴溪(장시성)의 사람이며, 용호산龍虎山(장시성)에 있었던 상청궁의 도사이다. 활약의 시기는 원말 지정연간(1341~1368) 이라 생각된다. 90여 세까지의 재세나 명·홍무연간(1368~1398)의 생존이 추측된다. 그림은 미불, 고극공高克恭에게 배운 미법산수米法山水를 잘 했지만. 필묵법은 상당히 조종租縱한 편이다. 대표작은 〈태백롱추도太白籠湫圖〉, 〈신악경림도神嶽璟林圖〉(1365, 대북 고궁박물원), 〈운산도雲山圖〉(메트로폴리탄미술관) 등이 있다.

방효유方孝孺, 1357~1402

　자가 희직希直, 또 다른 자는 희고希古이며, 호는 손지遜志이다. 그의 고향이 구성리緱城裏에 속해 있었기에 구성 선생緱城先生이라 불리며, 또한, 한중부에서 교수로 재직할 때 촉헌왕蜀獻王이 그가 공부하던 곳을 정학正學이라 이름 붙여 정학 선생正學先生으로도 불렸다. 그는 절강성浙江省 영해寧海 출신의 명나라 관리, 학자, 문인, 사상가였다. 어려서부터 총명하고 학문을 좋아했던 그는 성장한 후 명유名儒인 송렴宋濂을 스승으로 삼아 큰 신뢰를 받았다. 1398년, 명 혜종明惠宗 주윤문朱允炆이 즉위하자 선황의 유훈에 따라 방효우를 불러 중책을 맡기고, 그를 차례로 한림시강翰林侍講과 한림학사翰林學士로 임명했다. 이듬해에는 문연각文淵閣을 담당하게 되었고, 스승의 예로 존중받았다. 황제가 책을 읽다가 난해한 문제를 만나면 방효우를 불러 설명하게 했고, 국가 대사가 있을 때도 그의 의견을 구했다. 이 시기에 궁중에서는 『태조실록太祖實錄』과 『유요類要』를 편찬하고 있었는데, 방효우가 부총재로 임명되었다. 이후 그는 문학박사로 전임되었고, 동륜董倫, 고순지高遜志 등과 함께 경고京考를 주관하라는 명을 받았다. 연왕燕王 주체朱棣가 정난靖難을 내세우며 군을 이끌고 남하하여 경사로 진군하자, 황제는 북벌을 위한 병력을 보냈다. 당시 연왕을 토벌하는 조서와 격문 중 다수가 방효우의 손에서 나왔다. 건문建文 4년(1402년) 5월, 연왕이 난징을 점령하자 관리 대부분은 상황에 따라 태도를 바꾸었지만, 방효우는 끝까지 항복을 거부했다. 그는 결국 감옥에 갇힌 뒤 능지처참을 당했고, 당시 나이는 46세였다. 방효우는 정치 논문, 역사 논문, 경전 해석문, 산문, 시문 등 다양한 분야에서 뛰어났다. 그의 저작 대부분은 『손지재집遜志齋集』에 수록되어 있다. 『명사明史』에는 "방효우는 문장을 잘 지었으며, 깊고도 웅장하다. 그의 글이 나올 때마다 천하가 서로 전해 읽으려 했다."고 기록되어 있다.

백이

　숙제 두 사람 모두 상商나라 말엽 고죽국孤竹國 군주의 아들이다. 첫째 아들의 원래 이름은 묵윤墨允, 자는 공신公信, 시호는 백이伯夷이다. 셋째

292

아들의 원래 이름은 묵지, 자는 공달, 시호는 숙제叔齊이다. 원래 이들의 부친은 숙제에게 왕위를 물려주려 했으나 부친이 죽은 후 숙제가 관례에 따라 백이에게 왕위를 양보하자 백이는 부친의 뜻이라며 사양하고 나라 밖으로 피신해버렸다. 이에 숙제도 형제간의 의리를 지키기 위해 형을 따라 도망쳐버리는 바람에, 그 나라 사람들은 어쩔 수 없이 둘째 아들을 왕으로 세웠다. 이후 백이와 숙제는 서백西伯(희창姬昌, 훗날의 주周나라 문왕文王)이 어질다는 소문을 듣고 찾아갔으나, 그의 아들 무왕武王이 부친의 상중에 상나라 주왕紂王을 정벌하는 것을 보고 부자지간의 예의와 군신지간의 의리를 들어 만류하려다가 목숨을 위협받았다. 그러나 무왕의 군사軍師 여상呂尙(강태공姜太公)의 도움으로 목숨을 구하고, 이후 둘은 수양산에 은거하여 나물을 캐먹고 살다가 죽었다고 한다.

범관范寬, 990~1027

북송 초기의 산수화가이다. 이름은 중정中正, 자字는 중립仲立이며, 협서陝西 화원華原 사람으로, 대범하고 침착한 성격으로 해서 범관范寬이라는 이름으로 불리었다. 원망遠望하더라도 좌외座外를 떠나지 않고 발밑으로부터 솟아오른 듯한 거대한 주산主山을 화면의 중앙에 배치하고, 5대代의 형호荊浩·관동關同의 당조唐朝 이래의 전통적인 화풍을 계승하였다고 간주된다. 산림山林 중에 종일 정좌正坐하고, 귀가 후에는 일실一室에 틀어박혀 마음으로 체득한 이미지에 따라서 제작하는 '흉중胸中의 구학丘壑'의 작화태도作畵態度는 범관으로부터 유래된다고 한다. 북송나라 말기의 소안허蘇安許에는 범관의 그림 58점이 수록되어 있다. 현재 타이베이 국립고궁박물관이 소장한 그의 〈산천기행〉은 오늘날 미술사학자들의 인정을 받고 있다.

사

사령운謝靈運, 385~433

중국 중세 시대 동진·유송劉宋의 시인이다. 통칭 강락康樂. 본관은 예주 진군陳郡(허난 성) 양하현陽夏縣이나, 진晉이 남도南渡하고 나서는 회계군

會稽郡(절강성 소흥현에 해당)으로 피난간 귀족이다. 조부 사현은 비수대전에서 대공을 세워 강락공康樂公에 책봉되었다. 사현이 병사하자 부친 사환이 작위를 계승했으나 요절하는 바람에 젊은 나이에 조부의 작위를 이었다. 이에 주변 사람들로부터 사강락謝康樂이라고 칭해졌다. 의희 연간에 동진의 정권을 좌지우지하던 유유가 사령운을 세자좌위솔로 삼아 자신의 휘하에 두었다. 명문 출신이었으므로 정치에 야심을 품고 있었으나, 동진을 멸망시키고 송나라를 건국한 유유에 의해 작위爵位가 강등당한 후 중용받지 못해 항상 불만을 가지고 있었다. 그 불만의 배설구로서, 회계와 영가永嘉(저장 성)의 아름다운 산수에 마음을 두어 훌륭한 시를 남겼다. 결국 최후에는 모반의 죄를 쓰고 처형되었다. 그의 시는 종래의 노장류老莊流의 현언시玄言詩의 풍을 배제하고, 새로이 산수시의 길을 개척한 것으로 높이 평가되어 후세에 끼친 영향이 크다. 동시대의 도연명의 자연시에 비해서, 인위적인 수사修辭의 아름다움에 기울어졌다는 결점이 있으나 당시 사령운의 위치는 어디까지나 정통적이었으며, 『문선文選』에 40수가 수록되어 있다.

사마상여司馬相如, 179~117

전한 촉군蜀郡 성도成都 사람이다. 자는 장경長卿이고, 사부辭賦를 잘 지었다. 어렸을 때 독서와 검술을 좋아했으며, 전국 시대의 인상여藺相如를 사모하여 자기의 이름을 상여로 바꾸었다. 임공臨邛 땅에서 탁왕손卓王孫의 딸인 탁문군卓文君과 만나 성도成都로 달아나 혼인한 이야기는 유명하다. 처음에 경제景帝를 섬겨 무기상시武騎常侍가 되었는데, 병으로 사직했다. 양梁으로 와서 매승枚乘과 교유했다. 무제武帝에게 「상림부上林賦」를 지어 바쳤다. 이것을 읽고 재능이 있다고 여겨 불러 낭郞으로 삼았다. 나중에 중랑장中郞將이 되고, 사신으로 서남이西南夷와 교섭하여 공을 세웠다. 효문원령孝文園令에 임명되었지만, 병으로 사임했다. 작품의 풍격이 다양하고 사조詞藻가 아름다웠으며, 한부漢賦의 제재와 묘사 방법을 보다 풍부하게 하여 부체賦體를 한나라의 대표적 문학 형태로 자리하게 하는 데 큰 공헌을 했다. 이 밖에 「대인부大人賦」가 있다.

사사표査士標, 1615~1698

중국 명대明代 중기의 화가이다. 자는 실보實父, 호는 십주十洲이며 40세에 사망했다. 장쑤성 태창太倉인으로 오현吳縣 성내로 옮겨 살았다. 처음에는 칠공漆工이었다고도 전하나 주신周臣에게 그림을 배우고 당송의 명화를 모작하여 일가를 이루었다. 작품의 주제는 전통적인 청록산수 형식에 의한 산수와 누각 가운데 시녀나 미인을 배치하고 부채賦彩의 아름다움과 세밀한 묘사를 특색으로 한다. 시정의 직업 화가로서는 드물게 소주蘇州의 문인화단과 유대를 맺었다. 특히 문징명文徵明의 비호를 받은 듯 짐작되며 오파吳派의 문인화가 사이에 상호적 영향이 있던 것으로 인정된다. 대표작은 〈선산루각도〉와 〈수계도修禊圖〉등 (모두 타이페이 고궁박물관 소장)이 있다.

삼려대부三閭大夫

중국 전국시대 초나라에서 특별히 설치한 관직으로, 종묘 제사를 주관하며 귀족 가문인 굴屈, 경景, 소昭 세 성씨 자제의 교육을 겸하여 관리하는 직책이었다. 『사기史記』의 「굴원 열전屈原列傳」에 따르면, "삼려의 직무는 왕족 세 성씨인 소, 굴, 경을 주관하고, 굴원은 그들의 계보를 정리하며, 그 중 현명한 이들을 뽑아 국사를 다스리는 데 이바지하게 하였다."고 기록되어 있다. 따라서 삼려대부는 세 가문의 종족 업무를 관장하는 관직임을 알 수 있다. 굴원은 추방되기 전 마지막으로 사려 대부에 임명되었다. 그는 중국 문학사에서 가장 위대하고 탁월한 낭만주의 시인으로 평가되며, 후대에 그의 작품들은 초사楚辭로 불리게 되었다.

상산사호

상산商山의 네 명의 노인들이라는 뜻으로 산 속에 은거하는 덕망 있는 사람을 가리키는 말이다.

『사기史記』의 「유후세가留侯世家」에 나오는 중국 진秦나라 말기 네 명의 신망 받은 연로한 박사博士들이다. 동원공東園公·기리계綺里季·하황공夏黃公·녹리선생甪里先生을 가리킨다. 이들은 진한秦漢 교체기에 섬서성陝西

省 상산商山에 은거하였는데 네 사람 모두 수염과 눈썹이 하얘 상산사호라고 불리었다. 진나라의 학정虐政을 피해 은둔하고 있던 그들은 한漢 고조高祖 유방劉邦이 불러도 오지 않았다.

서분徐賁, 1335~1379

원말 명초의 오문吳門 지역에서 유명한 문인이며,『명사明史』에 그의 전기가 전해진다.『명사』에는 "서분, 자는 유문幼文이며, 본래 촉蜀 출신이나 상주常州를 거쳐 평강平江으로 이주했다. 시를 잘 짓고 산수화를 잘 그렸다. 장사성張士誠이 그를 부르자 사양하고 물러났다. 오吳 지역이 평정되자 임호臨濠로 유배되었고, 홍무 7년에는 추천으로 수도에 불려 갔다. 홍무 9년 봄, 산서晉와 하북冀에 사신으로 파견되어 감찰 임무를 수행했는데, 돌아올 때 검문받은 짐 속에는 여행 중 지은 시 몇 수만 있었다. 이를 본 태조가 기뻐하며 급사중給事中 직위를 주었고, 어사禦史로 임명되어 광동을 순시했다. 이후 형부 주사刑部主事로 옮겨 광서 참의廣西參議가 되었다. 그의 탁월한 치적에 따라 하남 좌포정사河南左布政使로 승진했다. 대군이 초洮와 민岷을 정벌하러 그 지역을 지나자 때맞춰 군량을 공급하지 못해 옥에 갇혀 옥사했다"고 기록되어 있다. 명대가 건국된 이후 문화 환경은 매우 긴장된 상태였으며, 통치자의 고압 정책으로 인해 "오중 사걸"吳中四傑 중 고기高啟, 장우張羽, 양기楊基 세 사람은 비명에 사망했다. 서분 또한 장사성 정권에 가담한 이유로 유배되었다.『사서』에서는 서분이 "해서楷書를 잘 쓰며 맑고 우아하여 사랑스러웠고, 그림에도 능했다"고 기록하지만, 그의 서화 양식에 대한 기록은 매우 간략하다. 유문幼文은 글씨는 진晉의 왕예王廙를 본받았고, 화법은 동원董源을 따랐다"고 간단히 설명된다.

서희徐熙, 937~975

오대십국시대五代十國時代 남당南唐에서 활동했던 화가로 수묵 화조화의 전환점을 마련했던 중요한 인물이다. 그는 같은 시기 활동했던 서촉西蜀의 황전黃筌(903~965)과 함께 화조화에 있어서 쌍벽으로 지칭될 정도로 당시부터 최고의 평가를 받았다. 황전은 귀족층의 애호를 받았으며, 서희는

296

지식인 계층으로부터 아낌을 받았다. 이 두 화가가 송대 이후 화조화에 미친 영향은 절대적이었다. 직전 시대인 당대唐代 화조화의 수준을 월등히 뛰어넘었기 때문이다. 수묵 화조화의 본격적 시작이라고 할 수 있는 중요한 의미를 지닌 화가이다. 서현은 서희徐熙의 그림을 다음과 같이 기록했다: "먹으로 윤곽을 그리고 채색을 덧칠했으나, 붓자국과 색채가 서로 겉돌거나 가려지지 않았다"『도화견문지圖畫見聞志』라 하였고 왕진옥王進玉은 남당南唐의 서희가 공필몰골화법工筆沒骨畫法을 독창적으로 창안했다고 평가했다.

소승

자는 승니僧弥이며 호는 고주瓜畴이고 장주长洲(지금은 강소소주) 사람이다. 그는 명나라 말기에 예술계에서 활발히 활동한 유명한 화가였으며 현학적이고 틀에 얽매이지 않는 성품을 가졌고 시와 서예에 능숙하며 특히 그림에 능숙했습니다. 산수화를 잘 그렸고 멀게는 형호를 배웠고 가깝게는 원나라 사람의 화법을 취했다.

소승미邵僧彌

남북조 시대 양梁나라의 화가이다. 생몰년은 정확한 생몰년은 알려져 있지 않고 활동 시기는 6세기 초, 양나라 무제武帝 시기(502년~549년)에 활동했다. 주요 작품은 불화佛畫를 주로 그렸으며, 〈영취산도靈鷲山圖〉가 대표작으로 전해진다. 작품의 특징은 섬세하고 정교한 필치로 이루어져 있고 당시 유행했던 구륵진채법鉤勒填彩法 을 사용하여 섬세하고 정교하게 묘사했다. 구륵진채법은 윤곽선을 그리고 그 안에 색을 채워 넣는 기법으로 화려하고 장식적인 표현으로 불교 회화의 특징인 화려하고 장식적인 표현을 구사했으며 불교 교리와 사상을 반영하여 경건하고 신성한 분위기를 자아냈다.

소식蘇軾, 1037년~1101년

중국 북송 시대 시인이자 문장가, 학자, 정치가다. 자字는 자첨子瞻이고 호는 동파거사東坡居士였다. 스스로 동파거사라고 칭했고 흔히 소동파蘇東坡라고 부른다. 현 쓰촨성 미산眉山현에서 태어났다. 시詩, 사詞, 부賦, 산문散文 등 모두에 능해 당송팔대가 한 사람으로 손꼽혔다. 소동파는 송시 성격을 확립하는 데 중추적인 역할을 한 대시인이었을 뿐만 아니라 대문장가였고 중국문학사상 처음으로 호방사豪放詞를 개척한 호방파 대표 사인詞人이었다. 그는 또 북송사대가로 손꼽히는 유명 서예가이기도 했고 문호주죽파文湖州竹派 주요 구성원으로서 중국 문인화풍을 확립한 뛰어난 화가이기도 했다. 한마디로 말해서 그는 타의 추종을 불허한 천재 예술가이자 못 하는 것이 없었던 팔방미인으로서 그가 세상을 떠난 지 천 년이 다 돼 가는 지금까지도 유례를 찾아볼 수 없는 중국 문예사상 가장 뛰어난 인물이었다. 시문집으로는 『동파칠집東坡七集』이 있고, 대표 수필집으로 『전적벽부前赤壁賦』이며 그림에는 〈고목괴석도枯木怪石圖〉, 〈죽석도竹石圖〉 등이 있다.

손등孫登

221년, 위 문제 조비가 손권을 오왕吳王에 임명할 때 동중랑장·만호후東中郎將·萬戶侯에 봉해졌으나 사양했다. 그러나 곧 세자로 임명되고 그의 곁에 손등의 또래인 제갈각·장휴·고담·진표 등의 명문가 출신의 사부師傅가 두어져 손등의 빈객이자 친구 역할을 하며, 함께 사서를 익히고 무예를 닦았다. 229년, 손권이 황제를 칭하자 손등은 황태자에 봉해졌다. 사부들은 각자 높은 관직에 올라 사우四友로 불리었고, 사경謝景·범신范愼·조현刁玄·양도 등이 손등의 빈객으로 들어갔다. 수도가 건업으로 옮겨지자, 손등은 상대장군 육손과 함께 무창을 지켰다. 234년에는 손권이 신성(新城)으로 출정할 때 국사를 손등에게 전권 위임하였다. 손등은 성정이 바르고 지혜가 뛰어나며 덕이 있어 많은 일화들이 있는데, 이 때문에 손권이 총애하고 많은 이들이 손등을 존경했다. 그러나 손등은 241년 33세의 나이로 요절했다. 임종하기 전에 상소를 올려 아우 손화를 태자로 천거하고, 또 제갈각·장휴·고담·사경·범신·양도·조현·화융華融·배흠裴欽·장수蔣脩·우번을 임용하기를 바랐으며, 이미 관직에 오른 육손·제갈근·보즐·주연·전종·주거·여대·오찬·감택·엄준·장승·손이를 충성스럽고 훌륭

한 신하로 일컬었다. 손등은 평소 총명하고 효성이 깊어, 손등 사후 손권이
손등 얘기를 들을 때마다 눈물을 흘렸다고 한다.

승중인僧仲仁

자字는 초연超然이며, 그는 북송 원호元祐 연간에 활동했던 인물이다.
그는 중국의 후난성 형주衡州의 화광사华光寺에 기거했기 때문에, 그곳의
이름을 따서 화광이라는 호를 사용했다. 그는 묵매墨梅, 즉 먹으로 그린
매화를 그리는 데 매우 뛰어났으며, 그의 작품은 그 당시와 후대에 걸쳐
매우 높은 평가를 받았다. 조맹부趙孟頫는 그의 묵매에 대해 "세상에서 묵
매에 대해 이야기할 때, 모두가 화광을 으뜸으로 칭한다"라고 찬양하며
그의 기량을 높이 평가했다.

심약沈約, 441~513

중국 위진 남북조 시대 송나라, 제나라, 양나라의 공신, 정치인, 관료, 학
자, 역사가, 시인, 문인이다.

저장성 오흥吳興(지금의 절강성 호주) 출신으로, 자는 휴문休文, 호는
은후隱侯·동양東陽, 시호는 은隱이다. 조부 심림자沈林子는 송나라의 정로
장군征虜將軍이었고, 부친 심박沈璞은 송나라의 회남태수淮南太守였다. 송
나라 때, 안서외병참군과 상서도지낭을 지내고, 제나라 때, 국자감 좨주와
사도좌장사, 동양태수東陽太守를 지냈다. 양나라 때, 양 무제梁 武帝 소연蕭
衍을 도와, 양나라를 건국한 공로로, 건창현후建昌縣侯에 봉해지고, 이부상
서吏部尚書, 상서복야尚書僕射, 상서령尚書令, 좌광록대부左光綠大夫, 시중
侍中을 역임하였다. 명문 세족이었시만, 일찍 부모를 여의어, 학문에 힘썼
다. 정치가로서뿐만 아니라 문인으로도 뛰어나, 제나라 때, 양 무제梁 武帝
소연蕭衍과 함께, 경릉팔우竟陵八友의 한 사람이 되었다. 당시, 임방任昉의
문장, 심약沈約의 시를 제일로 꼽았으며, 궁체시宮體詩의 선구가 되었다.
또한, 불교에 능통하고, 사성팔병설을 주창하여, 영명체永明體와 근체시近
體詩의 근거를 성립하였다. 저서에는 『진서晉書』, 『송서宋書』, 『제기齊紀』,
『송문장지宋文章志』, 『사성보四聲譜』, 『심은후집沈隱侯集』, 『심휴문집沈休

文集』등이 있다.

심주沈周, 1427~1509

중국 명대 중기의 문인화가이다. 자는 계남啓南, 호는 석전石田, 백석옹白石翁. 장쑤성 장주長洲=蘇州 상성리相城里 사람이며 심씨가는 상성리의 명문으로 서화의 수집품도 많았으나, 역대로 관직에는 나가지 않았다. 증조부 양침良琛, 호는 란파蘭坡이다. 왕몽王蒙과 교제가 있고, 서화의 감상에 조예가 깊으며 조부 징澄(자는 孟淵, 호는 親庵), 백부 정貞(자는 貞吉, 호는 南齋, 陶然道人), 부부항恒(자는 恒吉, 호는 同齋, 陶然道人)을 비롯하여 심주의 형제도 다 서화를 잘 하였다. 심주는 젊을 때 양장糧長으로서 세금징수 사무를 관장하고 효렴孝廉에 천거되었으나 관직에는 나가지 않았다. 시는 소식蘇軾, 육유陸游를, 글씨는 황정견黃廷堅을 배웠다. 산수화는 동원, 거연, 황공망, 오진의 화풍을 배웠으나, 예찬倪瓚의 '소산체'簫散體는 결국 소화하지 못했다 한다. 원말사대가 이후, 저조했던 남종화를 부흥하고 오파문인화吳派文人畵를 정립시킴과 동시에 문인의 묵희墨戲로서의 화훼잡화花卉雜畵의 양식을 부흥시켰다. 산수화는 오진의 영향이 현저하고 대기나 외광外光을 거의 의식하지 않는 명확한 묵조墨調와 강한 구성력이 있는 필법을 보였으며 가정 기(1522~1566) 문인화 전개의 선구자가 되었다. 현존 작품 중, 〈방황자구산수도倣黃子久山水圖, 상하이 박물관〉는 황공망의 영향을 받은 소수의 보기이고, 〈야좌도夜坐圖〉대북고궁박물관는 심주 독자의 화풍을 대표한다. 저서에 『석전집(石田集)』이 있다.

아

안기생安期生

진秦나라 때 사람이다. 신선술神仙術을 익혀 신선이 되었다고 한다. 해변에서 약을 팔며 하상장인河上丈人에게 배웠는데, 장수하여 천세옹千歲翁이라 불리기도 한다. 진시황이 동유東遊했을 때 삼주야三晝夜를 이야기를 나누었다. 금과 옥을 하사해도 받지 않으면서 몇십 년 뒤 봉래산蓬萊山에서 자기를 찾으라 하고 떠났다. 진시황이 찾았지만 찾지 못하자 부향정阜鄕亭 주변의 십여 군데에 사당祠堂을 세웠다.

안진경顔眞卿, 709~784

당 현종 개원 22년(734년)에 진사 시험에 합격하여 감찰어사, 전중시어 사를 역임했다. 이후 권신 양국충에게 미움을 사 평원태수로 좌천되었고, 이때부터 안평원으로 불리게 되었다. 안사의 난이 발생하자, 그는 하북 의 용군을 이끌고 반군에 대항하여 의용군의 맹주로 추대되었으며 한때 하북 을 되찾기도 했다. 이후 봉상으로 이동하여 헌부상서로 임명되었다. 당 대 종 때는 이부상서와 태자태사에 올랐으며, 노군공으로 봉해져 "안노공"으 로 불렸다. 흥원 원년(784년), 반란군 장수 이희열을 설득하러 갔다가 굴복 을 거부하고 목숨을 잃었고, 그의 죽음에 조왕 이고와 삼군 장병들이 모두 슬퍼했다. 이후 그는 사도로 추증되고 시호는 "문충文忠"을 받았다.

안진경은 서예에 뛰어나 행서와 해서에 능했는데 젊은 시절 외가인 은씨 와 장욱의 영향을 받아, 채옹, 왕희지, 왕헌지, 저수량 등의 서체를 폭넓게 습득하고 자신의 스타일로 융합하여 장중하고 힘찬 독특한 안체顔體를 완 성했다. 그의 서체는 중국 서예사에서 선후를 잇는 중요한 역할을 하여 후대 서예 발전에 큰 영향을 미쳤으며, 백세의 종주로 칭송받았다. 그는 조맹부, 유공권, 구양순과 함께 '해서 사대가'로 불리며, 특히 유공권과 함 께 안근유골顔筋柳骨로 칭송된다. 그의 작품 중에서 〈제질계명문고祭侄季 明文稿〉는 진작으로 인정받고 있지만, 나머지 작품들은 진위에 대한 의견이 분분하다.

양문총楊文驄, 1596~1646

자는 용우龍友이며, 귀주 출신의 명나라 화가이다. 그는 금릉(지금의 난 징)에 유랑하며 살았다. 만력 47년(1619년)에 거인에 급제하였으나, 6번의 회시에서 낙방했다. 숭정 7년(1634년)에 화정현華亭縣 교유로 임명되었고, 이후 청전, 강녕, 영가 등의 지현으로 전임되었다. 그러나 어사 첨조항詹兆 恒의 탄핵을 받아 관직을 박탈당했다. 양문총은 박학다식하며 고전을 좋아했고, 산수화를 잘 그렸다. 그는 화중구우畵中九友 중 한 사람으로 꼽혔다. 귀축에서 태어났으며, 그의 작품은 개성적이고 독창적이었다. 그가 그린 〈태거도台藥圖〉등은 송나라 화가의 골격에서 지나친 결박을 벗어나고, 원나라 화가의 풍아함에서 경박함을 제거하여, 거연巨然과 혜숭惠崇의 화풍을 넘나드는 특징을 지니고 있다.

여회餘懷, 1616~1696

집안이 상당히 부유했으며, 평생 과거 시험에 응시하거나 관직에 나아가지 않았다. 명나라가 멸망하기 전에는 노래와 음악에 몰두하며 풍류를 즐겼고, 명나라가 멸망할 때는 잠시 절강으로 피난했다가 이후 강녕江宁으로 돌아왔다. 만년에는 오문吳門(지금의 장쑤성 쑤저우)으로 이주하였으며, 사망 연도는 확실하지 않지만 80세 이상이었다고 전해진다.

여회는 명나라 말기부터 이미 시인으로 명성을 얻었으며, 두준, 백몽내白夢痲와 함께 여두백餘杜白으로 불렸다. 그의 시는 주로 경치나 사물에 대한 감상을 담고 있으며, 명나라 멸망 전후로 내용과 풍격이 다르다. 전기 시에서는 한가로운 정취와 흥미를 표현하여 가볍고 유려한 시풍을 보였고, 후기 시에서는 나라의 흥망에 대한 감정을 담아 비장하고 우아한 풍격으로 변했다. 후기 시의 대표작으로는 「영회고적詠懷古跡」이라는 7언 절구 30수가 있으며, 이는 난징의 명승지를 노래하고 있다. 그는 문장에도 능하여 소품 필기를 잘 썼으며, 만년에 『판교잡기板橋雜記』 3권을 저술했다.

역아易牙

춘추시대 제나라의 주사廚師, 즉 궁중요리사로 중국의 전설적인 인물이다. 당시 제나라에는 '구합제후 일광천하九合諸侯 一匡天下(아홉 제후국을 아울러 천하를 평정하다)'를 이루어 제나라를 춘추오패의 반열로 끌어올린 걸출한 군주 제 환공齊 桓公(720~643)이 있었다. 그의 업적은 당시 명재상인 관중管仲(725?~645)이 있었기에 가능한 일이었다. 제 환공은 말년에 주지육림에 빠져 혼용무도한 군주가 되었다. 산해진미마저 질린 그는 인육이 맛있다는 소릴 듣고 역아에게 한번 먹어봤으면 한다. 이에 역아는

4살짜리 아들을 요리해 바쳐 환공의 측근으로 중용된다. 관중은 역아를 멀리하라는 유언을 남겼지만, 환공은 그의 말을 듣지 않았다. 관중이 죽은 후 자신의 행위를 뒤늦게 뉘우친 역아는 환공이 병석에 눕게 되자 궁문을 폐쇄하고 담장을 높여 다른 이들의 접근을 막아 그를 굶겨 죽인다. 아들의 복수는 했지만 그렇다고 자신이 직접 죽여 요리한 아들이 살아 돌아올 리 만무했다.

연문귀燕文貴

북송 태종에서 진종 시대까지 활동하였다고 본다. 병졸 출신으로, 해안가에서 비천하게 태어난 것으로 알려져 있다. 다른 사회적 지위는 알려진 바 없다. 나중에 북송의 수도인 변량에 와서 그림을 팔며 살았다. 그림 솜씨가 뛰어났으므로 사람들에게 알려졌고, 사람들이 한림도화원에 그를 추천하였다. 산수, 인물, 배 그림, 말 탄 사람과 차 그림 모두 잘 그렸으나, 특히 산수화가 뛰어났다. 산수화는 자신의 세계를 구축하였으므로, 당시 사람들은 연문귀의 그림을 두고 연가경치燕家景致라고 불렀다. 〈계산누관도溪山樓觀圖〉는 숭산의 경치를 그린 작품이다.

예찬倪瓚, 1301~1374

본명이 예정倪珽, 자字는 태우泰宇, 별자는 원진元鎭이며, 호는 운림자雲林子, 형만민荊蠻民, 환하자幻霞子로 불렸다. 그는 강소성江蘇 무석無錫 출신으로, 원말元末 명초明初의 저명한 화가이자 시인이었다. 예찬은 박학다식하며 고대 문화를 사랑하여, 사방의 명사들이 그의 집에 자주 찾아왔다. 그는 결벽증이 강하고 성격이 고지식했기에, 사람들은 그를 "예우倪迂"라고 불렀다. 원래 예찬의 가문은 부유했지만, 원말의 사회적 혼란 속에서 그는 원 순제元順帝 지정 초년에 자신의 농지와 집을 팔고, 재산을 나누어 주었다. 이후 오호五湖와 삼모三泖 일대를 떠돌며, 마을집과 사찰에서 임시로 머물며 방랑 생활을 했다. 홍무洪武 7년(1374년), 예찬은 74세의 나이로 세상을 떠났다. 예찬은 황공망黃公望, 왕몽王蒙, 오진吳鎭과 함께 "원사대가元四家"로 불린다. 그는 산수화와 묵죽墨竹에 능했으며, 동원董源을 사사했고 조맹부趙孟頫의 영향을 받았다. 그의 초기 화풍은 맑고 부드러웠으며, 말년에는 변화하여 담백하고 순수한 경지를 이뤘다. 그는 드문드문한 숲, 낮은 언덕, 강변을 그림으로 표현하며, 고요하고 청아하며 넓은 경지를 보여주었다. 그의 화법은 간결하지만 멀리까지 의도를 담아냈으며, "붓 한 획에 아끼는 마음"이라는 뜻에서 "석묵여금惜墨如金"이라는 표현으로 평가받는다. 그는 측봉건필側鋒幹筆로 준법을 만들어 "절대준折帶皴"이라 이름 붙였다. 그의 묵죽은 간결하면서도 기품이 넘치고, 몇 번의 붓질만으로도 기백이 드러난다. 예찬의 서법은 예서隸書에서 시작되어, 진나라 문인의 품격을 보여주었으며, 시문詩文에도 능했다. 현재 전해지는 작품으로는 〈어장추제도漁莊秋霽圖〉, 〈육군자도六君子圖〉, 〈용슬재도容膝齋圖〉, 〈청벽각집淸閣閣集〉 등이 있다.

오도자吳道子, 680~759

중국 당나라의 저명한 화가로, 화성畫聖으로 불린다. 그는 허난성 위저우 (현재의 허난성 위현) 출신으로, 젊은 시절부터 그림에 재능을 보였다. 당 현종 시기에는 궁중 화가로 임명되어 많은 불교와 도교 벽화를 그렸다. 그의 작품은 인물의 의복이 바람에 날리는 듯한 오대당풍吳帶當風으로 유명하며, 이는 그의 독특한 선묘 기법을 보여준다. 대표작으로는 〈지옥변상도地獄變相圖〉와 〈팔십칠신선권八十七神仙卷〉 등이 있다. 특히 〈팔십칠신선권〉은 도교의 신선들을 묘사한 작품으로, 현재 베이징의 쉬베이홍 기념관에 소장되어 있다.

오진吳鎭, 1280~1354

자는 중규仲圭이고 호는 매화도인梅花道人이다. 절강성浙江省 가흥嘉興 사람이고 중국 원나라의 화가이다. 그는 한평생 고향을 떠나지 않은 채 그곳에서 서당을 열어 제자를 가르치며 가난한 생활을 하였다. 그는 원나라 말기 남종화를 성립시킨 화가로서 특히 산수와 대나무를 잘 그렸다. 당시 황공망, 예찬, 왕몽과 함께 4대 화가로 불린다. 시와 글씨에도 뛰어나 자기의 그림에 시를 써서 설명한 「매도인 유묵」이 명나라 때 발간되기도 하였다. 그의 작품으로는 〈계산고은도溪山高隱圖〉, 〈동정어은도洞庭漁隱圖〉〈추강어은도秋江漁隱圖〉등이 있다.

옹문주雍門周

전국시대 제나라 사람이며 이다. 거문고의 명수이다. 그는 슬픈 곡조를 타서 사람들을 울렸는데, 제齊 나라의 재상인 맹상군孟嘗君이 그를 불러 거문고를 타게 하면서 "나도 울게 할 수 있겠냐?' 하니, 옹문주가 거문고를 들고 '맹상군의 천추만세 후에 나무하고 소먹이는 아이들이 무덤에 올라가 夫以孟嘗尊貴 乃若是乎 맹상군의 존귀함도 무릇 이 무덤이로구나.)라 할 것입니다." 라고 하는 내용의 슬픈 곡조를 타니 맹상군이 눈물을 줄줄 흘렸다고 한다.

왕감王鑑, 1598년~1677년

자字가 원조元照 또는 원조圓照이며, 호號는 상벽湘碧과 염향암주染香庵主로 알려진 중국 명말 청초의 화가입니다. 장쑤성 타이창太倉 출신으로, 명나라 형부상서刑部尚書를 지낸 왕세정王世貞의 손자이다. 어린 시절부터 문학과 예술에 심취하여, 오대五代와 송宋, 원元 시대의 명작들을 두루 섭렵하며 고인의 필법과 묵법을 깊이 이해하였다. 1633년(숭정 6년)에 과거에 급제하였고, 1635년에는 광시성 허푸合浦의 지부知府로 임명되어 '왕염주' 王廉州로 불리기도 했다. 이후 관직을 사임하고 고향으로 돌아와 예술에 전념하였다. 동시대의 화가인 왕시민王時敏과는 가문, 신분, 취향, 연령 등이 비슷하여 자주 교류하며 화법을 논하였다. 1677년에 향년 80세로 세상을 떠났다. 왕감은 산수화에 능하여 동원董源, 거연巨然과 원사대가元四家의 전통을 계승하였다. 초기에는 황공망黃公望의 화풍을 주로 학습하여 왕시민과 유사한 스타일을 보였으나, 중·후기에는 거연과 왕몽王蒙의 화법을 흡수하여 중봉의 세필을 활용하고, 묵색을 농후하게 사용하며, 세밀한 준법을 구사하였다. 그의 청록산수화는 은은한 채색과 간결한 정취로 유명하다. 왕시민과는 다른 변화를 보였지만, 그의 방고倣古 능력은 높이 평가받았다. 왕휘王翬와 오력吳歷은 그의 지도를 받아 성장하였다. 저서로는 『염향암집

染香庵集』과 『염향암화발染香庵畫跋』 등이 전해진다.

왕몽王蒙, 1308~1385

　중국 원대의 화가. 원말 4대의 한 사람이다. 자는 숙명叔明, 호는 황학산
초黃鶴山樵, 향광거사. 호주(저장성 오흥) 사람, 조맹부의 외손인 도종의와
는 종형제 사이. 원나라 말 이문理門의 관에 임명되었으나 사양하고 황학산
(저장성 항주 북동)에 은둔했다. 홍무(1368~98)초 명조를 섬겨 태안(산둥
성)의 지주知州가 되나 홍무 13년(1382) 호유용의 사옥에 휘말려 옥사했다.
동원, 거연, 왕유에게 산수화를 배웠고 외조부인 조맹부의 화풍을 이어받았
다 한다. 현존하는 작품들은 동적動的인 구성 가운데 가늘고 찰기 있는
준법皴法에 의해 대상의 질감을 집요하게 구현하는 것이 특징이다. 대표작
은 〈청하은거도〉(상하이박물관), 〈구구임옥도〉(타이페이, 고궁박물관)이 있
다.

왕무王武, 1632~1690

　오현吳縣(지금의 장쑤성 쑤저우) 출신으로, 자는 근중勤中, 만년에 망암
忘庵이라 불렸으며, 또 다른 호는 설전도인雪顚道人이다. 청대의 화가로,
명나라 화가 왕오王鏊의 6대 손자이다. 그는 감식 안목이 뛰어나고 많은
작품을 소장했으며, 꽃과 새를 그리는 데 능하여, 화풍이 공정하고 수려했
다. 왕시민王時敏은 그를 평하며 "신비롭고 생동감이 넘쳐 뛰어난 작품에
속한다."고 말했다. 청 초기 궁정 화가로 유명했으며, 시문에도 능했다. 현
존 작품으로는 〈수선백석도水仙柏石图〉,〈홍행백합도红杏白鸽图〉,〈원앙백
로도鸳鸯白鹭图〉 등이 있다.

왕봉王逢, 1319~1388

　원말 명초 상주부 강음常州府江陰 출신으로, 자는 원길原吉이다. 원나라
지정至正 연간에 『하청송河清頌』을 지어 대신의 추천을 받았으나, 병을 핑
계로 이를 사양했다. 전란을 피해 송강淞江의 청룡강으로 피신했다가, 이후
상하이 오니경烏泥涇으로 이주하여 초당을 짓고 살면서 스스로 최한원정最

閑園丁이라 칭했다. 장사성張士誠의 요청을 사양했으나 전략을 제안하여 그가 원나라에 항복해 주씨朱氏를 막도록 조언했다. 명나라 홍무 15년(1382년), 문학적 재능을 인정받아 등용되었으나 관리들이 출사할 것을 강권해도 끝까지 거부하고 눕기를 고집하며 나가지 않았다. 그는 스스로 석모산인席帽山人이라 불렀다. 그의 시는 주로 고대와 현재를 회고하며 탄식하는 내용을 담고 있으며, 장씨 정권의 멸망에 대해 많은 감회를 나타냈다. 『오계시집梧溪詩集』 7권을 남겼는데, 원·명의 교체기에 인물과 국가의 일들을 기록하여, 역사서에 남지 않은 내용을 담고 있다.

왕불王紱, 1362~1416

자 맹단孟端. 호 구룡산인九龍山人·우석생友石生. 장쑤성[江蘇省] 무석無錫출생이다. 박학으로 시문에 뛰어났으며 서화를 잘하였다. 영락연간永樂年間, 1402~1424에 한림원翰林院 중서사인中書舍人이 되었다. 산수화는 왕몽王蒙에게, 대나무와 돌은 예운림倪雲林, 倪瓚에게 배웠으며, 특히 묵죽墨竹으로 이름이 났다. 성격이 오기傲奇하고 권력에 아첨하지 않았으며, 술에 취하여 그림을 그린 뒤에는 화면에 시를 써 넣었다는 전형적 문인화가의 태도를 보였다. 오파吳派의 선구자라 할 수 있는 화가이며, 다작하지 않았으나 필법은 숙달하였고 기품 있는 정취가 풍부하였다. 작품으로 〈산정문회도山亭文會圖〉등과 시집에 『왕사인시집王舍人詩集』이 있다.

왕선王詵, 1048~1104

북송대 화가이며 자는 진경晉卿이다. 신종의 촉국공주蜀國公主와 결혼하여 부마도위駙馬都尉 빛 정주관찰사定州觀察使가 되었다. 글씨와 그림을 좋아하여 집에 보회당寶繪堂을 설치하고 널리 법서와 명화를 수장했으며 소식이 『보회당기寶繪堂記』를 썼다. 또 황정견, 미불과 교류했으며 이공린에게 집에 와서 〈서원아집도西園雅集圖〉를 그려달라고 요청했다. "그는 기름진 음식을 물리치고 성색聲色을 멀리하여 서화에 종사하겠다."고 한 것 때문에 신종과 촉국공주의 미움을 샀다. 그의 산수는 가까이는 이성을 배웠고 멀리는 왕유를 배웠다. 강 위의 운산, 깊은 계곡과 겨울 숲, 평원의 풍경

등을 잘 그렸으며 소식은 "파묵破墨의 삼매를 얻었다."고 칭찬했다.

왕시민王時敏, 1592~1680

명말 청초의 문인화가이다. 4왕 오운들 중 최연장자이고 자는 손지遜之. 호는 연객煙客, 서로西廬노인, 귀촌노농歸村老農이며 누동(광서성 대창)사람이다. 명말의 재상 왕석작(문숙공)의 손자. 한림편수 왕형의 아들. 부친과 조부의 공으로 사관, 봉상(태상사 고경)으로 누진하고 왕봉산이라 불렸으나 명이 멸망한 후 은퇴했다. 어릴 때 부터 시문·서화가 훌륭했고 동기창에게 사사하였다. 진계유의 칭찬을 받았다. 집에 소장중인 고화를 배웠고 원말 4대가 특히 왕공망에 대한 경도가 현저하다. 화면구성과 명암, 먹과 여백의 대비를 주안으로 하는 산수화의 변혁을 행하였는데 동시에 이것이 청조 산수화의 형식주의에 대한 단서로도 되었다. 4왕의 한 사람이 같은 고향의 왕감과 함께 2왕이라 불렸고 청초 문인화단에서 정통파 중심인물이 되어 지도적 역할을 했다.

왕유王維, 701~761

자字는 마힐摩詰이고, 당나라 하동河東(지금의 산서성)의 하급 관료 집안 출신으로, 어려서부터 총명하고 다재다능하였다. 집안의 맏아들이었던 왕유는 불행하게도 어린 나이에 이미 아버지를 여의고 홀어머니 밑에서 여러 동생들과 함께 가난하게 자랐다. 특히 독실한 불교도였던 어머니의 영향으로 일찍부터 접하게 된 불교 사상은 그의 삶과 문예 전반에 상당한 영향을 끼쳤다. 시선詩仙 이백, 시성詩聖 두보와 함께 당시唐詩의 3대 거장으로 꼽히는 시불詩佛 왕유. 소동파는 "시 속에 그림이 있고, 그림 속에 시가 있다"는 한마디로 산수화의 대가이기도 했던 왕유의 예술적 경지에 찬사를 보냈다. 도연명 이후 최고의 자연시로 평가받는 왕유의 시에는 불교를 바탕으로 한 시인의 피세 은둔의 초탈 정신이 짙게 투영되어 있다.

왕휘王翬, 1632~1717

자字는 석곡石谷, 호는 구초臞樵, 경연산인耕烟散人, 청휘주인淸暉主人,

오목산인烏目山人 등으로 불리며, 강소江蘇 상숙常熟 출신의 화가이다. 어릴 때부터 그림에 남다른 재능을 보였던 그는, 유명 화가 왕감王鑑의 눈에 들어 그의 부채 그림을 보고 감탄한 왕감의 제자로 들어가 서화書畫를 배웠다. 이후 왕감의 소개로 왕시민王時敏의 후원을 받으며 성장한 왕휘는, 남북 강을 넘나들며 고전 서화에 대한 깊이 있는 학습을 통해 점차 화가로서의 명성을 쌓아갔다. 왕휘의 화풍은 남종과 북종의 화법을 모두 익혀 이를 자신만의 독자적 화풍으로 융합한 것으로, 섬세하고 화려한 붓질이 특징이다. 그러나 그의 화풍이 다소 나약하고 장식적이라는 평가도 있어, 시대적 요구에는 부합했으나 기세가 부족하다는 비판도 받았다. 그는 왕원기王原祁와 함께 청대 정통 산수화파의 양대 거장으로 꼽히며, 그의 문하에서 양진과 이세탁李世倬 같은 인재들이 배출되어 우산파虞山派를 형성하게 된다. 왕휘의 작품은 세밀한 표현과 장식적 구성이 돋보이며, 후대에 큰 영향을 미친 중요한 화가로 평가받고 있다.

왕희지王羲之, 307~365

일소, 호는 담재이며 저장성 사오싱에서 출생하였다. 그는 서예가 탁월해 서성이라고 일컬어진다. 일찍이 우군장군을 역임했기에 왕우군이라고도 한다. 손꼽히는 문벌귀족인 낭야 왕씨이다. 처음에는 서진의 서예가인 위부인에게 배웠고 후에 한나라나 위의 비문을 연구하여 초서, 행서, 해서의 서체를 완성하였다. 작품으로 〈난정서〉, 〈상란첩〉, 〈황정경〉, 〈악의론〉 등이 있다. 왕헌지는 왕희지의 막내아들이고 젊은 시절부터 두각을 나타나 벼슬을 했는데, 건위建威장군·오흥吳興 태수를 거쳐 중서령中書令까지 역임했으며 초서로 유명하다.

왕희열王希烈

송나라 개봉開封 사람이다. 자는 희열이다. 부임父任으로 내황문內黃門에 들어가 부연鄜延과 환경로공사環慶路公事를 역임하면서 하동河東의 변방 일을 나눠 다스렸다. 서하西夏와의 전투에서 공을 세워 내시압반內侍押班에 발탁되었다. 토번吐蕃이 무주茂州를 포위하자 황명을 받들어 구원했고, 포위가 풀리자 소선사昭宣使와 입내부도지入內副都知에 올랐다. 송나라 군대 오로五路가 서하로 진공하면서 군사를 영주靈州로 모을 때 실기失期하여 금주관찰사金州觀察使로 옮겼다. 철종哲宗 소성紹聖 초에 가주단련사嘉州團練使까지 올랐다.

유각

중국 명초의 화가이다. 자는 정미廷美, 호는 완암完庵. 오현(장쑤성 소주) 사람. 관은 형부주사를 거쳐, 산서안찰참사에 그쳤다. 시서화에 뛰어났으며 산수화는 왕몽의 영향을 받았고, 동원, 거연巨然의 기풍도 있다고 한다. 심주沈周에 신행하는 오파의 문인화가의 한사람으로서 천순 연간(1457~1464) 두경杜瓊, 심정, 심항沈恒 등으로도 불렀다.

유관도劉貫道

생년월일을 알 수 없는 원대 화가이다. 자는 중현仲賢이며 중산中山(今定州) 이다. 그는 도교와 불교 인물, 산수, 꽃과 대나무, 새와 동물을 그리는 데 능숙하다. 인물과 풍격과 기교는 대부분 진과 당나라의 고대 방법에서 가져 왔으며 그린 나한은 자태는 생생하고 우아하다. 산수는 북송의 곽희를 스승으로 삼았다. 그의 그림을 보면 마치 그 안에 있는 것 같아서 신필이라 할 수 있다.

그의 현존 작품으로는 〈선산누관도仙山樓觀圖〉축과 〈오서도五瑞圖〉 축이 있으며 모두 『중국명화보감中國名畫寶鑒』에 기록되어 있다. 또한 〈계정산색도溪亭山色圖〉 축은 상하이 박물관에 소장되어 있다.

유송년劉松年

남송南宋 시대의 화가로, 순희淳熙(1174년~1189년) 연간에 화원 학생으로, 소희紹熙(1190년~1194년) 연간에는 화원 대조待詔로 봉직했다. 영종寧宗(1195년~1224년) 연간에는 궁정에 〈경직도耕織圖〉를 진상하여 상을 받고 금대를 하사받았다. 유송년은 평생을 화원에서 근무하며 작품 활동에 전념했다. 유송년은 산수화와 인물화에 뛰어났으며, 그의 예술적 수준은

310

화원 사람 중에서도 절품으로 평가받았다. 그는 이당李唐, 마원馬遠, 하규夏圭와 함께 남송 사대가南宋四家로 불렸다. 유송년은 남송 광종 시기의 화가 장돈례張敦禮를 스승으로 모셨으며, 이당과 조백거의 화풍을 배워 익혔다. 그의 인물화는 역사적 인물의 이야기, 문인과 귀족의 생활, 불교와 도교 주제를 주로 묘사했다. 주요 작품으로는 〈경직도〉 외에도 〈편교맹회도便橋盟會圖〉, 〈구로도九老圖〉 등이 있으며, 현존하는 대표작으로는 산수화인 〈사경산수도四景山水圖〉(고궁박물관 소장)가 있다. 이 작품은 남송 산수화 중에서도 뛰어난 걸작으로 평가된다.

유신庾信, 513년~581년

자는 자산子山, 어릴 때의 이름은 난성蘭成입니다. 본관은 남양군 신야현(현재 중국 하남성 남양시 신야현)이며, 호북성 강릉에서 태어났다. 중국 남북조 후기의 관료이자 문학가로, 남량의 중서령 유견오의 아들이다. 유신은 "7대가 준재를 배출하고, 5대에 걸쳐 문집이 있을 정도"로 문학적인 전통을 가진 가문에서 태어났으며, "어릴 때부터 준수하고 영리함이 탁월"하여 소명태자 소통의 시독侍讀이 되었고, 이후 서릉과 함께 태자 소강의 동궁 학사로 임명되었다. 이후 누차 승진하여 우위장군에 이르고, 무강현후에 봉해졌다. 이 기간 동안 그는 궁체문학의 대표 작가가 되었고, 그의 문학 스타일은 '서유체徐庾體'라고 불린다. 후경의 난이 일어났을 때, 유신은 강릉으로 도망쳐 양 원제를 의지하였고, 그 명을 받아 서위로 사신으로 파견되었다. 남량이 멸망한 후 서위에 남아 있으면서 차기 대장군, 개부의 동삼사에 이르렀고, 북주가 서위를 대신한 후에는 표기대장군과 개부의 동삼사에 오르고 임청현자에 봉해졌다. 당시 진나라와 북주가 우호 관계를 맺으며 유랑민들이 귀국할 수 있었으나, 유신과 왕포만은 남방으로 돌아가지 못했다. 유신은 북방에서 높은 지위에 올랐고, 문단의 종사宗師로서 황제로부터 예우를 받았으며, 여러 왕들과 친구로 교류하였으나, 고향을 그리워하며 적국에서 일하는 자신의 처지를 부끄러워하고, 자유를 얻지 못해 원망과 분노를 품었다. 결국 수 문제 개황 원년(581년)에 북방에서 늙어 죽었으며, 향년 69세로, 사후 경회이주자사로 추증되었다. 유신은 남쪽에서 북쪽으로 유입된 가장 유명한 시인으로, 분열된 시대의 고통을 깊이 경험하며 "남북의 뛰어난 문학 성과"를 남겼다. 그의 문학 창작은 남북 문풍의 융합을 예고하며, 그를 위진남북조 시가의 집대성자로 만들었고, 당대 시가의 발전에 기초를 놓았다. 유신의 시문집인 『유자산집庾子山集』이 전해졌으나 일부가 소실되었으며, 현존하는 판본 중에서는 청나라 시대의 예번倪璠이 주석을 단 『유자산집주庾子山集注』가 가장 완벽하다.

유옥劉珏, 1410~1472

자字가 정미廷美이며, 호號는 완암完庵입니다. 남직례南直隸 소주부 장주長洲(현재의 장쑤성 쑤저우) 출신으로, 주요 작품으로는 〈하운욕우도夏雲欲雨圖〉 등이 있으며, 그의 예술 분야는 주로 서화입니다. 선덕宣德 연간에 소주 지부知府였던 황종(況鍾)이 유옥을 관리로 천거했으나, 그는 이를 사양하고 생원에 보충되었다. 정통正統 3년(1438년)에는 거인擧人에 급제하여 형부 주사刑部主事에 임명되었고, 산서 안찰사 첨사山西按察司僉事로 전임되었다. 나이 50에 관직을 버리고 귀향했으며, 63세에 생을 마쳤다.

유익庾翼, 305~345

중국 동진의 정치가이다. 자는 치공稚恭, 시호는 숙후肅候. 언릉鄢陵(허난성) 사람이다. 호胡를 멸망시키고 촉蜀을 취하여, 진晉의 중원회복의 큰 뜻을 품고 형주자사荊州刺史에서 정서征西장군, 남만교위南蠻校尉로 올랐으나 뜻을 이루지 못하고 사망했다. 서는 초·예서를 잘하고, 왕희지王羲之에 이어 명성이 높았다. 『순화각첩淳化閣帖』에 「고리종사첩故吏從事帖」, 「이향첩已向帖」이 있으나 의심스럽다.

유채劉寀

(11세기) 북송 시대의 인물로, 자字는 홍도宏道이며, 도원道源 또는 홍도弘道라고도 불렸다. 수도 개봉开封(현재의 허난성 지역)에 머물러 그곳 사람으로 알려졌으며, 생몰년은 확실하지 않다. 여러 주현의 관직을 지냈으며, 조봉랑朝奉郎에 임명되었고 성격이 자유분방하여 세속적인 일에 얽매

이지 않았으며, 시와 술에 몰두하며 지냈고, 귀족 청년들과 매일 어울렸다. 시와 사를 잘 지었으며, 그림에도 뛰어났다. 그의 물고기 그림은 다음과 같은 다양한 생동감을 담고 있다. 물고기들이 한가로이 유영하거나, 급히 도망가며 미친 듯이 춤추고, 또는 일자로 줄을 지어 이동하거나, 사방으로 흩어져 도망치고, 먹이를 다투거나 물을 뿜어내는 모습 등이다. 이러한 표현은 아름다운 자태와 사랑스러운 동작으로 생동감 넘치게 묘사되었으며, 감정을 표현하고 뜻을 담아내어 자연과 하나 되는 경지를 보여준다. 『도회보감圖繪寶鑒』에서는 "물결에 떠 있는 물풀과 마름잎마저도 생동감 있게 보이며, 비늘과 꼬리의 움직임, 유영하며 숨는 모습까지도 모두 절묘하게 표현되었다"고 평하고 있다. 이 작품들은 물고기의 다양한 동작과 감정까지 세밀하게 묘사하여 보는 이에게 생명력을 전달하며, 감탄을 자아낸다.

유포劉褒

자字가 백총伯寵, 또 다른 자가 춘경春卿, 호는 매산노인梅山老人으로, 숭안崇安(지금의 푸젠성 우이산시) 사람이다. 효종孝宗 순희淳熙 5년(1178)에 진사가 되었다. 광종光宗 소희紹熙 연간에는 정강부靜江府 교수로 재직했다. 영종寧宗 경원慶元 6년(1200)에는 용계현龍溪縣 지현으로 부임하였다. 그는 『매산시집梅山詩集』이라는 시집을 남겼으나, 지금은 전해지지 않는다. 그는 사詞를 잘 지었는데, 특히 「만정방·별서滿庭芳·別緒」에 보면 감정을 표현하는 데 뛰어나며, 동파의 「수조가두水調歌頭」에 비해 손색이 없다.

유하혜柳下惠, 720~621

성이 희姬이고, 씨는 전씨展氏이며, 이름은 획獲, 자는 계금季禽(전씨 족보 기록에 따르면)이다. 또 다른 설로는 자가 자금(子禽)이라고도 한다. 그는 노국魯國 유하읍柳下邑(지금의 효직진孝直鎮) 출신이다. 중국 고대의 사상가, 정치가, 교육자로, 노국 대부 전무해展無駭의 아들이다. 그는 한때 노국에서 사사士師를 맡아 형벌과 송사를 관장하였다. 중국 전통 도덕의 전형으로 여겨지며, 그의 좌회불란坐懷不亂 이야기는 널리 전해지고 있다.

공자는 그를 "세상에 잊혀진 현인"으로 평가하였고, 맹자는 그를 "화성和聖"이라 칭송하였다. 주양왕周襄王 31년(기원전 621년)에 노국 고조촌故趙村에서 세상을 떠났으며, 향년 100세였다. 시호는 '혜惠'*이다. 그의 봉지가 유하柳下였기 때문에 후세 사람들은 그를 '유하혜柳下惠'라고 불렀다.

육엄陆庵

생몰년이 미상인 원대 화가로, 자는 계홍季弘, 호는 천유생天游生이며, 오吳(현재의 장쑤성 쑤저우) 출신이다. 그는 산수화에 뛰어났으며, 화풍은 황공망黃公望과 왕몽王蒙의 영향을 받았다. 그의 작품은 가볍고 담백하면서도 창연하고 윤기가 있으며, 소박하면서도 운치가 있는 것이 특징이다. 후대 평론가들은 그의 화풍이 조지백曹知白과 서분徐賁 사이에 있다고 평가한다.

육치陆治, 1496년~1576년

선조는 원래 하남성 개봉 출신이었고 명대의 시와 고문을 즐기고, 행서와 해서에도 능했으며 특히 그림에 대한 이해가 깊었다. 그의 고조부인 육정陆定이 가족을 데리고 오문吳門에 정착하여 포산包山에 집을 지었다. 부친 육명陸銘은 자는 여신汝新, 호는 유죽有竹으로, 『주역』을 문홍文洪에게 배우고 문예가 뛰어나 지역 학문계에서 인정받았다. 육치는 집안에서 장남으로 태어나 가풍을 이어받아 명사로 이름을 날렸으며, 효성과 의리를 중시하고 청년 시절에는 여행을 즐겼으며, 만년에는 은거하며 국화를 재배했다. 그는 축윤명祝允明, 문징명文徵明, 심주沈周로부터 시문과 서화에 대해 배웠다. 그의 그림은 독창적이며, 당시 사람들은 그의 예술을 문징명과 비견하곤 했다. 그는 서화에 있어서 서위徐渭와 황공망黃公望의 영향을 받아 꽃, 새, 대나무, 돌 등을 그렸으며, 자연스러운 표현이 돋보였다. 산수화는 오문파吳門派의 영향을 받았으나, 송대 화풍과 청록 산수화의 장점을 흡수해 필법이 힘차고 경치가 독특하며, 의경이 맑고 고유의 스타일을 형성하여 진순陳淳과 더불어 높은 평가를 받았다. 육치는 만년에는 매우 가난하여 처사복을 입고 지형산支硎山에 은거하며 국화를 재배하며 즐겼고 어떤 고위 관직자의 자제가 그와 아는 사람을 통해 그림을 요청해 몇 점을 그려주었는데, 그가 예물을 후하게 보내자 육치는 "나는 그대가 알아준 것에 감사를 표한 것이지, 가난함 때문이 아니다."라고 하며 예물을 돌려보냈다고 한다. 그의 그림은 억지로 요청해서는 얻을 수 없고, 청하지 않아야 받을 수 있는 경우가 많았다.

이공린李公麟, 1049~1106

중국 북송 후기의 관리이자 화가이다. 시문에 능하고 글씨를 잘 썼으며, 특히 그림을 잘 그렸다. 먹선으로만 그린 말·불상·인물을 그린 백묘인물화白描人物畫의 대가이다. 그는 중국 북송 후기의 관리이자 화가로 자는 백시伯時이고, 호는 용민거사龍眠居士이며, 안후이성安徽省 서성舒城 출신이다. 신종神宗 조 1070년에 진사進士에 급제하여 관직에 진출하였다. 벼슬은 사주록사참군泗州錄事參軍·중서문하산정관中書門下刪定官·조봉낭朝奉郎·어사대御史台·검법관檢法官 등을 역임했다. 철종哲宗 조 1100년에 신경통으로 퇴직하고, 고향 용면산龍眠山에 은거하면서 그림에 전념했다.

집안에서 소장한 법서法書와 명화를 보고 그림과 글씨를 배웠다. 글씨는 전서篆書·행서行書·초서草書를 잘 썼고, 그림은 위진남북조 시대 고개지顧愷之·육탐미陸探微·장승요張僧繇 등을 학습했다. 먹선으로만 안장을 지운 말·불상·인물 등을 그린 백묘화白描畫를 잘 그렸고, 산수화에도 뛰어났다.

이당李唐, 1080~1130

중국 북송 후기에서 남송 초기의 화원 화가이다. 유송년劉松年과 마원馬遠·하규夏圭 등을 본받으면서 남송 일대의 화풍을 열었다. 이들 네 사람을 송남도후宋南渡後 4대 화가라 부른다. 소와 인물화를 잘 그렸고, 특히 산수화에 뛰어나 부벽준斧劈皴을 창시했으며, 소 규모가 웅대하고 험준한 지형의 산수화를 잘 그렸다. 이당의 산수화에는 두 가지 풍격이 있다. 북송 화원에 종사할 때의 그림에는 이당의 복고주의 사상이 반영되어 있고, 남송에 있을 때의 그림에는 독창성이 반영되어 있다. 이당의 대표작 〈만학송풍도

萬壑松風圖〉는 그가 북송 화원에 있을 때 그린 그림이다. 이 그림을 보면 이당의 당시 성취를 짐작할 수 있는데, 오대송초五代宋初 시기의 형호荊浩, 범관范寬, 이사훈李思訓의 화법을 추구했고, 이당의 선배 화가 곽희郭熙의 화법과는 크게 다른 것을 알 수 있다. 거대한 바위산이 화면의 중앙에 우뚝 세워져 있고, 바위산 아래에는 소나무 한 무리가 조밀하게 어우러져 있고, 오른편 아래에는 험한 산길이 산비탈을 따라 돌아서 산속으로 사라진다. 산세가 매우 중후하고 웅장하며, 석질이 딱딱하고 모서리의 필선이 날카롭다. 여러 준법이 어우러져 있으나, 전체적으로 보면 소부벽준小斧劈皴에 속한다. 산석의 골상을 보면 형호와 범관의 화법에서 영향받았음을 알 수 있다. 수묵산수화처럼 보이지만, 실제로는 청록으로 채색되었는데, 이는 이당이 초기에 청록산수화가 이사훈의 화법을 배웠기 때문이다. 당시 조정에는 복고주의 풍조가 있었는데, 그 이유로 이사훈의 청록착색을 배웠고, 〈만학송풍도萬壑松風圖〉는 그것을 새롭게 구현해 낸 작품이다. 그러나 아직 이당 특유의 독창성은 보이지 않는다. 〈강산소경도江山小景圖〉는 이당이 북송시기 작품 중에서 후기에 속한다. 상단에 맑은 강물이 광활하고 요원하게 전개되었다. 강물에는 배가 떠 있으며, 난간이 있는 구불구불한 산길이 눈에 띄는데, 산세를 따라 사라졌다 다시 나타났다 하면서 산꼭대기까지 이어져 있다. 이 그림의 구도는 북송 산수화와도 다르고, 남송산 수화와도 다르다. 북송 산수화는 위에 하늘의 자리를 남기고 아래 당의 자리를 남긴 다음 그 중간에 경물을 설정하는 방식이고, 남송 산수화는 경치 중에서 중요한 일부만 취하여 화면에 한쪽 구석에 집중하여 배치하는 방식이다. 이 작품은 위와 아래에 하늘과 땅의 자리를 남기지 않았으며, 산봉우리는 있으나 산비탈과 땅이 화면의 바깥으로 잘려져 있어 북송 산수화와 남송 산수화의 과도기적 양상을 보여준다. 이처럼 이당은 북송 곽희郭熙 화풍에서 남송 마원馬遠, 하규夏圭의 원체院體 산수화풍으로 이행하는 과도적 형식을 보였다. 만년에는 번거로움을 없애고 간략함을 추구해 대부벽준大斧劈皴을 창시했다. 곧고 변화가 다양한 필선을 사용하여 형체의 윤곽을 대략 그은 다음 돌출한 부분과 지면에 준을 가하지 않고 채색했으며, 이어서 측필을 사용하여 깊이 파진 부분과 측면을 신속히 쓸어내리듯 그어 면을

316

구분한 것이 대부벽준이다. 이당은 중국 산수화에서 널리 사용된 부벽준을 크게 성숙시켜 대부벽준으로 일컬어진 독자적인 준법을 창시했다.

이백李白, 701년~762년

당나라 시대의 시인이다. 자는 태백太白, 호는 청련거사靑蓮居士이다. 그는 『이태백집李太白集』이라는 문집을 남겼으며, 대표작으로는 「망려산폭포望廬山瀑布」, 「행로난行路難」, 「촉도난蜀道難」, 「장진주將進酒」, 「조발백제성早發白帝城」, 「황학루에서 맹호연을 광릉으로 보내며黃鶴樓送孟浩然之廣陵」 등이 있다. 이백은 그의 시와 부가 지닌 독창성과 예술적 성취로 인해 "시선詩仙"이라는 칭호를 얻었으며, 후대에 "시성詩聖" 두보杜甫와 함께 "이두李杜"라 불리며 동등한 문학적 위상을 인정받았다.

이사李斯, 280~208

중국 전국시대 말기와 진秦나라 초기의 정치가이자 문장가로, 진시황제의 통일 정책을 보좌한 인물이다. 그는 초楚나라 상채上蔡 출신으로, 젊은 시절 한비자와 함께 순자에게 수학하였고 이후 진나라로 건너가 승상丞相으로 등용되어 진시황제의 통일 사업을 적극 지원하였다. 그는 중앙집권화를 추진하고, 법가 사상을 바탕으로 한 강력한 법치주의를 확립하였다.

이사훈李思訓, 651~716

중국 당대 화가이다. 당나라 종실의 친척이며 최종 벼슬이 운휘장군우무위대장군雲麾將軍右武衛大將軍이었으므로 대이장군大李將軍으로 불렸다. 오도현, 왕유와 함께 초·성당初·盛唐을 대표하는 산수 화가이지만 명말, 문인 화가에 의해 북종화의 시조始祖가 되었다. 특기로 한 〈금벽청록산수金碧靑綠山水〉는 비수肥瘦 없는 묵선 윤곽 내부에 농채를 써서 다양한 색면을 만드는 작풍이었다고 추측된다. 아들 이소도 역시 화가이다.

이성李成, 919~967

중국 5대~북송 초기의 화가 이다. 자는 함희咸熙. 당 종실의 후예이며 원적은 장안(협서성 서안)사람이다. 조부祖父 이정은 당말의 국자제주國子祭酒로 소주차사에 임명되었고 그후 전란을 피해 청주익도(산둥성 임치현)로 옮겼다. 이 청주 땅을 영구營丘라고 했으므로 그후 이성을 이영구라고 부르게 되었다. 조부, 부친 모두 유학자였으며 그도 유학에 뜻을 두었고 38~40세경 후주의 추밀사 왕박王朴(915~959)에게 초청되어 변경(허난성 개봉)에 갔으나 얼마 후 왕박이 죽어버려 사관仕官의 뜻을 이루지 못하고 시와 술로 번뇌를 달래다가 희양에서 객사했다. 사대부의 고원한 이상을 광원한 산수 경치에 담아 담묵에 의한 연림평원煙林平遠 속에 천리지척의 풍경을 그렸다. 관동關同, 범관範寬 등과 함께 화북계 산수화 양식에 큰 영향을 주었고 그것이 후기에 곽희郭熙에게 계승되었으므로 이곽파라고 한다. 본래 과작寡作인데다 손자인 이유가 변경윤 일 때, 배액으로 이성 그림을 사서 모았으므로 북송말에는 벌써 많은 모조품이 나돌아 다녔다. 현존 작품으로는 〈무림원수도茂林遠岫圖〉, 〈교송평원도喬松平遠圖〉 등이 있다.

이소도李昭道

당대 유명 산수화가 이사훈李思訓의 아들이자, 그의 사촌 동생인 장언원張彦遠이 그의 저서 『역대명화기歷代名畫記』「당조唐朝」상上에서 언급한 인물이다. 이소도는 아버지의 화풍을 계승하면서도 나름의 혁신을 이루어 후대에 소이장군이라 불리게 되었다. 장언원은 이소도의 예술적 성취를 언급하며, 비록 그가 장군의 지위에 오르지는 못했지만, 아버지가 이사훈이 었기에 사람들은 그를 소이장군으로 부르게 되었다고 설명하였다. 송대의 조희곡趙希鵠은 『동천청록洞天清錄』에서 당대 산수화의 개척자를 대이장군大李將軍과 소이장군으로 부르며, 여기서 소이장군은 이소도를 지칭한다고 기록했다. 청나라 때 왕사진王士禛은 그의 시 「재송념동再送念東」제5수에서 소이장군을 언급하며, 이소도의 작품에서 안개와 비가 어우러지는 장면과 금벽산수의 조화로운 효과를 묘사했으나, 그조차도 이소도의 본질을 완전히 담아내지 못한다고 평가했다.

이옹李邕, 678년~747년

자가 태화泰和이며, 악주강하鄂州江夏(현재 중국 후베이성 우한시 장샤구) 출신이고 당나라의 대신이자 서예가로, 문선 학사 이선李善의 아들이다. 이옹은 강하 이씨 가문 출신으로, 박학다식하며 어릴 때부터 명성을 떨쳤다. 그는 교서랑을 시작으로 좌습유, 호부랑중, 전중시어사, 괄주자사, 북해태수 등을 역임하였으며, 역사에서는 이북해 또는 이괄주로 불린다. 재상 이적지와 교분이 있었으나 중서령 이림보의 모함으로 억울하게 장형을 받아 사망하였고, 당시 나이 70세였다. 이후 당 대종이 즉위하면서 추증되어 비서감에 임명되었다. 이옹은 행서 비문에서 뛰어난 대가로 평가되며, 그의 서체는 기발하고 유려한 특징이 있다. 이후주李後主는 이옹을 두고 "이옹의 서예가 전반적으로 힘찬 기운을 갖고 있지만, 세부적인 표현에서는 다소 힘이 부족하다李邕得右將軍之氣而失於體格."고 평했다. 『선화서보宣和書譜』에서는 이옹이 서예에 능통하여 행초서로 명성을 떨쳤다고 기록되어 있다. 그는 초기에는 왕희지의 서체를 배웠으나, 나중에는 이들 서체의 틀에서 벗어나 독자적인 풍격을 완성했으며 그의 글씨는 왼쪽이 높고 오른쪽이 낮은 특징을 지니며, 필력은 유려하고 강렬하여 산뜻하고 날카로운 인상을 준다. 현존하는 그의 작품으로는 〈록산사비麓山寺碑〉, 〈운휘장군이사훈비雲麾將軍李思訓碑〉, 〈유도선생엽국중신도비有道先生葉國重神道碑〉, 〈법화사비法華寺碑〉, 〈이수비李秀碑〉, 〈대조선사비大照禪師碑〉, 〈동림사비東林寺碑〉 등이 있다.

이유방李流芳, 1575~1629

자 장형長衡. 호 단원檀園. 장쑤성[江蘇省] 가정[嘉定] 출생. 1606년 효렴방정孝廉方正의 제도에 의하여 관직에 천거되었으나, 후에 관직을 퇴임하고 시서화詩書畵에 몰두하였다. 그의 글은 사림士林에서 최고로 평가되었으며, 서도는 소식蘇軾, 회화는 오중규吳仲圭의 영향을 받았다고 하는데, 원대 문인화가의 장점을 종합한 것으로 추정된다. 고담소산枯淡蕭散한 점에서 본다면 예찬倪瓚의 화풍을 본떴을 가능성이 짙다. 이유방이 수집한 산수화보를 증보하여, 청대淸代 초기인 1679년 이입옹李笠翁이 간행한 것이 『개자원화전芥子園畫傳』 초집初集이다.

자

장승요張僧繇

오군 오중(지금의 장쑤성 쑤저우) 출신으로, 남북조 시대 양나라의 유명한 화가이자 양조의 대신이었으며, 화가 사조畫家四祖 중 한 사람으로 꼽힌다. 그는 어린 시절부터 운정산에서 그림을 배우며 자랐다. 양나라 천감 연간에 무릉왕국의 시랑이 되었고, 이후 비서각에서 그림을 맡아보고 우군 장군과 오흥태수 등의 직책을 거쳤다. 그는 성실히 학습하여 실력을 쌓았고, 인물화와 불상, 용, 독수리 등을 뛰어나게 그렸으며 주로 족자 그림과 벽화를 많이 그렸고, 성어 화룡점정畫龍點睛의 유래도 그와 관련된 전설에서 비롯되었다. 전설에 따르면, 그는 금릉의 한 절에서 그림을 그리며 밝고 어두운 면을 부각시키는 '퇴운법'을 사용해 입체감 있는 꽃을 그렸고, 그의 붓이 몇 번 휘둘러지기만 해도 생동감이 넘쳐 마치 속사화를 연상케 했다. 이러한 화법은 '소체疏體'라 불렸고 그의 작품 중 일부는 당나라의 양령찬이 모사한 〈오성이십팔수신형도五星二十八宿神形圖〉로 전해지며, 현재 일본에 소장되어 있다. 그는 조각에도 능하여 장가양張家樣이라는 독특한 양식으로도 유명했다. 장승요의 예술은 후대에 큰 영향을 끼쳤으며, 고개지, 육탐미, 오도자와 함께 '화가 사조'로 불렸고 또한, 당나라 화가인 안립본과 오도자도 장승요에게서 많은 영향을 받았다.

장우張雨, 1283~1350

원나라 시문가, 사곡 작가, 서화가이자 무산파茅山派 도사이다. 본명은 장택지張澤之, 또 다른 이름은 장사진張嗣真이며, 자는 백우伯雨, 호는 정거지貞居之 또는 구곡외사句曲外史이다. 전당錢塘(현재 저장성 항저우) 출신으로 알려져 있다.

장우는 박학다식하며 명리에 대한 깊은 이해를 지닌 인물로, 시문과 서예, 회화에서 청신하고 유려한 작품을 남겨 진나라와 당나라의 유풍을 이었으며 유집虞集에게서 배워 청아한 시재를 자랑했으며, 스무 살에 가정을 떠나 도사가 되어 무산에 거주하며 도명道名으로는 사진嗣真, 도호道號는 정진자貞真子라 했다. 또 스스로 구곡외사라 부르기도 했다. 그는 무산 종사 허도기許道杞의 제자인 주대정周大靜과 현교의 고도 왕수연王壽衍을 스승으로 모셨고, 항저우 개원궁에서 거주하며 당시 문사였던 양유진, 장소산, 마장부, 구산촌, 반언공 등과 교류하며 시와 문장을 나눴다. 그의 현존하는 서예 작품으로는 〈태선각기台仙閣記〉현재 상하이 박물관 소장, 〈제화이시題畫二詩〉(현재 고궁박물원 소장)가 있으며, 시집으로는 「정거집(貞居集)」, 또 다른 이름 「구곡외사집句曲外史集) 5권이 있다.

장욱張旭, 675~750

성당盛唐시대 시인이자 서예가이다. 머리털에 먹물을 묻혀 글씨를 쓰기도 했다. 그는 초서草書의 필법筆法을 터득해 미치광이 초서狂草 · 광초의 창조자인 장욱의 서법은 자유로운 형태와 강렬한 감정 표현을 특징으로 한다. 그는 자연에서 얻은 영감을 바탕으로 자신의 감정을 점과 선의 필획으로 표현했으며, 그 결과 그의 작품은 "종이 위의 춤"으로 비유되기도 한다. 그의 대표작으로 전해지는 작품은 〈고시사첩古詩四帖〉, 〈두통첩肚痛帖〉, 〈랑관청벽기郎官廳壁記〉, 〈천자문千字文〉 등이 있다. 이 외에도 초서로 쓴 〈반야심경般若心經〉 등이 전해지며, 그의 예술적 가치는 현재까지도 높이 평가되고 있다. 장욱은 당나라 서예 예술의 황금기를 이끌었으며, 그의 영향은 후대 서예가들인 회소懷素, 고한高閑, 안진경顏真卿 등에게 이어졌다. 그의 서법은 자연스러운 필획과 강렬한 표현력으로 당대와 후대 서예에 심대한 영향을 끼쳤다.

저수량褚遂良, 596년~659년

자가 등선登善이며, 현재 중국 저장성 항저우 지역인 항주 전당 출신이고 당나라의 재상이자 정치가, 그리고 서예가로, 홍문관 학사 저량褚亮의 아들이다. 그는 하남 저씨 가문 출신으로, 박학다식하여 문학과 역사에 뛰어났다. 수나라 말기에 서진의 패왕 설거를 따라 통사사인으로 일했으며, 당나라에 귀순한 후 당 태종의 신임을 받아 여러 관직을 거쳐 황문시랑과 중서 령에 올랐고, 조정의 실권을 쥐게 되었다. 정관 23년(649년)에는 사공 장손 무기와 함께 고종을 보좌하라는 유언을 받았다. 당 고종이 즉위한 후 우복 야로 승진하고 하남군공으로 책봉되었으며, 동주자사와 이부상서를 지냈 다. 무측천을 황후로 세우는 것을 반대하여 탄주(현재의 창사) 도독으로 좌천되었으며, 무후가 집권한 뒤에는 계주(현재의 구이린) 도독으로, 이후 에는 애주(현재 베트남 타인호아) 자사로 강등되어 그곳에서 생을 마쳤다. 신룡 혁명 후 우복야로 추증되었고, 시호는 문충文忠이며 천보 6년(747년) 에는 당 고종의 묘정에 배향되었고, 태위를 추가로 추증받았다. 저수량은 서예에 능하여 처음에는 우세남의 글씨를 배웠고, 이후 왕희지의 법을 본받 았다. 그는 구양순, 우세남, 설적과 함께 '초당의 4대가'로 불리며, 현존하는 작품으로 〈맹법사비孟法师碑〉와 〈안탑성교서雁塔圣教序 〉등이 있다.

전횡田橫

중국 진秦 말기의 인물로서, 형 전담田儋과 전영田榮과 함께 진秦에 반기 를 들고 제齊를 다시 일으켰다. 한漢의 유방劉邦이 천하를 평정하자, 빈객 5백여 명과 섬에 숨어 살다가 유방의 부름을 받고 뤄양으로 가던 중 자결하 였다.

정가수程嘉燧: 1565~1643

중국 명말의 화가이며 시인이다. 자는 맹양孟陽. 호는 송원노인松円老人, 송원거사, 송원도인, 게암노인揭庵老人 등. 휴녕안후이성 사람이며 가정(장 쑤성)에서 살았고, 말년에는 고향으로 돌아가 신안에서 사망했다. 가정에서 함께 살았던 이유방李流芳과는 시화의 친구. 산수, 화훼, 사생화를 잘 그렸 고 산수화는 예찬倪瓚을 배운 간략한 화풍에 특색이 있다. 저서에 『송원랑 도집松円浪淘集』이 있다.

정역鄭譯, 540년~591년

자가 정의正義이며, 현재의 하남성 형양시 출신이다. 그는 북주에서 수나라 시기로 이어진 고위 대신으로, 태상경 정경의卿鄭瓊 손자이자 사공 정도 옹鄭道邕의 아들이다. 정역은 형양 정씨 동림방 출신으로, 어린 시절부터 우문태宇文泰와 친하게 지냈으며, 이후 보성공 우문옹宇文邕을 보좌했다. 그는 급사중사로 관직 생활을 시작해 좌시상사左侍上士로 승진하였고, 안 고공주安固公主와 결혼하여 내사상대부內史上大夫와 패국공沛國公을 역임 했다. 대상 2년(580년)에 유방과 함께 교지를 위조하여 수국공 양견이 정권 을 보좌하게 하였고, 이후 주국과 승상부 장사로 승진했다. 양견이 수나라 를 세운 후, 정역은 융주와 기주의 자사로 임명되었으며, 『악부성조乐府声 调』 편찬에도 참여하여 음악을 논의하고 정리했다. 개황 11년(591년)에 사 망하였으며, 신공으로 추증되고 시호는 달達로 받았다.

조맹부(趙孟頫, 1254년~1322년)

중국 원나라 때의 화가, 서예가이다. 자字는 자앙子昂, 호號는 송설松雪, 별호別號는 구파鷗波, 수정궁도인水精宮道人 등이며, 오흥吳興(지금의 절강 성 호주) 사람이다. 조맹부는 송나라 종실의 후손으로, 원나라 때 벼슬에 나 가 관직이 한림학사翰林學士, 영록대부榮祿大夫에 이르렀으며, 죽은 후 위 국공魏國公에 봉해졌다. 청나라 건륭제가 그의 글씨를 좋아하여 모방하였다 고 한다. 조맹부의 시詩, 서書, 화畫, 인印에 모두 능했는데, 후대의 서예에 큰 영향을 준 흔히 "조체趙體"라 불리는 독창적인 글씨를 만들었다. 그의 서법이 강건하지 못하여 유약하다는 비판도 있다. 대표적인 작품으로 전각 으로 쓴 "원주문圓朱文"이 있다. 화법 또한 독창적이어서, 글씨를 쓰는 붓 과 그림을 그리는 붓은 같은 사용법을 가지고 있다는 이론을 세웠다. 시 작품으로 『송설재집松雪齋集』이 있는데, 그 중 뛰어난 작품이 적지 않다.π 조맹부의 그림에 사용된 소재는 산수, 인물, 동물, 꽃과 새, 죽석竹石 등 손대지 않은 게 없어, 후대인이 넘어설 수 없을 정도이다. 전기작은 색채가 특이하여 "화려함의 극치에 이르러도 결국 자연으로 돌아간다絢麗之極, 仍 歸自然"이라는 평을 받고 있다. 후기작은 대개 담묵화淡墨畫로서 거의 윤곽 선만이 보인다. 대표작으로 〈삭화추색도鵲華秋色圖〉가 있다. 아들과 부인이 모두 그림에 능했으며, 원나라 화가 왕몽은 그의 외손자이다.

조백구趙伯駒

남송 시대의 화가로, 자는 천리千裏이며, 송 태조의 7세손이다. 그는 산수화, 화훼, 조류, 누대 등을 잘 그렸으며, 특히 청록산수화에 능했다. 그의 작품은 당나라 이사훈 부자의 대청록화법에 수묵산수의 기법을 융합하여, 궁정화풍과 문인화풍의 중간에 위치한 독특한 스타일을 형성했다. 그의 대표작으로는 〈강산추색도江山秋色圖〉(베이징 고궁박물원에 소장)와 〈선산누각도仙山樓閣圖〉(대만 타이베이 국립고궁박물원에 소장)가 있다. 그의 동생 조백서趙伯驌 또한 유명한 화가로, 두 사람은 함께 집영전의 병풍을 그려 송 고종의 칭찬을 받았다.

조불흥曹不興, 222~280

삼국 시대 오吳나라 건안建安 오흥吳興 사람이다. 용을 잘 그렸고, 호랑이나 말[馬] 그림에도 뛰어났다. 불상佛像의 모사에도 일가를 이루어 불화佛畵의 비조로 일컬어진다. 인물화에도 능했다. 손권孫權이 일찍이 병풍 그림을 그리게 했는데, 잘못하여 먹물이 떨어지자 모양을 살려 파리[蠅]를 그려 넣었다. 그림을 완성하고 손권에게 보여주니 진짜 파리인 줄 알고 손으로 쫓으려 했다고 한다. 손권 적오赤烏 10년(247) 강거국康居國 사람 강승회康僧會가 건업建業에 도착하자 손권이 건초사建初寺를 짓고 그에게 불상을 모사하게 했다. 바둑의 엄무嚴武, 서예의 황상黃象, 수학의 조달朝達, 천문지리의 유돈劉敦 등과 함께 '오국팔절吳國八絶'의 한 사람이다. 또 고개지顧愷之, 육탐미陸探微, 장승요張僧繇와 함께 '육조사대가六朝四大家'로 불린다.

조영양趙令穰

생몰년이 확실하지 않으며, 자는 대년大年으로 북송의 변경(현재 하남성 카이펑) 출신의 화가이다. 그는 송 태조 조광윤趙匡胤의 5세 손으로, 관직은 광주 방어사와 숭신군 관찰 유후를 지냈고, 사후에는 "개부의동삼사"라는 직함을 받고 "영국공"으로 추봉되었다. 그의 아들 조백구趙伯駒는 송나라의 유명한 화가로, 절동 병마첨절제사에까지 올랐다. 조영양은 산수화, 꽃과 과일, 깃털과 털의 묘사에 능하며, 특히 금벽산수金碧山水 화법에 뛰어났다. 이사훈 부자李思訓父子를 멀리서 스승으로 삼아 그들의 화풍을 계승했다. 그의 대표작으로는 〈풍운기회도風雲期會圖〉, 〈춘산도春山圖〉, 〈아각도阿閣圖〉, 〈후적벽도後赤壁圖〉, 〈문회도文會圖〉, 〈조작도鳥雀圖〉 등이 있으며, 현재 전해지는 작품으로는 〈한궁도漢宮圖〉, 〈아각도阿閣圖〉, 〈만송금궐도萬松金闕圖〉 등이 있다.

조원趙元

자가 선장善長이며, 작주涿州 범양範陽 사람이다. 천경天慶 8년(1118년) 진사에 급제하여 관직에 나가 상서金部員外郎까지 올랐다. 요나라가 멸망한 후, 곽약사郭藥師가 송나라를 위해 연경燕京을 지킬 때 조원에게 기의문자機宜文字를 관리하게 했다. 금나라 군대가 다시 연경을 점령하자, 곽약사가 항복하고 추밀사樞密使 유언종劉彦宗이 조원을 본원本院의 영사令史로 임명했다. 천회天會 연간에는 기주薊州 동지사同知事를 맡았다. 어느 날, 강도들이 사람을 살해한 후 시체를 길에 남겨두었고, 관리는 사건을 어떻게 처리할지 몰라 시체 주위에 모여 있었다. 많은 행인과 농부들이 그 장면을 구경하고 있었는데, 조원은 밭에 쟁기를 내려놓고 서 있는 사람을 가리키며 "이 사람이 범인이다"라고 말했다. 조원이 좌우에 명해 그를 잡아들이자, 그 사람은 범행을 자백했다. 동료들이 그 이유를 묻자, 조원은 "우연히 눈앞에서 얻은 것일 뿐"이라고 대답했다. 이후 조정에서 평가 규정을 세워, 송나라 선화宣和 연간에 출사한 사람들은 모두 관직에서 파면하고 민간으로 돌렸는데, 조원도 이에 따라 파면되었다.

조원趙原

중국 원말 명초의 화가로, 생몰연대는 알려지지 않았다. 본명은 원元이었으나, 명나라에 들어와 주원장朱元璋의 이름을 피하기 위해 원原으로 개명했다. 자는 선장善長, 호는 단림丹林이며, 거주지는 산둥성 거현莒縣 혹은 동평東平으로 기록되어 있으며, 이후 장쑤성 소주蘇州에 거주했다. 시문과 서화에 모두 능했으며, 명나라 홍무 초기에 궁에 불려갔으나, 그의 작품이 황제의 마음에 들지 않아 처형되었다고 전해진다. 산수화를 잘 그렸으며, 화풍은 동원董源과 왕몽王蒙을 사사하여 담백하고 부드러운 산수화가 특징이다. 또한 대나무를 그리는 데에도 능하여 화법이 다양했고, 용의 뿔龍角, 봉황의 꼬리鳳尾, 금으로 깎은 칼金錯刀 등으로 불렸다. 현존하는 작품으로는 〈합계초당도合溪草堂圖〉, 〈청천송객도晴川送客圖〉, 〈계정송객도溪亭送客圖〉, 〈육우팽차도陸羽烹茶圖〉 등이 있다.

조자룡趙子龍, ?~225

삼국 시대 촉蜀나라 상산常山 진정眞定 사람이다. 자룡은 자고, 이름은 운雲이다. 처음에는 공손찬公孫瓚 수하에 있었는데, 공손찬이 원소袁紹에게 망한 뒤 유비劉備에게 귀순했다. 유비의 경호원으로 여러 번 유비를 위기에서 구해 냈다. 조조曹操가 형주荊州를 취했을 때 유비가 패주하자 감부인甘夫人과 아두阿頭, 劉禪를 구하기 위해 조조의 대군을 혼자 휘젓고 다니며 호위해 구출했다. "조자룡 헌 칼 쓰듯 한다."는 속담도 이때 생겨났다. 아문장군牙門將軍으로 옮겼다. 유비가 유장劉璋을 공격했을 때 제갈량諸葛亮을 따라 장강長江을 따라 서쪽으로 올라가 군현을 평정했다. 촉 일대가 평정된 뒤 익군장군翊軍將軍이 되었다. 유비가 오吳나라를 정벌할 때 간언을 올렸지만 받아들여지지 않았다. 관우關羽는 오만하고 장비張飛는 포악해서 둘 다 목 없는 귀신이 되었지만, 그는 원만한 성격으로 끝까지 용맹을 떨치고 천수를 다하고 죽었다. 유선이 즉위했을 때 중호군中護軍과 정남장군征南將軍을 지내고, 영창정후永昌亭侯에 봉해졌다. 시호는 순평順平이다. 중국사를 통해 창술槍術에 뛰어난 몇 안 되는 인물로 꼽힌다.

조지백曹知白, 1272~1355

원대의 문인 화가이다. 자는 우원又元, 호는 운서雲西. 화정(상하이시 송강) 출신. 7척의 큰 키에 수염이 있는 장부로 글재주와 축제관계築堤灌漑의 기술자로서도 유명하다. 고덕휘, 예찬과 대가로서 송강 지방 문인 살롱을 형성하고, 특히 그 저택의 호장함을 자랑했다. 지방의 선생, 지사 등을 거쳐 만년에는 은퇴했다. 화는 산수, 고목, 죽석을 특기로 했고 특히 산수는 12세기 초의 화가 풍근을 배웠다 하며 원대 이곽파를 대표하는 화가의 한 명이었다. 대표작은 〈쌍송도〉(1229), 〈군봉운제도〉이다.

조패曹霸

한간의 스승이었다. 그는 삼국 시대三国時代, 조위曹魏의 황제였던 조모曹髦의 자손으로 알려져 있다. 개원開元연간에 화가로써 이름을 날렸으며 천보 14재(755년)에는 현종의 조를 받들어 어마御馬나 공신들의 그림을 그렸다. 관위는 좌무위대장군左武衛大將軍에 이르렀다고 한다. 안사의 난 이후에는 현종이 파천한 촉蜀 땅으로 옮겨갔으며, 빈곤한 생계를 살았으므로 숨어서 도를 닦고 행하는 사람들을 그리게 되었다. 그의 말 그림은 두보에 의해 절찬을 받았다. 다만 『당조명화록』에는 평가 대상으로도 되어 있지 않다.

조희曹喜

자가 중칙仲則으로, 생몰 연대는 알려지지 않으며 동한東漢 시대의 부풍평릉扶風平陵 출신이다. 한 장제漢章帝 때 비서랑秘書郎을 지냈으며, 전서篆書와 예서隸書에 능통하여 특히 전서에서 현침수로법懸針垂露之法을 창안한 것으로 유명하다. 진나라 위항衛恒의 『사체서세四體書勢』에는 "한나라 건초 연간에 조희가 전서를 잘 써서 이사李斯와는 약간 다르지만, 뛰어난 서가로 불렸다"라고 기록되어 있다. 당나라 장회관張懷瓘의 『서단書斷』에는 "조희의 전서와 예서는 그 기술이 뛰어나 천하에 이름이 알려졌다"라고 기록되어 있으며, "조희는 현침수로의 법을 잘 사용하여 후세에 영향을 끼쳤다"라고도 언급되어 있다. 장회관은 조희의 소전小篆과 예서를 묘품妙品에 속한다고 평가했으며, 그의 『서고書估』에서는 조희의 글씨를 한단순邯鄲淳, 유덕승劉德升 등과 함께 3등급으로 분류했다. 조희의 글씨는 현재 전해지지 않지만, 그는 『필론筆論』을 저술했다.

종병宗炳

남조 때 송나라 남양南陽 사람. 소문少文은 자다. 송나라 무제의 부름에도 나아가지 않고 산수를 즐기며 삶을 보냈다. 노년에는 그가 다녔던 산수를 그려놓고 '방안에 누워 즐긴다'는 와유臥遊를 했다. 거문고 곡조로 그림 가운데 온 산을 울리게 한다'는 그의 말은 당시 문인들에게 큰 감명을 주었다. 그래서 홍대용도 이 구절을 인용하여 누각을 짓고 이름을 '향산루響山樓'라 하였다. 『화산수서畫山水序』는 종병 회화 미학 사상이 집중적으로 표현된 것이고, 중국의 비교적 이른 시기에 산수화 이론을 논술한 귀중한 문헌이며, 장언원의 『역대명화기』에 수록되어 오늘에 전해진다. 우리도 주로 『화산수서』에서 출발하여 종병 회화 미학 사상의 본체론, 주체론, 특징론 및 기능론을 탐구한다. 또 종병의 〈명불론明佛論〉, 〈답하형양서答何衡陽書〉, 〈사자격상도서獅子擊象圖序〉 등과 같은 문장이 세상에 전하는데, 이러한 문헌들도 종병의 회화 미학 사상을 이해하는 데 도움이 된다.

종요鍾繇, 151~230

중국 삼국위三國魏의 서예가이다. 자는 원상元常. 영천장사潁川長社(허난성) 사람. 처음에 후한에서 벼슬을 하다가, 조조曹操(위무제)와 친하여 위의 상국相國에 임명되었다. 명제明帝(재위 226~239) 때에 정릉후定陵候에 봉해졌고, 태부太傅로 승진했기 때문에 종태부라 불리웠다. 글씨는 유덕승劉德昇에게 배웠고, 팔분八分·해서·행서를 잘했으나 후세에는 오로지 해서의 명수로 알려졌다. 〈공경상존호주公卿上尊號奏〉, 〈수선표受禪表〉는 서명은 없으나 그의 글씨라 전해진다.

주옹周顒

남조 제나라의 음운학자, 시인, 불교 학자로, 주로 남조 제나라 시기에 활동했다. 그는 현재의 허난성河南省 여남汝南에 해당하는 여남 안성汝南安城에서 태어났으며, 음운학, 시 창작, 불교 연구에서 두드러진 성취를 이루었다. 주옹의 주요 공헌은 사성四聲에 대한 연구에 있으며, 그는 『사성절운四聲切韻』을 저술했고, 심약沈約과 함께 평성平, 상성上, 거성去, 입성入이라는 사성 이론을 제안했다. 이 이론은 후대 문학, 특히 영명체永明體 시가 발전에 깊은 영향을 미쳤다. 문학사에서 주영은 심약 등과 함께 영명체

시가를 창립하였으며, 이 시체는 엄격한 음율을 중시하는 것으로 유명하며 후대 시가의 발전에 중요한 추진력을 제공했다. 주영의 『사성절운四聲切韻』 과 심약의 『사성보四聲譜』는 사성 이론의 기초를 마련하여, 시 창작이 음운 의 미감을 더욱 중시하도록 하는 데 중요한 근거를 제공했다.

중유仲由, 542년~480

중국춘추 시대 노나라의 학자이자 관료로, 자는 자로子路 또는 계로季路 이며 변卞 사람이다. 흔히 자로라고 불린다. 자로는 공자孔子의 핵심 제자 중의 한 사람으로, 공자의 천하유세 동안 고난을 끝까지 함께 하였다. 자로 는 공자가 살아 있을 때 염구와 함께 노나라의 유력한 정치가였다. 공자와 14년의 천하 주유과 망명 생활을 함께 했으며, 공자가 노나라로 돌아갈 때 위나라에 남아서 공씨의 가신이 되었으나, 왕실 계승 분쟁에 휘말려 괴외 의 난 때 전사하였다. 그의 유해는 발효되어 젓갈로 담가지는 수모를 당했 다. 이 소식을 들은 공자는 크게 슬퍼하여 집 안에 있는 "젓갈"(해; 醢)을 모두 내다 버렸으며, 이후에도 젓갈과 같은 종류의 음식만 보면, "젓갈로 담가지다니!"라며 탄식했다고 한다. 자로는 공자의 제자 중 최연장자였으 며, 어떤 면에서는 제자라기보다 가장 친한 친구요 가장 엄격한 비판자였다 는 견해도 있다. 그는 공자가 문란한 진후陳后 남자南子와 회견하였을 때 분개하였으며, 공자가 두 번이나 읍을 거점으로 반란을 일으킨 자들을 섬기 려고 생각하였을 때도 항의하였다. 자로는 자기 자신에 대해서도 엄격한 사람이었다고 평가되며, 논어의 안연편에는 그는 약속을 이후까지 미루는 일이 없었다고 한다. 맹자에 따르면, 자로는 다른 사람이 자기의 결점을 지적하면 기뻐하였다고 한다. 그는 용맹스러웠고 직선적이고 성급한 성격 때문에 예의 바르고 학자적인 취향을 가진 제자들과는 이질적인 존재였다. 그의 성격은 거칠었으나 꾸밈없고 소박한 인품으로 부모에게 효도하여 공 자의 사랑을 받았다.

중장통仲長統, 179~220년

자는 공리, 산양군 고평山陽郡高平: 현재의 산동성 추성시 남서부 사람이다. 동한 말기의 철학자이자 정치 평론가이다. 중장통은 어릴 때부터 총명하고 학문을 좋아하여, 다양한 책을 섭렵하고 문장에 능하였다. 20세 전후에는 청주, 서주, 병주, 기주 등을 유학하였다. 중장통은 재능이 뛰어났으나 성격이 독특하고 호탕하며, 자유분방하고 직언을 두려워하지 않았다. 주군에서 그를 관직에 초빙할 때마다 병을 핑계로 나아가지 않았다. 한 헌제 때, 상서령 순욱이 그의 명성을 듣고 그를 상서랑으로 추천하였으며, 이후 승상 조조의 군사에 참여하였으나 중용되지 않아 다시 상서랑으로 돌아왔다. 중장통의 사상과 재능은 『창언昌言』에 집중적으로 나타나 있다.

지둔支遁, 314년경~366년

동진 시대의 고승이자 불교 학자, 문학가이다. 자는 도림道林이며, 세간에서는 지공支公 또는 임공林公으로 불렸다. 본래 성은 관씨로, 진류(현재의 허난성 카이펑시) 출신이다. 서진이 멸망한 후 부모를 따라 여항산에 은거하였고, 317년에는 부모와 함께 여요 오산으로 이주하여 25세에 출가하였다. 그는 불교와 도교에 깊은 조예를 지녔으며, 특히 불교의 선종 발전에 기여 하였다. 또한 문학 방면에서도 뛰어난 재능을 보여 많은 시문을 남겼다. 그의 저서로는 『도림집道林集』등이 있다.

지영智永

중국, 양·진·수 사이의 승려이다. 생몰연대 미상. 성은 왕, 이름은 법극. 동진 왕희지의 7세 손. 출가해서 오흥(절강성)의 영흠사에서 살았으며 수에 들어와서는 장안의 서안사에 살았다고도 한다. 왕희지의 서법을 전하고 30년간 영흠사의 누상에 들어가 진초 천자문 800본을 임서해서 절동의 절에 시입했다고 한다. 또한 그 책을 구하는 자가 문전에 밀려와서 문이 부서져서, 철판으로 이를 보호했기 때문에 철문한鐵門限이라고 했다고 한다.

진방陳昉, 약 1224년 전후 생존

자는 숙방叔方이고, 호는 절재節齋로, 온주 평양溫州平陽 사람이다. 생년과 사망 연도는 정확하지 않으며, 남송 영종 가정嘉定 말년 무렵 활동한 것으로 추정된다. 그는 아버지의 벼슬을 이어 포성현浦城縣의 관리로 부임했고, 진덕수眞德秀의 추천을 받아 유극장劉克莊 등과 함께 '단평팔사端平八士'로 불렸다. 이후 여러 차례 승진하여 이부상서吏部尚書에 올랐고, 단명전학사端明殿學士의 직위를 받았다가 관직에서 물러났다. 사후에 시호는 청혜淸惠로 추서되었다. 진방이 지은 『영천어소潁川語小』 2권은 『사고총목四庫總目』에 실려 전해지고 있다.

진순陳循, 1385~1462

명나라 강소江蘇 장주長州 사람이다. 자는 도복道復이고, 호는 백양산인白陽山人이다. 문징명文徵明의 제자였지만 스승의 방식을 답습하지 않았다. 사의적寫意的인 화초화에 뛰어났고, 심주沈周의 영향을 받았다. 색은 담묵淡墨으로 옅게 사용했으며, 풍격風格이 소탈하고 호탕하면서도 빼어나 화법畵法에서 신기원을 이루었다. 중년부터는 산수화를 그리기 시작해, 북송의 미불米芾과 미우인米友仁, 원나라의 고극공高克恭 화풍을 적절히 섞어 놓은 듯 발묵潑墨이 매우 힘찬 것이 고원高遠한 경지에 이르렀다. 작품으로 산수권山水卷 〈암화도菴畵圖〉를 꼽을 수 있다. 화사畵史에서는 그의 화초도를 육치陸治와 나란히 일컫지만, 사람에 따라 그를 최고로 치기도 한다. 나중에 서위와 함께 '청등백양靑藤白陽'이라고 불렸다. 서예에도 뛰어나 행서行書와 초서草書가 이미 스승을 뛰어넘어 호탕하고 분방한 독자적인 풍격을 이루었다. 뒷날 아들 진괄陳括이 풍격을 이어받았다.

진순陳淳, 1483~1539

명대의 유명한 화가로, 장주長洲(현재 장쑤성 쑤저우) 출신으로, 자는 도복道復, 혹은 복보複甫이며, 호는 백양白陽 또는 백양산인白陽山人이라 불렸으며 경학, 고문, 시문, 서예, 회화에 모두 뛰어났다. 그는 특히 서예와 그림에 능했으며, 소탈한 필치로 그린 초서와 전서에 장기가 있었다. 문징명文徵明에게 그림을 배웠으며, 송대와 원대의 화법을 따라 꽃과 나무를 잘 그렸고 가끔 산수화도 그렸다. 특히 화법은 단순하고 세련되어, 담묵淡墨과 비스듬히 뻗는 붓놀림으로 수려하고 혼란스러우면서도 조화로운 느껌을 자아냈다. 어린 시절 진순은 원대 화가의 화법을 따라 그렸으며, 수묵사의寫意 화법에 큰 영향을 받았다. 그는 한 송이 꽃과 한 잎의 나뭇잎만을 그려도 담담한 묵과 자연스러운 붓놀림으로 소박하면서도 세련된 멋을 잘 표현했다. 일부 작품에서는 담백한 화풍으로 심주沈周의 영향을 받은 것으로 보이며, 그의 작품에서 자유롭고 과감한 필치를 볼 수 있다. 그는 문징명의 제자 중 가장 큰 명성을 얻었으며, 사의 화훼花卉 그림에 뛰어났고 그의 작품은 한 송이 꽃과 한 잎만으로도 시원하고 깔끔하게 표현되었으며, 당대의 문인과 사대부들에게 큰 찬사를 받았다. 또 심주와 당인의 뒤를 이어 수묵 사의 화조화 발전에 중요한 기여를 한 화가로 평가받는다. 그의 화풍은 후에 서위徐渭와 함께 백양白陽과 청등青藤이라 불리며 문인의 우아한 풍격을 대표하는 "백양파白陽派"의 화가로 자리매김하였다.

진여의陳與義, 1090~1139

북송과 남송의 교체기, 즉 북송이 금나라의 침략을 받아 망하고 남송이 그 뒤를 이은 시기를 살았다. 그는 북송 철종哲宗 원우元祐 5년(1090) 6월 낙양洛陽에서 출생했다. 휘종徽宗 대관大觀 원년(1107) 18세에 태학太學에 입학하고, 정화政和 3년(1113) 24세에 과거에 급제해 8월 개덕부교수開德府教授로 임명받으면서 관리 생활을 시작했다. 정화 8년(1118) 벽옹록辟雍錄에 제수되었으며, 선화宣和 2년(1120) 모친상을 당해 여주汝州에 가서 지냈다. 선화 4년 다시 태학박사太學博士에 발탁된 이후, 비서성저작좌랑秘書省著作佐郞, 부림랑符林郞 등의 관직을 역임했다. 선화 6년(1124), 진류陳留 주세酒稅로 좌천을 당했다. 다음 해 12월 금나라가 남침해 휘종이 흠종欽宗에게 양위하는 일이 벌어졌으며, 이듬해 정강靖康 원년(1126) 들어 진여의는 피난 생활을 시작하고 송나라(북송)는 결국 망하고 만다. 이후 5년에 걸친 피난 생활 끝에 월주[越州, 지금의 저장성浙江省 사오싱紹興]에서 병부원외랑兵部員外郞으로 다시 벼슬 생활을 시작해, 다음 해 조정이 임안[臨安, 지금의 저장성 항저우杭州]으로 옮긴 이후, 7년에 걸쳐 중서사인中書舍人 겸 시강侍講, 이부시랑吏部侍郞, 예부시랑禮部侍郞, 호주湖州 지주知州, 급사중給事中, 한림학사翰林學士 지제고知制誥를 거쳐 참지정사(參知政事)

에까지 이르렀다. 소흥 8년(1138) 5월, 병으로 참지정사를 그만두고 호주 지주로 갔다가 병이 심해 11월 29일 세상을 떠나니 향년 49세였다.

진홍수陳洪綬, 1599~1652

중국 명말의 문인화가이다. 자는 장후章候. 호는 노련老蓮 명 멸망 후 해지海遲, 물지勿遲, 노지老遲라고 불렀다. 저장성 제기현 풍교진 사람. 과거 시험에 실패를 거듭하여 숭정 15(1642)년경 북경에서 공봉을 임명받았지만, 화사로 대접받는 것을 부끄럽게 여겨 고사하고 귀향하여 광사라고 부를 만큼 방종한 생활을 했다. 시서화에 뛰어났고 많은 문인을 친구로 하고 있었다. 화는 남영에게 배웠으나 손체의 영향을 받은 것으로도 보이며 당송화의 임모를 통하여 독자적인 화풍을 수립했다. 인물, 불화 모두 과장된 형태와 특이한 움직임을 묘사하는 선이 특징적이다. 당시 최자충과 함께 '남진북최'라 일컬어지기도 했다. 『서상기西廂記』 등 당시 인기 있는 통속문학 서적에 인물 회화를 그려 중국 판화에 새로운 길을 열었다. 대표작은 〈선문군수경도宣文君授經圖〉, 〈도연명도권陶淵明圖卷〉 등이며, 시문이 수록된 『보륜당집』이 있다.

차

채옹蔡邕, 133~192

후한 말기의 학자로, 자는 백개伯喈이며 연주 진류군 어현圉縣 사람이다. 전한의 개국공신 채인의 14세손으로, 학문과 글씨에 뛰어난 재주를 가져 명성이 높았다. 서예의 기법인 영자팔법의 고안자라고도 알려져 있다. 훗날 서진 초의 명장 양호의 외할아버지이기도 하다. 또 방계 증손자로 채표蔡豹, 字士宣 등이 있다.

초연수焦延壽

전한 양梁(하남성 상구商丘) 출신으로, 자는 공贛이며, 일설에는 이름이 공이고 자가 연수라고도 한다. 젊어서 빈천했지만, 학문을 좋아해, 한소제

漢昭帝 때 양왕梁王의 총애를 받았다. 학문을 성취한 뒤 군사郡史가 되었고, 천거를 받아 소황령小黃令을 지냈다. 이 책은 역학易學의 64괘(卦)를 나누어 하루 일과 연계하고, 바람이 불고 비가 오거나 춥고 따뜻한 등의 기상 변화를 바탕으로 미래를 예측하는 것이다. 그의 역학은 당시 주류 역학 이론과는 다른 것이다.

추지린鄒之麟

중국 명말의 화가. 자는 신호臣號, 호는 매암昧庵. 의백산인, 일로. 장쑤성 무진현 사람. 명 만력 34(1606)년 남경 향시에 수석, 38년 진사 급제, 공부주사에 봉직되었으나, 강직한 성격상 명말 정계의 소란을 싫어해 임천의 원정에 30년 가까이 살았다. 옛 작품을 방불케 하는 문사시가를 만들고 진·당 이래의 서적書跡을 수집. 남경에 복왕(홍광제, 재위 1645)에게 출사했으나, 남경의 멸망과 함께 고향에 돌아갔다. 서는 안진경을, 화는 황공망, 왕몽의 학풍과 초묵 감필의 산수화에 능했다.

하

한간韓幹, 706~783

중국 당나라唐代 현종玄宗 성당盛唐 시대를 살았던 화가이다. 시인 왕유王維에게 그림의 재능을 인정받고 그로부터 자금 지원을 받았다. 인물화, 안마화鞍馬画에 뛰어났다. 특히 말을 그리는 화법으로 후세에 큰 영향을 미쳤다. 원래는 술집에서 고용살이했는데, 왕유, 왕진王縉 형제의 술값을 받으러 갔다가 기다리는 사이에 땅바닥에 사람과 말을 그린 것을 왕유가 보게 되었고, 그의 뛰어난 그림에 놀란 왕유는 그에게 해마다 전錢 2만을 주면서 십수 년에 걸쳐 한간에게 그림을 배우게 하였다. 처음에는 조패曹霸에게 배웠으며, 이후 현종에 의해 천보天宝 연간에 궁정으로 불려 가서 황명으로 진굉陳閎에게 배워 말을 그렸다. 독자적인 화법을 사용하는 것을 본 현종은 그에게 어디서 그림을 배웠는지 물었고 한간은 「신은 자연을 스승을 삼았습니다. 폐하의 마굿간 안에 있는 말들이 모두 신의 스승이었습니다.」라고 대답하였다. 때문에 현종은 그에게 남다른 재주가 있음을 인정하였다고 한다. 궁정에서 현종이나 여러 왕들이 소유하고 있던 명마를 맡아 그리면서 「매우 뛰어났다라는 평을 받았다. 또한 말의 그림에서 그치지 않고 인물화나 안마화鞍馬画도 남겼다. 관위는 태부시太府寺의 종 6품상직인 승丞에 이르렀다. 안사는 이후 할 일이 없어져 어려운 삶을 살게 되었다. 이때 귀신의 사자라 칭하는 사람의 의뢰를 받고 말의 그림을 그려서 불에 태웠는데, 훗날 그 귀신의 사자가 그 말을 타고 예를 표하는 것을 보았다는 전승이 전하고 있다. 두보杜甫는 자신의 시 「단청인丹青引」에서 한간의 말 그림을 스승인 조패보다는 못 미친다고 하였다. 그러나 『역대명화기歷代名畫記』의 저자였던 만당晚唐 시기의 장언원張彦遠은 이에 대해 반론을 제기하였고 같은 만당 시대의 『당조명화록唐朝名画録』의 필자인 주경현朱景玄도 한간의 그림을 제3위 신품 중에도 하下라 고 평가하였다.

허도녕許道寧

중국 북송의 산수화가로, 허베이성 하간河間 출신이다. 허난성 변경抃京에서 약을 팔면서 고객에게 수석을 그려 주었다고 한다. 인종조(1022~1063) 때의 재상 장사손의 저택에 장병화障屏畫를 그려 유명해졌고, 이후 장안長安으로 가 부청府廳의 양사凉謝에 종남·태화산의 벽화를 그렸다. 평원산수의 명수로 "이성李成의 '기'를 터득했다"라고 일컬어졌지만 취광醉狂의 성격으로 필묵이 거칠고 호방했던 것으로 여겨진다. 황정견의 부친인 황서의 시詩로 미루어 황우 연간(1049~1054) 80세에 사망한 것으로 추측된다. 전칭傳稱작품으로 〈추산숙사도秋山肅寺圖〉, 〈추강어정도권秋江漁艇圖卷〉(캔자스시티 넬슨갤러리)이 있다.

형동邢侗, 1551~1612

자는 자원子願, 호는 지오知吾이며, 스스로를 담면생啖面生, 방산도민方山道民이라 불렀고, 만년에 내금제원산주來禽濟源山主, 내금부자來禽夫子라 칭했다. 그는 산동 덕주 임읍(현재의 형동가도판사처 유행촌) 출신으로, 명나라 시대의 저명한 서예가이자 화가였습니다. 대표작으로는 『전왕원계시

餞汪元啟詩』 등이 있다. 형동은 1551년에 책을 좋아하는 가정에서 태어났다. 그는 어린 시절부터 재능이 뛰어나 일곱 살에 크고 활기찬 글씨를 쓸 수 있었고, 열세 살에 왕총王寵의 예서 체를 구사했으며, 열네 살에는 집에 소장된 서적을 읽을 수 있었다. 주 학자인 안복이 제남에 도착하여 형동의 예서를 보고 "이 아이의 서법에는 선배들의 풍격이 있으며, 이는 천하의 재주이다!"라고 칭찬하고, 그를 제남 낙원서원으로 불러 학문을 연마하게 했다. 이는 산동 지역에서 아름다운 이야깃거리로 전해졌다. 형동은 열여덟 살에 발공拔貢으로 합격하였으며, 융경 4년(1570년) 황제의 부름을 받고 북경으로 가서 학문을 더욱 넓혔고, 경과에서 거인에 합격했다. 명 신종 만력 2년(1574년), 스물네 살의 나이로 진사 시험에 합격하여 삼갑 제182명으로 동진사로 임명되었다. 1575년에는 남궁현南宮縣의 지현으로 부임하였다.

형호荊浩, 855?~915?

당말에 하남성 심수沁水에서 태어나서 오대에 이르는 시기까지 활동하였다. 그러나 정확한 생몰년대는 모른다. 원래는 벼슬살이를 한 유학자로서 글도 잘 하고 시도 잘 지었다. 당말에 민중들이 봉기하여 세상이 시끄러워지자 벼슬을 내놓고 태행산太行山 홍곡洪谷에 은거하였다. 그는 그림만 그린 것은 아니다. 학자였으므로 산수화 이론서인 『필법기筆法記』를 남겼다. 『필법기』는 송의 궁전에서 보관하였으므로 오늘까지 전해졌다. 형호의 작품으로 〈광려도〉 이외에 〈설경산수도〉 등이 있으나 진적이 아니고 형호 유파의 그림으로 분류한다. 비록 형호의 그림은 아니지만 이 시대에 나타난 형호 유파의 그림을 이해하는 데는 많은 도움을 준다. 산수화 이론서인 『필법기』가 있고 여기에서는 물상物象을 관찰하여 진실을 취한 후에 그려낼 수 있는 기법을 익히는 것을 강조하였다. 마지막에는 필법을 잊어버리고 진경만 남기라고 하였다. 형호의 산수화와 이론은 1100년의 역사를 이어오는 중국 산수화에 많은 영향을 주었다. 특히 북방의 산수화에 기초가 되었다.

화광

스님 중인이다. 자는 초연超然이다. 북송원우연간에 호남湖南 형주衡州

화광사에 기거하였다. 그래서 호를 화광이라 불렀고 묵매화를 잘 그렸다. 조맹부는 묵매에 대해 다음과 같이 글을 썼다. "세상에 묵매화를 논하는 자는 모두 화광을 최고로 삼는다."

황공망黃公望, 1269~1354

자는 자구子久. 호는 일봉一峯, 대치도인大癡道人. 북송北宋의 동원董源, 거연巨然에게 배우고 미불米芾 고극공高克恭을 따라서 산수화를 그렸다. 〈부춘산거도富春山居圖〉는 유일의 참된 필적이다. 황공망은 젊었을 때 하급 관리로 지낸적 있었지만 나이 들어서는 벼슬을 버리고 남쪽으로 돌아가 송강에 거처했다. 그는 도사가 되어 소주의 문덕교에 삼교당三敎堂을 설치하고 설법을 했다. 만년에는 항주, 서호의 소기천筲箕泉 또는 동로桐盧의 부춘산에 은거했다고 한다. 그는 수묵화와 담채화淺絳를 모두 잘 그렸으며, 초주문草籒文(옛날의 필법)을 화법에 응용하여 독창적인 경지를 이루었다. 그의 작품은 기세가 웅장하면서도 아름답고, 간결한 필치로도 완전한 신묘함을 보여준다는 평을 받으며 독자적인 화풍을 구축했다. 그는 "산봉우리는 묵직하고 완만하며, 초목은 화려하고 윤택하다峰巒渾厚, 草木華滋"는 평가로도 유명하다. 황공망은 "원사대가元四家"(황공망, 오진, 예찬, 왕몽) 중 첫 번째로 꼽히며, 전해지는 대표 작품으로는 〈부춘산거도富春山居圖〉, 〈수각청유도水閣清幽圖〉, 〈천지석벽도天池石壁圖〉, 〈구봉설제도九峰雪霽圖〉, 〈부춘대령도富春大嶺圖〉 등이 있다. 그는 산수화 이론서인 『사산수결寫山水訣』을 저술하여 후세에 큰 영향을 끼쳤다.

황전黃筌, 약 903년~965년

자가 요숙要叔으로, 촉나라(지금의 쓰촨성 청두) 출신이다. 그는 당나라 말기 촉으로 들어온 유명한 화가인 조광윤刁光胤에게 그림을 배우며 산수화가 이승李昇, 인물화 및 용수를 그린 화가 손위孫位의 장점을 흡수하여 그 결과, '여섯 가지 화법을 모두 갖추고 세 스승을 능가했다'는 평가를 받았다. 황전은 화조화花鳥畵뿐만 아니라 불도화, 인물화, 산수화에도 능한 전천후 화가로 알려져 있다.

그는 일찍이 뛰어난 그림 실력으로 명성을 얻었고, 화조화에 능했으며 조광윤과 슬창원滕昌苑에게 사사하여 인물화, 산수화, 묵죽墨竹에도 뛰어났다. 산수와 소나무, 바위는 이승에게, 인물화와 용수 표현은 손위에게 배웠고, 학은 설직薛稷을 본받았다. 그는 여러 화가의 장점을 취하고 규격을 탈피하여 독자적인 화풍을 형성했다. 그의 그림 속 새와 새의 털은 형태가 정확하고 골격이 살아 있으며, 형태가 풍성하고 생동감이 있다. 채색은 농밀하고 화려하며, 세밀하게 윤곽을 잡아 거의 붓 자국이 보이지 않을 정도로 섬세하게 채색해 일종의 '사생寫生'이라 불린다. 강남의 서희徐熙와 더불어 '황서'黄徐로 불리며, 오대五代와 북송 초기 화조화의 두 주요 유파를 형성했다. 황전의 화조화는 꽃과 새의 형태와 습성을 관찰하고 체득하는 데 중점을 두었으며, 그린 새의 깃털과 곤충은 사실적이고, 세밀하고 정교한 표현을 보여주며 색채는 화려하면서도 우아하다. 그는 오랜 시간 내정에서 그림을 그리며 진귀한 새와 꽃, 기이한 돌 등을 많이 그렸고, 정교하고 화려한 궁정 취향을 반영하여 송대에 '황가의 부귀'로 불렸다. 그의 대표작으로는 〈사생진금도寫生珍禽圖〉가 전해지고 있으며, 그의 아들 황거재黃居寀, 황거보黃居寶 또한 화조화에 능하여 아버지의 화법을 이어받았다. 황거재의 작품으로는 〈산작극작도山鵲棘雀圖〉가 전해지고 있다.

황정견黃庭堅, 1045~1105

자는 노직魯直, 호는 산곡도인山谷道人이며, 만년에 부옹涪翁이라 불렸고, 황예장黃豫章이라고도 불렸다. 그는 스스로를 적선謫仙이라 칭했으며, 세상에서는 금화선백金華仙伯이라 불렸다. 현재의 강서성 수수修水 출신이며, 아버지 황서黃庶는 시인이었다. 황정견은 강서 시파의 창시자로, 중국 북송 시대의 시인이자 사인, 서예가였다. 어려서부터 총명하고 학문을 좋아했으며, 기억력이 뛰어났던 그는 치평 4년(1067년)에 진사에 급제하여, 엽현(현재의 하남성 엽현)과 태화현(현재의 강서성 태화현)에서 벼슬을 지냈다. 원풍 8년(1085년)에는 승의랑에 올라 『자치통감』 편찬에 참여하고, 『신종실록』 편찬을 주관했다. 철종 원우 8년(1093년)에는 비서승 겸 국사 편수관이 되었으며, 소성 초기(1094년)에는 선주(현재의 안후이성 선성)와 악주

(현재의 후베이성 우한)에서 지방관을 역임했으나, 장돈과 채변의 탄핵을 받아 파면되었고, 같은 해 말에 부주(현재의 충칭시 부릉구)로 유배되었으며, 잠시 후 검주(현재의 충칭시 펑수이현)에 안치되었다. 원부 3년(1100년)에는 악주의 세금 감독을 맡았으며, 숭녕 원년(1102년)에는 태평주의 지주로 임명되었으나, 다음 해에 다시 문집이 폐기되고 관직이 박탈되었으며, 예주(현재의 광시성 이주시)로 유배되었다. 숭녕 4년(1105년) 9월에 61세의 나이로 생을 마감했다. 황정견은 송대 시에 큰 영향을 미쳤으며, 그의 시는 체계적이고 규칙적이어서 학습하기 쉬워 많은 추종자를 두었다. 젊은 시절에는 시문으로 소식에게 인정을 받았으며, 장뢰張耒, 조보지晁補之, 진관秦觀과 함께 소문사학사蘇門四學士로 불렸다. 주요 저서로는 『예장황선생문집豫章黃先生文集』과 『산곡금취외편山谷琴趣外篇』이 있다.

회소懷素, 737~799

중국 당대唐代의 승려이자 서예가로 속세의 성은 전씨錢氏, 자는 장진藏眞, 영주영능永州零隊, 湖南省사람. 어려서 불도로 입문하여 종형제인 오동으로부터 왕희지王羲之의 『악계첩惡溪帖』, 왕헌지王獻之의 『소로첩騷勞帖』을 얻어 고차각古釵脚의 서법을 익혔다. 만년 안진경顏眞卿을 만나 옥루흔屋淚痕의 법을 듣고 스스로 하운夏雲의 기봉奇峰을 보고 벽탁壁拆의 법을 터득하였다. 그 서필書筆은 장욱張旭의 광초狂草의 흐름을 따랐고 술에 취하면 사찰의 벽이든, 마을의 담벽이든, 옷자락, 그릇, 접시 등 닥치고 잡히는 대로 써 갈겼다 한다. 작품에 〈자서첩自敍帖〉, 〈초서천자문草書千字文〉, 〈성모첩聖母帖〉, 〈장진율공첩藏眞律公帖〉 등이 있다.

참고문헌

劉文典, 『莊子補正』, 中華書局出版, 2014.

老子. 『道德經』

劉宗周, 『大學古本序』

謝赫, 『古畵品錄』

葛路, 姜寬植 譯, 『中國繪畵理論史』, 미진사, 1990.

馬東峰總主編, 李源澄. 『古典哲學時代諸子槪論』, 北京理工大學出版社, 2020.

葉郞主編, 朱良志副主編, 『中國美學通史』, 江蘇人民出版社, 2014.

惲壽平 著, 呂鳳棠 点校 『甌香館集』, 西泠印出版社, 2012.

惲壽平 著, 劉子琪 今注今譯, 『南田畵跋』, 浙江人民美術出版社, 2017.

張南岾主編. 『大學中庸』, 河南人民出版社, 2019.

成百曉, 『論語集註』, 傳統文化 硏究會, 1990.

成百曉, 『孟子集註』 傳統文化 硏究會, 1990.

成百曉, 『당송팔대가 孟子集註』 傳統文化 硏究會, 1990

陳傳席, 『中國繪畵美學史』, 人民美術出版社, 2014.

陳傳席, 金炳湜 옮김, 『中國山水畵史 2』, 심포니, 2014.

沈括, 「夢溪筆談」, 유검화 편, 조남권 역, 『중국역대화론 4 (화조축수 매란 국죽 상)』, 다운샘, 2006.

汪珂玉, 「珊瑚網」, 유검화 편, 조남권 역, 『중국역대화론 일반론(상)』, 다운샘, 2004.

陶淵明, 張基槿譯, 『陶淵明』, 明文堂, 2002.

박산수, 『왕유의 시세계』, 울산대학출판, 2006.

동기창, 변영섭외 옮김, 『화안』, 시공사, 2004.

方薰: 『山靜居畵論』, 陳永怡校注, 西泠印社出版社, 2009.

邹一桂: 『小山畵譜』卷下『兩字』, 山東畵報出報社, 2009.

강신주, 장자의 철학, 태학사, 2004

李東洲, 『韓國繪畵小史』, 汎友社, 1996.

朱良志, 『南畵十六觀』, 北京大學出版社, 2018.

周積寅主編, 『中國畵藝術專史』, 江西美術出版, 2008.

洪載坤, 『論語』, 學民文化社, 2009.

刘　乔,「恽寿平绘画中的禅意和禅境」,『西北大学学报(哲学社会科学版)』, 2009.

刘　晶,「恽寿平"逸"的美学思想研究」, 宁夏大学硕士学位论文, 2017.

李蔓琳, 马有林,「恽寿平《南田画跋》的绘画理论」,『百科知识』, 2023.

楊明剛,「沒骨與簡逸 : 南田花卉的畫學審美意識」,『中國美學研究』, 2016.

김순섭,「예찬(倪瓚)의 '일기(逸氣)' 미학 연구」, 성균관대학교 철학박사논문, 2019년 참조

葉朗,「說意境」,『文藝研究』, 1998.

찾아보기

348

350

354

356

차

| 지은이 소개 |

운수평惲壽平(1632-1690)

운수평은 명나라 말기에서 청나라 초기의 문인화가로 시詩, 서書, 화畵 삼절三絶로 일컬어지는 뛰어난 예술가였다. 그의 시는 맑고 유려하며 세속을 초월한 품격으로 비릉육일毗陵六逸의 으뜸으로 칭송받았고 그림은 청초 육가六家로 꼽히며 특히 전통 산수화와 화조화 기법을 계승하면서도 독창적인 화풍을 개척하여 상주常州화 파를 창시했다. 특히 몰골법沒骨法을 이용한 화조화는 섬세하고 아름다운 필치로 꽃과 새의 생동감이 표현되어 독보적인 경지를 이루었다. 글씨는 진晉나라 서법을 계승하여 왕헌지王獻之를 체體로 삼고, 저수량褚遂良(596~658)을 표면으로, 황정 견黃庭堅(1045~1105)을 골격으로 삼아 자신만의 독창적인 서체인 운체惲體를 완성하였다.

| 옮긴이 소개 |

김순섭

숙명여자대학교 회화과 동대학원 석사 졸업
숙명여자대학교 조형 예술학과 박사 졸업
성균관대학교 동양철학과 예술철학 박사 졸업

개인전 15회(토포하우스, 독일, 미국, 일본, 인사아트)
단체전 100회 이상

논문 저서
팔대산인의 화조화에 나타난 노장 미학, 인문과 예술, 인문예술학회,
『임천고치林泉高致』에 드러난 산수화의 미적 인식과 방법 연구, 서예학 연구, 한국 서예학회
조맹부趙孟頫 산수회화에 나타난 고의古意성 연구, 인문예술, 인문예술학회
倪瓚의 隱逸 행위와 逸의 회화 미학 연구, 도교문화연구, 한국도교문화학회
예찬倪瓚 시·서·화 일률에 대한 회화의 의경意境 미 고찰, 서예학 연구, 한국서예 학회
선禪적 사유에 의한 예찬倪瓚 회화미 탐색, 한국사상과 문화, 한국사상문화학회
이외 논문다수

책 저서

신정근, 김순섭 외 10인 공저 『생생미학과 생태미학』, 서울: 문사철, 2022.

曾繁仁, 金鐏燮 외 10인 공저 生生美學與生態美學, 安徽敎育出版社, 2023.

(전)성균관대학 출강, 현재: 숙명여자대학교 출강, 성균관대학교 동양철학문화연구원

남전화발
예술을 읽는 새로운 눈

초판 인쇄   2025년   2월   10일
초판 발행   2025년   2월   19일

지 은 이 | 윤수평
옮 긴 이 | 김순섭
펴 낸 이 | 하운근
펴 낸 곳 | 學古房

주   소 | 경기도 고양시 덕양구 통일로 140 삼송테크노밸리 A동 B224
전   화 | (02)353-9908 편집부(02)356-9903
팩   스 | (02)6959-8234
홈페이지 | http://hakgobang.co.kr/
전자우편 | hakgobang@naver.com
등록번호 | 제311-1994-000001호

ISBN 979-11-6995-606-2 93820

값 : 28,000원

■ 파본은 교환해 드립니다.